Bibliografische Information der Deutschen Nationalbibliothek:
Die Deutsche Nationalbibliothek verzeichnet diese
Publikation in der Deutschen Nationalbibliografie,
detaillierte bibliografische Daten sind im Internet über
dnb.dnb.de abrufbar.

TWENTYSIX - Der Self-Publishing-Verlag
Eine Kooperation zwischen der Verlagsgruppe Random
House und BoD - Books on Demand

Herstellung und Verlag:
BoD - Books on Demand, Norderstedt

ISBN: 9783740735623

Es ist Liebe - was sonst?

Roman

Inhalt

Prolog

Er wusste, er hatte seinen beruflichen Zenit längst überschritten. Er lebte in einer Metropole an einem großen Fluss seines Landes.

Er war Mitte fünfzig, mittelgroß, schlank geblieben. Oft fühlte er sich als geprügelter Hund, vor Beginn seiner mühevoll empfundenen Arbeitstage. Sie würden ihren Lauf nehmen, im Rhythmus aller Tage.

Aber er war froh, Vater von drei Kindern zu sein. Vor allem war er stolz darauf, den Mut zu ihnen aufgebracht zu haben. Wenn er einmal auf sein Leben zurückblicken würde, wäre der Stolz auf seine Familie und seine Kinder das entscheidende Detail.

Alles an ihm und seiner Familie erschien normal. Ihr Sein war in geregelten Bahnen verlaufen. Dennoch empfand er das Leben, sein eigenes Leben, als ständigen Wechsel steiler Höhen und tiefer Abgründe.

Welchen jeweiligen Bedingungen mussten sich Menschen stellen? Die Nachrichten waren voll von Krieg, Terror, Willkür, staatlichem und gesellschaftlichem Versagen, Flucht und weiteren Schrecken. Um ihn herum herrschten tiefer Friede, Wohlergehen, oft ausgelassene Heiterkeit.

Er war ein etwas atypischer Vertreter derer, die in den Siebziger Jahren des vergangenen Jahrhunderts ihre Jugend erlebt hatten, aufgewachsen im Dunstkreis einer Kleinstadt der Provinz, von Feldern umgeben. Vielleicht etwas ehrgeiziger als andere, etwas spätreifer als andere, war die in den späten sechziger Jahren offen ausgerufene Ära sexueller Libertinage eine seiner entscheidenden emotionalen Herausforderungen gewesen.

'Make love not war' repräsentierte die heißeste Utopie seit Menschengedenken, befeuert von erotisierender Musik aller Schattierungen, Jugendlichkeit in Abwesenheit irgendwelcher Wohlstandsbäuche und den Versuchungen einer mit den bisherigen Traditionen brechenden Drogenkultur. Griffige Parolen wurden legendär durch ihren Gehalt an Körperlichkeit und waren in Einfachheit an Eleganz und Genialität nicht zu überbieten.

Wer sollte sich mit dem Muff von tausend Jahren unter den Talaren abgeben? Niemand hatte Lust auf eingesperrte, abgestandene Körperlichkeit unter dicken Gewändern. Nacktheit war Trumpf, junge, unverbrauchte Haut aus allen, wirklich allen Blickwinkeln. Glücklich, wer diese Blicke gratis bekam. Glücklicher, wer zugleich den Genuss der unendlich zarten und unendlich dominanten Gerüche der körperlichen Liebe erfahren durfte. Noch glücklicher, wer sich der Bindungskraft dieser Gerüche zu entziehen verstand, niemand wollte sich die eben gewonnene Freiheit wieder nehmen lassen. Im Paradies, wer viele und noch mehr solcher Blicke und Gerüche fand und doch an der Spitze der gesellschaftlichen Umwälzung stand.

Niemand wollte zum Establishment gehören. Höchstens, wenn es den eigenen Interessen diente. Niemand wollte mehr als einmal mit derselben ins Bett gehen. Niemand bedachte, dass die Natur im Allgemeinen und die körperliche Liebe im Besonderen Tricks auf Lager haben könnte.

Davon, diese Tricks zu kennen und zu verstehen, war er als Heranwachsender in den siebziger Jahren Lichtjahre entfernt. Seiner Libido und seines Dings war er sich sicher, zuverlässig würde er sein Ding beim Anblick vielfältiger Formen der Nacktheit hochbringen können, nicht beim Anblick nackter Engel auf irgendwelchen barocken Gemälden, nicht beim Anblick junger pastös-adipöser Frauen der Renaissance, nicht beim Anblick welker freudloser Körper, denen die Tricks der körperlichen Liebe immer vorenthalten geblieben waren.

Nein, die Nacktheit, die sein Ding hochbrachte, war in diesen Jahren universell präsent. Sie stimulierte seine Gedanken, seine Wünsche und Sehnsüchte nach Liebe, die ihm während seiner Bewusstwerdung mit körperlicher Liebe eins zu sein schien.

War er dem Voyeurismus verfallen? War es genuines Interesse am Sex, an seiner Natürlichkeit? Wie viele Phantasien drehten sich seit Menschengedenken um Sex? Er war glücklich aufgewachsen, mit Aufmerksamkeit und liebevoller Strenge von seinen Eltern als jüngstes Kind unter vier Geschwistern groß gezogen worden.

Gleichgeschlechtliche Liebe war nicht seins, er wusste es.

Viel zu intensiv empfand er platonische Phantasien, die sich auf gleichaltrige, aus gegenseitiger Schüchternheit unerreichbare Mädchen projizierten.

Viel zu schön und erregend empfand er den Anblick einer wohlgeformten nackten Frau, deren Tränen eine glänzende Spur am Hals herab nahmen und symmetrisch auf zwei hochgradig erigierte Mamillen zuzulaufen schienen. Waren diese Tränen Zeichen eines Liebeskummers oder bevorstehender purer Lust gewesen? Das Letztere schien ihm plausibler. Sein Ding trieb bei diesem Anblick die Spannung in der Hose sofort auf die Spitze. Und es war allenthalben bekannt, daß Bathseba und König David ein wildes erotisches Verhältnis eingegangen waren. Seit Jahrtausenden hatte das Lied der Lieder die erotischen Phantasien der Menschen beflügelt.

Erotisch war aber nicht bloss die direkte Beschreibung der lustgebenden Organe, erotisch war auch die Kunst ihrer Umschreibung. Erotisch war das nicht enden wollende Vorspiel, schwarz-weiß ausgeleuchtet. Erotisch waren die Schatten, die den Blick auf jene Organe verstellten, auf straffen Körpern, die sich in wildesten Verrenkungen einander näherten.

König David, ein junger, muskulöser, aufgeweckter Mann, dessen Neugierde und Ekstase eins zu sein schienen, Bathseba, eine junge, wohlgeformte, brünette Frau, die wusste, ich will ihn, egal, was ist, ich will ihn auf mir, unter mir, in mir. Es konnten keine unechten Empfindungen sein, die ihm in seiner Kindheit, noch im Alter unter zehn Jahren, bei der Durchsicht eines den elterlichen Bücherregalen entnommenen Bildbandes der Aktphotographie geweckt worden waren. Der Plot dieses Buches war das Lied der Lieder, freizügig visuell unterlegt.

Wochenende

Am Morgen danach schlief er seine vollkommene Erschöpfung noch aus. Sie war aufgestanden, ohne jede Hülle. Sie spürte, wie die Flüssigkeit in ihrem Schritt nach außen quoll. Alles roch gut, besonders mochte sie diesen Geruch auf sich und an ihm. Nachdem er wach geworden war und sich erstmals seit langem ausgeschlafen fühlte, beschwerte sie sich über das Problem.

„Liebster, wegen Dir kann ich heute keinen trocken bleibenden Slip anziehen!"

Nur scheinbar mitleidig lächelte er sie an. Spätestens jetzt hatte er das sichere Wissen, dass ihr heißer und schneller Akt am vorhergehenden Abend keine Einbildung gewesen war. Waren seine Zweifel am Vortag stetig gewachsen, dass es überhaupt zu diesem Akt kommen würde.

Zunächst hatte alles gestimmt, als sie mit befreundeten Familien zu einem Wochenendausflug mit Rädern huckepack auf den Autos aufgebrochen waren. Die Sonne hatte geschienen und angenehm warme Temperaturen produziert. Morgens noch hatte ihn ein Staunen über die versteckten Schönheiten dieser Gegend erfasst. Alle kannten das Land aus der Autobahnperspektive, nur wenige interessierte die Vielfalt der versteckten Seitentäler, deren Straßen sich in steten Windungen und im Schatten einer dichten Natur zu dem Fluss herab schlängelten, an dessen Ufern sie zwei Tage entlang radeln wollten.

Neue Aussichten, Blickwinkel, Eindrücke standen bevor. Oft schon hatte er von diesem Fluss gehört und gelesen, der einer Weinanbauregion den Namen gegeben hatte, der in ihm verschiedenste Assoziationen weckte, nicht an graue Alltage, eher an lustige, weinselige Ausflüge älterer Gruppenreisender, die sich dort ihrer einstigen guten jungen vergangenen Zeiten erinnerten. Zeiten, in denen ihre ganz eigene körperliche Liebe präsent gewesen war, in denen es

´Wein, Weib und Gesang´ geheissen hatte. Der hier angebaute Wein bot ihm eine Projektion für dieses populäre Idiom.

Sein Wissen um das Jetzt des angestaubten Tourismus in dieser Region liess ihn befürchten, dass es vielleicht noch zu Wein und Gesang, nicht aber zum Weibe oder zum Manne reichen würde. War unter Wein und Gesang der Sex des Alters zu verstehen? Irgendwann würde das wohl in seinem Leben so sein, und ein bisschen graute ihm davor.

Trotz seines Alters und seiner alltäglichen Beschwerden fühlte er sich nach wie vor jung. Nicht zufällig konfrontierten ihn bis zuletzt Reaktionen seiner Mitmenschen, die ihn wesentlich jünger einschätzten. Und seine Frau konnte nicht unehrlich sein. Auch sie hatte immer wieder Worte zu seinem jugendlichen Aussehen parat. Im Kontext mit ihrer Erscheinung, die sich auf ihre aparte Schönheit und Ausstrahlung und eine seit ihrer prekids-Phase unveränderte Figur gründete, fühlte er sich zu jung, dem Klischee eines gemeinsam alt gewordenen und in sexueller Abstinenz eingefrorenen Ehepaares zu entsprechen.

Dieses Klischee sollte auf ihn und seine Frau, die jetzt als Radtouristen an diesem Fluss unterwegs sein wollten, nicht zutreffen dürfen. Seit dem Vorabend hatte er subtile Signale seiner Frau nach Lust auf richtig guten Sex empfangen. Nach langen Jahren gemeinsamer Ehe und spannender Liebe war er sicher in der Wahrnehmung solcher Signale. Mit dem allerersten Signal, was tatsächlich auch Tage vor dem entscheidenden Akt sein konnte, begann das eigentliche Vorspiel. Sie hatte ihn gestern darauf hingewiesen, dass sie für ihn und sich ein eigenes großzügiges Zimmer in der Unterkunft reserviert hatte. Die Aufmerksamkeit des mitreisenden, zaghaft pubertierenden Sohnes würde durch die Anwesenheit seiner Freunde komplett gebunden sein. Aufmerksamkeit, die sich sicher nicht auf das Liebesleben der Eltern in deren separatem Zimmer richten würde. Ein

Liebesleben, dessen Nacktheit, Freizügigkeit und Ekstase nicht für die Augen und Ohren eines Dreizehnjährigen bestimmt war.

Dennoch, der Tag nahm seinen Lauf, und nicht in die gewünschte Richtung. Seine Frau mochte längere Autofahrten nicht, noch dazu Autofahrten, die länger dauerten als geplant. Ihre Ankunft hatte sich verzögert, auch wegen Umwegen durch dicht bewachsene Täler und kleine Weiler. Dem sofortigen Start ihrer Radtour standen die logistischen Probleme einer Fahrt mit mehreren Erwachsenen und Kindern entgegen. Erst mussten die Autos zur Unterkunft gebracht werden, um Gepäck, Schlüssel, Modalitäten der Übernachtung und Rücktransport des Autos, das die Väter an den Ausgangspunkt zurückbringen sollte, sicherzustellen. Alles keine wirklichen Probleme. Die eigentliche Radtour inclusive Picknicks und dreimaliger Fährquerung des Flusses blieb im Zeitrahmen.

Das wirklich wichtige Problem im Laufe des Tages wurde eine ihn langsam, aber unaufhaltsam erfassende, zuletzt bleierne Müdigkeit, die abends beim gemeinsamen Essen in einem der Unterkunft nahe gelegenen Lokal kaum noch zu kaschieren war. Er fühlte sich elend müde und erschöpft, wollte diesen lang ersehnten Abend mit den Freunden aber nicht durch seine Erschöpfung belasten wissen. Wenn er eines wusste, fehlte ihm in diesem Zustand jede Fähigkeit zu angeregter Konversation. Die Sorge, wie seine Frau das zum Ausdruck gebrachte Verlangen nach Sex mit diesem müden Mann aufrechterhalten sollte, war noch schlimmer.

Mit seiner Erschöpfung kamen Zweifel an seiner Körperlichkeit hinzu. Sex ging mit höchster Erregung einher, wenn die Körperlichkeit dazu passte und flirrende Wachheit die Wahrnehmung dynamischer Aktion der eigenen Muskeln erlaubte.

An diesem warmen Sommertag war ihm dieses Gefühl von seiner Körperlichkeit abhanden gekommen. Sich vorzustellen, diesem leicht schwitzenden, 54jährigen Mann auf dessen Hollandrad würde abends noch eine Chance als Lover gegeben, fiel ihm schwer. Die libidinöse, auf seine Frau gerichtete Energie bestand aber fort, und er hoffte, dass ihr durch Subtilitäten bekundetes Verlangen nach Sex nicht verloren ging.

Schlimmer noch an diesem für ihn pseudogeselligen Abend erfreuten sich die anderen bester Laune und liessen keine Spur von Müdigkeit erkennen. Sie wollten den Abend nach ihrer Rückkehr vom Restaurant mit einem lokalen Wein in gemeinsamer Runde am Lagerfeuer im Garten der Unterkunft begiessen! Es bedeutete für den heiß ersehnten Sex weitere Verzögerungen und Erschwernis.

Ein Glas Wein konnte ein perfekter Auftakt zum eigentlichen Vorspiel sein, auch zwei oder drei Gläser, sofern sie in ein Arrangement zu zweit allein genossener kulinarischer Köstlichkeiten eingebettet waren, begleitet von zunehmend eindeutigeren Anspielungen auf die Schönheiten und magischen Anziehungspunkte des Liebespartners. So könnten bis zum eigentlichen Sex aus Minuten lustvolle Stunden werden.

Aber wie sollte das am Lagerfeuer mit den anderen Freunden funktionieren? Wie sollte dort die auf schlüpfrigen Sex zielende Kommunikation mit seiner Frau in Gang kommen? Noch dazu im alles überdeckenden Geruch frisch brennender Holzscheite?

Ein Teil der Anziehungskraft, die er auf seine Frau ausübte, verdankte er dem Geruch seines Körpers. Vor vielen Jahren hatte sie sich nach ihren allerersten intimen Begegnungen lustvoll auf seinen gerade verlassenen Schlafplatz gedreht und den von ihm hinterlassenen Geruch genussvoll eingeatmet. Abgestanden wirkender Brandgeruch hingegen entfremdete ihn seiner Frau.

Er beschloss, dem geselligen Abend am Lagerfeuer keine Chance einzuräumen, hätte es wegen seiner Müdigkeit auch nicht gekonnt. Er beschloss, ein Glas Wein herunter zu kippen, sich dem Lagerfeuer möglichst nicht zu nähern und den biologischen Zeichen seiner Müdigkeit breiten, für die Anderen sichtbaren Raum zu geben, um sich nach kurzer Zeit in ihr eigentlich als Liebesnest geplantes Zimmer zurückzuziehen. Weil sich auch seine Frau ohne spezielle Absprache von der geselligen Runde zurückzog, ging sein Plan unverhofft auf.

Nach Ankunft in ihrem Zimmer bestimmte zunächst die übliche Routine den Ablauf. Sich ausziehen, den eigentlich überflüssigen Schlafanzug, das eigentlich überflüssige Nachthemd anziehen, die schnelle, möglichst nicht die Zeit dehnende Abendtoilette hinter sich bringen, geduscht hatten beide vor dem Essengehen.

Er kroch immer noch müde und erschöpft unter die Laken. Ihm blieb die Kraft, sich unbemerkt von seiner Frau den Schlafanzug wieder auszuziehen. Die Vorstellung des bevorstehenden Akts liess sein Ding hochschnellen. Die Müdigkeit war sofort weg. Seine Blicke wandten sich zum Badezimmer. Seine Frau vollzog letzte ihrer Schönheit dienende Handlungen.

Sie knipste das Licht aus und kam im Halbdunkel des durch die Fenster dringenden Mondscheinlichts die wenigen Schritte auf die andere Seite des Doppelbetts zu. Seine ihm jahrzehntelang zugefallenen und genossenen Erfahrungen liessen ihn an ihrer Haltung und ihren Bewegungen erkennen, dass sie unverändert und gerade jetzt daran interessiert war. Er konnte es nicht genau beschreiben. Eine Vielzahl kleinster Regungen und Momente, die er in den Horizont seiner Wahrnehmungen aufgenommen hatte, gaben ihm keine Zweifel. Seine Frau wollte jetzt und sofort mit ihm schlafen. Umgekehrt galt das Gleiche. Es hatte Situationen gegeben, wo er alles versucht hätte, mit ihr Sex haben zu können, sie aber verstand, ihn liebevoll und effektiv von der Aussichtslosigkeit seiner Bemühungen zu überzeugen. Jetzt war Sex gefordert, beide forderten ihn. Und dieses Einfordern von Sex verstärkte seine Libido über das schon hohe Niveau hinaus.

Ein kurzer Moment, und die Hände seiner Frau hatten bemerkt, dass er nackt war, von ihrer wunderbar weichen Stimme leicht spöttisch kommentiert, er wäre doch so müde gewesen. Ein weiterer kurzer Moment, und sie hatte sich kopfüber ihr Nachthemd ausgezogen, bereit, ihm ihren ganzen Körper zur Verfügung zu stellen.

Hier waren sie wieder, diese im Mondscheinlicht das Wichtige hervorhebenden Halbschatten, welche den Weg seiner Hände zu den erogenen Zonen bahnten und diesen Weg seinem Körper gleich mit. Es war still. Still genug, um ihr tiefes Atmen und erste Laute ihrer Lust zu vernehmen. Obwohl ihnen bewusst war, dass es nach dem tagelangen Vorspiel kein weiteres langes Vorspiel werden würde, gehörte dazu, seinen harten Penis nicht zu schnell ihrem Körper zu nähern. Jedesmal aufs Neue war es eine spannende Exploration ins bekannte Unbekannte, die zärtliche, leichte und vorsichtige Massage ihrer Rundungen, die natürlich ihre Brüste einschloss, ihre schmale Taille, ihren Hintern, diesen erotisierenden Spalt in dessen Mitte, die vorsichtige, aber bestimmte, von seinen Händen dirigierte Spreizung ihrer Oberschenkel.

Die Art und Weise, wie sie ihre Oberschenkel dieser Spreizung folgen liess, machte ihn umso gespannter auf das feuchte Areal dazwischen und presste erste Tropfen aus seiner Eichel hervor. Es war gewollt, während dieser ganzen, bereits sehr intimen Begegnungen deren Kontakt zum Körper seiner Frau möglichst lange zu vermeiden. Je mehr dieses Lustsekret auf der Spitze seiner Eichel sich zu einer prallen Portion einer der Natur entnommenen Gleitsubstanz angesammelt hätte, um so stärker wäre deren lustgebende Wirkung auf seine Frau. Dies wusste er aus ihren früheren Äußerungen und Reaktionen. Überdies

verstand dieser Mechanismus die sonst fehlende Gleit-
fähigkeit seiner Eichel auszugleichen, die seit frühesten
Kindertagen wegen einer Phimose freigelegen hatte.

Nun galt es, höchstens einen Teil dieser Tropfen an einer
ihrer Stellen zu verlieren, gerade so viel, dass sie merken
würde, er war zu allem bereit. Der andere Teil sollte ihre
Labien noch mehr befeuchten. Auch bei diesem Plan spürte
er ein Entweder Oder, eine Qual der Wahl. War der kurze
Kontakt seiner nassen Eichel mit ihrem nackten Bein oder
Hintern geeigneter, ihr lustvolles Stöhnen zu provozieren,
oder der erste volle Kontakt seines harten erigierten Gliedes
mit ihrem Körper in enger Umschlingung?

Das erste bedeutete mehr Verzögerung, mehr Vorspiel, mehr
Zeit, seine Eichel und ihre Scheide zu nähern. Die Empfindungen seiner Finger kamen dazu, sie signalisierten
zuverlässig, dass die heisseste Phase ihres Akts unmittelbar
bevorstand. Benetzt von ihrem Sekret nahmen seine Finger
sanfte Massagen ihrer Klitoris vor, vermieden jeden
Schmerz, weil die Natur und ihre Sekrete etwas wie
Reibung nicht zu kennen schienen. Näher und näher kamen
sie sich, voller Spannung und Gier auf ihre Paarung.

Gerne noch hätte er ihre Vagina, Labien und Klitoris oral
ertastet, geleckt, gesaugt, rhythmisch geführt von ihren sich
ihm entgegenstreckenden Bewegungen. Dieses Mal sollte es
nicht lange dauern. Ihre Münder und Körper suchten und
fanden sich, sie mit breit gespreizten Beinen auf ihm. Ihre
jahrelangen Erfahrungen liessen seinen steil aufragenden
Schwanz und ihre weit geöffnete Vagina vorsichtig ineinander rutschen, als gäbe es keinen anderen Weg, keinen
lustvolleren, heisser empfundenen Weg ins Glück. Rein und
nicht ganz raus, wieder rein und nicht ganz raus, tiefer rein
und nicht ganz raus, nasser, heißer Kontakt, dazu dieser
unverschämt erotisierende Geruch der Liebe an ihr und
seinen Fingern. Ihre Lippen und Zungen begegneten sich, je
tiefer sein Penis in sie eindrang, desto tiefer spielten ihre

Zungen im Mund des anderen. Dies alles ein maximal erregendes Spiel, in dem sie ineinander glitten, um den kommenden erlösenden und befreienden Glücksrausch miteinander zu vermischen. Wenige Minuten, bis die aufkommende Woge in seinem Ding ihren Weg nahm und sein Sperma mit diesem unbeschreiblichen, von einem langgezogenen Kitzel begleiteten Gefühl in ihre Scheide spritzte.

War sie zur gleichen Zeit gekommen? Eine der wesentlichen Fragen, deren Beantwortung die Natur ihm Zeit seines Lebens vorenthalten würde. Bei allen physiologischen Kenntnissen, bei all der medizinisch-psychologischen Vorbildung, die er dazu hatte, bei aller Empathie, die er für seine Mitmenschen im Allgemeinen und seine Frau im Besonderen empfand, würde sie ihm das Wissen um diese Antwort immer voraushaben.

Nie würde er ihr einen Orgasmus vorspielen können, hunderte Male hatte sie dessen Beweis in sich getragen, meistens vaginal deponiert, seltene Male diesen eher neutral schmeckenden Beweis geschluckt, seltene Male sein Ejakulat auf ihren Schamhügel, ihre Vulva oder ihren Hintern spritzen lassen. Diesen Beweis war er jedesmal aufs Neue und sich selbst schuldig gewesen. Dieser Beweis allein brachte ihm die fast vollendete Erfüllung.

Hatte er aber das Gefühl, dass auch sie zutiefst befriedigt war, war diese Erfüllung erst vollendet. Aus was sich dieses Gefühl speiste, waren Indizien. Ihre sich steigernde Ekstase, ihr Stöhnen, dass scheinbar auch gespielt sein konnte, ihr Schweiss, der sich als dünner Film auf ihrer Haut bildete und sich mit seinem Film vermischte, der triefende Kontakt ihrer Geschlechtsteile, der Geruch der Liebe, der engste Kontakt, den beide hatten, die Gestik und Mimik des Glücks, das seine Frau bei ihrem Orgasmus und danach empfand und sei es auch nur als beabsichtigtes Element ihres Akts, ihn restlos zufrieden zu stellen. Darüberhinaus sicherten weitere Indizien diesen Eindruck ab, die wohlige

Erschöpfung, die engen Umschlingungen und zärtlichen Streicheleien danach, die von einer zunehmenden Schläfrigkeit begleitet waren. Und der Morgen danach, wenn sie den Eindruck einer aussergewöhnlich warmherzigen Person machte, die besonders zufrieden mit sich und der Welt war. Die subtilen Zärtlichkeiten zwischen ihnen hörten ja nicht auf, tiefe, verräterische Blicke, die Aussenstehenden durchaus vermitteln durften, dass die körperliche Liebe zwischen ihnen absolute Harmonie hergestellt hatte.

Der zweite Tag der Radtour am Fluss nahm seinen Lauf, alle trafen sich bei schönstem Wetter im Garten ihrer Unterkunft zum Frühstück, das die Wirte mit Liebe zum Detail zubereitet hatten.

Die ganzen Lasten, Müdigkeiten, verqueren Gedanken, die seinen gestrigen Tag auch bestimmt hatten, waren weggeblasen. Nichts liess ihn an die bevorstehenden Arbeitswochen mit den vielen Bereitschaftsdiensten denken. Seine Frau saß neben ihm, gelöst, entspannt, glücklich, offenherzig. Sie strahlte genau das aus, was auch er empfand. Der Tag würde ebenso glücklich vergehen und enden, seine Wahrnehmung liess nichts anderes zu, trotz irgendwelcher Nichtigkeiten, von denen das verspätete Eintreffen des Zuges, der sie zu den Autos an ihrer Unterkunft zurückbringen sollte, noch die erinnerungswürdigste Kleinigkeit war. Nichts, gar nichts konnte ihrem gemeinsamen Glück an diesem Tag etwas anhaben. Ihr schneller heisser Akt am Abend zuvor, der mit dem platonisch langen Vorspiel, der durch relevante Störfaktoren alles andere als gesichert erschien und nur deshalb eintrat, weil ihn beide unbedingt wollten, dieser erfüllte Akt hatte sich wie eine schützende Schicht um ihr Gefühlsleben gelegt.

Beide wussten, es würde dauern, bis sie das gleiche Feuer wieder erfassen würde, zu viele Pflichten und Verpflichtungen standen auf dem Programm.

Früher

Sie hatten ein Haus in ruhiger Lage, mit einem Schlafzimmer, das den gebotenen Abstand zu ihrem jüngsten Sohn, der als einziges Kind noch zu Hause war, gewährleistete. Notfalls wären sie abends, kurz nachdem ihr Sohn eingeschlafen wäre, übereinander hergefallen. Guter Sex, noch besserer Sex, liess sich aber nicht anknipsen.

Genau dies war für die Plots der allermeisten pornographischen Handlungen bestimmend. Beide hatten sich in der Laufbahn ihrer Liebe auch mit pornographischen Inhalten befasst, er weitaus früher als sie, auch schon vor ihrer gemeinsamen Zeit.

Als Achtzehnjähriger hatte er seinen ersten Film gesehen, mit seinem damaligen Freund, zu dem er heute noch seltenen, aber herzlichen Kontakt hatte. Traumatisch hatte er diesen Film nicht empfunden, trotz der etwas verruchten Lokalität im Bahnhofsviertel der mit dem Zug circa fünfundvierzig Minuten entfernten Großstadt. Sie, zwei junge Kerle, die beide während des Films ihr dauererigiertes Ding in der Hose liessen, während um sie herum vorwiegend ältere Männer oder das, was sie dafür hielten, ihre teils offenen Hosen bearbeiteten, in einem Halbdunkel ohne jede erotisierende Halbschatten, ein Setting, das nichts mit der seit der Kindheit so verehrten Atmosphäre seines Buchs der Aktphotographie zu tun hatte.

Auf was projizierte sich diese arme, traurige Erregtheit? Die Handlung war schnell erzählt: eine nackte Frau um die zwanzig liess sich von drei verschiedenen Männern in allen möglichen Positionen und unter Äußerung einförmiger Laute ficken. Diese Laute hätten als Stöhnen, Pressen oder auch Quieken durchgehen können. Er bekam den Eindruck, die Hauptdarstellerin hätte auf ihre Uhr schauen wollen, um zu wissen, wie lange sie ihre Dienste noch zu tun hätte. Den Männern schien es zumindest teilweise Spaß zu machen, an der Härte ihrer Schwänze und der robusten Kraft ihrer Bewegungen war kein Zweifel. Und von sich selber wusste er um das schöne Gefühl, das in seinem Schwanz bei den charakteristischen Bewegungen entstand, wenn er seine Hände zu einer dem typischen Hohlorgan nachempfundenen Struktur formte.

Aber auch die simpelste Handlung erforderte Einleitung, Vorbereitung und den Höhepunkt selbst. Die Einleitung war, dass die Hauptdarstellerin unvermittelt den Schwanz des Hauptprotagonisten bearbeitete und zur Hochform brachte. Nichts mit Kennenlernen, kein Dialog, der erklären würde, warum sie mit diesen drei Männern zusammengetroffen war, nicht die geringsten gestischen Elemente eines Dialogs, der die Absicht auf gemeinsamen Sex andeuten würde, nichts davon. Ihm schienen es drei Sekunden, dass sie sich, bereits nackt, seinen bereits entblössten, zwar geschwollenen, aber noch etwas schlaffen, dennoch überdimensionierten Schwanz in den Mund steckte und ihn wie ein Eis ablutschte. Der tonale Hintergrund dazu bestand in gepresst hervorgebrachten Lauten beider Akteure, ab und an unterbrochen von Aufforderungen wie ´nimm ihn!´ oder ´fester!´ oder ´tiefer!´. Nach gefühlten fünfzehn Minuten spritzte sein Sperma gut sichtbar und maximal ausgeleuchtet in ihren weit geöffneten Mund und hinterliess auf ihren Wangen seine weißlichen Fäden.

Ein erster Höhepunkt war erreicht, aber der zweite liess nicht auf sich warten. Aufwand genug, dass sich beide von einem Bademantel verhüllt gegenübertraten. Ein Handgriff, und die Bademäntel waren weg. Wieder war es an ihr, in knieender Position seinen Schwanz zu trimmen, sich danach vor ihm mit breit geöffneten Schenkeln hinzulegen und ihn gefühlte zwanzig Minuten lang rein und raus zu lassen. Zu dessen Ende zog er seinen Schwanz heraus und spritzte über ihrer Nabelregion ab, von ihm in reinstem Machismo mit dem Befehl ´Zerreib es!´ kommentiert.

Es ging weiter, der dritte ultimative Höhepunkt wurde erreicht, als alle drei Männer, der eine vaginal, der andere oral, der dritte manuell stimuliert über ihrem Körper abspritzten.

Erregt und konfus verliess er mit seinem Freund das Kino, diese Schmuddelecke der wie auch immer zu verstehenden körperlichen Lust. Hatte diese Lust mit Liebe zu tun? Konnte sie ohne Liebe überhaupt Lust sein? Und würde Lust so aussehen, wenn sie auf Liebe treffen oder erst aus ihr entstehen würde?

Damals hatte er keine Antworten. Er spürte diese kraftvolle sexuelle Energie in sich selbst, diese ins Leere stossende Energie, die keine Entsprechung beim weiblichen Geschlecht fand, unter Schüchternheit und Selbstzweifeln vergraben. Welches Mädchen, geschweige denn Frau sollte Interesse an diesem grünen achtzehnjährigen Jungen haben, der bisher nichts als eine einigermaßen passable Schullaufbahn vorweisen konnte? Er beneidete die Typen, denen die normale pubertäre Entwicklung den Status des Platzhirschen verschafft hatte. Damit einhergehend war es nicht weit zu der Frage ´Willst Du mir mir gehen?´ und nur unwesentlich weiter zur ersten Kopulation. Dieser Mut zum Kontakt mit dem anderen Geschlecht, zum Flirt, zur Negierung seiner Komplexe, zum brünftigen Röhren, Brusttrommeln, zur senkrechten Präsentation seines Kamms, seiner Pfaufedern, dieser Mut hatte ihm bislang gefehlt, diesen Mut hatte er bei anderen immer aber auch ein bisschen belächelt.

Vielleicht waren die Umgangsformen der ausklingenden sexuellen Revolution geeignet, diese aus der evolutorischen Vorzeit stammenden, für den Fortbestand der Populationen gleichwohl wichtigen Rituale außer Kraft zu setzen. Warum sonst sollten Lebensmodelle, die in progressiv sich fühlenden Wohngemeinschaften ein ´Jeder mit Jedem´ beinhalteten und die in anderen Spielarten Gruppensex ermöglichten, von solcher Aufmerksamkeit begleitet sein.

Selbst in politischen Magazinen waren dies grosse Aufhängerthemen gewesen. Eine Reportage war ihm in Erinnerung geblieben, doppelseitiges schwarz-weisses Bild, circa zwanzig Nackte beiderlei Geschlechts, die Männer jeweils ohne äußere Anzeichen körperlicher Erregtheit, den Frauen sah man diese eh nicht zwingend an. Zwanzig Nackte standen nebeneinander, die Arme an den Schultern des oder der jeweils anderen, einmal von vorne, einmal von hinten präsentiert, noch ohne Rasur ihrer Schamhaare, noch ohne Tattoos und noch ohne diese gewissen und typischen Dreingaben eines hochkalorischen Lebensstils, die an einer Sportlichkeit im allgemeinen Leben und beim Sex im Besonderen zweifeln liessen.

Würde ihm die Teilhabe an einer solchen Gruppe über seine sexuelle Not hinweghelfen können? Sofort schienen sich Tausende von Hindernissen der Scham und Verschämtheit vor ihm aufzubauen. Mit mehreren ein bewusstes Arrangement treffen, freizügig und möglichst flexibel miteinander zu kopulieren, kam ihm nicht in den Sinn. Zu sehr hätten sich Selbst- und Fremdbildnisse in seinem Kopf über die Szenerie gelegt und die notwendige körperliche Erregtheit zum Erliegen gebracht.

Für den unwahrscheinlichen Fall, dass in der Gruppe ein Mädchen, eine Frau sofort und bereitwillig einen Akt mit ihm gewollt hätte, wäre er möglicherweise dazu in der Lage gewesen. Wie viele Schritte wären es von dort zu Handlungen, die Lust nur vorspielen, aber nicht wirklich ausdrücken würden? Und die in sich zusammensinken und die Akteure in tiefer Scham entlassen würde, sollten all die kleinen, nickligen, dem Sex feindlichen Umstände zum Vorschein kommen.

Wenn sich Schweißgeruch ausbreiten würde? Nicht dieser ganz besondere Körpergeruch seiner Frau, der ihn jederzeit in höchste Erregung versetzen konnte. Nein, ordinärer Geruch nach Schweiß, imstande, jedes Gefühl nach Annäherung und zunehmend engerem Kontakt zu ersticken. Wenn sich die Handlung des Vorspiels in einem profanen Akt des an sich selbst vorgenommenen Ausziehens erschöpfen würde?

Nach langer, wahrscheinlich quälender Diskussion hätte man sich zum Gruppensex verabredet. In welchem Raum träfe man sich? Vielleicht im Partykeller der verreisten Eltern eines Eingeweihten. Ein cleverer männlicher Kopf der Gruppe hätte einen Kasten Bier und Cola besorgt und sogar kaltgestellt. Eine clevere weibliche Teilnehmerin hätte einen Topf mit Sangria zubereitet.

Wer hätte gerne hungrig Sex? Kulinarische Köstlichkeiten hätten sich in der Bereitstellung von Chips und Salzstangen erschöpft.

Musik aus den dröhnenden Boxen des ebenfalls involvierten Technik-Freaks hätte nun die sicherlich größte aphrodisiakische Wirkung entfaltet.

Hätte an dieser Stelle eine von wem auch immer ausgehende Regie begonnen? Mutig, der als erster seinen trainierten, möglichst nicht behaarten Oberkörper gezeigt hätte, fortan sein Becken rhythmisch zu kreisen begonnen hätte und es nach vorne zu strecken in der Lage gewesen wäre, beeindruckend die in den damals angesagten Hosen voluminöse Beule. Es hätten sich Mädchen gefunden, die diesen Liebestanz ergänzt und ihm seine Legitimation hätten zukommen lassen.

Wären die anderen zu Statisten degradiert worden? Der, dessen zum Rhythmus ungelenke Bewegungen keine Aufmerksamkeit beim anderen Geschlecht weckte? Der, dessen ausgeprägte Akne noch von den wildesten ekstatischen Tänzen ablenkte? Der, dessen gewohnte Protzerei auch jetzt über das Ziel hinausschiessen würde? Der, dessen plötzliche Ekstase nicht von der sonst gezeigten Schüchternheit, Verschlossenheit, gar langweiligen Aura ablenken könnte? Das Mädchen, dessen ganze, kompliziert schwingende und be-

zogen auf essentielle Fragen des Lebens noch unbeantworte-
te Sexualität sich in der einen einzigen Attitüde „Ich will es
jetzt und mit jedem!" öffnen sollte, um nicht als Spielver-
derberin zu gelten? Das Mädchen, dessen Körperlichkeit
trotz offensiver Bereitstellung vielleicht doch nicht den Zu-
spruch des heimlich Angebeteten fand? Sollte der Zweite
oder Dritte herhalten müssen? Umschreibung für einen Vorgang, der sicher nicht mehr Erfüllung als die sonst praktizierten Masturbationsversuche bot.
Der Zweite oder Dritte, der merken würde, dass er nur als
Ersatz gedacht war?
Dass sich jeder mit dem gleichen Anspruch an die eigene
körperliche Hygiene träfe, galt als selbstverständlich - oder
auch nicht.
Jeder würde mindestens einmal seinen Orgasmus vorzu-
führen haben. Der vorschnell kam, würde als besonders
potent gelten. Der nicht kam, als impotent. Was wäre mit
dem Mädchen oder der Frau, deren Orgasmus nur mit
Einsatz künstlicher Gleitmittel zu provozieren war? Nicht
jede hätte eine professionell anmutende Routine, noch den
persönlich langweiligsten Akt gestisch und akustisch in
solcher Weise zu untermalen, überhaupt nicht, wenn dieser
Akt eigentlich nicht gewollt war. In der Phantasie männlicher jugendlicher Hirne, die noch nie in die körperliche Liebe zum anderen Geschlecht eingeführt worden waren, hatten
Nymphomaninnen Platz, wohlgeformte Mädchen gleichen
oder jüngeren Alters, die noch den erfahrensten Womanizer
sexuell von sich abhängig zu machen wussten. Wie und mit
welchen Details, war diesen jugendlichen Hirnen verborgen.
Nicht fremd war diesen Hirnen der Gedanke, selbst mit dem
dazugehörigen Phantasie-bewehrt göttlichen Körper irgendwann Objekt einer solchen Nymphomanin zu werden.
Wie nahe käme die Realität diesen Gedanken, wenn bei den
einschlägigen Treffen eines oder mehrere dieser Mädchen
kurzerhand die Regie an sich rissen und ihren Trieben freien

Lauf liessen, möglichst viele Schwänze ausdauernd in sich reinstecken zu lassen. Jeder hätte endlich seine Chance. Und es war bestimmt so, dass alle diese Mädchen an die Jungen und vor allem deren Schwänze dachten. Wie erginge es dem, der den anderen um die Grösse seines Schwanzes bewunderte und beneidete? Die Grösse des Schwanzes war bestimmt das entscheidende Detail, wenn es um das Ob und Wie beim anderen Geschlecht ging.

Fragen über Fragen eines emotional überforderten männlichen jugendlichen Hirns, keine Antworten, ins Leere stossende Energie, zwanghafte Gedanken, Druck allerorten, verletzte Eitelkeiten, Sucht nach Selbstbestätigung, ohne andere zu verletzen, der verschämte, kontrollierende, nur phasenweise bestätigende Blick in den Spiegel, ob angezogen oder nicht.

Narzisstisch zu sein, wollte er sich nicht zugestehen, zu sehr war in seiner Erziehung der Widerwille gegen eine im Spiegel bestätigte Selbstliebe verankert. Für diese Sünde gäbe es nicht mal eine Beichte, nicht die Spur einer Erlösung, würde er den Schritt vor den Spiegel, den Griff an sein prompt steifes Glied doch selbst vollziehen, seine den pornographischen Bildern entlehnten Posen und Verrenkungen doch selbst einnehmen. Er würde doch selbst wollen, sein Sperma möglichst lange zurückzuhalten, ein, wenn es gelang, äußerst luststeigerndes Gefühl. Er würde doch selbst wollen, sein Sperma dann aber möglichst weit und schnell herauszuspritzen. Er würde doch selbst in die Rolle des imaginären professionellen Lovers schlüpfen wollen, der möglichst vielen vor ihm liegenden und ihm sich entgegenstreckenden Frauen durch Benetzung mit seinem tollen Sekret die ihnen größte anzunehmende Befriedigung verschaffen würde. Dies alles würde er wollen und dafür die schwere Bürde der Sünden von Selbstverliebtheit, Eitelkeit, Kult um die eigene Person, mangelnder Bescheidenheit und Ausnutzung der Bedürfnisse anderer auf sich nehmen müssen. Diese Selbstverantwortung würde ihm keiner nehmen können und wollen.

Und doch, er hatte ein grosses Privileg und viele damit verbundene Chancen: er war in das Zeitalter der größtmöglichen Nacktheit und freiestmöglichen Sexualität hineingewachsen, das es wahrscheinlich je gegeben hatte. Diesbezügliche und eindeutige Bilder hatten sich überall um ihn herum breit gemacht. Diese Bilder hatten ihn von Anfang an interessiert und in seinen Bann gezogen. Verschämtheit oder grösstmögliche Offenheit, Verhülltsein oder Nacktheit, Licht aus oder Licht an, Sünde oder Freiheit, Pflicht oder Spass, Vollzug der Ehe oder ein an Intensität und Emotionalität nicht zu überbietender Akt.

Treue oder Untreue war kein salonfähiges Thema, wo sich Untreue schließlich doch auf bestehende Verhältnisse auszuwirken begann, wurde der Spiess herumgedreht und über mindere Eigenschaften wie Besitzergreifung, Okkupation und Eifersucht gesprochen. Eheversprechen, ins Belieben gestellt und interpretierbar. Fortpflanzung und Kinder, nicht grundsätzlich verboten, aber weit weit weg, dem Sex sicher erst mal hinderlich, irgendwie konträr zur eroberten und gewonnenen Modernität. Für die Männer war es durch die Pille richtig einfach geworden. Mann und Frau konnten sich durch ihr Leben ficken und nebenbei die Gesellschaft revolutionieren.

In seinem unerfüllten Jüngling-Dasein spielten alle diese Gedanken eine Rolle, drangen aber nicht wirklich zu ihm vor. Er war skeptisch, sich ohne Liebe auf Sex mit anderen einzulassen. Erregtheit und das schöne Gefühl des spontanen oder manuell taktil provozierten Orgasmus waren ihm nicht fremd. Sexuelle Handlungen auch dies, aber ohne das eine Mädchen, ohne die eine Frau vollzogene sexuelle Handlungen. Was ihn beim Sex mit diesem einen Mädchen, mit dieser einen Frau, nach der er sich sehnte, erwarten könnte, war voller Geheimnisse.

Südtirol

Angespannte und arbeitsreiche Wochen gingen zu Ende. Die Urlaubszeit hatte begonnen, mit ihr die Vertretung der bereits in Urlaub befindlichen Kollegen. Die Rund-um-die-Uhr-Bereitschaft in seiner Klinik verteilte sich auf weniger Köpfe, die täglich anfallende Arbeit auch.

Trotz seiner langjährigen Berufserfahrung empfand er die Bereitschaftsdienste als den eigentlichen Stressor seiner Arbeit. Das Gefühl, zu jeder Tages- und Nachtzeit präsent sein zu müssen, und sei es nur punktuell, liess ihn während dieser Dienste nicht wirklich entspannt sein. Sobald die aufkommende Nacht es erlaubte, legte er sich schlafen. Er war froh, innerhalb von Minuten, wenn nicht Sekunden einschlafen zu können. Bis zu diesem Zeitpunkt lagen eine Vielzahl beruflicher Verrichtungen des vorangehenden Arbeitstages hinter ihm.

Vom Tag erschöpft, schlüpfte er unter seine Decke und arrangierte die Kissen. Damit seine Kopfhaltung zunächst keine Schmerzen im Nacken auslösen würde. Mit fortschreitender Nacht und Bettruhe und ohne störendes dienstliches Telefonat würden sich diese Schmerzen häufig melden. Ohne Kopfkissen in Rückenlage würden die Schmerzen abklingen, und er würde meistens und prompt wieder einschlafen. Beim morgendlichen Aufwachen läge die viel zu kurze Nachtruhe hinter ihm, während des Bereitschaftsdienstes aber mit dem angenehmen Gefühl verbunden, einem nächtlichen klinischen Einsatz entkommen zu sein. Egal, ob Bereitschaftsdienst oder nicht, die viel zu kurze Nachtruhe würde ihn in einem erschlagenen Körper mit Schmerzen an Knie, Waden und Füßen, mit eingesteifter, nach Dehnung schreiender Rückenmuskulatur und mit dem Bewusstsein, jetzt und hier nicht in diese Welt hinaus zu wollen, wach werden lassen. Während der Momente eines notwendigen klinischen Einsatzes, der seine viel zu kurze

Nachtruhe weiter verkürzen sollte, verfluchte er im Stillen alles, was ihm in den Sinn kam.

Das Wochenende mit den Rädern am Fluss lag zwei, drei Wochen zurück. Auf die kommende Reise hatten seine Frau und er sich seit Monaten gefreut. Sie würden ohne ihren dreizehnjährigen Sohn verreisen. Er würde zur gleichen Zeit an einer Jugendfreizeit in Frankreich teilnehmen. Während dieser Reise würden sie einen seiner alten Freunde im Berchtesgadener Land besuchen. Davor würden sie Städte-, Wander- und Wellness-Urlaub in Südtirol machen wollen, sie beide allein, jeder dem anderen und in jeder Beziehung zur vollen Verfügung, keine Dritten, auf die Rücksicht genommen werden müsste. Wenige Tage vor der Reise sprach ihn seine Frau auf die Hotelbuchungen an. Wegen der kurzen Buchungszeit waren die in die nähere Auswahl genommenen Unterkünfte teurer als erwartet. Die von ihnen gemachten Erfahrungen während zurückliegender Liebes- und Lustreisen hatten ihre Ansprüche höher geschraubt. So hatten sich ihre Wander- oder Städtereisen für beide zu Chiffren einer gelebten Sexualität entwickelt, die ihnen höchstmögliche Spannung und Befriedigung versprechen sollten.

Noch konnte er sich wegen seiner beruflich bedingten Anspannung wenig darunter vorstellen. Seine Frau spürte dies und hielt ihre aufkommenden Wünsche zurück. Abends im Bett machte sie ihm, ihrem müden und erschlagenen Mann, vage Andeutungen, was sie bereits vermisste. Unverhohlen drückte sie ihre Freude über die bevorstehende Reise aus.

Er konnte sein Glück kaum fassen, als die Reise am geplanten Datum begann, ohne irgendwelche Zwischenfälle, welche die Planung behindert hätten. Alles stimmte, beide hatten frei, beide hatten Urlaub, aller alltäglichen Verpflichtungen ihren Kindern, ihrem Haus, Hof und Garten gegenüber ledig.

Beide stiegen ins Auto, dessen Aussehen trotz des kräftigen Motors nicht unbedingt seinem Geschmack entsprach. Beim Kauf hatte sie die entscheidende Stimme gehabt. Die Fahrt verlief ohne Probleme und entspannt, weniger finanzielle Sorgen als früher, keine Rücksicht auf mitreisende Kinder, relative Ausgeschlafenheit, überwiegend sonniges Wetter, kein Termindruck, abschnittsweise Stau auf den seit Jahren zahlreicher werdenden Baustellen, sonst zügiges Voran-kommen.

Das erste eigentliche Ziel war eine Stadt in Südtirol, wo die Unterkunft erst tags darauf genutzt werden konnte. Beiden kam der Zwischenstop entgegen, den seine Frau kurz vor der Abreise arrangiert hatte. Ungefähr auf der Mitte der Strecke, ein ihnen bislang unbekanntes Städtchen, ange-nehmes Hotel. Ein Blick ins Internet hatte ergeben, dass am späten Nachmittag ein klassisches Konzert in einer Kirche dieses Ortes stattfinden würde.

Sie waren rechtzeitig da und checkten im Hotel ein. Moderner Zweckbau, der dem angegliederten Kongress-zentrum als Unterbringungsmöglichkeit diente. Ausser-gewöhnlich waren die Lage des Hotels auf dem Felsen über der Stadt mit Blick auf die beschaulich versammelten Gebäude und mit Blick auf das benachbarte, von einem mittelalterlichen Herzog erbaute Schloss. Das Restaurant und der Biergarten des Hotels öffneten sich in gleicher Weise der Landschaft. Es herrschten angenehme sommer-liche Temperaturen.

Ihr Zimmer bot den erwartungsgemässen Komfort. Breites Doppelbett, modernes Bad, erträgliche Geräusche von der weiter vorgelagerten Strasse trotz offenen Fensters. Nach der Dusche legte er sich zu einem kurzen Schlaf hin. Wo und wann möglich, nutzte er solche Gelegenheiten. In den kommenden Abendstunden wollte er aufmerksam bleiben und Konversation treiben können, mit ihr. Erfrischt machten sie sich zu einem Spaziergang in die zu Füßen des Schlossbergs liegende Altstadt auf. Bis zum Konzert war noch Zeit, in einem Straßenlokal einzukehren. Er probierte ein lokal gebrautes Bier, sie einen Radler. Sie beobachteten die vorbeiziehenden Menschen und musterten die umliegenden Fassaden mit den dazugehörigen Geschäften. Selbst in dieser wohlhabenden süddeutschen Kleinstadt hatten Flächenexplosion im Einzelhandel und die durch das Internet hervorgerufene Änderung des Einkaufsverhaltens breiter Bevölkerungsschichten seine Spuren hinterlassen. ´Sale´ allerorten, beliebig und überall verfügbare Waren, die vordergründig keine Lust aufs Kaufen machten.

Dies war jetzt und für sie beide kein Problem. Sie hatten alles, was man zum Leben brauchte. Natürlich würden immer wieder Wünsche aus dem Nichts auftauchen. Mehr oder weniger vernünftige, mehr oder weniger verrückte Wünsche. Eine neue Küche? Ein neuer Toaster? Eine neue Küchenmaschine im Edeldesign? Auch ganz praktische Wünsche wie den seiner Frau, die nach siebzehn Jahren Gebrauch etwas undicht gewordene Haustür rechtzeitig gegen die nächste winterliche Kälte überholen und abdichten zu lassen.

Schmuck oder Edelsteine? Keinen wirklichen Bedarf. Den wenigen Schmuck, den seine Frau hatte, fand er schön. Er liebte es, wie das bisschen Gold und Silber ihren auch im Winter häufig sommerlichen Teint betonte. Er liebte die zwei, drei teils ererbten Perlengeschmeide an ihrem Hals, an ihren Armen.

Ihre verrückten Wünsche projizierten sich auf alle möglichen Reisepläne. Einiges davon würden sie gerne mit ihren Kindern machen wollen.

Jetzt und hier hatten aber beide den Wunsch nach dem Einen im Sinn. Beide Stühle standen draussen vor dem Lokal nah beieinander. Schneller als er merkte sie, wie der Alkohol ihre Sinne zusätzlich anregte. Zärtlich suchten ihre Hände Kontakt. Dieses Spiel dauerte Minuten und liess die Zeit vorbeifliegen. Begleitet von den gewissen, eingeweihten Blicken, die sie austauschten, Blicke, die jede verbale Kommunikation ersetzten und entbehrlich machten, Blicke, so eindeutig, wie sie gemeint waren, Blicke, die ihn in die Versuchung brachten, seine Hand unter ihr Sommerkleid zu schieben, das ihrer Figur knisternde, erotische Ausstrahlung verlieh, Blicke, die ihn wie so oft zu der Frage verleiteten: „Hast Du eigentlich einen Slip an?"

In dieser Öffentlichkeit führte er nicht seine Hand unter ihr Kleid. Nur für ihn vernehmbar, reichte ihm ihre Antwort, wie das bei der plötzlich aufkommenden Nässe zwischen ihren Schenkeln ohne Slip gehen solle. Gespannt auf den Geschmack dieser Nässe zwischen diesen Schenkeln hätte er jetzt und sofort ihren Körper abküssen wollen. Er musste sich zurückhalten. In diesen Sekunden blieb ihm, mit seinem Mund eins ihrer Ohrläppchen zu suchen und sich mit dessen Geschmack als Ersatz für sein heftiges Verlangen zu begnügen.

Beiden war das bevorstehende Konzert eine willkommene Verzögerung ihres in Gang befindlichen Vorspiels. Klassische Musik in einem gesetzten bürgerlich-kirchlichen Rahmen. Die Qualität der Darbietungen entsprach den regionalen Ansprüchen. Die in seinen Kopf dringenden Laute verhinderten nicht die gedanklichen Abschweifungen zu der Liebe, die er mit seiner Frau machen wollte. Deren abgründiges Sexappeal hatte ihn wieder einmal in seinen Bann gezogen. Wie viele Männer in dieser Kirche hatten heute ein ähnliches Glück? Niemand anders hatte diese Frau! Beide waren den Anderen gänzlich unbekannt und würden nach dem Konzert wieder in ihre Anonymität entschwinden.

Beide waren hungrig geworden, in doppeltem Sinn. Den vorgesehenen Nachtisch malte er sich in allen Farben aus. Das kulinarisch unterlegte Kapitel ihres Vorspiels konnte nur im Biergarten des Hotels mit dessen auf das Schloss ausgerichteter Terrasse stattfinden. Der laue Sommerabend und der Blick auf das in Frieden vor ihnen liegende Arrangement aus Natur und historischen Bauten würden ihre Sinne nochmals schärfen. Sie sassen im Freien an ihrem Tisch auf ihren eng nebeneinander stehenden Stühlen und blickten in den blass orangen Abendhimmel.

Das Essen war gut genug, um nicht zur Hauptsache zu werden. Beide probierten von den Speisen des anderen. Es reichte, ein angenehmes Sättigungsgefühl aufkommen zu lassen, eins, das die Lust auf den ganz besonderen Nachtisch unterhielt. Was hatte es mit der Bemerkung auf sich, Essen sei der Sex des Alters? Er fand es schön, abends nach einem anstrengenden Tag, an dem er wenig gegessen und getrunken hatte, mit einem kalten Bier eine Phase der Entspannung einzuleiten. Ein Drink am Ende des Tages, noch vor dem Essen, mochte der Hunger noch so gross sein. Welches Essen, meistens das von seiner Frau am Tag zubereitete Essen, auf ihn wartete, war ihm egal. Kam die Erschöpfung durch seine Arbeit hinzu, führte dieses Essen oft zu rasch einsetzender Müdigkeit, die zwar Raum liess, um mit seiner Frau über den Tag zu reden, seine libidinöse Energie aber unterdrückte.

Anders an diesem Abend. Ausgeruht, ausgeglichen nahmen sie einen alkoholischen Drink zu sich. Als Vorspeise eine klare Brühe mit fein geschnittenem Wurzelgemüse, dass noch den richtigen Biss hatte, bevor das Hauptgericht den eigentlichen Hunger stillte. Ihre Konversation behandelte keine wirklich wichtigen Themen. Natürlich hatte sie ihr Smartphone dabei. Sein mehr als zehn Jahre altes Mobilphone, dessen Funktion sich für ihn auf die Erreichbarkeit während seiner Bereitschaftsdienste beschränkte, blieb ausgeschaltet. Ihre Konversation erlaubte ihnen, zwischendurch den What's App Account zu sichten oder den Routenverlauf ihrer am nächsten Tag geplanten Fahrt zu überprüfen. Bemerkten sie Wissenslücken zu einem bestimmten Detail, zu der am Ort ansässigen Weltfirma, zur Historie des vor ihnen liegenden Schlosses, zu dem gerade dort stattfindenden Sommerfestival, genossen sie den schnellen Zugriff auf die Online-Information. An diesem Abend, an diesem Ort führten die Blicke auf das Smartphone ihre Köpfe zusammen und nicht auseinander, wie sie es oft bei anderen Paaren bemerkt hatten. Sie hatten nur dieses eine Smartphone, vor allem aber hatten sie den Magnetismus ihrer Liebe.

Dieses Gefühl, dem anderen widerstehen weder zu können noch zu wollen. Dieses sich verdichtende Wissen, dass sie in Kürze übereinander herfallen würden. Diesen Liebestanz, der den anderen Gästen und Personen um sie herum möglicherweise nicht bewusst war. Selten hatte er den Eindruck gewonnen, dass das Wissen um ihren kurz bevorstehenden Sex anderen Leuten bewusst geworden war, zwei oder drei Mal in ihrem Leben. Vielleicht war es heute wieder so. An diesem Abend waren sie ein eng zusammengerücktes Pärchen in mittlerem Alter in legerer Bekleidung, die ihre Figuren betonte, er mit seinem für sein Alter so typischen Weizenbier, sie mit ihrem für ihr Alter um fünfzig so typischen minzfarbenen Aperitif, die es sich offensichtlich gut gehen lassen konnten, in lockerem, heiterem, für andere nicht hörbaren Gespräch zugetan.

Es war nicht so, dass sie die anderen Personen nicht wahrgenommen hätten, auch dies empfanden sie als Bereicherung ihres Liebestanzes. Sie hatten das Gefühl, dass niemand der anderen hier und an diesem Abend an Sex denken würde. Ein Mann und seine Frau sassen sich an einem der Nebentische gegenüber, jeder der Blicke auf dieses Paar ertappte es beim Schweigen. Eine wahrscheinlich familiär zusammengehaltene Gruppe aus zwei Männern, zwei Frauen unterschiedlichen Alters und gelangweiltem Kind liess Gesprächsfetzen über die bevorstehende Ferienfahrt nach Italien und die Gegend um Padua zu ihnen dringen.

Die junge Kellnerin war freundlich und höflich, bemüht, nichts falsch zu machen. Sie machte den Eindruck, froh über ihren Gelegenheitsjob zu sein. Sie würde angestrengt abends ins Bett fallen. Der Mann am Getränkeausschank schien noch am ehesten auf Beutezug zu sein.

Ihm selbst, dem Mittfünfziger, war im Lauf seiner Jahre die Erkenntnis gekommen, dass der Platz an der Bar ein richtig guter Platz im weltumfassenden, fortwährenden Spiel der Suche nach Liebe sei. Im Mittelpunkt aller Blicke und subtiler Wünsche, mit Chancen, die eigene Ausstrahlung zur Geltung zu bringen, kleinere Handfertigkeiten, organisatorische Talente und beim Mixen der Cocktails oder anderen Drinks kreative, gar künstlerische Ambitionen zeigen zu können, war dieser Platz geeignet, Sprache, Mimik, Gestik den Personen zuzuwenden, die ins eigene Beuteschema passten. In den allermeisten Fällen würde die Bezahlung dieser Tätigkeit allerdings kaum die Gründung und Sicherung einer Familie erlauben. Und mit Eintreten des Liebesglücks würden alle diese schönen Tätigkeitsmerkmale ihren Sinn eigentlich verloren haben.

Er war nicht in der Situation, auf Beutezug gehen zu müssen oder zu wollen. Seine Frau hatte er vor mehr als fünfundzwanzig Jahren erobert und verteidigt, und sie ihn. Noch immer waren der ganz bestimmte Blick aus ihren grossen braunen Augen, ihr Profil, ihr Teint, ihre weiblich betonte Figur ohne überflüssige Polster, ihre Hände, ihre Füsse, die in jede Werbung für die jeweils neueste Kollektion von Sandalen gepasst hätten, vor allem ihre Stimme, ihre Haltung und Ausstrahlung geeignet, ihrer Eroberung entgegen zu sinken, entgegen zu fallen. Seit mehr als zwei Jahrzehnten hatten sie sich bis in ihr tiefstes Inneres kennengelernt und wussten doch, dass Geheimnisse dem anderen verborgen geblieben waren. Nach diesen vielen Jahren wussten beide, wie sie diesen Abend beenden würden.

Sich an die Theke zu setzen und nach dem Essen einen weiteren Drink zu nehmen, wäre eine weitere Variation ihres Liebestanzes gewesen, hätte aber Verzögerung bedeutet. Sein in der Hose immer wieder prall werdendes Ding sagten ihm, dass es an der Zeit war. Sie bezahlten die Rechnung. Er war unsicher wie immer, ob das Trinkgeld ausreichen würde. Sie gingen auf ihr Zimmer zurück. Auf dem Weg suchten sich mehr als einmal ihre Hände, ihre schlüpfrigen Zungen. Seine Hände suchten die Konturen ihres Hinterns, ihrer Taille.

Im Zimmer angekommen, gingen sie den üblichen Verrichtungen so beiläufig wie eben möglich nach. Auf die Toilette zu gehen, hätte gestört, hätte sein dauererigiertes Glied auch nicht erlaubt. In dem folgenden Akt würde er deshalb seinen Orgasmus länger zurückhalten können, kalkulierte er. Zähneputzen hätte gestört, im Fall ihrer Fellatio hätten irgendwelche Aromen auf seinen Lippen, seiner Zunge Reizungen ihrer Scheide mit sich bringen können, ein Umstand, der nicht zu ihrer Reiseplanung gepasst hätte.

Währenddessen hatte sich seine Frau, scheinbar noch halb angezogen, auf das Bett, das vom Badezimmer aus nicht einsehbar war, zurückgezogen. Er beschloss, sich bereits im Badezimmer komplett auszuziehen. Im Spiegel sah er seinen hoch aufragenden Penis, bevor er das Licht ausmachte. Er trat aus dem Badezimmer heraus. Im dämmrigen Licht trafen sich ihre Blicke. Die Bettdecke hatte sie komplett zur Seite gezogen. In ihrer ganzen Nacktheit lag sie, ihre Schenkel weit auseinander, auf dem Bett. Als ob die Natur gar nichts anderes erlauben würde, war ihre Vulva weit geöffnet. In exzentrischer Position wartete ihre pralle Klitoris auf schnellen, harten, schlüpfrigen Kontakt. Als erlaubte die Natur nichts anderes, suchte er seine Position zwischen ihren Beinen. Er hatte noch Zeit, sich ihres Geruchs zu versichern, trotz des Abstands. Küsse, Umarmungen und Streicheleien waren in diesem Moment nicht gefragt. Weitere Verzögerungen waren nicht gefragt. Jetzt waren die Sekunden vollkommener Ekstase, die sich möglichst lange, möglichst Minuten vor die Sekunden des vollkommenen Glücks erstrecken sollten. Zielgerichtet und ohne Kontrolle durch seine Blicke fand seine Eichel ihre Öffnung, streckte sich ihre Vulva seinem Penis entgegen. Visuelle Kontrolle erfolgte durch die tiefen, eingeweihten Blicke in die Augen des anderen. Sie fanden ihre Bestätigung in den Empfindungen der dafür vorgesehenen Organe. Es war heiss, es war nass, schlüpfrig, prall, beides fand seinen natürlichen Weg, es glitt rein und wieder raus, alles passte, ihr Stöhnen und die tiefen Atemzüge waren nicht zu unterdrücken und nahezu synchron.

Waren es wirklich nur Sekunden, höchstens ein bis zwei Minuten, dass seine aufkommende Woge ihren ersten Kitzel in seinem Penis ankündigte? Kurz hielt er inne, noch konnte er sie zurückhalten, behielt die Kontrolle, liess sich wieder auf die heftigen Bewegungen ihrer Liebeskür ein. Und trotzdem, alle seine Reflexe hatten ein labiles Niveau erreicht, dass er durch einzelne Bewegungen zur Explosion hätte bringen können, waren seiner Kontrolle teilweise entglitten. Aber er wollte seine und ihre Reflexe wieder in Übereinstimmung bringen. Wie sie sich liebten, war sein einziges bewusstes Ziel, gemeinsam entfesselt zu werden. Für einen kurzen Moment und etwas zu schnell zog er seinen Penis heraus. Wollüstig bedeutete sie ihm, dass sie ihn direkt und unbedingt wieder haben wollte. Etwas zu schnell, etwas zu früh merkte er, dass die Welle seines Spermas ihren Weg nahm. Noch hatte er die Hoffnung, durch prompte Konzentration auf Nebensächlichkeiten oder andere Dinge seine Ejakulation aufteilen zu können, vielleicht zwei Mal zu spritzen und sich anschließend mit noch längerem Genuss seinem finalen Orgasmus hinzugeben. Er verlor etwas zu früh die Kontrolle. Eine kurze versehentliche Anspannung liess seinen erigierten Penis noch härter werden. Sein Orgasmus war unaufhaltbar. Die zwei Spritzer, die er sonst als ersten Teil genossen hätte, waren keine Vorboten, sondern Teil des Ganzen und schleuderten auf ihren Bauch. Ihm blieben Sekunden, die von weiteren Austritten seines Spermas begleitet waren, sein Ding wie von ihr gewollt wieder in ihre Scheide einzuführen und mit festen, tiefen Stössen seines Beckens ihren Orgasmus hervorzurufen. Eng ineinander lagen sie aufeinander, Teile seines Spermas zwischen ihnen, Teile seines Spermas und sein noch praller Penis in ihr, vorsichtige, aufeinander abgestimmte Bewegungen ihres und seines Beckens, die sie vergewisserten, dass alles seinen Platz hatte, heisse Nässe, Feuchtigkeit, unangreifbares Glück, Harmonie, Ursprung des Lebens, Natur.

Nun erst kamen die Küsse, die Streicheleien wieder ins Bewusstsein, bestätigten das Wissen, dem anderen ausgeliefert worden zu sein, dieser Auslieferung keinerlei Gegenwehr geleistet zu haben, sie gar aktiv betrieben zu haben, seine Existenz dieser wunderbaren Vereinigung verschrieben zu haben. Das Leben ging in seiner Natürlichkeit und Offenheit weiter. Irgendwann lagen sie nicht aufeinander, sondern nebeneinander, in ihrer Nacktheit, umhüllt von der Wärme des sommerlichen Abends, der über das offene Fenster im Zimmer präsent war.

Den nächsten Morgen verbrachten sie in dem Bewusstsein, ein Paar auf Durchreise zu sein. Niemand sonst wusste um ihre erfüllte Sexualität. Die meisten aus Familie, Freundes- und Bekanntenkreis wussten, dass sie eine Reise nach Südtirol machen würden. Ein bisschen Städtereise, ein bisschen Wanderreise, frei und flexibel kombiniert. Mitten im Sommer, das Wetter spielte mit. Eine der ersten an sie gerichteten Fragen am nächsten Morgen war, wie es seiner ´Freundin´ gehen würde. Eine liebevolle, zärtlich gemeinte Frage nach dem Zustand ihrer Scheide und Vulva, die seine speziellen Freundinnen und Lustbringerinnen waren.

Genauso zärtlich erwiderte sie, dass alles gut sei, wirklich alles gut sei. Dabei verstellte sie sich nicht. Den akut bei ihr eintretenden Reiz und Schmerz einer honey moon Zystitis hatte er leider einige Male beobachten müssen. Einen Zustand, der die Gedanken an Sex für Tage auf Eis legte. Ein Zustand, der die eigentlichen Absichten dieses Urlaubs durchkreuzen würde.

Seine Morgentoilette hatte er vor ihr beendet. In eingespielter, aus früheren Urlauben im Hotel gewohnter Manier machte er sich vor ihr zum Frühstücksbuffet auf. Er war voller Leben, ausgeschlafen, frei auf dem Weg ins Neue, in die Ferne, sein Geist wach und offen für das, was vor ihnen lag. Nichts an seinen Knochen tat weh. Er freute sich auf die erste Tasse frisch gebrühten Kaffees, die sein Ritual einer intensiven Lektüre irgendwelcher Artikel aus der Zeitung oder auch aus seinem Beruf begleiten würde, bis sie an seinen Tisch treten würde. Im Frühstücksraum schaute er um sich, bodentiefe Fenster rundum mit Austritt auf die Terrasse ihres gestrigen Liebesmahls, moderne Einrichtung, die eigentliche Hotelbar unauffällig in der Mitte des Raumes angeordnet. Von draussen kündigte sich ein weiterer sommerlicher Tag an.

Er sah sie kommen, ihr luftiges Kleid betonte ihre Figur noch besser als gestern, ihre grossen wachen Augen zeigten den einen Ausdruck, von dem er sich einbildete, dass sie ihn reserviert hatte, nur für ihn nach besonders schönem Sex. Mitunter flüchtig, oft aber sekundenlang trafen sich ihre Augen. Er blieb sitzen, um noch etwas Kaffee zu trinken. Ritual ihres Frühstücks im Hotel war, dass sie nach einem kurzen, zärtlichen Gespräch mit ihm ihre Tasche an seinen Platz legen und sich als erste dem Buffet zuwenden würde. So konnte er sie aus einer weiteren Perspektive betrachten. Auf ihren hohen offenen Schuhen bewegte sie sich sicher und souverän. Sie stellte sich Körner, Joghurt, frische Früchte und Milch zusammen und kehrte an ihren Platz zurück. Alles an ihr weckte Lust auf weitere Ausschweifungen. Für den Moment hielt er sich mit allzu eindeutigen Äusserungen zurück. Frühere, ähnliche Situationen hatten ihm gelegentlich das Gefühl gegeben, seine sexuellen Phantasien, Wünsche, Vorstellungen nicht zu früh, nicht zu eindringlich verbalisieren zu dürfen. Sie würde sich unter Druck gesetzt sehen, seinen Vorstellungen zu entsprechen. Wirklich gesprochen hatten sie darüber nie. Seltener als zu Beginn ihrer Liebe hatten sie miteinander Sex, dann aber richtig guten Sex. Dieser Sex funktionierte, wenn beide aus freien Stücken auf ihn zu rannten, funktionierte nicht, wenn in dem ganzen flirrenden Konstrukt ihrer Gefühlswelten ihre oder seine Kompassnadel abgelenkt waren. Es gab so vieles zwischen ihnen, was diese auf dasselbe Ziel ausrichten konnten. Eine im Überschwang geäusserte Bemerkung könnte sie zur Ablenkung bringen. Und auf dieser Reise wollte er sie möglichst lange auf dasselbe ausgerichtet wissen.

Zeitig verliessen sie das Hotel, er steuerte den Wagen. Der Verkehr hatte die angenehme Dichte eines frühen Sonntagmorgens. Auf der Fahrt aus der Stadt heraus kamen sie an Industrieanlagen vorbei, in einer Ausdehnung und Grösse, wie er sie am Tag davor mit einer solch überschaubaren, fast mittelalterlich anmutenden Stadt nie assoziiert hätte. Erst nach mehreren Kilometern begann unvermittelt das Land. Über den Feldern stand noch dieser gewisse, von der Nacht übrig gebliebene Dunst, der darauf wartete, von der Sonne aufgesogen zu werden. Wie viele Millionen von Jahren waren notwendig gewesen, aus weissem Juragestein diese sanft gewellte Landschaft zu modellieren. Zügig erreichten sie die Autobahn. Der dortige Verkehr liess dem Motor freien Lauf und machte die Fahrt zum Spass, den Weg zum Ziel, die Ausblicke auf das rasch heranrückende Alpenvorland zum Heimatfilm, die Blicke auf die vorausfahrenden Autos, die Blicke in die Rückspiegel, das optische Monitoring des Armaturenbretts, das akustische Monitoring der Motor- und Windgeräusche, das sich im Unterbewussten abspielende Registrieren des Kontakts zur Strasse zu einem kurzweiligen Computerspiel, dessen Handlung dennoch echt war.

Selten brandete in ihm bei 190 km/h die Angst auf, was denn wäre, wenn? Wenn die Woge ihres gemeinsamen Glücks wegen irgendeines dämlichen Zufalls, irgendeines kleinen oder kleinlichen Fehlers in Millisekundenschnelle gebrochen würde? Vielleicht wäre es direkt vorbei, mit all den elenden Konsequenzen für ihre Kinder und die anderen Angehörigen. Vielleicht würden sich Monate, Jahre des eigenen Elends anschliessen, das vor allem den Abschied von der Vollkommenheit ihres jetzigen Glücks bedeuten würde. Alles war relativ. Diese Momente und gelegentliche Mahnungen seiner Frau bei deren Blick auf die Tachonadel verhinderten, dass er noch schneller fuhr. Und ihr Glück ging zum Glück weiter.

Sie erreichten die Grenze und folgten dem Lechtal. Auf der Landstrasse machte sich der anschwellende Wochenend-verkehr bemerkbar. An einer Tanke nahmen sie Sprit auf und lösten die Autobahn-Vignette. Es wurde zunehmend wärmer, drinnen verhinderte die Klimaautomatik, dass sie ins Schwitzen kamen und so ihre Ausblicke auf die vorbei-ziehende Landschaft getrübt wurden. Ein Hörspiel zog sie in ihren Bann. Seine Spannung bezog es aus dem Rachefeld-zug eines einzelnen 30jährigen Mannes gegen die mit Dro-gen, Menschenhandel und dubiosen Immobiliengeschäften befasste Osloer Mafia, die seinen Vater, einen fähigen Polizisten, auf dem Gewissen hatte. Die Fähigkeit diverser Krimi- und Thriller-Autoren, ein Universum des abgrundtief Bösen, bei dessen Bekämpfung das Gute aber noch ein bisschen die Oberhand behielt, vor ihren Lesern auszu-breiten, bewunderte er. Sein eigenes Leben schien ihm vor dieser Szenerie besonders unspektakulär zu sein. Er hatte einen auskömmlichen Job, fuhr mit dem Rad zur Arbeit, beachtete häufig, aber nicht immer rote Ampeln, sein Gehalt kam regelmässig an, war er mal auf Ämtern, ging es ruhig, nüchtern und geschäftsmässig zu. Er hoffte, für den Rest seines Lebens nie mit Schiessereien, offener Gewalt oder sogar Krieg konfrontiert zu werden. Wenn sein Alltag grau wurde, lag es meistens daran, dass er seine Unlust aushalten musste, den ganz normalen, eben alltäglichen Verpflichtungen eines öffentlichen Angestellten in höherer Position gerecht zu werden. Jetzt im Urlaub, und noch dazu in diesem Urlaub, war kein Alltag, waren sie nah am Paradies. Und aus dieser Perspektive machte der Blick auf den Rand zur Hölle, den das Hörbuch bot, um so grösseren Spass.

Angenehm überrascht war er, als der Wagen die Auffahrt zum Brennerpass spielend und aus niedrigen Touren heraus bewältigte. Die voll beladene Familienkutsche hatte auf derselben Autobahn dieselbe Steigung nur im dritten Gang mit gerade mal 80 km/h schaffen können, damals, an die Urlaubsfahrt mit seinen Eltern und Geschwistern als Fünfzehnjähriger erinnerte er sich genau. Wie gern hätte er sich damals auf seinem jetzigen Fahrersitz gesehen! Die Baustellen hatte es damals nicht gegeben.

Draussen gewann die Mittagshitze ihr Spiel. An einer Mautstelle ballte sich die Party der Reisenden zum Stau. Drinnen beherrschte die Vorfreude auf das nicht mehr weit entfernte Ziel und die dort in zentraler Lage gebuchte Altbauwohnung ihre Stimmung.

Beide kannten sie ihr Ziel aus der Autobahnperspektive als willkürliches Ensemble eher schlichter Gebäude auf dem Weg in den Süden. Zufällig hatten sie mitbekommen, dass es eine schöne, interessante Stadt sein sollte. Und Überraschungen waren sie von ihren Reisen an Plätze, Orte, Wege, die nicht üblicherweise den Sehnsüchten anderer entsprachen, längst gewohnt. Manchmal schienen es mitleidige Blicke zu sein, die sie von anderen ernteten, wenn es um die

Nennung ihrer nächsten Reiseziele ging. Klar, mit Austra-
lien, Western U.S.A. war die Aufmerksamkeit der anderen
gesichert. Klar, mit Fuerteventura, Costa del Sol, Korfu
präsentierte sich der Normalurlauber, dem sein Gegenüber
den pflichtgemäss etwas neidhaltigen, ansonsten begeisterten Kommentar zum geplanten Reiseziel schenkte.
Aber irgendwelche Fernwanderwege an den Flüssen seines
Landes oder überregional unbekannte Städte oder abge-
legene Landstriche in der Provinz waren den Meisten nicht
zu vermitteln. Und vor dieser Reise waren ihnen die
Kommentare der Anderen erst sicher gewesen, als sie bei
der Nennung ihrer Destination den Zusatz Südtirol ergänz-
ten.
Sie fuhren von der Autobahn ab. Der geringe Verkehr entsprach der Hitze eines mediterranen Sonntags zur Mittagszeit. Nah zur Altstadt fanden sie einen Parkplatz in einer
schattigen Strasse. Für die Schlüsselübergabe waren sie
noch zu früh. Ein kleiner Bummel führte sie zum Platz am
Dom. Ein Imbiss an einem zu einer Trattoria gehörenden
Tisch auf dem Platz stillte den ersten Hunger. Rechtzeitig
waren sie zur Schlüssel- und Wohnungsübergabe wieder
zurück. Eine durch das Hotelportal verschuldete Über-
buchung verschaffte ihnen Zutritt zu einer eigentlich für vier
Personen gedachten Wohnung im ersten Geschoss. In deren
Räumen herrschte eine im Vergleich zu draussen wohlig
abgestufte Wärme, die ihre schwitzenden Körper direkt zur
Abkühlung brachte. Und es herrschte ein fast dämmriges
Licht, was sie nicht als bedrückend empfanden, war es doch
durch den gleissenden Sonnenschein sommerlich aufge-
wertet, der an den zugezogenen Vorhängen vorbei in die
Wohnung drang. Das Gemäuer war alt, die Einrichtung
unaufdringlich modern. Unter den Fenstern waren die Geräusche der im Erdgeschoss befindlichen Gastronomie, die
vor allem aus dem stillen unaufgeregten Fluss der Konversation ihrer draussen sitzenden Gäste bestanden.

Wenige Handlungen reichten aus, ihr Gepäck zu sortieren und die Wohnung zu erobern. Sie fühlten sich auf Anhieb wohl. Das Bad war einfach und zweckmässig. Etwas pikant hatten die grosse Küche und die Toilette Fenster zum Atrium des Hauses. Er zog sich aus und nahm eine Dusche. Bar jeder zeitlichen Verpflichtungen und in der Erwartung eines lauen, lauschigen Abends zu zweit in einer fremden Stadt legte er sich ins Bett und schlief prompt ein.

Dreissig, vielleicht vierzig Minuten reichten aus, ihm die Frische eines zum Ende hin offenen Tages zurückzugeben. Er freute sich auf die Erkundungen mit seiner Frau. Sie stellte Recherchen über ihre gemeinsamen Reiseziele oft schon Wochen vorher an. Er war daran gewöhnt, sich auf diese Recherchen zu verlassen. Einmal vor Ort, konnte es dennoch sein, dass ihn ein Blick in den Reiseführer oder auf das Tablet eigene Wünsche aufkommen liess. Fesseln konnten ihn die jeweiligen Informationen zu Geologie und zur mittelalterlichen bis neuzeitlichen Geschichte. Einmal mehr bewies die Lage der Stadt am Zusammentreffen dreier Flüsse, welche Bedeutung diese Adern für den Menschen hatten. Es waren nicht zwingend die weithin bekannten Attraktionen, die sie vor Ort interessierten. Vor allem suchten sie das, was zwischen diesen Attraktionen und um sie herum war, was sie auch lange Zeit danach noch unausgesprochen miteinander teilen konnten. Dieses Lebensgefühl, was mit einem bislang unbekannten Ort verbunden war. Diese Ahnung, wie es wäre, dort zu leben, zu arbeiten, zu lieben, Kinder gross zu ziehen, alt zu werden. Ihnen war bewusst, wie sehr das Momentane ihres Urlaubs, ihrer Freiheit, ihres gemeinsamen Glücks diese Affekte bestimmte. Umso weniger hinderte es sie, diese Zeit zu geniessen.

Mit der vom Vermieter ausgehändigte Citymap der tourist information in der Hand machten sie sich zu einem in keiner Weise festgelegten Gang durch die Altstadt auf. Trotz des späten Nachmittags war es heiss, stellenweise windig, trocken. Die Flüsse führten dennoch genügend Wasser. An dem Ufer des einen schmalen Flusses spazierten sie die Promenade entlang. Dort herrschte das Treiben eines ausklingenden Wochenendes, Räder, Jogger, Skater, Ballspiele, Picknick, Angler, im Urlaub befindliche Pärchen, die sich schon wieder darauf freuten, was sie abends im Bett miteinander erleben würden.

Fast lebten sie von Luft und Liebe. Beides hatte sie durch ihre lange, gemeinsame Zeit getragen. Auch heute verspürten sie diesen Appetit aufeinander. Das heutige Frühstück hatte bis zum Abend keinen drängenden Hunger aufkommen lassen. Jetzt erst verspürten sie Lust auf leckeres Essen aus lokaler Küche. Ein Genuss, der den Appetit aufeinander noch verstärkte. Sie suchten sich ein gut besuchtes Lokal in der Altstadt mit Tischen davor. Drinnen herrschte die Betriebsamkeit eines bis an die Grenze belasteten Caterings für die draussen sitzenden Gäste. Diese genossen den lauen Abend, ihr Leben, den oder die Menschen um sie herum, verdichtet zum Stimmengewirr an der Ecke zweier enger Gassen. Ihre Konversation war Teil dieser Stimmen. Eine seiner Vorlieben war, lokal gebrautes Bier zu probieren, wo er sich gerade befand und auf Reisen oder zu Besuch war. Wein schmeckte ihm auch, löschte aber nicht seinen ersten Durst. Er hätte auch Wasser trinken können, für den ersten Durst aber zweite Wahl. Das Bier, das er heute trank, schmeckte gut. Sie wählte einen Radler. Selbst in halber Konzentration konnte der Alkohol des darin enthaltenen Bieres ihren sexuellen Phantasien den entscheidenden Kick geben, was ihn immer wieder erstaunte, beglückte, amüsierte. Damit begann ihr neuestes Vorspiel. Eins, das sie nicht allzu viel Zeit vom Abend draussen auf der Strasse sitzend verbringen liess. Aussenstehende hätten vermuten können, dass das unbekannte Paar müde sein könnte, von der Reise, vor dem anstehenden Werktag, oder auch am Sonntag einfach nicht selbst gekocht haben wollte. Nichts davon war richtig. Sie hatten einfach unverschämt viel Lust aufeinander.

Sie legten den Weg zur Wohnung eng umschlungen zurück. In dem Strassenlokal unter ihren Fenstern im ersten Stock herrschte noch reger Betrieb. An den Tischen vorbei gingen sie zur Haustür und schlossen auf. Knutschend stiegen sie die Treppe, die das Atrium umrundete, zur Wohnung hoch. Ihre leichte Bekleidung führte seine Hände und machte ihnen leichtes Spiel. Was ihn wie so oft erregte, waren ihre festen Rundungen an seiner Seite, beim Führen seiner Hand über ihren Rücken unter ihre Brust und bei der sachten Suche seiner Fingerspitzen nach ihrer Mamille, beim Führen seiner Hand über ihren Rücken nach unten über ihre Furche, beim Führen seiner Hand zu beiden Seiten über die wohlportionierten Backen, beim Aufsuchen und bei der sanften Spreizung des dazwischenliegenden Spaltes, nur der darüberliegende Stoff des Slips und des dünnen Sommerkleides verhinderte weitergehende Erkundungen. Zeitgleich der tiefe, innige, glitschige Kuss ihrer Zungen. Und es war ihr Hingeben und ihr unzweifelhaftes Wollen, was sein Ding noch härter werden liess.

Klar, dass ihre Hände genauso führten, über seinen Rücken und ihre Finger in den Spalt zwischen seiner Hose und seinem Hintern. Vorne verhinderte der noch geschlossene Gürtel direkten Kontakt. Das, was ihre Hände darunter tasten konnten, liess auch an seinem Zustand keinen Zweifel.

Fast stolperten sie die Treppe hoch. Niemand sonst war in dem Atrium des Hauses. Sie mussten innehalten, um die Tür zu öffnen. Kurze Verrichtungen folgten, unwichtig in ihrer einzelnen Bedeutung, wichtig, um dem folgenden Liebesspiel ungehinderten Raum zu geben.

Die Strassenbeleuchtung, die von aussen hereindrang, erfüllte ihre Funktion. So konnten sie die Fenster offen und die Wärme des Abends in der Wohnung lassen. So konnten sie sich ausziehen und nackt gegenübertreten, ohne den auf der anderen Strassenseite hinter dunklen, teils offenen Fenstern lebenden Menschen eine Bühne zu sein. Ihre warme trockene Haut berührte seine und umgekehrt. Jeder sanft und auf seine Art fordernd. Blicke aus den atypischsten Projektionen und angereichert durch die Schatten der Nacht bestätigten, was sie schon so lange kannten und was schon so lange seine libidinöse Wirkung entfaltete. Ihre Münder nahmen das im Treppenhaus unterbrochene Spiel wieder auf. Sie hörten den beschleunigten Atem des anderen. Die Befindlichkeiten der unten auf der Strasse sitzenden Gäste waren ihnen egal. Akustische Bühne zu sein, war jetzt nicht zu verhindern.

Was folgte, war zunehmend engerer Kontakt, zunehmend festere Massage aller erreichbaren Körperpartien, waren fast zu lang anhaltende feuchte Küsse, die sich von ihrem Mund auf ihr Gesicht, ihren Hals, ihre Schultern, ihre Flanken ausbreiteten, fast zu lang, weil sie seine Frau in einer von ihr gar nicht gewollten Passivität verharren liessen, nicht zu lang, da sie wusste, wie sehr die Lippen, die Zunge ihres vor ihr und um sie herum auf den Knien befindlichen, splitternackten Mannes, dessen Penis zwischen seinen Beinen nur eine einzige Haltung zu kennen schien, wie sehr diese Lippen, diese Zunge sie elektrisierten, wenn sie die entscheidende Stelle gefunden hätten. Etwas brachte sie ihre Beine auseinander, etwas streckte sie ihr Becken nach vorne, etwas nach hinten, je nachdem, wo er sich befand, um ihn den Zugang zu dieser Stelle finden zu lassen und ihm mit ihren Händen den Kopf zu streicheln, ihrem Stöhnen freien Lauf zu geben, als seine Zunge erste Spreizungen ihrer Schamlippen vornahm. Oft genug hatte er ihr nach einem gelungenen Abendessen genau von diesem Dessert erzählt, das er gerne als Nachtisch serviert bekäme. Voller Lust schleckte er nun diesen Nachtisch auf, was seine Gier noch verstärkte.

Vielleicht Sekunden, vielleicht ein bis zwei Minuten lang steigerte sich ihre Lust bis ins Unerträgliche. Taumelnd wandten sie sich dem breiten Doppelbett zu, um ihren Akt im Liegen fortzusetzen. Willenlos voller Willen lieferten sie sich dem anderen aus und fanden die weltweit beliebteste Position: er auf ihr. Schneller, heisser, nasser, tiefer Kontakt ihrer Vagina und seines Penis. Solange sie mit breit gespreizten Beinen vor ihm lag, liessen die Stösse seines Beckens diese Empfindungen wahr werden, schienen diese Empfindungen erste Antworten auf die zuvor bestehende Unerträglichkeit der Lust zu geben. Aber noch nicht die maximale Erfüllung. Weder bei ihm noch bei ihr. Er spreizte nun seine Beine über ihre Beine, ohne seine Bewegungen zu verringern. Dem typischen Produzenten hätte dies die will-kommene Totale gegeben, wenn sie ihre Beine nicht parallel zur Spreizung seiner Beine zusammengebracht hätte.

Engstmöglicher Kontakt zwischen seinem Penis und ihrer Vagina im Rhythmus seiner stossenden und rutschenden Be-wegungen erlaubten Massagen ihres lustgebenden Organs, die sie innerhalb kürzester Zeit zum Orgasmus bringen konnte. Beide waren sie dynamisch verhakt, magnetisch mit dem anderen verbunden, voller Spannung auf den einen Moment. Alles passte, und sie erlebten diesen Moment. Ihre Affekte entluden und verschmolzen sich zu dem grossen Ganzen, dem Urknall, der allen Dingen seinen Sinn gab und ihr Glück in alle Weiten expandierte.

Zärtlich schmusend, küssend, streichelnd lagen sie noch eine Weile aufeinander, flüsterten sich die Worte ihrer Liebe zu, die trotz der seit vielen Jahren variierten Wendungen nicht langweilig geworden waren und keinen faden Beigeschmack bekommen hatten. Die Spannung, die er mit seinem Rücken hielt, liess sie nicht sein ganzes Gewicht spüren.

Damit dirigierte er sie und sich in die Seitenlage, vorsichtig, möglichst ohne seinen langsam erschlaffenden Penis aus ihrer Vagina zu verlieren. Je länger dieser Kontakt, desto länger ihr Glück nach dem gerade erlebten Gefühlsturm. Dass sich dort, wo sie lagen, der eine oder andere nasse Fleck ausbreiten würde, war egal, zu Hause sowieso.

Und es war diese Selbstverständlichkeit, mit der seine Frau diese Spuren der Liebe auf ihren Laken und den Teppichen ihres Schlafzimmers zu Hause akzeptierte, die ihn glücklich machte. Diese Flecken, die sie irgendwo auf irgendwelchen Betten in der Welt hinterliessen, würden höchstens ein paar wenige Bemerkungen zwischen ihnen auslösen, halb belustigte, halb peinlich berührte Bemerkungen. Diese Flecken waren Natur, kein Ausweis mangelnder Hygiene, erinnerten an die Momente ihres höchsten gemeinsamen Glücks, sie wie ihn.

Es machte ihn glücklich, dass sie den Geruch seines Spermas liebte, auch und gerade an ihrem Körper, und nicht zum Anlass nahm, es nach dem Sex abzuwaschen. Auch er dachte nicht im Entferntesten daran, von seinem vollständig benetzten Glied linkisch das aufzufangen, was abtropfen könnte. Das, was an ihnen und in ihr war, würde teils noch herausquellen und seinen Weg suchen, würde an der einen oder anderen Stelle noch klebrig sein, um mit seinem Eintrocknen zu verschwinden, würde eine Zeitlang seinen wunderbaren Duft verbreiten, der ihre Liebe chiffrierte, würde mit dem, was es jetzt benetzte, unerkennbar eins werden. Jene Flecken würden erkennbar bleiben. Höchstens Rücksicht auf die Nachkommenden, deren Aufgabe es war, die Wohnung für die nächsten Gäste zu bereiten, würde sie veranlassen, den einen oder anderen Schwall aus Sekret einem etwas hastig, etwas unbeholfen aus der Nähe herbei geklaubten Papiertuch anzuvertrauen. Aber diese Suche, diese Bewegung unterbrach ihre Zweisamkeit nur kurz. In dieser warmen Südtiroler Nacht schliefen sie rasch ein.

Der nächste Morgen kündigte wieder einen heiss werdenden Tag an. Hunger auf Frühstück hatten sie nicht. Ein schneller, selbst zubereiteter Kaffee reichte ihnen. Für viele andere begann ein normaler Montag. Für sie begann ein Tag an ihrem ersten, eigentlichen Urlaubsziel.

Sie wollten wandern. Ausgangspunkt war ein Bergdorf, das von ihrer Stadt aus über eine kurvenreiche, mit gewagten Tunnelkonstruktionen markierte Strasse zu erreichen war. Wie ein Zahn erstreckte sich der Berg, auf dessen Almhängen sie wanderten, zwischen die unten liegenden Viertel der Altstadt und Neustadt.

Er war zufrieden, eine lokale Orientierung gewonnen zu haben. Schon als Kind hatte er stundenlang Karten lesen können. Eine Begrifflichkeit von den Strassen, Vierteln, Dörfern, Städten, Bächen, Flüssen, Hügeln, Bergen, Wäldern, Stränden um ihn herum zu haben und sich daran orientieren zu können, machte ihn zufrieden.

Hochmütig hatte er den Sinn von Navigationssystemen bestritten, als die Dinger aufgekommen waren. Hochmütig hatte er behauptet, dass er gerne Umwege fahren würde, aus seiner beruflichen Situation heraus mit wenigen Kilometer Radweg zur Arbeit besonders ignorant. Er musste nicht wie andere Tag für Tag neue Ziele unter Zeitdruck ansteuern. Aber auch er hatte sich in den letzten Jahren dabei ertappt, während der einen oder anderen Suche nach irgendwelchen versteckten Strassen, während eines weiteren grossräumigen Umwegs, auf den ihn seine lückenhafte Orientierung geleitet hatte, den fehlenden Zugriff auf ein Navigationssystem zu verfluchen.

Heute, jetzt, hier kam er nicht in diese Situation. Oberhalb des Bergdorfs stellten sie das Auto auf einem Wanderparkplatz ab. Knapp 900 m oberhalb ihrer Wohnung in der Altstadt war die Luft angenehm kühl. Auf ihrem Weg durch satte Almen öffneten sich Blicke auf das breite Tal des einen breiten Flusses, das nach Süden zu mit dem Tal des anderen breiten Flusses zusammen ein weit offenes Tor zum Mittelmeerraum zu bilden schien. Links davon thronte eine berühmte, alpine, wild gezackte Gipfelkette über allem und machte seine Orientierung komplett. Sie war klar zu erkennen und regte in ihm die Hoffnung, in den nächsten Tagen eine Wanderung an deren Füßen erleben zu können.

Sie waren nun auf andere Weise zusammen als am Abend zuvor. Dessen Ausschweifungen kamen, wenn überhaupt, nur in kurzen Andeutungen zurück, teils verbal, teils in Form flüchtiger Gestik. Sie konzentrierten sich auf die Bewältigung ihrer Strecke, mal sie vor ihm, mal er vor ihr, mal nebeneinander, je nachdem, was die Breite der Wege zuliess. Grössere Abstände zwischen ihnen traten ein und schrumpften auf Körpernähe zusammen.

Vielfältig, unmittelbar, fast kontemplativ empfand er die Eindrücke der umgebenden Natur, die seinen Gedanken, Hoffnungen, Ängsten, Erinnerungen freien Lauf liessen. Für die lang ersehnte Aufführung, den Moment, den Event ihres Urlaubs, den Urlaub eines Ehepaares in seinen noch nicht ganz vergangenen besten Jahren fühlte er sich frei aller Zwänge, und doch nicht frei. So lange er sich auf diese Zeit gefreut hatte, so rasch ging sie auch wieder vorbei. So hell und grell diese Zeit jetzt sein Ist ausleuchtete, so grau und bleiern würde er den in Riesenschritten auf ihn zukommenden Abschied von ihr empfinden.

Mit den Jahren hatten diese Höhen und Tiefen sein Bewusstsein geprägt, ihn glücklich oder melancholisch gemacht und Narben hinterlassen. Er hasste es, larmoyant zu sein. Die Larmoyanz anderer war oft das beste Mittel, seine eigene, mühsam unterdrückte Larmoyanz zu vertreiben. Aber er wusste, dass sie ihn am Ende dieses Urlaubs mit Macht ergreifen würde. Eine Vorstellung dessen konnte er an diesem Morgen nicht komplett verdrängen, dies schränkte an diesem Morgen seine Freiheit ein.

Vieles auf dem Weg vor ihnen und um sie herum lenkte ihn irgendwann wieder von dieser still ertragenen Larmoyanz ab. Ihr direktes Ziel war eine Almhütte, bei der sie draussen etwas essen könnten.

Die ersten beiden Gelegenheiten liessen sie aus, weil sie noch nicht wirklich hungrig waren und den Eindruck bekamen, dass die Wirtsleute an diesem Montagvormittag andere Dinge im Kopf hatten, als ein einzelnes Pärchen auf Wanderschaft zu bewirten. An der dritten Almhütte kehrten sie ein, weil sie von dort wieder zurückkehren wollten. Ein alter Mann, mutmasslich der Besitzer des Ganzen, mühte sich an einer Stelle im Gelände um die Aufarbeitung von Brennholz, das allerorten um die Gebäude herum hoch gestapelt war.

Irgendwann während anderer Jahreszeiten konnte es also auch kalt und ungemütlich an diesem Ort sein. Und das Holz war der Schutzschild gegen diese Phasen, bot die behagliche Wärme in der Nähe eines Ofens oder Kamins. Es regte seine Phantasie an, zwei nackte Menschen könnten sich auf der weiten, weichen Spielwiese vor der Brennstelle entgegenstrecken und ihren Gefühlen Raum geben, um glückserfüllt und von der nicht enden wollenden Wärme der unaufhörlich lodernden Flammen umhüllt in den gemeinsamen, ihrem Beischlaf folgenden Schlaf zu sinken.

Die Realität hatte hochwahrscheinlich damit nichts zu tun. Diese Gebäude im Winter mit selbst aufbereitetem Holz zu heizen, würde sehr viel und unaufhörliche Arbeit sein und schnell den Status des Hobbys hinter sich lassen.

Timber Sporting war ihm nicht fremd. Es hatte etwas, wenn sich gestandene Männer in mittleren Jahren verabredeten, um Holz zu ernten und mit den meistens gut funktionierenden Gerätschaften zu Brennholz für den eigenen Bedarf zu verarbeiten. Eigentlich war alles an der Beschaffung dieses wärmenden, regenerativen, biologischen Materials reiner Luxus.

Das gute Gewissen, weniger Erdgas zu verbrauchen, war Luxus, weil der Holzofenbetrieb viel mehr Schadstoffe freisetzte als die üblichen Heizungen. Mitten in den wohlsortierten Räumen zu Hause lodernde Flammen hinter blitzblanken Wärmeglasscheiben zu betrachten, möglichst noch an einem klaren, sonnigen Wintertag mit klirrendem Frost, der draussen alles zu Reif gefroren hatte, war Luxus. Zwei Mal im Jahr am Holzeinschlag teilzunehmen, war Luxus. Der Event, die Gemeinschaft an diesen Tagen, irgendwo hinein in den Wald zu fahren, dort die genehmigt gefällten Bäume klein zu kriegen, die Baumrollen in transportfähige Boxen zu deponieren und von dort zum Aufbewahrungsplatz zu bringen, vier bis fünf grosse Jungs, Pausenbrot und -bier inclusive, viel Aktion ausserhalb aller klimatisierten Räume, ausserhalb aller klinisch blank geputzten Flächen, körperliche Aktion von morgens bis in den späten Nachmittag, das Gefühl, als Teil des grossen Ganzen einen Teil dessen gewonnen zu haben, die Illusion, mit der eigenen Hände Arbeit seinem und seiner Familie existentiellen Bedürfnis nach Wärme genügen zu können, abends nach wohliger Dusche erschöpft in sein Bett zu fallen, alles dies war Luxus für ihn. Eine Facette seines Lebens, die ihn glücklich machte.

Kurios, dass ihm diese Gedanken beim Anblick der rund um das Haus gestapelten Holzscheite kamen, nachdem sie an einem der draussen stehenden Tische Platz genommen hatten. Sie waren die einzigen Gäste. Der alte Mann ging auf der baumbestandenen Wiese neben dem Haus weiter seinen Verrichtungen nach. Die Sonne schien, noch war es angenehm warm, nicht schwül. Sie schienen nicht bemerkt worden zu sein. Sie gingen in das Haus, um sich bemerkbar zu machen. Enger Flur, der zur Innengastronomie und Küche offen war, alles auf seine Weise etwas abgenutzt und gemütlich. Von oben waren Stimmen zu hören.

Eine junge, zurückhaltend wirkende Kellnerin, um die zwanzig, bestimmt nicht Teil der Familie des Hauses, erschien vor ihnen. Sie hatten das Gefühl, dass diese junge Frau mit allem gerechnet hätte, nicht aber mit einem Pärchen mittleren Alters in kurzen Hosen und Wanderschuhen am Vormittag eines Tages, der einer der heissesten

Tage des Jahres zu werden schien. Mit scheuer Routine nahm sie die Wünsche nach Milchkaffee, Käseplatte und Brot entgegen. Sie gingen an ihren Platz zurück und betrachteten die Szene. Eine Almhütte, hoch über der Stadt, mitnichten eine der zehntausend Sehenswürdigkeiten, die jeder in seinem Leben einmal gesehen haben sollte. Ein Mischbetrieb aus Alm- und Milchwirtschaft, Gastronomie, Osteria, Ferienunterkunft für tier- und pferdeverliebte, halb pubertierende Mädchen, der wahrscheinlich noch dazu im Nebenerwerb geführt wurde und selbstverständlich die Freizeit der dort lebenden Menschen zu grossen Teilen beanspruchte.

Was brachte einen jungen Twen wie die Kellnerin dazu, hier zu arbeiten? War es der Ferienjob, vielleicht der Mangel an Alternativen, vielleicht die pure Gewohnheit, nah der Heimat zu bleiben und seine Wünsche, Träume, Hoffnungen mit den beruflichen Perspektiven einzuhegen, die nah der Heimat übrig blieben? Vielleicht hatte sie am Wochenende wilde Parties gefeiert! Sie wirkte nicht, als hätte sie ihre grosse Liebe bereits gefunden. Als hätte sie den natürlichen Charme, der bei ihr zu vermuten war, zum Vorschein gebracht. Nein, sie versuchte, das korrekt zu verrichten, was ihr an diesem Tag aufgetragen war, die langsam verstreichende Zeit duldsam zu ertragen. Er gewann den Eindruck, dass sie mit ihren Gedanken woanders war. Möglicherweise war aber alles auch anders. Möglicherweise war es eine Art Blues, den er auf diese Person projizierte und latent in ihm virulent war, Ausdruck einer Larmoyanz, die er auf sich selbst wieder zukommen sah.

Kurze Zeit später brachte ihnen die junge Frau zwei opulente Platten mit verschiedenen Käsestücken und frischem dunklen Brot, die ihrem Appetit genau entsprachen, nachdem sie das Frühstück am Morgen bewusst ausgelassen hatten. Direkt bemühten sich die Katzen des Hofs, ihre Anteile zu ergattern. Zusätzlich hatte sich eine vielleicht vierzigjährige Mutter mit ihrer um die zehn Jahre alten Tochter eingefunden und an einen der Nebentische gesetzt. Sie wurde ebenfalls bewirtet. Nach wenigen Minuten kamen vier oder fünf Mädchen aus dem Haus heraus. Alle steckten sie in der Sorte von Klamotten, die während Reiterferien üblich waren. Unbelebt war es hier nicht.

Ohne wirkliche Konversation genossen beide ihr Mahl. Der kräftige Geschmack regte ihn an, sich zusätzlich ein Bier zu bestellen. Der Tag nahm seinen Gang. Bis an ihre Grenzen gesättigt bezahlten sie und machten sich zurück auf den Weg zum Auto. Der Weg führte sie an Almen vorbei, die teils von hohen Bäumen bestanden waren und noch keinerlei Anzeichen des heissen trockenen Sommers, aber fast den Eindruck eines Landschaftsparks vermittelten. Eher selten waren Tiere auf den Almen zu sehen.

Wie so oft auf ihren Reisen zu Urlaubszielen der unbekannteren Kategorien ereilte ihn dieser Moment. Dieser besondere Moment des Staunens, welche Schönheiten sich auf den entlegensten, entferntesten Strecken und Plätzen vor ihnen ausbreiten konnten. Dinge und Arrangements, die im alltäglichen Einerlei verborgen blieben und keine Chance hatten, erkannt zu werden, unter der Decke abgestumpfter Routine unsichtbar blieben. Das Leben war so.

Die schönste Penthouse-Wohnung inmitten der ultimativen Mega-City, der immerwährende Blick auf das Matterhorn oder die türkisblaue Bucht vor der eigenen Terrasse, das allabendliche Sieben-Sterne-Menü hatten einen einzigen gemeinsamen Feind, die Gewöhnung. An diesem Tag und den Tagen davor war aber alles andere als Alltag. Und prompt hatte er die Chance zu staunen. Über etwas, das in keinem Reiseführer, wenn überhaupt, mehr als einen Nebensatz beanspruchte.

In der Stadt zurück, suchten sie direkt ihre Wohnung auf. In den Strassen herrschte eine jetzt flirrende Hitze. In der Wohnung herrschte eine alles durchdringende, angenehme

Wärme. Sie diktierte den weiteren Ablauf des Tages. Undenkbar, irgendein Museum aufzusuchen, irgendwelchen Events, die sowieso nicht stattfanden, nachzujagen. Dies war die Zeit des Zurückgezogenseins, der Mittagsruhe, der mediterranen Siesta, der Rückgewinnung einer Energie, die für den zweiten, eigentlich interessanten Teil des Tages tragen sollte. Halbnackt legte er sich ins Bett und schlief sofort ein. Hier folgte er dem gewohnten Muster, sobald nach Phasen besonderer Geschäftigkeit Entspannung eintrat und ihn müde werden liess, mit Schlafdrang geradezu überrannte.

Vor dem Einschlafen in einem Bett oder auf einem bequemen Sofa waren es glückliche Sekunden. Vor dem späteren Aufwachen schienen diese nahtlos in Minuten der allumfassenden Reflexion über sich, seine Situation und sein Leben überzugehen. Während dieser Minuten spürte er sich an seinem ganzen Körper, ohne jeden Schmerz, aber unfähig, irgendetwas zu tun. Das unaufdringliche Stimmengewirr der Menschen von der Strasse unter ihnen hatte meditativen Einfluss.

Allmählich liess er ihre Pläne für den Rest des Tages in sein Bewusstsein dringen. Würden sie wieder miteinander schlafen? Dies war kein verabredeter Plan, auch wenn er gut zu ihrer privaten Städte-, Wander-, Lust- und Liebesreise gepasst hätte. Sie hatten sich noch nie formell zum Sex verabredet, was nicht funktioniert hätte. Er erinnerte sich an entfernte Phantasien über Gruppensex während seiner postpubertären Phase, über diesen verabredeten Versuch zum Sex, in den meisten Fällen zum Scheitern verurteilt.

In diesen Minuten des Glücks nach kurzem Schlaf, in diesen Minuten der total empfundenen Reglosigkeit, in diesen Minuten des tiefen Danks erkannte er simpel und klar, dass ihn sein Leben an dieser Klippe vorbeigeführt hatte. Auch so war das Leben. Eine Reise durch Gewässer mit Tiefen und Untiefen, mit kräftigen Strömungen und elend trägen Buchten, vorbei an den bizarrsten Formationen, die der Suche nach dem Glück eine Versprechung zu geben schienen. Wohin ging diese Fahrt? Hier und jetzt wusste er nicht, ob sie an diesem Abend Sex haben würden. Seine Lust darauf war bei den ersten Gedanken wieder geweckt.

Sie machten sich zum Flanieren auf. Erste Postkarten an die Lieben daheim, die sie noch in der Wohnung geschrieben hatten, warfen sie in den nächsten Briefkasten. Die Hitze des Mittags war in die Wärme des späten Nachmittags übergegangen. Ihre ohnehin leichte Kleidung erfüllte ihren Zweck. Nichts klebte, alles passte. Von ihrem Körper unter ihrem Kleid hatte er eine genaue Vorstellung, visuell, wenn sie vor ihm herging, subtil tastend, wenn sie an seiner Seite war. Beide waren unauffällig gekleidet, nichts wies sie als scheinbar bequem, aber schlecht gekleidete Touristen auf Durchreise oder nach einer anstrengenden Reise aus. Nichts deutete darauf hin, dass sie inmitten hastiger Verrichtungen ihres Alltags schnell noch etwas zu besorgen und darüber vergessen hätten, die zu Hause übliche, vielleicht bequeme, aber unvorteilhafte Kleidung abzulegen. Gerne würden sie es sich an diesem Abend wieder besorgen wollen. Dieses Ziel vertrug keine Hektik, verlangte Müssiggang, verlangte, die Gedanken treiben zu lassen, den nächsten Tag in Umrissen erkennbar werden zu lassen. Genussvoll praktizierten sie ihre körperliche Liebe. Das ganze Andere dazwischen war auch wichtig.

Auch am nächsten Tag wollten sie wandern, die Umgebung kennenlernen. Ihr Wunsch nach genauerer Recherche führte sie zum Tourismusbüro der Stadt. Am nächsten Tag würden sie frühzeitig einen der Busse nehmen, der sie aus der Stadt heraus in die Berge fahren würde, um dort von einem Bergdorf zurückzuwandern. Eher zufällig fragten sie die junge, entspannt ihrem Feierabend entgegen blickende Angestellte im Tourismusbüro nach aktuellen Events. Ein am nächsten Abend stattfindendes Konzert mit Folklore-entlehnter und für klassische Streichinstrumente adaptierter Musik, noch dazu im Hof eines mittelalterlichen Schlosses über und am Ende der Altstadt, fand ihr promptes Interesse. Freudige Erwartung des kommenden Tages bestimmte den sich entwickelnden Abend mit.

Sie setzten ihren Spaziergang durch die Altstadt fort, hier und da ein Blick in die Citymap zur Einordnung der vor ihnen erscheinenden Gebäude, ein kurzer Halt im Supermarkt oder in einer Drogerie, weil irgendetwas immer fehlte, die Passage zahlreicher Schaufenster der noch geöffneten Läden, ihre lockere Suche nach einer geeigneten Gastronomie, alles liess sie in diesen Abend eintauchen. Natürlich hatten sie wieder Hunger, leiblichen Hunger, lang war die Brotzeit her. Sein Hunger auf Sex mit ihr waberte durch seine Gedanken.

Das Lokal, dass sie schließlich fanden, versprach mehr, als es hielt. Es hatte eine auf die Strasse vorgebaute Veranda mit einem Arrangement von Tischen, an denen gerade zwei Plätze frei geworden waren.

Viele der anderen Gäste schienen wenig Geld zu haben und das Lokal als Szenetreff zu betrachten. Die Küche war eher Anhängsel als eigentliche Aufgabe des Lokals. Das Essen hätte besser sein können. Trotzdem aßen sie alles auf, sie hatten den nötigen Hunger. Ihre Konversation blieb spärlich. Andere Gäste würden sie beobachten und denken, sie hätten sich wenig zu sagen. Beide hatten damit zu tun, ihre Umgebung unauffällig zu mustern.

Ausgehen beschränkte sich für ihn und sie nicht auf das Stillen ihres Hungers. Unwahrscheinlich, dass sie mit einem oder mehreren der anderen Gäste ins Gespräch kommen würden, die Gefahr des schlichten small talk, der keine Spuren hinterlassen würde, war zu groß, und sie hatten keine Lust, kein Talent, mit small talk ihre Zeit zu vertreiben. Nichts hatten sie gegen small talk, wenn er sich auf natürliche Weise ergab, wenn er das Vertrauen erlaubte, den

Gesprächspartner nicht nötigen zu müssen, wenn der Level der Verständigung nicht zu angestrengter fremdsprachlicher Konversation führte. Gleichwohl wäre interessant gewesen, von den Geschichten hinter den anderen Gästen zu erfahren. So wie diese gern gewusst hätten, was es mit diesem stillen Pärchen auf sich hatte.

Logisch, dass ihn bestimmte Gäste mehr als andere in seinen Bann zogen. Über solche Gäste in seinen Gedanken bestimmte Stereotype zu legen, konnte er nicht unterdrücken. So funktionierte, besser passierte Gesellschaft.

Was hatte es mit dem jungen, etwas dicklichen Typen auf sich? Der an einen Stehtisch gegen die Wand lehnte, sein Smartphone bearbeitete, gefühlte zehn Zigaretten rauchte, kurz von seinem Nachbarn am Tisch angesprochen wurde und bei ihrem späteren Rückweg in einer Gasse vor ihnen her schlenderte. Was hatte es mit den fünf jungen Mädels an ihrem Nachbartisch auf sich? Hatten sich offenbar für mehrere Stunden zu einem einzigen Drink verabredet. Ein weiterer Herr, Endfünfziger, saß allein und wirkte grässlich einsam. Vielleicht hätte er an einem anderen Ort noch schmerzhafter seine Einsamkeit empfunden. Vielleicht wollte er einfach nur seinen Drink geniessen. Nach einem erfüllten Arbeitstag dessen Ereignisse Revue passieren lassen.

Waren Menschen um sie herum verliebt? Waren sie mit dem einen einzigen Menschen ihres Glücks zusammen? Fragen, die er sich nur allzu gern und allzu neugierig stellte. Sein Glück in Gestalt seiner Frau saß an seiner Seite. Es waren Fragen, die nicht beantwortet wurden. Fragen, die spekulativ genährt wurden. Fragen, die an anderer Stelle einen Blues in ihm auslösten. Wenn er das ganze hektische Gewimmel des Lebens, in dem er steckte, von der Seite betrachtete.

Was war die Verheissung gewesen? Make love not war!

Klang so einfach, hatte ungebremste Hoffnungen und Freude auf das, was kommen würde, freigesetzt. Hatte

Nacktheit, Körperlichkeit und Nähe zu den Mitstreitern des eigenen Glücks ungeahnt einfach, echt und unverfälscht erscheinen lassen. Vielen Menschen um sie herum schien es Utopie geworden zu sein, eine weiter denn je entfernte Verheissung, trotz des friedlichen Gewimmels, an diesem Abend, in diesem Lokal, in dieser Strasse einer schönen Altstadt. Um sie herum herrschte nicht Krieg. Viel zu wenige Menschen um sie herum waren sich aber nicht mehr als über das Übliche, das Alltägliche hinaus zugetan. Hatten die Proklamateure dieser Verheissung je im Blick, dass weder Liebe noch Krieg herrschen könnte?

Das eine, nicht Krieg führen zu müssen, war im Alltag selbstverständlich geworden. Das andere zu machen, war Sehnsucht geblieben und im Alltag hinter sich ständig neu auftürmenden Hürden zunehmend schwerer zu finden.

Weiss Gott hatte ihm sein Leben viele Möglichkeiten geschenkt, das andere zu machen. Den Menschen um ihn herum hätte er diese Möglichkeiten gewünscht. Unbewiesen, aber tief von ihm empfunden, hatten sie eine große, ungestillte Sehnsucht, es zu machen. Und beim Machen ihr Glück zu finden. Technisch betrachtet, breiteten sich alle Wege zum Glück ungehindert vor ihnen aus. Viel störendes Zeug, viele lästige Verpflichtungen waren im letzten halben Jahrhundert abgeräumt worden.

Welcher Mensch war noch im engen Korsett einer Ehe gefangen, deren Vollzug im Bett oder anderswo das Glück nicht hatte finden lassen. Regelmäßig erschienen Ratgeber: Essays, Dossiers, Bücher, akademisch geschulte Profis, die über die missliche Situation, bislang sein Glück nicht gefunden zu haben, hinweg zu helfen versprachen. Um dieses Glück kreisten die Gedanken. Je mehr darüber palaverten, desto schwieriger war es zu finden. Es brauchte den Einen, die Venusgöttin, den Prinzen, das Feuer der Verliebtheit, genau des Einen, der die eigenen Bedürfnisse traf und mutig genug war, sich auf alle Ecken und Klippen des Anderen einzulassen, ohne dessen Freiheit einzuschränken und ihm dennoch das Gefühl der Aufgehobenheit, des Getragenseins und der Geborgenheit zu geben. Es brauchte nicht den unscheinbaren vermeintlichen Langweiler, den man übersah oder der es sich nach erster Verliebtheit im Wohnzimmer seiner Ehe, seiner zwei-, drei- oder mehrjährigen Beziehung bequem machte.

Und dies galt nicht für den Mann allein. Viele kleine Nachlässigkeiten, Unzulänglichkeiten konnten sie wie ihn daran hindern, es zu finden, trotz aller Hilfsmittel, aller Konstruktionen. Gab es etwas wie ein natürliches Eheversprechen? Eins, das keiner offiziellen Verpflichtung bedurfte, an guten wie an schlechten Tagen für den anderen da zu sein? Eins, das auftrug, dem Anderen die Suche nach dem Glück zu erleichtern, Hindernisse auf dem Weg dorthin zu beseitigen, sich dem Anderen zu öffnen, anzubieten, mit allem, was einem selbst gegeben war, diese Angebote aufzupeppen, sich dem Anderen komplett zu ergeben, weil die Liebe genau dieses und nichts anderes zuliess.

Welcher Bedingungen bedurfte es dieses natürlichen Versprechens? Welche Anstrengungen mussten sein, um diesen Bedingungen zu entsprechen?

Viele kleine und grosse Anstrengungen hatte er mit seiner Frau hinter sich gelassen. Allen voran war es für ihn die Konzentration auf seinen Vollzeitjob gewesen. Anstrengend für sie war gewesen, dass er einen Rückzug von ihrem Beruf zugunsten von Haus und Familie nicht gewollt hatte. Als Teilzeitangestellte hatte sie nie aufgehört zu arbeiten. Er hatte das meiste Geld verdient, sie sich um das meiste Andere gekümmert. Trotzdem hatte sie ihr eigenes Geld, nicht so viel, aber eigenes. Sie hatte Kontakt und Bezug zum Leben draussen behalten. Sie hatte genügend Selbstbewusstsein, die Dinge einzufordern, die auch er in dem ganzen anderen Rest leisten konnte. Sie hatten ihre Balance gefunden, liebten und respektierten sich. Beide hatten sich den

Mühen und Ansprüchen ihres Berufs nicht entzogen. Zu Hause hatte sie das Wesentliche fest und liebevoll im Griff. Gemeinsam hatten sie ihre Kinder erzogen und dennoch unterschiedliche, für sie wie ihn typische Akzente gesetzt.

Nach aufregenden Jahren war ihnen ihre Zweisamkeit zugefallen, wieder, im Rückblick schneller als erwartet. Sie hatte sich nicht zu anderen Männern verlaufen, er nicht zu anderen Frauen. Sie hatten nicht die eine gemeinsame Geschichte, das Gesicht, den Körper des Anderen, sein Reden und Tun, alles, was irgendwann das Feuer der Verliebtheit entzündet hatte, beiseite gelegt, vergessen. Im Blick darauf war alles einfach, natürlich. Making love war kein Fremdwort, ihnen mit Leben und purer Lust zugefallen, hatte ihre Experimentierfreude geweckt und sie in vollständigem Vertrauen alle Facetten des Spiels der körperlichen Liebe, die keinen Regelverstoß bedeuteten, auskosten lassen. Ohne darüber reden zu müssen, war ihnen klar, wo die Regelverstösse begannen. Das, was hinter diesen Schranken lag, interessierte sie nicht oder war nicht vereinbar mit ihrem Glück.

Mit dem Gefühl, dass ihr Essen außer einer etwas faden Sättigung noch Wünsche offen gelassen hatte, brachen sie von dem Lokal wieder auf. In der beginnenden Dämmerung schlenderten sie zu ihrer Wohnung zurück. Eine Flasche Wein, die in der Wohnung auf sie wartete, sollte den irritierten Geschmack, den sie empfanden, beseitigen helfen. Mittlerweile war es dunkel geworden, in dem großen Wohnraum, in dessen separierter Ecke auch das Bett stand, herrschte vom Deckenrand her indirekte, dezente Beleuchtung.

Die Fenster hatten sie geschlossen, der Mücken wegen. Draußen wie drinnen waren die gleichen Temperaturen, nicht ein einziger Windhauch. Still tranken sie jeder ein Glas Wein, unterbrochen von einzelnen innigen Küssen, die auch ihre oder seine Zunge und auch ihre Wange, ihr Ohr und ihre

Halsseite einschliessen konnten. Noch wusste er nicht, ob sie es wollte. Irgendwann, die Gläser waren leer, gab er vor, ins Bett gehen zu wollen. Nackt ging er nicht ins Bett, er hätte es zu sehr als drängende Aufforderung an sie empfunden, sich ihrerseits mit seinem nackten Körper zu beschäftigen, obwohl er nichts anderes wollte. So lag er wach auf seiner Seite des Bettes, in gespannter Erwartung, was sie tun würde.

Sie kam aus dem Badezimmer zurück, splitternackt, und trat neben ihn ans Bett. Er hatte sein Ziel erreicht. Sie schlug das Laken über ihm zur Seite. Die pralle Kontur in seiner Hose war nicht zu übersehen, lustvoll streckte er sie ihr entgegen. Bereitwillig liess er sich ausziehen. Sie leckte sein hoch aufragendes Ding ab und nahm es in ihren Mund, wie an einer Schiene bewegte sie ihren Kopf daran herauf und herab, in kniender Position direkt neben ihm. Mit einer seiner Hände konnte er ihren weit herausgestreckten Hintern streicheln. Dessen Form hatte ihn immer schon in schnelle Erregung versetzt, die sich noch steigerte, als seine Finger zwischen ihren Backen auf ihre Schamlippen trafen. Feucht, wie sie waren, schienen sie nur darauf zu warten, mit sanfter Spreizung das freizugeben, was dazwischen lag.

Sie war längst bereit. Lustvoll genossen sie einander, weniger ekstatisch als am Tag zuvor, mehr auf die einzelne Handlung, auf die einzelne Sekunde bezogen, dies war ihr Leben, sich zu nehmen, sich zu geben, den anderen zu ergreifen, zu besetzen, sich dem anderen zu ergeben, niemand, nichts stellte sich ihrer Vereinigung in den Weg. Nie hatten sie eine genaue Vorstellung davon bekommen, wieviel Zeit ihr Spiel in Anspruch nahm, es mussten mehrere Minuten sein, dass sie von ihm abliess, ihre Scheide und Klitoris den Bewegungen seiner Finger entzog und in ihrer ganzen Nacktheit, ihrer ganzen Erscheinung weiblicher Schönheit auf ihn stieg, mit breit gespreizten Beinen, um all dem, was vereinigt werden konnte, möglichst tiefen Raum zu geben.

Ihre Zungen suchten feuchte Nähe, ihre Scheide und sein Penis dynamischen, stossenden Kontakt. Voller Erregung hatte sich ihre Haut an den Stellen, wo sie sich berührten, in schwitzig-rutschige Flächen verwandelt. So vermischten sich ihr Schweiß, ihr Speichel, die Absonderungen ihrer Lust vollständig und untrennbar.

Sie auf ihm variierte er durch seine kräftigen, stossenden Bewegungen und den festen Griff seiner Hände an ihrem Hintern den Kontakt seines Penis mit ihrer Scheide fast nach Belieben. Sie auf ihm bedeutete für sie einen mal mehr, mal weniger ausgedehnten Ritt hin zum Orgasmus. Als hätte sie ihr ganzes Leben nichts anderes gemacht. Rhythmisch stimmte sie die Bewegungen ihres Körpers auf seine Stösse ab, rhythmisch glitt sein von ihrer Scheide fest umschlossener Penis jedes Mal tief in sie hinein, rhythmisch die Massage ihrer Klitoris zwischen seinem harten Penis und Schambein.

Hätte jemand parallel eine Tonspur aufgezeichnet, sie wäre mit einem Gemisch aus schnellen Atemzügen und eines fast rhythmischen Stöhnens bespielt worden. Für das, was sie ohne Worte sagte und ausdrückte, hatte er besondere Empathie, und so brachte ihn ein wenige Sekunden währendes Crescendo ihres Stöhnens dazu, seine Bewegungen nochmals zu beschleunigen, seinen Griff an ihrem Hintern nochmals zu verstärken. Mit tiefen, aus ihrer Kehle heraus gepressten Lauten wusste er, dass sie gekommen war.

Sein Höhepunkt stand noch bevor. Sie war in einem Status vollkommener Befriedigung und willenlosen Glücks, er in maximaler Erregung. Das Spiel, was jetzt folgte, würde nicht lange dauern, ein Spiel, in dem er die Regie führen durfte und für das sie ihm ihre nasse Scheide bedingungslos zur Verfügung stellte. Mal unter ihr, mal auf ihr, mal hinter ihr waren die Variationen dieses Spiels, ein Auskosten ihres glitschigen, schlauchförmigen Organs, in das er lückenlos passte, jedes Mal aufs Neue überprüft nach fast vollständigem Rückzug aus ihrer Scheide, um ihn ein weiteres Mal in sie herein gleiten zu lassen, um mit diesem köstlichen Gefühl, das sich in seinem Penis ausbreitete, die Regie abzugeben und nun auch willenlos glücklich in einem Stakkato seiner Zuckungen alles, was seine unter wohligem Druck stehenden Speicher aufzubieten hatten, in sie hinein zu spritzen.

So oft schon hatten sie diese reine Erschöpfung nach ihren Eskapaden im Bett und Schlafzimmer empfunden. Im Gefühl absoluter Wärme und Zuneigung liess sie nichts anderes als eine enge, zärtliche, küssende, ineinander verschlungene Nähe zwischen ihnen zu. Sie genossen den Geruch ihrer Liebe. Er bestätigte, dass sie wieder einmal unendlichen Spaß miteinander gehabt hatten.

Am nächsten Morgen standen sie früh auf. Acht Uhr dreissig sollte ihre Abfahrt vom Busbahnhof sein. Sie erfreuten sich an dem tiefblauen Himmel, der über den Häusern auf der anderen Straßenseite zu sehen war und ihre schicke, großzügige Altbauwohnung, die zu ihrem Liebesnest geworden war, in ein indirektes, dennoch helles und warmes Licht des Sommers tauchte. Sie machten sich einen Kaffee, bevor sie gingen, beide hatten noch keinen Hunger. Als geübte Wanderer waren sie mit bequemen und guten Schuhen ausgestattet.

Draussen genossen sie die Privilegien ihres Urlaubs und seiner Stimmungen. Eines war, das Alltagstreiben um sie herum, das noch nicht die Wortkargheit und stille Konzentration der frühen Morgenstunden verloren hatte, von außen und innen gelassen betrachten zu dürfen. Sie kannten die Stimmungen und Gedanken der Leute, die jetzt ihrer Arbeit nachgehen sollten und von den Pflichten, Anforderungen und Wünschen nach dem Gelingen dessen, was sie sich vorgenommen hatten, gefangen waren.

Beide wussten um die Eile und eintretende Hektik, die bei der Auseinandersetzung mit den anstehenden Aufgaben, auf die man gerade überhaupt keine Lust hatte, aufkommen konnten. Beide wussten, dass akute oder chronische gesundheitliche Einschränkungen noch den letzten Rest an Energie rauben konnten, den man zur Bewältigung dieser Aufgaben haben zu müssen meinte. Beide wussten um den grauen Schleier, der sich auf den sommerlichsten sonnigsten aller Tage legen konnte, wenn die Arbeit und Aufgaben, die vor einem lagen, kein Ende zu nehmen schienen und das eigene Ich zu einem funktionierenden Etwas degradierten. Beide wussten sie um die Larmoyanz in den Köpfen der Menschen, wenn der nächste freie Tag, das nächste freie Wochenende, der nächste Urlaub weit weg waren. Wenn das eigene kleine Leben nur erbärmlich zu sein schien. Wenn der nächste gute Sex in weiter Ferne zu liegen schien.

Viel der Bewunderung, die in Mittel- und Westeuropa für die hiesige Lebensart gepflegt wurde, hatte mit den Eindrücken auf einer Piazza zu tun. Ungefähr mit dem Gefühl, das sich dem reisenden Zuschauer auf mediterranen Plätzen mitteilte: von der Sonne durchtränkte, mit Natursteinen gepflasterte, vom täglichen Reinigungsdienst unauffällig herausgeputzte Flächen, umgeben von mittelalterlich und herrschaftlich anmutenden, mehr oder weniger frisch renovierten Häusern, deren Läden im Erdgeschoß unaufdringliche Visionen von Leben, Arbeit und Wohnen in unbeschwerter Verbundenheit zuliessen. In lockerem Schema standen die landestypischen, teils schattengebenden Gewächse genau dort, wo sie sein mussten. Ein friedlich plätschernder, kunstvoll bearbeiteter Natursteinbrunnen in der Mitte. Die alte Kirche an der Stirnseite des Platzes, die ihm Ewigkeitswert zu vermitteln schien. Geschmackvoll drapiertes Mobiliar irgendeiner Aussengastronomie mit mehr oder weniger raffinierten Möglichkeiten der Abschattung, die an diesem angenehm warmen Morgen allerdings noch nicht genutzt werden mussten. Irgendwelche, meist gut gekleidete Menschen mittleren Alters mit zurückgeschobenen Sonnenbrillen, die es als selbstverständlich empfanden, ob mit oder ohne Zeitung, ob mit oder ohne Gesprächspartner, den Tag mit fünfzig Milliliter eines perfekt abgestimmten Espressos einzuläuten und keinerlei Anzeichen einer wie auch immer gearteten Anspannung zu verbreiten schienen.

Aber es ging auch anders. Am Busbahnhof angekommen, hatten sie Zeit, die dortige Szenerie zu beobachten. Sie waren außen vor, hatten Urlaub, den ganzen Tag vor sich, freuten sich auf die Fahrt in die Berge und die konkret umrissene Strecke der Wanderung zurück in die Stadt.

Wie sollte es anders sein, der Busbahnhof war der zweckmäßig gestaltete Hinterhof eines circa achtstöckigen Wohnkomplexes aus den frühen sechziger Jahren, dessen rückwärtige Fassade nie einen Anstrich gesehen hatte, dessen Fenster zerschlissene und uneinheitliche Sorten von Jalousien trugen, dessen Balkone Abstellkammern und keine Erweiterung des Wohnraums nach draussen waren, dessen Patina die schlechte Isolierung des Gebäudes unterstrich, die nicht vor den Unbilden der nassen, klammen und feuchten Winter schützte, die hier auch herrschen konnten.

Ein weiteres Mal wunderte er sich über die oft von ihm verdammte Fähigkeit, noch in der schönsten, unbeschwertesten Situation das Hässliche zu sehen und sich graue Alltagsmomente in Erinnerung zu rufen. Diese schreckliche Empathie, sich noch aus wohligsten, angenehmsten Empfindungen heraus in die Lage anderer Leute zu versetzen, die mangels Alternativen in irgendwelchen dunklen, feuchten, fusskalten, lieblos eingerichteten Wohnungen über der Einfahrt zum Busbahnhof wohnten, vorne die vierspurige Hauptstrasse, hinten die Abgaswolken der an- und abfahrenden Busse, im Treppenhaus der Schrott des Nachbarn, der nicht mehr auf den Balkon gepasst hatte, im Portemonnaie einfach nicht das Geld, im Schrank einfach nicht das Zeug, um gut gekleidet, morgens, bei angenehmen Temperaturen, auf der Piazza, die Hand am Espressotässchen, Arbeit und Existenz mit dolce vita in Einklang zu bringen. Was hatte er damit zu tun? Es konnte ihm egal sein. War es Neid auf die einen, Mitleid mit den anderen?

Er hätte es nie geschafft, seinen Arbeitsalltag als dolce vita zu empfinden, und doch wollte er nicht ungerecht sein, so dolce das Leben an der Seite seiner Frau war, die er erst durch seine Arbeit kennengelernt hatte. Die Arbeit war Rechtfertigung für vieles, begründete seine Existenz, gab seinem Leben auch Sinn, vermittelte gar Spass und Freude, wenn sich der Alltag nicht als Bürde, sondern als Begleiter im unaufhörlich voranschreitenden Strom des Lebens herausstellte.

Dolce war trotzdem etwas anderes. Dolce war, wenn sich das Leben zutrug, wenn es ihm zufiel, wenn es so war, wie es sein musste, ohne ihn mit irgendwelchen Alternativen in seinem Denken und Fühlen zu dem, was er gerade zu tun oder zu lassen hatte, zu konfrontieren. Dolce war, mit seiner Frau und Geliebten in einen Bus zu steigen, aus dem Tal auf den Berg zu fahren und Teil des Alltagslebens im Bus und an der Strecke, die der Bus zurücklegte, zu werden, ohne Teil dieses Alltags zu sein. Noch das letzte unscheinbare Häuschen an der Strecke konnte, wie es in einen Weinberg gepresst so dalag, vielleicht mit geöffneten Fenstern an diesem sonnigen und Hitze versprechenden Morgen, vielleicht mit irgendwelchen nützlichen oder dekorativen Elementen versehen, wie es ausdrückte, dass hier Menschen ihrem ganz normalen, vielleicht glücklich empfundenen Alltag nachgingen, seine Gedanken anregen. Ausgeruht, ausgeschlafen, im Wissen um den zutiefst befriedigenden Sex am Abend zuvor, hatte er einen nicht zu übertreffenden und glücklichen Wachzustand erreicht, der alle noch so unscheinbaren äusseren Eindrücke aufzunehmen vermochte, um das Leben, wie es auch war und wie es sein würde, wenn er längst wieder woanders wäre, zu beobachten.

Wie sich die Straße am westlichen Hang des Tales hochzog, wurde ihm dessen Enge bewusst, ein Detail, das er unten auf der Brennerautobahn nie bemerkt hatte. Und dieses enge Tal war die transalpine Rennstrecke zwischen Mittel- und Südeuropa. Oben, wo sie in einem kleinen, an der Straße liegenden Bergdorf ausstiegen, war von der Dominanz dieses Transits nichts zu spüren.

Hier herrschte das beschauliche Alltags-Nichttreiben eines Dorfes, dessen Bewohner überwiegend ihrer Arbeit anderenorts nachzugehen hatten. Schnell fanden sie den Wanderweg und dessen Beschilderung. Sie waren die einzigen, die ihn heute nutzten. Ihre Schritte versetzten sie in einen unmerklichen Rhythmus. Der Weg führte sie zwischen Weinbergen an einzeln stehenden Häusern, Gehöften und an Waldrändern vorbei.

Längst war es heiß geworden. Schwitzige, unter ihren Klamotten teils klebrige Haut und der durch das mitgeschleppte Wasser zwischendurch gestillte Durst drängten sich ins Bewusstsein. Ein Abstecher zu den als Naturdenkmal angepriesenen Sandpyramiden war ihnen schliesslich zu viel. So staubig ihre Wanderschuhe wurden, musste es lange nicht geregnet haben. Trotzdem waren die Obstplantagen, an denen sie vorbeikamen, voller praller Früchte. Vor der Stadt wurde der Wald kleinwüchsiger und lichter. Der staubige Weg dazwischen schlängelte sich langsam oberhalb auf deren Altstadt zu.

Beiden war heiss. Er entblösste seinen Oberkörper, niemand sonst war unterwegs, und wenn schon, ihm wäre ein schlanker Mann mit nacktem Oberkörper begegnet, dessen Alter schwer zu schätzen war und der mit seiner Frau eine Wanderung unternahm. Dass diese Frau in der Lage war, kurz zuvor mit einer rückwärtig getätigten Bemerkung, die ihre Lust an seinem Körper eindeutig zum Ausdruck brachte, prompt seine Hose aufwachen zu lassen, würde dieser Niemand nicht mitbekommen haben. Nur ein aufmerksamer

Beobachter seines vorderen Schrittes hätte stutzig werden können. Dafür, jetzt und hier miteinander zu vögeln, war es aber einfach zu heiß.

Hungrig und verschwitzt erreichten sie die zwischen Steilhängen und der Altstadt liegenden besseren Wohnviertel. Sein Hemd hatte er wieder angezogen. Die verhaltene Ruhe, die er noch am Morgen in den Straßen der Altstadt empfunden hatte, war einem lebendigen Gewirr von Menschen unterwegs, Menschen in Geschäften und davor, Menschen, die sich trafen und aus deren Stimmen gewichen. An einer Bäckerei zwang sie der leckere Duft zum Kauf diverser kleiner Leckereien. In einem Supermarkt kamen Getränke und Obst dazu.

Passend zur Siesta erreichten sie wieder ihre Wohnung. Das Gebäck mit Tee und Kaffee stillte ihren Hunger. Nach einer Dusche legte er sich ins Bett und tauchte in die Passivität eines absolut wohlig empfundenen Mittagsschlafes ein. Die Stimmen von draussen, von der Straße und dem Lokal unter ihrer Wohnung waren für ihn wie ein aus der Ferne zu hörender plätschernder Bach. Die Wärme um ihn herum war komplett. Die von der Wanderung beanspruchten Muskeln, Sehnen, Gelenke streckten sich in ihr Lot zurück.

Alles dies liess sein Hirn in kürzester Zeit in einen Tiefschlaf unbestimmter Dauer fallen, auf den eine mehr oder weniger lange Phase eines imaginären Films folgte, der an seinen geschlossenen Augen vorbeizog. Unfähig, irgendetwas an sich zu bewegen, liessen ihn die Sensoren seines Körpers wissen, ´ich bin da, ich lebe, alles ist gut´.

Unmöglich, sich der Details dieses Films zu erinnern, Anhänger des absurden Kinos hätten ihre Freude an seinem Drehbuch gehabt. In seiner Absurdität hatte es aber den einen Zweck, den einen Endpunkt, ganz allmählich, trotz des Zustands seiner absoluten Willenlosigkeit, ganz vorsichtig das freizusetzen, was noch an letztem Willensrest vorhanden war, um aus diesem Dickicht wohliger sinnloser

Träume wieder aufzutauchen. Die frühen Nachmittagsstunden gingen darüber hinweg. Irgendwie schaffte er es, sich aus seinem Bett aufzurichten, noch verschlafen, emotional hellwach, glücklich in der Erwartung der nächsten Stunden. Liebevoll trafen sich ihre und seine Blicke, begleitet von wenigen, zärtlichen Worten. Sie hatte es sich nicht zur Angewohnheit gemacht, in den Mittagsstunden zu schlafen, selbst wenn Urlaub oder freie Zeit es ermöglichten. Ihr nächtlicher Schlaf war länger, weniger unterbrochen. Seit er auf die Fünfzig zugegangen war, hatte sich sein nächtlicher Schlaf zunehmend verkürzt, nicht selten, dass er nach vier oder fünf Stunden wach im Bett lag und nicht wieder einschlafen konnte. Es tröstete ihn, diesen entsetzlichen Mangel an Schlaf durch ein wo immer mögliches Napping zu anderen Zeiten des Tages auszugleichen, sein Zustand jetzt war ihm dafür ein eindrucksvoller Beweis.

Viele seiner ähnlich alten Freunde, Bekannten, Kollegen hatten einen ähnlich verkürzten Schlaf. Froh war er darüber nicht. Mangel an Schlaf liess einen vorzeitig altern. Erkrankungen, wenn sie denn mit Schlaflosigkeit einhergingen, gaben vielen Organsystemen einen schnellen Rest. Zu der da und dort geäußerten Einstellung, das Leben sei zu schade, um schlafend verbracht zu werden, hatte er eine robuste Skepsis entwickelt. Auf Kokain oder andere Aufputschmittel hatte er sich nie eingelassen.

Wenn er nach vier oder fünf Stunden viel zu kurzen nächtlichen Schlafes scheinbar ausgeruht sein Bett verliess, weil ihm die Zeit zu schade war, wach im Bett zu liegen und seine Nackenverspannungen zu ertragen, fühlte er sich zunächst wie erschlagen, aller auf Aktivität programmierten Speicher seines Nervensystems beraubt. Wenn sich dieser Zustand mit akuten und nächtlichen Erfordernissen seines Dienstes traf, war es einfach nur schrecklich. Wenn sich dieser Zustand mit den Erwartungen des kommenden, möglicherweise grauen Arbeitsalltags traf, war es schrecklich, bis die erste Tasse Kaffee den Morgen eingeläutet und sein Hirn und Körper sich wie ein altes Auto warmgelaufen hatten.

Wenn sich dieser Zustand aber mit den Erwartungen eines freien Tages oder Urlaubstages traf, liess er sich gut ertragen, weil ein mehr oder weniger ausgedehntes Napping oder auch mehrere davon diesen Tag begleiten würden. Schlaflosigkeit würde er bei sich nicht diagnostizieren müssen. Sein zerrissener Schlaf hatte damit zu tun, dass er älter geworden war und ihn sein Beruf seit Jahrzehnten gefordert hatte. Nicht nur beruflich, auch in seinem ganzen physiologischen Zustand hatte er den Zenit überschritten, würde es weiter bergab gehen. Die Aussicht auf das, was vielleicht noch vor ihm lag, würde nicht unbedingt schlecht sein. Ganz aktuell war sein Zustand alles andere als schlecht.

Was den Schlaf anging, hatte seine Frau wirklich einen anderen Rhythmus. Sofern möglich, verbrachte sie freie Stunden mit dem Lesen irgendwelcher Bücher. Sie las schnell, konzentriert, nicht ungewöhnlich, dass sie am Ende eines Urlaubs fünf oder sechs Bücher zu Ende gelesen haben konnte. Sie gehörte zu den treuesten Kunden der vor Ort befindlichen Bücherei, egal, wo sie bereits gewohnt hatten. Auch jetzt hatte sie gelesen, während seines Schlafs. Wenn sich die Gelegenheit ergab, fragte er sie zu dem Plot des aktuellen Buchs. Stark verkürzt nahm er so an ihrer Gedankenwelt teil. Er las selten, wenn, liess er sich von ihr Empfehlungen geben. Das ausgewählte Buch konnte dann Monate lang auf dem Nachttisch liegenbleiben. Zuverlässig übermannte ihn der Schlaf nach wenigen Seiten.

Nachdem er sich für den Abend, für das Konzert passend angezogen hatte, sie hatte es längst getan, präsentierte sich dezent und trotzdem effektvoll geschminkt mit leichter, körperbetonter Bluse, enger Hose und offenen Sommerschuhen, ihre schönen Füsse perfekt in Szene gesetzt, nachdem er sich, ausgeruht und ausgeschlafen, wie er war, gut aufgehoben, wie er sich in seiner sommerlichen lässig-eleganten Garderobe fand, an den Tisch des Wohnzimmers gesetzt hatte, entspann sich aus ihrer Konversation ein nächstes Date, da und dort von der Lektüre ihres Buches, von seiner Lektüre der Tagespresse unterbrochen.

Unterbrechungen aber, die sich gerade nicht in ihre Konversation einschnitten, sondern weitere Impulse gaben. Sie hatten kleine herzhafte Leckereien vor sich. Von dem heißen Tag hatten sie immer noch Durst. Vorsorglich hatten sie nach ihrer Wanderung Radler und Bier kaltgestellt. Beides war jetzt genau richtig. Beide erfasste die rasch einsetzende Wirkung des Alkohols. Ein perfektes Date zur happy hour, trotz der Profanität ihrer Drinks. Es war, als hätten sie sich bewusst und voller eindeutiger Absichten, zur besten Stunde des Tages, mit all ihrem Wissen um den wirklich guten Sex, den der andere bieten konnte, hier an dieser Stelle, inkogni-to, unerkannt unter all den Menschen dieser fremden Stadt dazu verabredet. Natürlich nahm ihr Gespräch den eindeu-tigen, schlüpfrigen Verlauf. Selbstverständlich gab sie sich seinen tiefen Blicken in ihre Augen, auf ihren Körper hin, liess zu, dass er sie streichelte und sanft, aber bestimmt ihre Beine auseinander bewegte, saß schließlich mit gespreizten Schenkeln vor ihm.

„Du weißt, dass wir es heute nicht tun sollten." sagte er zu ihr.

„Schade." entgegnete sie. „Ich könnte gerade wieder so gut."

Sie rückte noch etwas auf ihn zu, brachte ihre Beine noch etwas weiter auseinander, näherte ihre schmachtvoll geöff-neten Augen seinem Gesicht, dem er einen ganz bestimmten Ausdruck zu geben versuchte. Sie wussten um das Spiel und kannten seine Regeln. Dieses Spiel war das Vorspiel zu etwas, was heute wirklich nicht sein sollte. Sie wusste, dass er der Vernünftige bleiben würde. Er wusste, dass er sofort und hier aus diesem Vorspiel hätte ausbrechen können. Er hätte sagen können ´Zieh Dich aus!´ und sie hätte es getan. Er hätte ihr sagen können ´Zeig Dich, zeig alles!´ und sie hätte ihm lustvoll alle ihre intimen Details entgegen gestreckt, nicht ohne zu versuchen, ihm die Hose zu öffnen, begleitet von der köstlich-spöttischen Frage, ob er denn weiterhin sein wunderbares Teil eingesperrt lassen wolle.

´Natürlich nicht!´ hätte er sagen können. Innerhalb von Sekunden hätten sie nackt voreinander gesessen, gestanden, gelegen und sich auf wirklich schnellen, nach ein oder zwei Minuten erfüllenden Sex einlassen können.

Es wäre eine Alternative zu diesem Vorspiel, ein Ausbruch gewesen. Beiden hätte es einen Verzicht auf die unendliche Fortsetzung diese Vorspiels in den Abend hinein bedeutet.

„Ich möchte Dich da unten nicht krank machen." sagte er, schließlich sei der Urlaub noch längst nicht zu Ende.

„Ach, du bist immer so vernünftig. Mir geht´s wirklich gut." hauchte sie ihm entgegen, im vergeblichen Bemühen, seine Sorgen zu zerstreuen. Sie küsste ihn mit vorgestreckter Zunge auf seinen Mund. Noch eine ganze Zeit lang führten sie ihre schlüpfrigen Küsse fort, ihre sich ineinander rekelnden Bewegungen und Umarmungen, ihr zärtliches Petting erogener Zonen, gedämpft durch Bluse, Hemd, Hose, die sie nicht ausgezogen hatten.

Er wusste nicht genau, wie er dieses Spiel nennen sollte. War es eins seiner Regie und ihrer Unterwerfung? Eins, in dem er den Takt vorgeben konnte, ohne peinlich zu sein? Eins, in dem sie pure Lust auf ihn hatte, in dem er pure Lust auf sie hatte und in dem sie ihm die Ausgestaltung dieses Spiels komplett und in vollem Vertrauen überliess? Im Vertrauen, dass er es schon richtig machen würde? Ihn trieb nicht nur die egoistische Sorge um die Fortsetzung ihres seit drei Tagen von einem zum anderen Höhepunkt eilenden Lusturlaubes. Er würde einfach auch die Angst um das Aufflammen einer blöden, schmerzhaften, äußerst lästigen

Entzündung an einer ihrer entscheidenden Stellen teilen und ernst nehmen wollen.

Der Verzicht auf schnellen, heißen Sex bahnte ihrem Konzertabend und damit mehreren Stunden in heißer Liebe und Erregung zugewandter Zweisamkeit den Weg, Stunden voller Gedanken an Sex mit ihr, mit ihm. Diese Gedanken tauchten den Abend in ein ganz besonderes, inniges Glück.

Angeregt und angeheitert beendeten sie ihre happy hour und machten sich mit dem Auto auf den Weg. Dieser führte durch die engen Straßen der Altstadt, an deren Rand zum Ausgang eines der auf die Stadt zulaufenden Täler. Ihr Mangel an genauer Ortskenntnis bescherte ihnen diverse Schleifen und Umwege. Auf dem Platz eines mittelalterlich aussehenden Schlosses sollte das Konzert unter freiem Himmel stattfinden. Die Natur spielte mit. Die abnehmende Sichel des Mondes war am Himmel zu sehen. Trotzdem würde der Anbruch der Dunkelheit noch auf sich warten lassen. Alles tauchte in die beginnende Abenddämmerung ein. Das am Hang liegende Schloss öffnete weite Blicke auf die zwischen den Bergen liegende Ebene. Sein Hof erinnerte eher an einen Burgplatz.

Hier versammelte sich eine offene Gesellschaft unterschiedlichster Altersgruppen, um sich bei lauesten Temperaturen am Ende des sommerlichen Arbeits- oder Urlaubstages auf eine ungewohnte Darbietung einzulassen. Die junge Künstlergruppe wollte alte Volkslieder in ein neues Arrangement setzen. Neben einem jungen Mann mit Lockenkopf vier junge Frauen, die mit ihrer Abendgarderobe und der Art und Weise, wie sie sich geschminkt und zurecht gemacht hatten, hübsch anzusehen waren. Die im Programmheft aufgeführten Lebensläufe aller fünf Künstler liessen nicht erkennen, dass welche liiert wären oder bereits Kinder bekommen hätten. Hochwahrscheinlich waren sie alle in der kurzen, langen Phase nach abgeschlossenem Studium, die mit der Findung des eigenen Ichs, beruflich wie privat, zu tun hatte.

Immerhin hatte sie ihr Konzept, überlieferte Lieder neu zu vertonen und mit Geige, Bratsche, Kontrabass in wechselnder Zusammensetzung zu unterlegen, in überregionale Engagements gebracht.

Sie hatten, jeder mit einem Glas Sekt in der Hand, in der Mitte des Auditoriums Platz genommen. Selbst Teil der Szene, hatten sie Zeit, noch vor Beginn des Konzerts, ihre Gedanken an dieser Szene entlang schweifen zu lassen. Die Dominanz ihrer beiderseitigen Gefühle und Lust aufeinander hatte sich seit ihrer happy hour etwas gelegt. Sie mischte sich weiterhin in ihre Gedanken ein.

Ein weiteres Mal ertappte er sich in Spekulationen über das Sexualleben der anderen, anwesenden Personen. Nicht mit dem Gefühl des unerfüllbaren Appetits, eher aus der Warte des gelassenen, interessierten Beobachters, der mit seinem eigenen Leben, mit dem Leben jetzt, rundum zufrieden war. Dies fand seine Reflexion in Gestik, Mimik und Äußerungen seiner Frau. Ob sich dieser Kosmos an aufgeklärter, reifer, ungehemmter Erotik, der zwischen ihnen hin und her flirrte, den Menschen um sie herum mitteilte, konnte er nicht beurteilen. Er wusste nur, dass sie einen kaum für möglich gehaltenen, beneidenswerten Ausnahmezustand erreicht hatten. Einen Zustand, der sie in die Lage zu versetzen schien, andere auf ihre erotischen Empfindungen und Bedürfnisse hin, ob vorhanden oder nicht, einzuschätzen. Es stand ihm nicht zu, irgendwelchen Stereotypen in seinem Bewusstsein Geltung zu verschaffen. Auch wenn sich mit ihnen herrlich tratschen liess. Er war aber davon überzeugt, hätte sich ein anderes Pärchen mit einer ähnlich glücklichen Sexualität unter ihnen befunden, er hätte es erkannt. Bei der Suche danach, bei den Blicken auf die anderen tat es ihm am Ende fast leid, ergebnislos geblieben zu sein.

Die Musik entschädigte. Sie passte in keine ihm bekannte Schublade. Nicht, dass vollendete Virtuosen ihrer Instrumental- und Vokalkunst an diesem vom Mond beschienenen

Fleckchen Erde Strahlen ihrer Musik auf irdisches Publikum geschickt hätten. Volkslieder aus dem alpinen Raum, die er bisher nie gehört hatte, gaben Motive vor. Nichts erinnerte an Musikantenstadl oder andere schwülstige, die Sehnsucht nach Heimat und Geborgenheit ausbeutende Verwertungen. Nichts war atonal. Keines der Arrangements war übersteigerten oder anerzogenen Konstrukten entlehnt. Es waren schöne, einfache Lieder, präsentiert von jungen, solide ausgebildeten Künstlern, die an ihrem Beruf richtigen Spaß und das Leben noch vor sich hatten. Ihre Musik entsprach seiner Verfasstheit. Irgendwann würden sie jeder für sich oder zusammen ihr Glück gefunden haben, liess er voller Sympathie seine Blicke über sie schweifen. Was er nach dem Konzert darüber mit seiner Frau zu bereden hatte, machte ihn sicher, dass sie ähnliches empfunden hatte.

In der Altstadt zurück brachten sie das Auto ins Parkhaus und suchten sich ein Restaurant. Arm in Arm schlenderten sie die Straßen entlang.

„Du willst sicher wieder ein Bier!" äußerte sie. Er sah ein Wirtshaus mit großer Außenterrasse, die sich zu einem größeren Platz hin öffnete. Viele anwesende Gäste liessen auf beliebte Küche schliessen.

„Abends ein Bier, mit Dir zusammen. Alles entspannt und gut."

„Du bist entspannt? Schade, seit unserem Date am Nachmittag bist Du mir die echte Entspannung schuldig geblieben!" entgegnete sie.

Wissend, verliebt, mit dem echten und herrlichen Gefühl, Projektion ihrer sexuellen Wünsche sein zu dürfen, lächelte er sie an.

„Du weißt, dass er dann und wann für seine Freundin Verantwortung übernehmen muss." sagte er.

„Aber der geht's doch gut!" antwortete sie.

„So gut, dass sie auch die Strapazen, die noch kommen, aushalten wird?"

„Welche Strapazen meinst Du denn?"

„Na ja, eher so die mechanischen, die so mit Kontakt und Reibung einhergehen."

„Seine Freundin würde alles tun, Reibung gar nicht erst entstehen zu lassen, und mit dem, den sie reinliesse, würde ihr das gar nicht schwerfallen!"

„Der kann aber, wie jetzt, ganz schön hart sein."

„Wie der jetzt gleiten würde, muss das auch so sein."

Sie hatten an einem Tisch Platz genommen, als sie ihr Ping-Pong-Spiel kurz unterbrachen. Amüsiert und tief schauten sie sich in die Augen. Unter dem Tisch tastete sich ihre Hand prüfend an seiner Hose vor. Über die Jahre hinweg hatten sie eine geliebte Routine in den nur für ihre Ohren bestimmten, schlüpfrigen und zweideutigen Dialogen entwickelt.

Klar würde er später bereuen, nicht die Gelegenheit zu dem wilden, unbefangenen, befreiten Sex genutzt zu haben, der an diesem Abend möglich gewesen wäre. Er konnte, für andere unverständlich, mit sich sehr hart sein, letzte Konsequenz zeigen, wenn er von der Richtigkeit seines Handelns überzeugt war. Allerdings war klar, dass er schon aus physiologisch verständlichen Gründen heute abend besonders lange mit ihr hätte Sex haben können, ohne zum Orgasmus zu kommen. Anders nach längerer Pause ohne Sex, wenn er tief in ihr steckte und auf kleinste seiner Bewegungen achten musste, um nicht vorzeitig zu kommen. Das zweite oder dritte Mal in kürzerer Folge dauerte es länger. Heute, hier an diesem Abend würde er fast nach Belieben seinen Orgasmus zurückhalten können.

Schon vor ihrem Essen war die Dämmerung vollständig in die Nacht übergegangen. Sie wurden satt. Den letzten Funken zu ungehemmtem Sex zündete das Essen nicht. Essen, Trinken und Sex gehörten oft zusammen, anders, als es das Idiom ´Essen ist der Sex des Alters´ suggerierte. Ein Jahr zuvor hatten sie auf einer Reise nach Südfrankreich in einem unscheinbaren Hotel in einem unscheinbaren Ort nahe der Route du Soleil ein wunderbares Menü genossen. Aperitif, Entree, Hauptgericht und Dessert, abgerundet von einer Flasche guten, lokalen Weins, alles am Ende eines Tages, der den Ferienbeginn ihres zwölfjährigen Sohnes und eine sechsstündige Autofahrt bis ins Macon mit sich gebracht hatte. Kunstvoll hatten die einzelnen, wirklich nicht überbordenden Portionen drei Stunden lang ihren Appetit verlängert, ihre Stimmungen synchronisiert, ihre Gespräche beflügelt. Selbst der Kleine hatte sich innerhalb kurzer Zeit von dem Essen begeistern lassen.

Angeregt durch den Wein hatten beide eine Art Date im Beisein ihres Sohnes. Sie bildeten sich ein, dass er seiner Unbedarftheit wegen die zwischen Mann und Frau im mittleren Alter austauschbaren, verschlüsselten verbalen und nonverbalen Botschaften noch nicht mitbekommen würde. Ein bis zwei Gläser Wein, die mit dem Menü eingetretene, wohlig empfundene Sättigung und die von ihrer ganz intim verstandenen Konversation verdrängte Müdigkeit des Tages siedeten ihre Lustgefühle und Bedürfnisse hoch.

Bezahlen, sich von den Kellnern verabschieden, den Weg zum Zimmer nehmen, sich für das Bett zurecht machen, wurden nebensächliche Verrichtungen. Sobald der Kleine im Bett und das Licht aus war, wahrscheinlich in zu kurzem Abstand, als dass er hätte einschlafen können, schob seine Frau ihr Nachthemd bis zu den Schultern hoch, darunter nackt, und begann, ihm resolut die Hose von den Beinen und sein Hemd nach oben zu streichen. Er spürte ihren wunderbaren, festen, weiblichen Körper an seiner Seite, ihre erigierten Mamillen, seinen harten, erigierten Penis an ihrem Bauch, dessen Lustsekret an ihrem Nabel gleitenden Kontakt erlaubte, den Kitzel in dessen Schaft, ihre tief verschlungenen Zungen, ihr unterdrücktes Stöhnen. Mit seinen Händen umfasste er ihren Hintern und spreizte, was auf Öffnung und Penetration wartete. Wegen ihres Sohnes musste es möglichst ohne Geräusche gehen, wegen ihrer Lustgefühle möglichst schnell. In kürzester Zeit rutschte sie auf ihn. Wenige heftige Stösse, seine Penis tief in ihr, ihre Klitoris zwischen seinem Schambein und Penis gepresst, stimuliert und massiert, liessen sie beide tief erfüllt zurück. Zweifel, dass alles ohne Geräusche passiert wäre, blieben, es war egal. Es war nicht so, dass sich ihr Sohn in der Folge irgendetwas hätte anmerken lassen.

Diese Regie fehlte diesem Essen an diesem Abend. Einer solchen hätte es bedurft, ihn von seiner rationalen, emotional aber schrägen Haltung abzubringen, nicht mit ihr zu schlafen.

„Lass uns die Sünde morgen auf der Alm machen!" sagte er zu ihr.

„Musst Du mir aber fest versprechen!" entgegnete sie. Sie lächelte ihn zärtlich an.

Oben auf der Alm

Ihre Urlaubstage in der Stadt gingen zu Ende. Ihre Liebes-reise ging weiter. Am nächsten Morgen der übliche Aufbruch, einer, der sich über viele Jahre bei ihnen eingeschliffen hatte. Sie war die Organisatorin, er hatte sich daran gewöhnt, manchmal etwas belustigt, überwiegend aber respektvoll zu beobachten, wie sich alle notwendigen Dinge fügten. Er hatte sich angewöhnt, in diesem Prozess der vielen kleinen banalen Schritte nicht mit irgendwelchen abschweifenden Gedanken und Verzögerungen das Ganze zu behindern. Wie oft hatte er gedacht, es ist Urlaub, es kommt nicht auf die Minute an, um dann die Vorzüge des frühen Aufbruchs, der frühen Fahrt durch den vor ihnen liegenden Tag zu geniessen.

Ihr nächstes Ziel war Wellness und Wandern auf einer nicht so weit entfernten alpinen Alm, auf einem den Dolomiten vom Menschen abgetrotzten, weitläufigen Hochplateau, dessen Bewirtschaftung am Fuße grandioser Bergformatio-nen mit den dazugehörigen Ausblicken auf eintausendacht-hundert Meter über Normalnull im letzten halben Jahrhun-dert die Grundlage für ein ganzjähriges touristisches Projekt gelegt hatte.

Auf der Fahrt dahin, etwas umwegig, machten sie Halt in einem weiteren, alpin geprägten Städtchen. Das mediterrane Flair hatten sie damit hinter sich gelassen, wie er es sich etwas wehmütig eingestand. Sollte der Sommer seinem Ende entgegengehen? Hier trafen sie auf einen vor Wohl-stand und Gediegenheit strotzenden Ort. Ihr Rundgang endete in einem Café. Beide waren in gelöster Stimmung. Frei aller Sorgen waren sie zusammen und dazwischen. Sie freuten sich auf das neue Hotel, auf das, was dort zu ent-decken war, die dortigen Annehmlichkeiten.

Auf der einzigen, öffentlich nutzbaren Zufahrtsstraße fuhren sie tausend Meter höher, rechts ein wuchtiges, fast ästhe-

tisch wirkendes Bergmassiv, das eine südlich gelegene Ab-
riegelung des Hochplateaus ausmachte. Auf dem Plateau
öffneten sich trotz der aufziehenden Gewitterwolken gran-
diose Blicke. Bei der Ankunft im Hotel prasselte der Regen
nieder. Freundlich-höflich wurden sie empfangen.
„Wünschen die Gäste die Erweiterung des gebuchten
Arrangements um die Halbpension?"
Sofort stimmte er zu. Nirgends im Umkreis sonst hätten sie
zu diesem Preis abends essen gehen können. Und er dachte
an den bequemen Gang zum Menu nach einer vielleicht
anstrengenden Wanderung tagsüber. Und an den einfachen,
kurzen, gemeinsamen Gang auf ihr Zimmer danach, nach
einem intensiven Flirt mit seiner Frau beim Abendessen,
auch als Date, Werben um Sex oder Vorspiel zu dem
bezeichnet, was auf dem Zimmer passieren würde.
„Ich führe sie zunächst auf ihr Zimmer, das Auto können Sie
später in die Garage bringen."
Sie folgten der Lady des Hauses, einer familiär bestimmt
hier verwurzelten Dame in den Sechzigern, die den langen
Aufstieg dieser Region aus bitterster Armut hin zu einer der
begehrtesten Tourismusziele begleitet hatte, eingebettet in
ihr Umfeld. Ihr nun gehörte dieses Hotel mit, das aus
bescheidenen Anfängen einer Herberge zu einem schnieken,
ansehnlichen Resort in bester Lage geworden war. Den in
den Hotelgängen aufgehängten Photoserien waren keine
anderen Schlussfolgerungen zu entnehmen.
Ihr Zimmer lag am Ende des ersten Stocks. Die moderne
Einrichtung entsprach auf Anhieb ihrem Geschmack.
Fenster und Eckbalkon öffneten sich auf die imposanten,
östlich gelegenen Berggipfel. Das Gewitter bildete sich
bereits wieder zurück. Schnell sortierten sie sich und
suchten die Wellness-Area des Hotels auf. Schwimmbad,
relativ kleine Sauna und ein großer, angenehmer Liegeraum
boten die gewünschte Entspannung. Seine Gedanken verloren sich in verrückte Details. Er konnte nicht einfach hier

und im Jetzt sein, ein mittelalter Mann an der Seite seiner Frau im gemeinsamen Urlaub, ohne aktuelle Sorgen um die Kinder, um Geld. Aus Kopfhörern drang psychedelische Musik. Dieser Betrieb sollte es doch schaffen, noch das letzte Quentchen an Alltags- und Missempfindungen welcher Art auch immer verflüchtigen zu können. Zu sehr war er Realist, um nicht die ganze Arbeit, die ganzen Mühen zur Aufrechterhaltung eines solchen Betriebes vor seinen Augen ablaufen zu lassen. Umso mehr, als sie die Instandhaltung und Pflege ihres eigenen Hauses daheim herausforderte, neben seinem anstrengenden Job. Hier war das Schwimmbad erst vor wenigen Jahren renoviert worden. Ihm kam der Gedanke, die nächste Renovierung könne bald wieder notwendig sein. Etwas, um das er den Hotelier nicht unbedingt beneidete. Und nicht um dessen ständige Sorgen, sollten die Gäste ausbleiben. So, wie ihr Zimmer aussah, wussten die Besitzer allerdings seit Jahrzehnten ihren Betrieb auszulasten. Ein Gedanke, der ihn beruhigte. Tatsächlich fiel er in einen kurzen, festen Schlaf.

Noch vor dem Abendessen machten sie einen kleinen Spaziergang. Vor vielleicht fünfzehntausend Jahren hatten Zungen eines kolossalen Gletschers, der sich über die Dreitausender ringsum gestülpt hatte, das Gelände gepresst, gewalkt und in seine jetzige Form modelliert. Jahrtausende lang war es unerkundetes, unwegsames Gelände voller natürlicher Gefahren gewesen. Jahrhunderte lang war es unter den Strapazen einsamer und unbeachteter Berg- und Almbauern einer begrenzten landwirtschaftlichen Nutzung zugeführt worden. Weitere, vielleicht zweihundert Jahre an anderen Orten stattfindender industrieller Entwicklung mit ihrem ganzen Desinteresse für Natur hatten die wahren Vorteile dieser Landschaft offenbar werden lassen.

Erst hatten edle Leute, die sonst vor Langeweile und Verdruss zu Hause gestorben wären, irgendwelche Strecken auf schmalem Grat zu Wanderwegen geadelt, oder eher deren willfährige Entourage. Dann waren tatsächlich Wanderer und Bergsteiger erschienen, deren Beruf Kraft und Energie übrig liess, sich den physischen Herausforderungen zu stellen. Dann kamen die Familien der Wirtschaftswunderzeit, im Sommer zum Wandern, im Winter zum Skilaufen, im Schlepptau Strom und Seilbahnen.

Es kamen die Umwälzungen vor Ort, da und dort ein zusätzlich asphaltierter Weg, hier und dort ein zusätzliches Hotel, die von außen unbemerkte Restrukturierung der Gesellschaft vor Ort, in Besitzer und Nichtbesitzer, in Leute, die die Zeichen der Zeit erkannten und geschickt investierten, und solche, die mit ihrer angestaubten Almbewirtschaftung zurückblieben, in Junge, die nichts wie weg wollten und es endlich konnten, und andere, die anderswo vor Heimweh gestorben wären. Über allem aber der beständige Klang der Glocken, die am Almvieh hingen oder an den Kapellen ringsum montiert waren.

Zuletzt kamen die trendverliebten Touristen, im Hotel und auch sonst natürlich online, ohne oder mit Kindern, letztere genauso trendbesessen. Es kamen die von den namhaften Marken perfekt ausgerüsteten Wanderer, Mountainbiker, Kletterer, Snowboarder, Skiakrobaten, Drachenflieger, Extremsportler, Youtube-Süchtigen. Und es kamen die Wellness-Verliebten. Und immer wieder, die nichts anderes kennenlernen wollten.

Erstmal wollten sie das hier überhaupt kennenlernen, wollten wandern, wollten Wellness, wollten sich.

Das Restaurant des Hotels war gediegen, nicht übertrieben fein. Sie bekamen einen Tisch zugewiesen. Sie wurden von einer jungen Angestellten bedient, freundlich, professionell engagiert. War sie froh, diesen Job bekommen zu haben? Würde sie ihr Leben der Arbeit in diesem Hotel verschreiben? Neugierige Gedanken, die ihm nicht zustanden. Sie saßen sich gegenüber, leicht gekleidet, hungrig auf Essen, nach diesem Tag ohne Mahlzeiten, hungrig auf Sex, nach dem gewollten Verzicht am Vorabend. Sie wählten eine Flasche Rotwein aus dem Eigenanbau des Hoteliers an einem oberitalienischen See. Dieser Umstand adelte den Wein. Leckere Küche aus der Region. Die hier lebten, hätten behauptet, nirgendwo sonst würde so gut gekocht. Ihr Gespräch berührte das, was sie morgen vorhatten, nur am Rande. In ihrem Kleid fand er sie umwerfend schön.

„Hast Du eigentlich einen Slip an?" fragte er sie leise. Er brannte darauf, mit ihr zu schlafen.

Spöttisch grinsend artikulierte sie ebenso leise zurück. „Ja, Liebster, tut mir leid!

Sie schauten sich lange an, sein Halbwissen hätte er gerne bestätigt bekommen. Hätte er neben ihr und nicht gegenüber gesessen, seine Hand unter ihrem Kleid hätte er Bestätigung suchen lassen. Zu fortgeschrittener Stunde in einem Club mit erotisierenden Halbschatten hätte sie es wahrscheinlich mit sich machen lassen, seinen Fingern den feuchten Film präsentiert, der sich zwischen ihren Schenkeln ausbreitete. Eine Vorstellung, die seine Sinne fesselte.

Ihre Anzüglichkeiten gingen weiter, begleiteten Hauptgericht und Dessert. Sie hatte sich für eine creme brulée entschieden, was ihn an die Wirkung erinnerte, die das in Frankreich damals genossene Menu auf sie gehabt hatte. Mit seinem Schokoladendessert liess er sich nicht mehr Zeit als unbedingt notwendig. Er unterschrieb die von der Bedienung vorgelegte Bestätigung über geordnete Getränke.

Umgehend machten sie sich auf den Rückweg zu ihrem Zimmer. Sie zog die Gardinen zu und liess eine Nachttischlampe an. Im Rückblick wusste er nicht mehr, wer was wann wie schnell auszog. Nackt standen sie voreinander, umarmten und küssten sich. Ihre Hände kreisten über seinen Körper und seinen hoch aufragenden Penis. Seine Küsse fanden ihre Wangen, ihre Ohren, ihren Hals, ihre Brüste. Er führte ihre Arme hoch und seinen Mund von ihrer Achsel an ihrer Seite zu ihrer Taille und ihrem Bauchnabel. Er kniete sich hin. Seine Zunge wusste, wo sie hin wollte, sehnte sich nach dem ganz besonderen Geschmack, den das beste Menu nicht bereithalten konnte.

Unmerklich spreizte sie ihre Beine, als er sein Gesicht ihrer Scham näherte. Eins ihrer Beine führte er mit der Hand auf die Bettkante. Prall kamen Schamlippen und Klitoris zum Vorschein. Sein Speichel mischte sich mit ihrem feuchten Film, begleitet von wolllüstigem Stöhnen. Süchtig nach mehr, dauerte es nicht lange, dass sie sich auf das Bett legte und er seinen Penis in ihren bereitwillig offenen Mund steckte. Seine Hand berührte ihren offenen Schritt. Rhythmisch die Stösse seines Penis in ihrem Mund, synchron dazu die Bewegungen seines Mittelfingers in ihrer nassen Scheide und die ihres Beckens, mit denen sich ihre Knospe seiner Hand entgegenstreckte.

Sie wollten mehr. Das Bett konnte nicht breit genug sein. Er stieg auf sie, auf seine schöne und gierig empfindende Frau. Erst mit dem Eindringen seines Penis in ihre Scheide, dynamisch, heiss, nass, als sei gar nichts anderes vorgesehen, erreichten sie vollständige und umfassende Lust, die sich in einem Sturm universellen Glücks entlud.

Der nächste Tag wurde sonnig. An demselben zugewiesenen Tisch aßen sie ihr Frühstück, so viel, dass sie für den ganzen Tag satt schienen. Sie hatten eine ambitionierte Wanderung vor sich. Über die vor ihnen liegenden Almen hoch auf den Grat, der die Grenze der Provinz markierte. Rasch lagen die Wiesen in der über dem Grat aufsteigenden Sonne. Er liebte diese Form des Aufstiegs, die Querung teils steiler, im Winter auch als Skipisten dienender Hänge, unterbrochen von kleinen Flecken dichten Bergwalds, das Läuten der Glocken an den nah und fern stehenden grasenden Kühen, die Aussichten auf die fern im Dunst liegenden Täler, die bizarren Linien der Bergrücken ringsum, die sattgrün gewellten Almen unter ihnen. Er liebte die Aussichten auf seine vor ihm wandernde Frau und ihre Figur, die Vorstellungen, die die Einbildung ihrer Hüllenlosigkeit in ihm weckten. Er liebte die Gerüche, die von den taufrischen Wiesen aufstiegen. Es freute ihn, dass ihn kein einziger Schritt schmerzte, kein Mangel an Luft seinen Schrittrhythmus behinderte. Die Welt schien frei aller Sorgen.

In der ersten, knapp unterhalb des Grates liegenden Almwirtschaft tranken sie etwas. Sie saßen draussen. Die Terrasse war mit dem einfachen Mobiliar der Gegend bestückt, der Blumenschmuck, zu dessen Pflege die Leute trotz all ihrer Arbeit Zeit fanden, tat sein Übriges. Nicht nur in der Natur sollte sich der Gast wohlfühlen. Oben auf dem Grat wanderten sie einen Teil des Weges, dem irgendein Adliger mit Unterstützung etlicher Träger und beflissener Offizieller Namenspatron geworden war.

Viele andere Wanderer waren unterwegs. Links des Grates guckten sie in ein Tal der benachbarten Provinz. Aus einem spontanen Impuls heraus überredete er seine Frau, die Wanderung bis zur nächsten, höher gelegenen Almhütte auszudehnen. Einzelne, sich ständig verändernde, teils dunkle Wolken über dem vor ihnen liegenden Massiv minderten die Kraft der Sonne nur wenig. Ein bisschen hatte seine Frau Angst, in ein Gewitter zu kommen, eine Gefahr, die er wegen der vielen anderen Wanderer als gering einschätzte.

Angestrengt, sonst aber unbehelligt und in adäquater Zeit schafften sie es bis zu der Hütte. Insgeheim hatte er gehofft, dort um die Ecke auf die vor drei Tagen aus anderem Blickwinkel bewunderte Gipfelkette schauen zu können. Wie sich herausstellte, war dies ein naiver Gedanke. Hierfür hätten sie weit auf das sich westlich erstreckende Bergmassiv hinaus wandern müssen, das von hier seinen Ausgang nahm. Dafür war keine Zeit und Energie, trotz des mächtigen Kaiserschmarrens, der ihnen draussen auf der Terrasse serviert wurde. Später würde er denken, dass sie zu viel gegessen hätten. In den frühen Nachmittagsstunden wanderten sie zurück, auf dem steilen, gewundenen, schottrigen

Pfad, der zwischen und neben bizarren Felsformationen mehrere hundert Höhenmeter zu den Almen herabführte. Sie befanden sich auf der Nordseite des Berges, und trotzdem schien die Sonne prall auf seine Rückseite. Am Morgen war es seine grenzen- und restlose Ignoranz gewesen, auf ein Sonnenschutzmittel zu verzichten. In der Folge hatte er mehrere Tage mit einem schweren Sonnenbrand an seinen Beinen zu kämpfen, der sich schon auf dem langen Weg über die Almen zurück zum Hotel ankündigte.

Sex und Sonnenbrand vertrugen sich nicht, selbst wenn er es erst nicht wahrhaben wollte. Es war der brennende Schmerz, es war die Vorsicht, die bei jeder Bewegung im Bett, beim Anziehen oder Ausziehen der Hose, bei Berührungen seiner Frau zu beachten war. Es waren die komischen roten Striemen auf der Rückseite seiner Beine, die ihm in seiner Wahrnehmung nackt vor seiner Frau jeden Sexappeal nahmen. Es waren, medizinisch gesehen, die Entzündungs-mediatoren in seinen lädierten Hautschichten, die seine libidinösen Energien verdrängten. Es waren Mitleid und mit-fühlender Spott, die ihre Libido unterdrückten. Es war schlicht und ergreifend natürlich, dass sie für den Rest ihrer Reise keine Lust auf Sex hatten.

Vieles kam hinzu in der freien Zeit, die ihnen verblieb. Wellness im Spa des Hotels, gute Südtiroler Küche im Restaurant des Hotels, eine zweite Wanderung über die vom Hotel aufsteigenden Almen mit seinen reuevoll verhüllten Beinen, die entspannte Fahrt ins Berchtesgadener Land mit Stop in einer weiteren herausgeputzten Stadt unterhalb des Brenners, mit sintflutartigem Gewitterregen im Mangfall, der eben nicht das Ende des Sommers ankündigte, mit dem angeregten und aufgeladenen Programm bei seinem Freund und beim Besuch einer vor Reichtum, Schnösel und Prestige platzenden Stadt an der Salzach. Alles blieb ohne Sex. Es blieben Küsschen hier und dort, die sanfte, zärtliche Umarmung vor dem Einschlafen, das Bewusstsein, genau die richtige Frau an seiner Seite zu haben, die untrügliche Gewissheit erfüllter und spannender Sexualität, nicht hier und jetzt, aber in den Tagen davor, die Zuversicht, dass weitere solcher Tage folgen würden.

Zu Hause

Er hatte sich einen freien Tag genommen. Elf Tage lang war er fast ununterbrochen von seiner Arbeit in Beschlag genommen worden. Alles in allem war er zufrieden mit dem, was er erreicht hatte. Mehrfach hatte er Momente tiefer innerer Verzweiflung empfunden, diese aber überwinden und hinter sich lassen können.

Nach bald neunundzwanzig Jahren sah er hinter der schönen Fassade seines Berufes die nicht enden wollende Auseinandersetzung mit kleinsten, kleinen, alltäglichen, großen und existentiellen Problemen, die von den Anderen, und nicht nur von Patienten, an ihn herangetragen wurden und mit seinen eigenen Problemen kollidierten. Diese Auseinandersetzungen hatten oft läppischen Charakter. Manchmal türmten sie sich zu einem schier unüberwindlichen Berg vor ihm auf.

Mit direktem Blick auf diese Herausforderungen meldete sich sein halb versteckter Hang zur Larmoyanz regelmäßig zurück. Mit ihr Gedanken, die ihm seinen Griesgram, seine ganze Verzagtheit vor Augen führten, die es ihm schwer machten, sich zu mögen, Gedanken, die Schuldgefühle in ihm auslösten. Anstrengende Gedanken, weil er sich noch mehr hassen würde, hätte er andere damit belastet.

Anstrengende Gedanken, weil sie ihn zur Auseinandersetzung mit sich herausforderten. ´Augen zu und durch!´ ein Idiom, das ihm half. ´Man muß auch mal Dreck fressen.´ eine andere Wendung, die er einen Freund kürzlich hatte sagen hören.

Ebenso trug ihn die fast immer zu knapp bemessene, vorauseilende Zeit, welche die sich auftürmenden Probleme mitunter wie von selbst erledigte. Danach war es wieder gut, war die Welt in Ordnung, genoß er nach 14 Stunden Arbeit den Luxus, abends von seiner Frau ein leckeres Essen hingestellt bekommen zu haben, das er mit größtem Genuss und profundem Hunger zu sich nahm, eingeleitet und begleitet von einem Glas Wein, geeignet, seine vegetativen Balancen wieder herzustellen.

An diesem Morgen hatte er nicht nur einen freien Tag, sondern ein verlängertes freies Wochenende vor sich. Der Kleine war in der Schule. Seine Probleme hatten sich verflüchtigt oder waren weit, weit weg. Er wollte sein Fahrrad zur Inspektion bringen, ein mehrere Kilometer langer, teils über Waldwege führender Weg zu dem Händler, bei dem er das Rad gekauft hatte. Seine Frau würde gleichzeitig mit dem Auto dorthin fahren. Sie hatten Lust, nach Abgabe des Fahrrads sich in irgendein Café zu setzen.

An diesem Spätsommertag schien die Sonne vom wolkenlosen Himmel. Auf dem Rad umgab ihn die frische Luft, die von der klaren und kühlen Nacht übrig geblieben war. Scharf kontrastierten sich die Dinge um ihn herum, alle Grauschleier des Alltags waren weg. Nach Ablieferung des Fahrrads dauerte es erst, bis sie ein passendes Café gefunden hatten. Zu einem Milchkaffee gönnten sie sich ein Stück Kuchen, trotz der frühen Zeit.

Ihre Konversation entspann sich entlang ihrer Kinder und mündete in lockere Absprachen über nächste und fernere Urlaubsziele. Sie fuhren zu ihrem Haus zurück.

Hier setzte er sich an seinen Rechner, eigentlich, um liegengebliebene Schriftsachen zu erledigen. Das Fernweh, das ihre Konversation geweckt hatte, liess ihn surfen und nach Reiseangeboten suchen. Lange schon wollten sie La Palma kennengelernt haben. Seine Frau kam dazu und stützte sich neben ihm vor dem Rechner auf dem Tisch ab. Über die Jahre hatte sie das richtige Gespür für die im Internet präsentierten Angebote entwickelt. Häufig waren es die Gästebewertungen, deren subtile Formulierungen, die bei ihrer Wahl den Ausschlag gaben.

Wie sie sich auf die Tischkante lehnte, nahmen ihr Körper und ihr Hintern eine Linie neben ihm ein. Er liess sie die

Angebote durchklicken und begann, ihre Taille, ihren Rücken, ihren Hintern zu streicheln. Sofort atmete sie tiefer und streckte ihren Hintern mehr heraus.

„Informier Dich weiter, lass Dich nicht von mir abhalten!" sagte er zu ihr.

Sie waren allein in ihrem Haus, die Sonne durchflutete das Zimmer. Niemand würde sie stören. Seine Hände streichelten die nackte Haut unter ihrem T-Shirt und erreichten ihre Brüste, die noch unter dem BH verborgen waren. Sie suchten den Weg zu ihrem Hintern, begleitet und ermuntert von ihren sich diesen Händen entgegenstreckenden Bewegungen und Windungen, ihren Äußerungen und Lauten der Lust und des Verlangens.

Seine Erregung war sofort da. Mir ihrer Erscheinung neben sich, mit seinem Streicheln und seinem plötzlichen Wunsch, seine vollständig nackte Frau am hellichten Tag mit allem, was ihm in den Sinn kam, langsam und doch schnell, zärtlich und doch mit Kraft, spielerisch und doch mit stringentem, von der Natur vorgegebenen Plan zum Orgasmus zu bringen, waren alle seine Sinne sofort auf dieses Ziel gerichtet.

Der Gürtel ihrer Hose stellte sich dem Streicheln in den Weg. Er öffnete ihn, ohne dass sie irgendetwas dagegen unternahm. Jetzt war unzweifelhaft, dass auch sie, hier und jetzt, wollte, was sich anbahnte. Mit etwas Mühe strichen seine Hände die hautenge Hose, ihren Slip und ihre Strümpfe hinunter. Automatisch folgten ihre Beine seinen Händen und liessen Hose und Slip komplett von ihr abstreifen.

Sie lehnte sich immer noch auf den Tisch und gab vor, Urlaubsangebote zu sichten. Noch mehr streckte sie ihren Hintern vor. So hatte er ungehinderten Zugang zu ihrem Areal der Lust dazwischen. Noch war es seine Hand, die das Areal vorsichtig streichelte und sich ihrer Lust versicherte. Bereitwillig liess sie sich ihren BH öffnen, zog sich oben alles aus. Vibrierend stand er auf, ging um sie herum und schaute auf sie, in ihrer ganzen lustvoll präsentierten Nacktheit.

Mit seinem Mund zog es ihn zu ihrer Vulva. Er leckte alles ab, liess seine Zunge weitestmöglich in ihre Vagina vordringen, lutschte an ihrer prallen Klitoris. Wie sie stöhnte und sich bewegte, war sie bis an ihre Grenzen erregt.

Jetzt hielt es ihn nicht mehr. Auch er zog sich komplett aus. Hinter ihr stehend, glitt sein harter Penis langsam, aber geschmeidig in sie hinein, wurde von der Hitze ihrer Vagina umschlossen. Wenige Sekunden lustvoller Stöße folgten. Er zog seinen Penis wieder heraus. Sofort richtete sie sich auf und drehte sich zu ihm. Von vorne führte er seinen Penis in sie hinein. Es waren wieder nur wenige Sekunden kräftiger Stöße, die ihre Klitoris auf seinem prallen Schaft reiten und rutschen liessen, bis sie kam und alle ihre Lustgefühle in einer einzigen Empfindung aufgingen.

Er war noch nicht gekommen, aber kurz davor. In ihrer für ihn grenzenlosen Empathie trennte sie sich kurz von ihm, lehnte sich auf den Tisch und steckte ihm wieder ihren Hintern entgegen. Sie wusste, dass er so am genussvollsten kommen würde. Er genoss diese Sekunden vollständig. Sein nasser Penis fand von selbst ihre Scheide. Er hatte die Totale auf ihren Rücken und Gesäß. Von ihrer Scheide stieg dieser wunderbare, pheromonische Geruch der Liebe zu seiner Nase hoch. Kurze Momente maximaler Lust traten ein. Der Orgasmus durchflutete seinen Penis und füllte ihre Scheide. Wenige Momente, während sie den Kontakt ihrer triefenden Geschlechtsteile genossen. Als er seinen Penis herauszog, versuchten sie, nicht die ganze Flüssigkeit auf den Boden tropfen zu lassen. Auch das wäre egal gewesen. Kurze intensive Umarmungen ihres Glücks folgten.

Gleich würde der Kleine von der Schule zurückkommen. Sie würden ihn mit ihrer ganzen elterlichen Liebe begrüßen. Beide gingen wieder ihren Verrichtungen nach. Der Rest des

Tages bot weitere Möglichkeiten verstohlener Blicke und kurzen Pettings erogener, unter ihrer Kleidung verborgener Zonen.

Zurück aus dem Süden

Einige Wochen vergingen, mit ihnen eine zweite, bereits seit längerem geplante Reise. Vierzehn Tage Urlaub, Freiheit und neuer Eindrücke lagen hinter ihnen. Am nächsten Tag stand die Arbeit wieder bevor. Er würde den kommenden Tag als schwere Last empfinden. Bereits die Erwartung dieser Bürde wirkte sich auf den letzten verbliebenen freien Tag aus. Mit verschiedensten Strategien versuchte er, die sich aufdrängenden Grübeleien und Empfindungen zu verdrängen und zu kompensieren. Gleichwohl war die Auseinandersetzung notwendig.

Noch war er gesund, noch ging es ihnen gut, noch waren die Kinder wohlbehalten, noch wurde er in seinem Job gebraucht, Erkenntnisse, die ihm Mut machten. Die Sorgen, was alles Schlimmes eintreten könnte, würde er dennoch nicht ablegen können, es war skeptisch veranlagt. In den letzten vielleicht drei Jahren hatte er noch dazu eine ihn irritierende Grundhaltung entwickelt, vieles, was um ihn herum passierte und oft gar nichts mit ihm zu tun hatte, bestenfalls als suboptimal, zumindest aber verbesserungswürdig zu empfinden. Das Gefühl, gegen diese vielfach kleinen Missstände nichts ausrichten zu können, verursachte ihm in unregelmäßigen Abständen einen Blues. Hätte ein Psychologe Stellung genommen, wäre dessen Diagnose eine Art Erschöpfungszustand gewesen. Damit konfrontiert zu werden, wäre ihm peinlich gewesen. So blieben ihm die anderen Methoden und Hilfsmittel, die eigene Seele zu reinigen: kritische Reflexionen seiner realen Umstände, Rückblicke auf die vielen schönen Dinge in seinem bisherigen Leben, skeptisch unterlegte Hoffnungen, weitere schöne Dinge würden sich ereignen, die Liebe seiner Frau und seiner Kinder sowie die Einsicht, sich den Notwendigkeiten des Alltags nicht entziehen zu können und zu wollen, besagte ´Augen zu und durch´-Haltung, die er bei anderen oft ziemlich gut fand.

Was die letzten vierzehn Tage nicht mit sich gebracht hatten, war Sex. Es war ein unbestimmtes Gefühl, dass ihm dieser zunehmend fehlte. Alles um den Urlaub herum war gut verlaufen. Aus der Arbeit hatte er keinerlei gedanklichen Hypotheken mitnehmen müssen. Die Flüge waren gut verlaufen. Das Wetter war durchweg warm, nicht zu heiß gewesen. Ein bequemes, geräumiges Auto hatte ihnen vor Ort die nötige Flexibilität verschafft. Die vor langer Zeit gebuchten Hotels und Unterkünfte hatten ihre Erwartungen erfüllt. Eine von seiner Frau zusammengestellte Rundreise hatte sie durch alte, traditionsreiche Städte mit mediterranem Flair und großer Geschichte geführt. Einzelne mehrstündige Wanderungen hatten ihnen unmittelbare Eindrücke von der Landschaft und Vegetationen verschafft, waren aber hinter seinen ursprünglichen Erwartungen geblieben.

Viel Zeit hatte er gefunden, über die Ansprüche, die er noch an den vor ihm liegenden Rest seines Lebens hatte, nachzudenken. Er war Mitte fünfzig. Sofort konnte es zu Ende sein. Schon aus seiner beruflichen Erfahrung heraus würde es sehr viel Glück bedeuten, in den kommenden Jahren von kleineren oder größeren Schicksalsschlägen verschont zu bleiben. Nichts war sicher. Sein größter Anspruch ans Leben war, dass es eigentlich weitergehen sollte wie bisher. Eigentlich deshalb, weil er sich wünschte, die ganzen Nickeligkeiten, Unzulänglichkeiten und Kompromisse des Alltags würden verschwinden.

Einer dieser Kompromisse war, auf Reisen im Beisein ihres aufgeweckten jüngsten Sohnes sich die Notwendigkeit eines weitgehenden Verzichts auf freien Sex eingestehen zu müssen. Schlaf- und Wachphasen hatten sich zwischen ihnen und ihm weitgehend synchronisiert. Oft waren sie bereits zu müde, bevor sich ihr Sohn bequemte, schlafen zu gehen, geschweige denn, bereits eingeschlafen zu sein. Keinesfalls hatten sie die Absicht, im Beisein ihres Sohnes irgendwelche selbstsüchtig motivierten sexuellen Akte zu vollziehen.

Er selbst hatte seine Eltern nie beim Sex erlebt. Als sich ihm der Kosmos seiner Sexualität zu eröffnen begann, waren seine Eltern deutlich jünger gewesen als er jetzt. Rückblickend hatte er große Zweifel, dass sie in seinem jetzigen Alter überhaupt noch Sex miteinander gehabt hatten. Rückblickend wünschte er sich eindringlich für sie, dass diese Zweifel unberechtigt wären. Rückblickend wurde ihm klar, dass ihn die Sexualität seiner Eltern ziemlich wenig interessiert hatte. Möglicherweise waren sie deshalb lange sein emotionaler Anker gewesen.

Nun waren sie mit dem einzigen noch zu Hause lebenden Kind auf Reisen gewesen. Sie hatten es genossen. Die Reise würde sich in ihre kollektiven Erinnerungen einbrennen. Und doch hatte sie nicht ihren verdammt hohen Ansprüchen an eine der allein zu zweit unternommenen Liebesreisen entsprochen.

„Liebster, ich kann das jetzt nicht." sagte sie bei seinen Küssen vor dem Einschlafen.

„Sonst auf Reisen bin ich anderes gewöhnt!" frotzelte er belustigt, provokant, mit insgeheim großem Verständnis zurück.

„Ich weiß nicht, mal ist es der Kleine, der noch wach ist, mal der Überzug der Matratze, der wie Plastik knistert, mal der Geruch aus dem Abfluss der Dusche, die vor uns lange niemand benutzt hat." verdeutlichte sie eine Reihe kleinerer Gründe, die ihre Lust auf Sex minderten.

„Brauchst Dich nicht entschuldigen, wir sind Besseres gewöhnt." Mit Besserem meinte er die unbefangenen und unbeschwerten Kopulationen, wenn sie für sich waren.

Nachdem sie die letzte Etappe zurückgelegt und ihre Ferienwohnung für die zweite Urlaubswoche bezogen hatten, wollte er sich nach dem Duschen im Schlafzimmer wieder anziehen. Es war warm, das Fenster zum Innenhof von außen nicht einsehbar. Der Kleine saß in dem versetzt zu ihrem liegenden Zimmer und war mit seinem Smartphone im WLAN-Universum versunken. Noch saß er nackt auf der Kante seiner Bettseite. Aus welchem Grund auch immer legte sich seine Frau, splitternackt wie er, hinter seinem Rücken auf ihr Bett, zog ihn zu sich und auf sich. Das Unvermittelte der Situation und seine Skepsis, dass ihr Sohn etwas merken könnte, liess seinen Schwanz erst nach mehreren Sekunden steif werden. Der jetzt folgende, etwas verruchte Akt passierte in unterdrückter Stille, war heiß, feucht und nach weiteren wenigen Sekunden vorbei. Wenn er je einen Quickie hätte definieren müssen, dieser wäre es gewesen. Zumindest ihn liess er befriedigt unbefriedigt zurück.

In der ganzen Woche danach ergab sich keine weitere Gelegenheit. Sein Begehren war konstant. Ihr Begehren blitzte, wenn überhaupt, nur kurz auf, am Strand, als er mit dem Kleinen vom Wasser zu ihrem Platz zurückkam, am Abend, wenn sich ihre Blicke bei einem Glas Wein trafen. Offensiv um Sex zu werben, dazu passten weder äußere noch innere Bedingungen. Nicht nur für sie mussten solche Bedingungen gegeben sein. Auf Knopfdruck seinen Penis irgendwo hinein stecken, konnte und wollte er nicht. Seine Libido reagierte aber auf alles, was ihre Bereitschaft betraf. Es war ihm kein Ärgernis, höchstens etwas enttäuschte, aber willige Fügung ins Unvermeidliche, wenn er mit seinen Werbeversuchen aufhörte, weil sie es nicht wollte. Andererseits gab es kein besseres Aphrodisiakum als den Umstand, dass sie Lust hatte und sie ihm zeigte. In die Echtheit ihrer Gefühle hatte er tiefes Vertrauen. Aus flüchtigen Kontakten zu anderen Frauen in seinem früheren Leben wusste er, dass ohne dieses Vertrauen seine Libido rasch verschwand. Sex war so einfach und doch so kompliziert. Echte Liebe und Empathie machten ihn einfach.

Nach ihrer Rückreise war es nun der letzte Urlaubstag. Zu Hause musste einiges sortiert und in die normale Reihe gebracht werden. Im Urlaub war die gewünschte Erholung eingetreten. Für seine Verhältnisse hatte er unverschämt lange schlafen können. Seine Arbeit würde diesen Zustand direkt wieder beenden. Relativ früh gingen sie ins Bett, der Kleine schlief bereits. Bevor seine Frau aus dem Badezimmer zurückkehrte, hatte er sich unter der Decke komplett ausgezogen. Vielleicht würde diese Karte ziehen und den während des Urlaubs ersehnten Sex möglich machen. Dies war sein Kalkül.

Überrascht merkte sie, dass er nackt war. Ihre Reaktion liess alle Möglichkeiten offen. Wenige Stunden zuvor hatte sie sich verhoben und im Lendenbereich eine schmerzhafte Verspannung bekommen. Sie gab ihm das Fläschchen mit Massageöl, dass sie in ihrem Nachttisch aufbewahrte, und bat ihn, ihren Rücken zu massieren. Bereitwillig liess er sich darauf ein. Sie drehte sich auf den Bauch. Er schob ihr Nachthemd über ihren Hintern und ihre Lenden hoch. Mit seiner linken Hand und dem Öl massierte er die Muskeln entlang ihrer Wirbelsäule. Vorsichtig näherte er dann und wann sein Becken ihrem Oberschenkel und Hintern. Sein hartes Ding liess keinen Zweifel. Mehrfach trug er neues Öl auf. Nach einer gewissen Zeit begann er, seine Massagen auf ihre Hintern auszudehnen.

„Du sollst mir den Rücken massieren!" war ihr einziger Widerstand.

„Ich hatte das als erweiterten Massageauftrag empfunden." antwortete er. „Und ich könnte heute das Angebot um eine innere Massage erweitern, kostenlos.

„Das kann ich nicht ausschlagen." surrte sie zurück.

Jetzt bestanden keine Zweifel mehr. Was folgte, war Zeit, die allein ihnen gehörte. Parallel zum kraftvoll-sanften Petting ihres Hinterns massierte er mit seinem Körper seine nasse Eichel an der Stelle zwischen ihnen. Vorsichtig spreizte er mit seiner ölig benetzten Hand ihren erogenen Spalt und tastete sich nach vorne vor. Unmerklich streckte sie ihr Becken seiner Hand entgegen, als er ihren Anus erreichte.

Unmerklich spreizte sie ihre Beine auseinander. Ihre Atmung beschleunigte sich, wurde durch leises Stöhnen unterbrochen.

Alles war jetzt tief erotisch geworden, die sie umhüllenden Gerüche, das Verstummen ihres kurzen subtil obszönen Gesprächs, dem tiefe Atemzüge und Laute der Lust folgten. Alles, was ihr beider Tastsinn an seinem Penis, an seinen Fingerspitzen, an ihrem Hintern, an ihrem Spalt vermittelte, war tief erotisch. Er vermied es, ihren Anus direkt zu berühren, angedeutet blieb sein Kontakt. Dessen ganz eigene Erogenität für sie und ihn war unbestritten. Er war aber nicht das Ziel des ultimativen Kontakts. Langsam schob er seinen Mittelfinger zwischen ihren Schamlippen nach vorne. Nun war es ihr Sekret, was jede Reibung vermied. Sie streckte ihr Gesäß weiter heraus und drückte ihre Beine weiter auseinander, um ihm das Erreichen ihrer prallen Knospe zu erleichtern. Ihr tiefes Stöhnen quittierte seinen Kontakt und die zunächst nur vorsichtige Massage dieses Organs.

Nie würde er je seine Unsicherheit verlieren, wieviel sanfte Kraft, Zeit und Massagen es erforderte, sie mit seinem Finger zum Orgasmus zu bringen. Jede geeignete Frau könnte bei einem mit der Situation vertraut oder unvertraut konfrontierten Mann mit wenigen Handgriffen eine Ejakulation provozieren. Das Ergebnis eines manuell hervorgerufenen, männlichen Orgasmus innerhalb weniger Sekunden war offenbar. Jetzt hätte er sie gerne mit seinen Fingern zu einem Orgasmus gebracht. Vielleicht hätte sie mit seinem späteren Orgasmus einen zweiten bekommen können. Aber er spürte, dass ihr seine manuellen Stimulationen Teil des Ganzen, nicht aber das Ganze bedeuteten. So war es immer gewesen. Seine Zunge und sein Mund hatten diesbezüglich andere Qualitäten. Jetzt waren seine Finger an ihr, Zeige- und Mittelfinger, die von hinten ihre Klitoris massierten und ihre nasse Scheide penetrierten. Es war ihr einfach nicht genug, sie wollte mehr. Sie legte sich auf die Seite und steckte ihren

Hintern seinem Schoß entgegen. Ihre Vagina rutschte auf seinen prallen Penis. Erotisch befeuert nahm er seine Finger in den Mund und lutschte, kostete, schmeckte, roch ihr Sekret. Harte beiderseitige Stösse folgten, von ihrem lauten Stöhnen begleitet. Im Halbdunkel ihres Schlafzimmers schaute er zu, wie sie sich auf ihrer Seite rekelte. Er hatte ihren schönen Rücken, ihre Taille und ihren Hintern vor sich.

Es war nicht genug, auch wenn diese Position ein tiefes Eindringen seines Penis ermöglichte. Kurze Zeit später trennten sie sich. Er auf dem Rücken, rutschte sie sofort wieder auf ihn. Wieder folgten harte beiderseitige Stösse. Er hatte sie vor sich, ihr von der Lust noch schöneres Gesicht, ihre Brüste mit den prallen Spitzen. Immer wieder küssten sie sich, auch ihre Zungen vereinten sich bis zum Anschlag. Sie ritten sich schneller, ihr Ziel duldete keinen Aufschub. Ihre heftigen, fast ungeduldigen Bewegungen auf seinem Penis synchronisierten sich mit seinen Stössen. Er konnte seinen Orgasmus nicht mehr aufhalten. Zeitgleich nahm die Woge des Spermas ihren Weg und entlud sich ihr Sturm in einer Folge lauten, befreienden Stöhnens, das ihn ihres Glücks versicherte.

Erschöpft und mit allem im Reinen sanken sie sich entgegen, umarmte er sie, wo es möglich war, streichelte sie, wo es möglich war, an ihrem Rücken, an ihrem Hintern, an ihrem triefenden Spalt, der seinen Penis aufgenommen hatte. Dessen Härte hatte noch nicht wirklich nachgelassen.

„Möchten Sie, dass ich die Massage Ihres Rückens in modifizierter Form, man könnte es Streicheln nennen, überhaupt fortsetze?" künstelte er zu ihr.

„Machen Sie mit mir alles, was Sie für richtig halten, Sie haben mein vollstes Vertrauen. Und meine Schmerzen sind schon weg!" nahm sie das Amüsement auf.

„Sie wissen, dass die Behandlung mehrfach wiederholt werden muß." forderte er sie heraus.

„Das habe ich mir erhofft." entgegnete sie. „Kannst Du mir jetzt schon Termine geben?"

„Mal sehen, was die Arbeit so möglich macht. Solche Termine sind nur für Dich reserviert." lächelte er sie an.

Langsam löste sich ihre Vereinigung, mit Küssen und Seufzern des Glücks eingehüllt in vollständiges Vertrauen und Vertrautsein. Als sie sich auf ihre Seite legte, konnte er seinen abschwellenden Penis nicht mehr in ihr halten. Sie liebte den Umstand, wenn sich ihr gemeinsamer Geruch von unten nach oben ausbreitete und ihre Nasen umfing. Sie behauptete, dass sein Sperma gut rieche. Er behauptete, es rieche deshalb gut, weil es auf ihr oder in ihr war und sich mit ihrem Geruch vermischt habe.

Sein Sperma war ihr willkommen, es gehörte auch ihr, eine ihrer Haltungen, die ihn ihrer echten Liebe versicherten. Sein Sperma waren nicht die lästigen Spritzer, die Flecken machten und deren Rückstände in ganz anderen Situationen Ekel auslösten. Wie es sich mit ihren Sekreten vermischte, war es Ausweis ihrer puren Liebe. Physisch erschöpft und in ihren unanfechtbaren Gefühlen bestärkt schliefen sie ein.

Zu Hause

Die Arbeit nahm wieder ihren gewohnten Lauf. Während des Urlaubs hatte er jeden Tag gut zwei Stunden länger als sonst schlafen können. Nun wachte er zur gleichen üblichen frühen Zeit auf, viel früher, als er hätte aufwachen müssen. Prompt hatte ihn der alte Rhythmus in seinem Griff. Er nahm es hin, was blieb ihm übrig, dass eine seltsame neuronale Verschaltung in seinem Gehirn die Verpflichtung auf seine Arbeit und die Wachheit zu gewohnter Zeit zwischen vier und fünf Uhr morgens diktierte. Mühsam kam er den Signalen dieser Verschaltung nach, obwohl seine Knochen, seine Trägheit, sein Unwillen, sich dem alltäglichen Klein-Klein zu stellen, ihn am liebsten unter der warmen, gemütlichen Decke neben seiner Frau in ihrem Schlafzimmer gehalten hätten.

Die ersten ritualisierten Abläufe des Morgens zwangen seinen Körper zu banalen Verrichtungen. Die Katze mußte gefüttert, ihr Napf gefüllt werden, das bisschen beugender, bückender, dafür notwendiger Bewegung erinnerte ihn an seine Knochen, die unmöglich erst etwas mehr als fünfzig Jahre alt sein konnten. Eher hätte er sie einem Mittsiebziger zugeschrieben.

Fast musste er lachen, in Erinnerung an den Sketch eines Kabarettisten, der die keuchenden, ätzenden, seufzenden Geräusche alter Männer bei jedweder Lageänderung ihres Körpers, unwillkürlich ausgestossen und subjektiv nicht wahrgenommen, aufgespiesst hatte. Fast musste er lachen, wenn es nicht so zum Weinen und Verdruss gewesen wäre, als er sich selbst diese Geräusche ausstoßen hörte, am Futternapf der Katze, deren forderndes Schreien ihn nervte, beim Treppensteigen, beim Gang zur Toilette, kurz bevor er sich in die Badewanne beugte, um seinen Oberkörper kalt abzubrausen, auch ein Ritual, zu dem er sich zwingen musste, um die erste Rettung seiner belebenden Wirkung nicht vermissen zu müssen. Seine zweite Rettung an diesem Morgen war die große und heiße Tasse frisch gebrühten Kaffees, die er mit einer gehörigen Portion frischer Milch versetzte. Der erste Schluck an diesem elenden Morgen würde ihm von ferne ein paar Lebensgeister einhauchen.

Indessen nahm ihn die Aussicht auf die vielen kommenden Bereitschaftsdienste in der Klinik gefangen, er musste nachholen, was seine Kollegen während seines Urlaubs für ihn mit übernommen hatten. Viele Stressmomente seines bisherigen beruflichen Daseins, die zu den ungünstigsten Tages- und Nachtzeiten eintreten konnten, hatten sich in sein psychisch-emotionales Gedächtnis eingebrannt. Eigentlich war er leid, jeden Tag aufs Neue die großen und kleinen Probleme der ganz gewöhnlichen Patientenversorgung ertragen zu müssen.

Nach Urlauben bedrückte ihn die alltägliche Diskrepanz zwischen Anspruch und Wirklichkeit seines Berufs besonders. Wer hatte nicht den Ehrgeiz, an der Spitze des medizinischen Fortschritts zu stehen, die Patienten möglichst gut zu versorgen, sie empathisch zu begleiten, ohne in Muster des Paternalismus, Zynismus oder nachlässig-unachtsamer Verwaltung ihrer Krankheiten zu fallen? Wer hatte Lust auf all die großen und kleinen Allüren diverser Kollegen und Mitarbeiter, die den Alltag fast deterministisch in bestimmte Verhaltensmuster pressten. Andere hätten gesagt, es sei das wahre Leben.

Er musste alle vertrauten Mechanismen gegen seine reaktiv-depressive Verstimmung in Position bringen. Wieder und wieder dachte er über seine Situation nach. Die Lektüre eines Facharticles, die er sich mit der ersten Tasse Kaffee zur Pflicht gemacht hatte, lenkte ihn nur zeitweise davon ab. Sie erleichterte ihm, mit seiner Medizinwelt wieder vertraut zu werden. Häufig gaben diese Artikel Alltagskost seines Spezialgebietes wieder, waren aber geeignet, verschüttetes Wissen zu reaktivieren. Nicht ganz selten erschlossen sich neue Erkenntnisse und Aspekte. Meistens waren die Artikel in Englisch verfasst. Mehr spielerisch hatte er wenige Jahre vorher begonnen, mit den Wendungen aus diesen Fachaufsätzen sein unterirdisch schlechtes Schulenglisch aufzubessern. Zusätzlich hatte dieses kleine Hobby sein Interesse auf englisch verfasste Tageszeitungen gelenkt. Richtig gut fand er Bemerkungen oder Sätze, die für den etwas anderen Blick auf das jeweilige Thema einem Editorial vorangestellt waren. Dies konnten auf Englisch verfasste Lebensweisheiten, Sprichwörter, bekannte Zitate aus Literatur und Geschichte sein. Aus Zufall stieß er an diesem elenden Morgen auf den folgenden Satz:

´Sometimes in our lives we all have pain, we all have sorrow, but if we are wise we know there is always tomorrow.´
Jetzt musste er herzlich vor sich hin lachen. Er war mit seinem Elend nicht allein. Am Abend davor hatte er bestmöglichen Sex gehabt. Er würde sich dem anbrechenden Tag stellen, er würde die eingespielten Rituale seines Dienstes akzeptieren, auch wenn er in den vergangenen zwei Wochen so gut darauf hatte verzichten können. Er würde zum Dienst kommen und die Leute, die ihm begegneten, freundlich grüßen, auch wenn er sich am liebsten in sein Schneckenhaus zurückgezogen hätte. Er würde sich für diesen Impuls hassen, diese Aufforderung seines Inneren, sich vor den anderen zu verstecken.

´Stell Dich nicht so an, hast einen guten Job, verdienst Geld, kannst mit dem Rad am Stau vorbei zur Arbeit fahren.´ dachte und sagte er zu sich.

Im Wechsel würden ihm die Gedanken an unbestimmte, unplanbare Einsätze während der kommenden Nacht tiefe innere Seufzer entreißen. Sofort würde er sich eine weitere, lieb gewonnene Phrase entgegen schleudern: ´Don´t always assume the worst!´

Und doch würde er jeder Hoffnung auf Besserung, auf inneren Ausgleich beraubt sein. Alle Möglichkeiten und

Gelegenheiten seines Lebens gingen wieder und wieder mit diesen emotionalen Wechselbädern einher. Was er verfluchte. Bis diese schlechten Gedanken vertrieben sein würden, konnte er nichts anderes tun als warten. Und konnte nicht glauben, dass dieser Zeitpunkt während dieses grauen Tages irgendwann eintreten würde. So oft hatte ihn sein Leben anderes gelehrt. Und er wähnte diesen Zeitpunkt in unerreichbarer Ferne. Es blieb nichts als durchzuhalten, sich zu stellen, Haltung zu bewahren.

Jedes freundliche, zugewandte Gespräch, jede mehr oder weniger gelungene Handlung und die voranschreitende Zeit würden seine schlechten Gedanken nach und nach vertreiben können. Mit dem ersten derart empfundenen Moment würde er sich selbst wieder anschauen können und im ständigen Auf und Ab des Lebens die nächste Klippe genommen haben. Dieser Moment würde ganz bestimmt passieren.

Der Dienst ging unspektakulär vorüber, es wurde ein gelungener Tag, alles in allem wurde er dessen Erfordernissen gerecht. Die sich anschliessende Nacht ging ohne wesentliche Störungen vorbei. Die erste Hürde seines Eintritts in den Alltag war genommen. Weitere würden folgen, aber besser aussehen. Sein Hunger beim Frühstück am nächsten Morgen zeigte ihm, dass er seine kurze depressive Phase überwunden hatte. Das Leben lag vor ihm. Auch der Alltag konnte es wert sein. Es war ein Phänomen. Irgendwelche biochemischen Prozesse in seinem Hirn hatten den Grauschleier vor dem Film seines Lebens weggezogen. Damit einhergehend war er wieder hungrig geworden. Am Tag davor hatte das Frühstück fad geschmeckt. Jetzt aß er das Doppelte und mit Appetit. Auf dem Weg ins Krankenhaus atmete er die frische Luft in die Nase ein und sang befreit vor sich hin, etwas lauter, wenn keine Passanten in der Nähe waren oder ihn der Verkehr übertönte, etwas leiser, wenn ihn andere hätten hören können, was er nicht wollte.

Er genoss die Fahrt mit dem Rad auf dem schon tausende Male zurückgelegten Weg. Selbst die einzelnen Unebenheiten im Asphalt waren ihm vertraut. Viele andere waren unterwegs, Passanten, Schulkinder auf ihren Rädern oder zu Fuß, Autos, die sich daneben ihren Weg durch die verkehrsberuhigte Straße bahnten und sich an der Einmündung in die Hauptstraße in die morgendliche Rushhour einfädeln mussten. Er kannte die Häuser, einzelne mehr als andere, einzelne Bewohner persönlich, viele nicht. Dann und wann überlegte er sich, wem er alles in seinem Krankenhaus in den verschiedensten Situationen bereits begegnet war.

Sein Stadtteil war groß genug, die Anonymität zuzulassen, die er schätzte. Seine Gedanken wanderten zu den Orten und zu dem Land seiner eben beendeten Urlaubsreise. Dass er Vergleiche anstellte, war normal. Ein weiteres Mal hatte er das Privileg besessen, im kollektiven Bewusstsein verankerte Sehnsuchtsräume kennengelernt zu haben. Südliche Gestade, mediterran geprägte Städte und Dörfer, geschichtsbeladene Orte, Gebäude, Denkmäler, Siedlungen.

Aber seine Heimat war hier. Sie war es, die seine Alltagsgefühle aushalten musste. Sie war es, die es höchstens in historische Randnotizen geschafft hatte, die nicht den Plätzen entsprach, an denen jeder mal gewesen sein musste. Wenn jemand hierher kam, dann aus familiären oder beruflichen Gründen. Selten aus Not und Vertreibung und aus Gründen des bürokratisch austarierten Verteilungsschlüssels, der die Antwort eines manchmal behäbig starren, sonst aber modernen demokratischen Gemeinwesens auf die allerorten sichtbare, durch alles mögliche Elend dieser Welt ausgelöste Zuwanderung war.

Sein ganz normales Leben hatte ihn in diese Metropole gebracht. Sein ganz normales Leben bestand nun in der Erfüllung seiner ganz normalen, alltäglichen Aufgaben, die an diesem Morgen auf ihn warteten. Die tief schürfenden Zweifel des Vortags daran waren verschwunden. Fast genoss er gerade sein ganz normales Leben. Irgendwie übertrugen sich diese Gefühle auf das, was ihn umgab. Was daran gut und schön war, trat klar hervor. Neben all den grauen, suboptimalen, unter ihren Möglichkeiten bleibenden Dingen und Umständen, die ihn gestern genervt hatten. Es war immer schon sein Problem gewesen, einen klaren Blick auf Dinge und Umstände entwickelt zu haben, die verbesserungswürdig erschienen. In umgekehrter Richtung hatte er diese Fähigkeit aber auch. Zu erkennen, was unter allem Alltagsschrott verborgen und gut und schön war. Dieser Schrott konnte imaginär oder tatsächlich vorhanden sein. Gestern hatte er sich viel davon eingebildet. Heute war viel davon weggeräumt oder einfach nicht da gewesen.

Es wurde ein guter, interessanter, anregender, langer Tag, erst nach neunzehn Uhr schaffte er es, wieder zu Hause zu sein. Es wurde ein mit Gesprächen, Aktionen, Handlungen, die ihm leicht von der Hand gingen, ausgefüllter Tag.

Viele der Untersuchungen und Eingriffe, die er an seinen Patienten verrichtete, hatten einen bestimmten Sinn und Zweck, verliefen nach einem bestimmten Schema, mussten aber gegen alternative Verfahren und Therapiemöglichkeiten abgewogen werden. Zweifel über das, was man gerade tat, waren diesem Prozeß inhärent, ständige Zweifel. Erschwernisse, die zu überwinden waren, machten die Zweifel kleiner. Komplikationen machten die Zweifel größer, auch wenn allen Kriterien einer umfassenden Aufklärung vorher entsprochen worden war. Komplikationen, deren Auswirkungen vollständig zu beseitigen waren, konsternierten ihn, raubten ihm aber nicht den Schlaf. Komplikationen, die Schäden hinterliessen, machten ihm seelische Narben.

Heute lief alles glatt, trotz der teils komplexen Eingriffe. Sein Beruf hatte ihn zurück. Noch dazu endete der Tag mit der Teilnahme an einem Seminar, das ihm ein wichtiges Zertifikat verschaffte. Sein ganzes Berufsleben hatte er im Krankenhaus verbracht. Nie hatte es ihn in die Selbständigkeit gezogen, Teil einer Institution zu sein, war der bestimmendere Wunsch gewesen. Nicht, um aus dem Schatten dieser Institution zu treten, weniges hasste er mehr, als sich öffentlich präsentieren oder produzieren zu müssen, mehr aus der Erkenntnis heraus, dass sich im institutionellen Rahmen besser realisieren liess, was er in seinem Beruf tun und können wollte. One Man Shows wollte er nie und hatte sich zu einem puren Kliniker entwickelt. Wissenschaft war das andere Extrem, das er nicht gewollt und intuitiv außerhalb seiner Erwartungen gelassen hatte.

Den damit verpassten Möglichkeiten trauerte er nur scheinbar nach. Vor den wirklich guten Wissenschaftlern hatte er gleichwohl höchsten Respekt. Um wissenschaftlich wirklich gut zu sein, hatte er nicht das nötige psychische und seelische Rüstzeug. Sich mit Spezialliteratur auf dem Laufenden zu halten und im Rahmen seiner Möglichkeiten vor Ort an Studien teilzunehmen, war sein Ding. Dies beinhaltete, Kenntnisse eines monströsen bürokratischen Verfahrens zu erlangen, aufzufrischen und regelmäßig bestätigt zu bekommen. Didaktisch gut aufgebaut, vermittelte ihm das Seminar an diesem Tag Selbstverständliches und Neues. Die Rekapitulation der Materie öffnete ihm den Blick auf das, was in Jahrzehnten mühevoller legislativer und exekutiver Kleinarbeit an Fortschritten auf dem Feld klinischer Forschung erreicht worden war. Und was immer wieder verbessert werden musste. Und was tagtäglich gegen den ganz persönlichen, inneren Schweinehund aller Beteiligten durchgesetzt werden musste.

Natürlich musste er sich treten, wenn es darum ging, Patienten von der Teilnahme an Studien zu überzeugen. Solche Gespräche konnten auch komisch und abstrus verlaufen, kosteten Zeit und führten nicht immer zum Erfolg, das heißt zur Teilnahme des Patienten an der jeweiligen Studie. Wenn doch, begründeten sie ein engeres und manchmal herzlicheres Verhältnis zum Patienten, verschafften ihm überdies das gute Gefühl, am wissenschaftlichen Fortschritt nicht ganz unbeteiligt zu sein.

Der Rest der Arbeitswoche ging unbemerkt vorbei. Am Samstag hatten sie frei. Ihr Sohn war auswärts verabredet. Spontan entschlossen sie sich zu einer kleinen Wanderung in die Umgebung ihrer Metropole. Nochmals wurden ihm die Unterschiede zwischen dem gerade erst bereisten Land und ihrer Heimat bewusst. Vegetation und Wege hier machten mehr Lust auf Wandern. In dieser von kleinen, flachen Tälern unübersichtlich zerfurchten Landschaft ging alles, was vorher üppig ins Kraut geschossen war, in die bunte, etwas morbide Farbgebung des Herbstes über. Auf Menschen trafen sie kaum. Sie schienen sich hinter ihren Mauern mit ihrem Wochenendalltag zu arrangieren.

Das Schöne war die Stille auf dem Weg. Sie mussten nicht viel miteinander sprechen. Zwischen ihnen herrschte Anziehung und Vertrautheit. In ihrer Gegenwart fühlte er sich unausgesprochen und einfach wohl. Ihr ging es nicht anders. Wandern und Sex hatten sich bei ihnen während vieler Gelegenheiten ineinander verwoben, hatten sie in den letzten Jahren neueste Qualitäten des Reisens entdecken lassen. Die Assoziationen daran waren gesetzt und tauchten auch diese kleine Wanderung in das milde, spannende Licht ihrer Verbundenheit und des gegenseitigen körperlichen Begehrens. Während ihrer vergangenen Reise waren Sex und Wandern zu kurz gekommen, wurde ihm wieder bewusst. Weil es den Situationen geschuldet war, grollte er nicht, wem denn auch?

Am nächsten Tag hatte er Dienst, musste aber nicht direkt um neun Uhr morgens in der Klinik sein. Der Sohn musste zum Gottesdienst in die Kirche. Er hatte Verpflichtungen für den bevorstehenden Ritus seiner Konfirmation nachzukommen, hierzu gehörte, wenigstens einige Male die spärlich besuchten Gottesdienste zu besuchen. Seine großen Kinder hatten sich auch konfirmieren lassen. Er selbst war in dem gleichen Alter konfirmiert worden. Ja, er hatte eine verdammte protestantische Prägung, die sich über Jahrzehnte an ihrer stetig nachlassenden Wirkung und Wirksamkeit auf Menschen, Politik und Gesellschaft gerieben hatte. Ein Prozeß, der hochwahrscheinlich sogar gut war. Er selbst wollte und konnte diesen Prozeß aber nicht beschleunigen.

Seine Prägung war eine unter verdammt vielen anderen Haltungen und Lebensmodellen. Vielen war der Glaube an das Schöne der Natur und den Sinn des Lebens gemeinsam. Und zum Leben gehörten Gewohnheiten. Und es war Gewohnheit, seine Kinder in Gewohnheiten aufwachsen zu lassen. Und so sehr er in der festen Gewohnheit, mit dreizehn, vierzehn oder fünfzehn Jahren konfirmiert zu werden, aufgewachsen war und ihm diese in problematischer, pubertärer Zeit sogar Halt gegeben hatte, so sehr wollte er seinen Kindern keinerlei Zweifel über diese Gewohnheit antun müssen. Und er wollte nicht derjenige sein, mit dessen Haltung ein familiäres Fest verhindert worden wäre.

Selbst gingen sie allenfalls zu den ganz hohen Festen und Anlässen in die Kirche. Dieses Mal jedenfalls nicht. Ihr Sohn fuhr mit dem Rad fort, sie waren allein. Seit ihrer Wanderung am Vortag hatten sie Lust aufeinander. Rasch gingen sie hoch, rasch zogen sie sich aus. Das einzige, was sie jetzt hätte stören können, wäre ein Anruf aus der Klinik gewesen. Nackt gingen sie ins Bett, überhäuften sich mit Küssen. Nicht lange dauerte es und sie spreizte ihre Beine, schlüpfte auf ihn. Ungehindert rutschte sein hartes Ding in ihr heißes, feuchtes Ding. Rittlings auf ihm besorgte sie sich ihren tief empfundenen Orgasmus. Den zweiten Teil ihres Spiels überliess sie ihm. Fast willenlos und jetzt in Bauchlage streckte sie ihm ihren breit geöffneten Spalt entgegen. Der rosig glänzende und von ihrem Sekret schimmernde äußere Teil ihrer Vagina lud ihn ein. Von hinten nahm er sie und führte seinen nass glänzenden Penis in sie ein. Einige lustvolle Stöße und die Pulsationen seines Spermas kitzelten seinen Penis und alles drum herum, bis er vollkommene Befriedigung empfand. Dieses Erlebnis machte ihren Tag. Voller Wärme tauschten sie ihre Blicke, wenn sich die Gelegenheit ergab. Sie trugen sie in den Alltag und die beginnende Arbeitswoche hinein.

Am nächsten Sonntag hatte er eine Reihe weiterer Bereitschaftsdienste hinter sich gelassen. Noch bevorstehende Dienste waren damit einfacher zu ertragen, auch die an diesem Sonntag auf ihn wartenden Pflichten.

Wie gewohnt war er sehr früh aufgestanden und hatte bei ein, zwei Tassen Kaffee eine ausgiebige Lektüre seiner Fachzeitschriften hinter sich gebracht, trotz des Notfalls, mit dem er bis ein Uhr nachts beschäftigt gewesen war. Vier Stunden Schlaf waren tief und fest gewesen. Ein relativer Schlafentzug, der seine Stimmung an diesem Morgen in unerklärlicher Weise verbesserte. Aus dieser und ähnlichen Erfahrungen heraus konnte er dem Konzept einer Schlafentzuges bei Depression vieles abgewinnen. Jetzt war er nicht depressiv, jetzt sah er dem Tag trotz des Dienstes gelassen entgegen.

Seine Frau lag noch im Bett. Sie schickte ihm eine SMS und signalisierte ihren Wunsch. Mit einer Tasse Milchkaffee ging er zu ihr. Sie rekelte sich wohlig in ihrem Bett und freute sich auf den Kaffee. Sex lag in der Luft. Und ein Urvertrauen, dass ihr Sohn so früh nicht aufstehen und sich bei ihnen bemerkbar machen würde.

„Weißt Du, wie toll ich es finde, wenn Du Dich neben mir rekelst und vor allem nackt bist, vollständig nackt?" sagte er zu ihr.

„Ja, aber ich hab mein Nachthemd doch noch an."

„Du könntest das ausziehen!"

„Da brauch ich aber Deine Hilfe!"

„Du traust mir zu, Dein Nachthemd ausziehen zu können?"

„Guck mal, Du musst hier nur ein paar Knöpfe öffnen!"

„Stimmt." gab er zurück. „Geht einfacher, als ich dachte. Und der Stoff ist so leicht."

Geschmeidig wand sie sich aus den Ärmeln. Er warf das Hemd neben das Bett. Splitternackt lag sie neben ihrem bekleideten Mann und tastete seinen angespannten Schritt ab.

„Liebster, meinst Du, Du könntest mir noch mal so eine Art Spezialmassage verordnen? Und auch direkt ausführen?"

„Heut geht das nur in Kombination." erwiderte er.

„Welche Kombination?"

„Ich kann heute nur die Kombination aus äußerer und innerer Massage anbieten."

„Genau die brauche ich doch auch. Fang mit der äußeren Massage an!" sagte sie ihm, reichte ihm das Intimöl aus dem Nachtschrank und legte sich auf ihren Bauch, bereit, ihm alles zur Verfügung zu stellen, was sie hatte.

Mit einer gehörigen Portion des Öls auf seiner Hand fing er an, selbst maximal erregt, ihren Lendenbereich zu massieren. Langsam zog er mit seiner Hand weitere Kreise, ihren schönen Rücken und Hintern vor sich. Mit der Massage ihres Hinterns spreizte er immer auch ihren Spalt. Er sah ihre Klitoris und Schamlippen, blühend und prall, mit der Anordnung ihres Anus von Natur aus schön. Sie hätte anatomisch Modell stehen können.

Ihre Bewegungen nahmen den Rhythmus seiner Massagen auf, ihr Hintern steckte sich seiner Hand entgegen. Voller Lust quittierte sie, als er mit seinen glitschigen Fingern ihren Anus und ihre Vulva direkt berührte und massierte. Noch lustvoller quittierte sie, als er sich von hinten über ihren Spalt beugte, ihre Knospe in seinen Mund nahm und seine Zunge in ihre Vagina eindrang. Nun empfanden beide unerträgliche Lust und verlangten den ultimativen Kontakt. Er zog seine Hose herunter und befreite sein pralles Glied. Die Hose blieb hinderlich, so dass er sie ganz auszog.

„Gib ihn mir!" hörte er sie stöhnen.

Halbnackt, wie er war, drang er nun von hinten in sie hinein, heiß, nass, den Geruch der Liebe um seine Nase. Wenige Sekunden später konnte er nicht umhin, unter Fortsetzung seiner Stöße auch sein Hemd auszuziehen, sich dessen irgendwie zu entledigen. Nun war auch er vollständig nackt. Ihr Akt ging weiter. Sie drehten sich um und einander zu. Harter, schlüpfriger Kontakt an den richtigen, genau sich entsprechenden Stellen führte beide zeitgleich zum Orgasmus.

Noch den ganzen Tag hatte er den Geruch ihrer Scheide um seine Nase. Wenn sie sich küssten, bemerkte sie ihn.

„Na, da hast Du es heute aber toll getrieben!"

In ihrem Gesicht schloß sich ein Ausdruck absoluter und wohliger Zufriedenheit an, mit sich, mit ihrer Situation, mit ihm. Worin diese Zufriedenheit begründet war, blieb ihr beider Geheimnis. Sie waren sich ihres gemeinsamen Glücks traumwandlerisch sicher. Das Leben, die Tage gingen weiter, im Rhythmus aller Tage. Tatsächlich war neben ihrem Glück vieles nebensächlich und bestimmte trotzdem den Ablauf.

Bremm

Die Freude auf das kommende Wochenende blieb. Nur kurz wurde es getrübt, als sich bei ihr am nächsten Tag eine Honeymoon-Entzündung entwickelte. In den Jahren ihrer ekstatischen Liebe hatten sie sich an deren periodische Wiederkehr gewöhnen müssen. Versuche, sie mit den üblichen natürlichen Mitteln in den Griff zu bekommen, waren meistens vergeblich, sobald sich das von ihr als äußerst schmerzhaft empfundene Vollbild der Entzündung eingestellt hatte. Es tötete jeden Sex, und sie konnten und wollten sich das nächste Wochenende nicht ohne Sex vorstellen. Darüber mussten sie nicht reden. Für ihn war das seit Monaten klar, seit dem Beginn ihrer Planung. Dass es auch für sie klar war, entnahm er der Bestimmtheit und Entschlossenheit, mit der sie in dieser Situation rasch und ohne Verzögerung auf ein wirksames Antibiotikum zurückgriff. Dieser Zugriff war einfach, er konnte jederzeit das entsprechende Mittel verschreiben. Sie hatten sich sogar daran gewöhnt, es in ihre Reiseapotheke aufzunehmen.

Wieder der Morgen danach, wieder der Anbruch eines Tages, der Neues, Spannendes, Lustvolles versprach. Es war halb sechs morgens, um sieben sollte ihr kleiner, ohne Kind geplanter Wochenendtrip beginnen. Die Katze versorgte er mit einer Extraportion Fleisch, da sie bis zum nächsten Tag mit ihrem Trockenfutter und den Mäusen, die sie draussen fangen würde, auskommen musste. Streicheleinheiten hatte sie auch schon bekommen. Bevor er am Abend zuvor in den Schlaf gesunken war, hatte er vernommen, wie glücklich seine Frau war, und er mit ihr.

„Ach, ich hab so ein wohliges Gefühl, mitten in meinem Bauch, alles entspannt, alles total zufrieden." raunte sie ihm über seine Schulter hinweg zu.

„Und morgen wird ein schöner Tag, dann fahr ich mit meiner Liebsten weg, geh wandern, geh in die Sauna und lecker essen. Und was dann noch so kommt." ergänzte er vieldeutig.

Glücklich, wohlig rekelten sie sich in den Schlaf. Ihn kostete es wenige Sekunden. Jetzt war er perfekt ausgeschlafen und freute sich auf den ersten Kaffee. Verwundert hörte er seine Frau von oben herabrufen:

„Schatz, Brötchen!"

Jetzt fiel ihm ein, dass sie abends den Auftrag gegeben hatte, nach dem Aufstehen die Brötchen aufzubacken. Auf ihrer Wanderung wollten sie Picknick machen können.

„Mach ich sofort, bin dabei!" rief er zurück.

Für die erste Lektüre irgendwelcher Zeitschriften und Zeitungen blieb keine Zeit. Wenn es nicht auf Reisen ging, hatte seine Frau alle Ruhe auszuschlafen. Anders heute, fast so früh wie er war sie aufgestanden, begierig auf den Tag und darauf aus, möglichst nichts zu verpassen.

Nach einem kleinen Frühstück brachen sie auf. Wenig Schöneres gab es, als an einem Samstagmorgen bei wenig Verkehr ungezwungen und frei in den Tag hinaus zu fahren. Der einzige Zwang war, um kurz nach neun am Bahnhof den Zug zu erreichen, um an der nächsten Station wieder auszusteigen. Ein relativer Zwang. Sie hätten einfach auch die Planung ändern, beispielsweise in umgekehrter Richtung wandern können. Ohne jede Behinderung und Verzögerung erreichten sie ihr Ziel. Zuletzt führte der Weg über eine steile kurvenreiche Straße nach Cochem an der Mosel. Über eine noch steilere, noch kurvenreichere schmale Strecke führte der Weg aus Cochem wieder heraus.

Seit vierhundert Millionen Jahren war hier ein dicker harter Fels zwischen nicht ganz so hartem Fels und Gestein entstanden. Seit vielleicht zwei Millionen Jahren war er einseitig freigespült worden und hatte der Natur Gestalt gegeben. Seit wenigen tausend Jahren war es an den Menschen gewesen, dieser Natur ihre Existenz abzuringen. Seit wenigen Jahrzehnten war es selbstverständlich geworden, bequem hinter dem Steuer seines Wagens in dieser Landschaft herauf und herunter zu fahren. Erst seit wenigen Jahren hatten sie das Glück besessen, kids- und postkids-Phase ihrer Ehe unmerklich, schleichend, spannend und harmonisch ineinander übergehen zu lassen. Ihren Wanderreisen kam hierin entscheidende Bedeutung zu. Nach jetzt fünfundzwanzig Jahren Ehe hatten sie das Tor zum Universum ihrer körperlichen Liebe komplett aufgestoßen. Allein zu zweit flitterten sie auch in diese Reise hinein.

Bereits am Vorabend hatten sie heftig geflittert. Den ganzen Tag hatten sie Vorfreude aufeinander gehabt. Vorfreude darauf, ohne Rücksicht auf andere und nicht gebunden durch irgendwelche Verpflichtungen ihren körperlichen Freuden nachzugehen. Nachmittags hatten sie ihr Kind in eine Freizeit verabschiedet. Die Sachen für die Reise waren gepackt. Zu ihrem Abendessen hatte er einen Salat vorbereitet. Ziemlich unvermittelt kamen sie darauf zu sprechen, welche Erwartungen sie an ihre Reise hatten.

Etwas erstaunt und besorgt, aber maßlos erfreut nahm er zur Kenntnis, dass auch sie sich Gedanken zur Regie ihrer Sexualität an diesem Wochenende gemacht hatte. An diesem Abend eine über das Internet bestellte DVD mit einem Edelporno zu gucken, hatten sie lange gemeinsam geplant. Seit seiner Jugend war ihm die Idee nicht fremd gewesen, anderen beim Sex zuzugucken. Zwischen ihnen war dieses Thema lange tabu gewesen. Jahre über Jahre hatten sie sich selbst genügt, waren ihre sexuellen Handlungen reifer geworden, ihr Vertrauen tiefer, ihre Lust auf Experimente größer.

Irgendwann hatten sie in einer sehr engen, sehr sinnlichen Stunde Lust bekommen, sich einen Pornofilm anzuschauen. In einem Hotel an einem Wochenende zu zweit, am Ende eines Tages nach einem guten Dinner, am Ende eines Tages, den sie mit einer ausgedehnten Wanderung verbracht hatten.

Er konnte sich an die gespannte Erwartung erinnern, die sie beide erfasst hatte, als sie, fast nackt, nebeneinander auf dem Bett liegend, an der Fernbedienung fingerten, um das spezielle Programm zu laden. Es war der übliche Mist, den er von früher kannte.

Ein unsympathischer Darsteller, der lustlos die Aufgabe verrichtete, sein Ding möglichst lange, möglichst groß und möglichst steif zu halten, um irgendwann sein Sperma möglichst gut sichtbar in ihr Gesicht zu spritzen. Eine abgestumpfte Darstellerin, die gekünstelt, aber genauso lustlos ihren blow job verrichtete. Von Liebe und Empathie war nichts zu spüren.

Dennoch, ihre eigene Lust war schon vor dem Einschalten des Films da gewesen, und diese rein auf das Körperliche fixierte, geschäftlich verwertete Sexualität stimulierte sie. Schnell begannen sie mit Petting, schnell zogen sie sich vollständig aus, schnell degradierten sie den Film an die Peripherie. Sie genossen die Blicke auf den jeweils anderen, in realer, maximaler Vergrößerung, ihren ganz eigenen privaten Porno, der dem anderen gewidmet war, nie aber jemand anderem gezeigt worden wäre, nie in irgendein Archiv, in irgendeine Datei gewandert wäre.

Um die zwanzig Minuten dauerte es, bis sie den anderen Film wieder ausschalteten. Eng umschlungen, erfüllt von dem heißen, schnellen Sex, der hinter ihnen lag, malten sie sich aus, was ein wirklich schöner Pornofilm mit ihnen angestellt hätte.

„Solche gibt´s anscheinend nicht." sagte er zu ihr.

Ihre Neugierde war aber geweckt. Es dauerte Jahre, bis sie einen weiteren Versuch machten. Unwesentlich weniger simpel die Handlung und die optische Reduktion auf die Tabuzonen und das, was man mit den dort befindlichen Körperöffnungen anstellen konnte. Befremdlich, teils lustig die Bemühungen des Hauptakteurs, mit seinem großen, aber eben nur halbsteifen Penis den Hintern seines Objektes in einer Art Peitsche zu berühren. War dies einer Eingebung des Regisseurs geschuldet, dem Zuschauer subtile Assoziationen an gewisse Sado-Maso-Praktiken zu erlauben? Sie wusste, dass ähnliche Handlungen mit seinem Ding und dessen Spitze an ihrem Hintern sicher keine Schmerzen auslösen würden, sicher aber auch keine Steigerung ihrer intimen Empfindungen. Ihm war klar, dass der eben nur halbsteife Schwanz Ausdruck einer unzureichenden Erregung des Hauptdarstellers war, der seinem Business nachgehen musste.

War es Langeweile, deshalb ihren Hintern zu peitschen? Oder die Aufforderung an die Kollegin, ihn bei seiner Arbeit endlich auf Touren zu bringen? Oder Hilfsmittel, seinem Ding den Kick zu geben? In der weiteren Abfolge des Films klappte es ja dann, vergoss auch er sein Sperma nach dem üblichen Rein-Raus in verschiedenen Körperöffnungen sichtbar auf breitem Raum. Beiden Darstellern konnte man eine gewisse, körperbetonte Schönheit nicht absprechen. Und wieder passierte, dass dieser erste Abschnitt, Teil, Sketch dieses Films sie in Erregung und Begierde versetzte. Sie hatten auf dem breiten Sofa ihres Wohnzimmers Platz genommen. Alle Kinder waren aus dem Haus. Der Tag war heiß gewesen, noch nicht wirklich schwül, wie es auch oft in ihrer Gegend sein konnte, und war in einen wirklich lauen Sommerabend übergegangen.

Leicht bekleidet, er mit seinem prallen Ding in der Hose, saßen sie nebeneinander und schauten dem Treiben auf dem Bildschirm zu. Ihr Vorspiel hatte längst begonnen, verlangte nach immer neuen, schlüpfrigen, zungenfeuchten Küssen. Teil eins des Films wechselte zu dessen zweitem Teil. Zwei andere Darsteller, an deren Körperlichkeit ebenfalls nichts Entscheidendes auszusetzen war.

Sofort war klar, dass deren Persönlichkeiten, Ausstrahlung und Erscheinung nachrangig zur Handlung waren. Die Handlung war Sex und Beschäftigung mit sensiblen Körperöffnungen. Die Handlung brauchte Mann und Frau, deren Gesichter, Mimik, Gestik nicht vom eigentlichen Subjekt ablenken sollten. Eigentliches Subjekt waren der möglichst breit präsentierte Spalt der Frau, viel Gel und ein kugelförmig an seiner Spitze beschaffener Metallstab, den der Mann, zugegebenermaßen vorsichtig und in der Art, wie ihn auch ein Proktologe hätte handhaben können, in ihren Anus einzuführen hatte. Sein Penis, durchweg am Rand des Bildes zu sehen, war groß und geschwollen. Die nötige Steife fehlte. Der Mann war höchstens unterschwellig erregt. Die Frau blickte angestrengt stöhnend auf das, was er mit ihr machte. Ihre Blicke signalisierten ihm: ´Sei bloß vorsichtig!´

Der Zweck heiligte die Mittel. Die Mittel waren das Gel und die Kugel am Ende des Metallstabs. Der Zweck war die Vorbereitung auf das Rein seines Penis, das sie möglichst unbeschadet überstehen sollte und wollte. So, wie in den Geschäftsbedingungen stand, dass sie diese Körperöffnung zur Verfügung zu stellen hatte, stand auch darin, dass es möglichst schmerzfrei und ohne Folgen für die Schließmuskelfunktion ihres Anus zu erfolgen hatte.

Irgendwie ging der Film weiter, ohne dass sie ihn verfolgten. Ihre eigene Körperlichkeit war in den Vordergrund gerückt. In restloser Nacktheit gaben sich sich einem schnellen, heißen, lustvollen Koitus auf dem breiten und bequemen Sofa ihres Wohnzimmers hin. Hätten Nachbarn, Freunde und Bekannte zufällig vorbeikommen wollen und durch die Fenster ihres Hauses geschaut, es wäre für sie durchaus peinlich gewesen. Es wäre den Spaß und Genuss, den sie hatten, aber wert gewesen.

Welchen Eindruck hatte dieser Pornofilm bei ihnen hinterlassen? Sicherlich den von Professionalität auf dem Markt der käuflichen Sexualität. Ein bisschen hatten sie sich heute auf diesem Markt bedient, hatten ein Mittelchen benutzt, um ihre eigene, unverkäufliche Sexualität zu beleben. Dessen bedurfte es nicht viel, und sie waren froh darüber. Es brauchte Freizügigkeit, Nacktheit, sexuelle Aktion, auch wenn diese kühl, blutleer und geschäftsmäßig daherkam. Trotzdem waren es gerade diese Eindrücke, die sie an Filmen dieser Art enttäuschten. Solche Filme aus der Schmuddelecke der einzigen noch verbliebenen Videothek vor Ort waren so und nicht anders.

Sie war es, die ihn einige Monate später auf einen Artikel in einer namhaften Frauenzeitschrift aufmerksam machte. Eine erfolgreiche Geschäftsfrau berichtete über ihr Business einfühlsam produzierter Pornostreifen. Körperliche Liebe könne auch von Amateuren dargestellt werden, als Ausdruck ihrer eigenen sexuellen Phantasien, ohne erniedrigende oder dumpfe Gimmicks, ohne die beteiligten Frauen zum bloßen Objekt zu degradieren.

Wenige Monate später traute er sich, drei Exemplare der online vertriebenen DVD´s zu kaufen. Das Ganze blieb diskret. Ihre Kinder sollten nichts erfahren. Sie nutzten eines der üblichen Verstecke. Gelegentliches Augenzwinkern seiner Frau zeigte ihm ihr anhaltendes Interesse, zeigte ihm, dass nicht nur er auf diese Filme gespannt war.

Sie nutzten den nächsten freien Abend allein. Noch am Morgen hatte ihm seine Frau gesagt: „Heute Abend gehörst Du mir!" und ihm einen schlüpfrigen Kuss gegeben. Freudige Erwartung auf den mit ihr bevorstehenden Sex bestimmte seinen Tag. Erst gingen sie essen.

„Gibt es jetzt den Dessert?" fragte er sie nach dem Bezahlen.

„Natürlich, so viel ich Dir davon geben kann."

Mehr brauchten sie nicht darüber zu sprechen. Es umfing sie wie eine bestimmende Macht. Zu Hause machten sie in den entscheidenden Räumen Licht. Sie hatten eine Art Fernsehzimmer, mit einer Couch vor dem Apparat, die sich zu einer breiten, mit Laken bezogenen Liegefläche ausziehen liess. Er bereitete die Technik vor. Ein Knopfdruck würde reichen, das Geschehen am Bildschirm starten zu lassen. Schon der erste Trailer erregte ihn sehr. Längst war aus seiner Eichel Lustsekret herausgetreten und hatte den Stoff seiner Unterhose benetzt. Seine Frau kam aus dem Badezimmer, nur mit ihrem Nachthemd bekleidet. Er legte sich neben sie auf die ausgezogene Couch. Sein steifes, eingezwängtes Glied und der feuchte Fleck an der Stelle über seiner Eichel waren nicht zu übersehen.

Der Film begann, mit dem Film ihr Petting. Die erste Szene war nach ihrem Geschmack. Eine junge Frau, ein junger Mann, beide allein im Büro, beide von ihrer Arbeit durch drängendes Interesse am anderen abgelenkt, schweigend, Nähe suchend. Flirrende, gegenseitige Sympathie. Vorsichtiger, suchender Kontakt seiner längst unbeschuhten Füße vom gegenüber liegenden Platz zu ihren Beinen. Die Untertischperspektive auf ihren Unterleib und ihre Beine, deren erste vorsichtig spreizende Bewegung. Ihr bemühter Blick auf das vor ihr liegende Papier, geheuchelte Konzentration auf etwas, das längst nebensächlich geworden war. Erstes, angedeutetes Stöhnen aus ihrem Mund, beschleunigtes Atmen. Sein Blick auf ihr fixiert.

Natürlich hat er gerade etwas Wichtiges zu besprechen und muss deshalb um den Tisch zu ihr herumkommen. Natürlich müssen beide ihre Köpfe über das Papier beugen. Erste zärtliche Kontakte seiner Hand auf ihrem Rücken und seines Mundes in der Nähe ihres Ohrläppchens, wohlige Windungen ihres Körpers und Halses. Jetzt auch intensive Küsse unter Beteiligung ihrer Zungen. Sie steht von ihrem Stuhl auf, lehnt sich mit beiden Armen weiterhin auf den Tisch. Er ganz nah neben ihr, seine rechte Hand neben der ihren auf dem Tisch, seine linke Hand Werkzeug seiner Empfindungen. Diese Hand streicht durch ihr Haar, von dort zurück auf ihren Rücken, streicht ihre leichte Bluse hoch, kein Hindernis dort, wo sonst der BH zu vermuten wäre, die fortgesetzte Häufung ihrer Küsse, sie mit nach rechts zurückgewandtem Gesicht. Lauter werdendes Stöhnen.

Eine kurze Aktion, und sie ist ihrer Bluse ledig. Rundum schweifende Kamerafahrten, schnelle Wechsel der Perspektive. Seine linke Hand in ununterbrochener Aktion, erstes zärtliches Tasten ihrer erigierten Mamillen, Streicheln ihres Rückens, Versuche, die noch von ihrem Rock bedeckten Gebiete zu erkunden. Wundersam leicht lässt sich dieser Rock entfernen, nun ist sie vollständig nackt. Ihren Platz am Tisch verlässt sie nicht, mit gespreizten Beinen steht sie davor und streckt ihren Spalt heraus. Wie der Zeitgeist es will, ist sie komplett rasiert. Sie fängt an, mit den Fingern ihrer rechten Hand ihre Klitoris und Schamlippen zu massieren. Sie treffen den Mittelfinger seiner rechten Hand, als der in ihre Scheide eindringt. Glänzender Film auf den Fingern. Lautes Stöhnen. Es hält ihn nicht mehr. Mit kurzer Unterbrechung reißt er sich seine Kleider vom Leib und nimmt die Massage ihres Organs wieder auf. Seinen prallen Penis präsentiert er vor ihrem Gesicht. Ihre rechte Hand und ihr Mund machen sich geschickt an seinem Glied zu schaffen. Beide haben Spaß, beide sind voller Lust.

Ein bis zwei Minuten, und die Kamera begleitet sie auf irgendeine weiche Unterlage. Dort nehmen sie die übliche Stellung ein, er auf ihr. Dass er sich durchgehend auf seine Arme aufstützt, ist der Tribut an die Regie des Films, öffnet diese Position doch den Blick von oben und von der Seite auf das, was zunehmend heftiger und schneller rein und raus gesteckt wird. Etwas irritierend, dass sie die Massagen ihrer Knospe mit den Fingern ihrer Hand fortsetzt. Ist dies ein weiterer Tribut an die Regie? Hält sie es für nötig? Ist es ihr Bedürfnis? Möglich, dass seine aufgestützte Körperhaltung sie etwas von der maximalen Härte des Kontakts missen lässt. Weitere drei, vier Minuten vergehen, bis ihre stimmlichen Entäußerungen und die Dynamik ihrer Bewegungen ihren gemeinsamen Höhepunkt erkennen lassen. Weitere Bildfolgen mit Blicken auf ein sich zärtlich zugewandtes, glückliches, zufriedenes, nacktes Menschenpaar. Cut.

Sie selbst hielten sich längst umschlungen. Längst waren sie beide nackt. Zärtlich, vorsichtig, unaufhörlich streichelte sie seinen hoch aufragenden Penis, knetete vorsichtig tastend seine herangezogenen Hoden. Er streckte sich ihrer Hand wohlig entgegen. Ab und zu beugte sie sich schnell zu seiner Eichel hinunter und leckte sein Lustsekret auf. Regelmäßig bemerkte er jetzt den Kitzel eines ersten präorgiastischen Gefühls, beherrschbar, aber geeignet, weitere Tropfen hervortreten zu lassen. Komplementär zu ihr streichelte er ihre Brüste, ihren Körper, die Innenseite ihrer Schenkel, ihren Spalt. Ihre Vulva stand in praller, offener, benetzter Blüte. Seine Finger hatten leichtes Spiel, zwischen ihren Schamlippen zu agieren, alles glitt, störende Reibung nirgendwo.

Eigentlich voller Konzentration auf sich, verfolgten sie trotzdem den Film und liessen dessen Impulse auf sich einströmen. Es war dieser zärtliche, heftige, spontan vorgenommene, von gegenseitiger Empathie, vielleicht Liebe getragene Sex, der sie in äußerste Erregung versetzt hatte. Wenn dies auf so leichte unbeschwerte natürliche Weise möglich war, mussten sie sich nicht schämen, Voyeur zu sein. Fließend ihr Übergang von Voyeuren zu Akteuren an sich selbst. Zunehmend unwichtiger die Handlung auf dem Schirm.

Die nächste Szene eine Liebelei zwischen zwei Frauen. Die übernächste Szene (die DVD versprach deren zehn) eine alberne Verkleidungsnummer. Beide tänzelten umeinander herum. Schlecht gespielte, Tieren nachempfundene Gestik und Mimik. Hätte unter dem Einfluß der Glückshormone alles noch sein dürfen. Sich vor ihrer Vereinigung mit ihren Fingern nervös die Klitoris zu massieren und mit einschlägigen Handbewegungen sein Ding auf Vordermann zu bringen, durfte aber nicht sein. Nichts machte deutlicher, dass es nur gespieltes, nicht wirkliches Verlangen war. Nach dem Rein-Raus gelang ihm zwar der Höhepunkt, und er verspritzte sein Sperma auf ihrem Bauch. Dies war aber der übliche Porno, er der eigentliche Mittelpunkt des Geschehens, sie das Beiwerk. Jetzt schalteten sie den Film aus.

Ihrer eigenen Erregtheit hatte die letzte Szene keinen Abbruch getan. Sie empfanden den Film als verzichtbar. Sie war sein alles bestimmendes Lustobjekt, er ihres. Sie legte sich komplett auf den Rücken und machte ihre Beine so breit es ging. Er stieg auf sie und glitt in sie hinein. Ihrer ganzen aufgestauten Energie liessen sie freien Lauf, den Bewegungen seines Penis in ihrer Scheide, den er wie einen von heißen, glitschigen Körpersäften umhüllten Stempel empfand, der genau in das passte, in das er immer wieder fast schmatzend hineingeschoben wurde. Sein Keuchen und ihr Keuchen beschleunigten sich zum Schlussakkord ihres Akts, der sie in engster Verbindung ereilte und mit einem alles überlagernden, anhaltenden Stöhnen aus ihren Kehlen endete. Schön und schade zugleich, dass ihre Orgasmen schon vorbei waren. Immerhin, sie hatten Szenen aus pornographischem Genre gesehen, die ihre Empfindungen aufgenommen und nicht irritiert hatten.

Ein weiterer Versuch, Monate später, verlief ohne wirklichen Kitzel. In einer ersten Szene hatten zwei Frauen und ein Mann miteinander Sex. Die üblichen Aktionen, zuletzt war sein Sperma auf beiden Frauen nach bemühtem, vorbestimmten Schema sichtbar. In einer zweiten Szene schienen ein Mann und eine Frau emotional verbunden zu sein. Ihre ungelenke körperliche Liebe vermochte dies aber nicht auszudrücken. Auch hier überliessen sie den Film rasch sich selbst und machten ihre eigene Liebe. Es kam, dass sie das geheim erworbene, erotische Filmmaterial noch längst nicht komplett gesichtet hatten. Es störte sie nicht, Gelegenheiten würden sich ergeben.

Und der Abend vor ihrer Wanderung an der Mosel war dazu perfekt geeignet. Gleiches Setting, nur die Couch hatten sie nicht ausgezogen, sie saßen auf ihr. Auch jetzt hielt es sie nur die ersten drei Szenen vor dem Film. Ein Paar, das eingewilligt hatte, vor der Kamera Sex zu machen. Das Ungewohnte dieser Situation war ihnen anzumerken. Das Aufnahmeteam wurde teilweise in die Bilder eingespielt. Dies war pikant und machte ihm restlos deutlich, welche Bedeutung Intimität einnehmen konnte.

Sich selbst in seiner ganzen Nacktheit in voller Ausleuchtung zu zeigen, bedeutete Überschreitung von Grenzen und nahm die Psyche gefangen. Es hatte Gründe, dass Saunabereiche und FKK-Strände ihre eigenen Regeln hatten, die sehr subtil Intimität trotz Freizügigkeit schützten. Es war noch nicht mal sicher, dass dieses Paar der Gage wegen zu diesem Akt überredet worden war. Sicher waren sie auch im wahren Leben ein Paar, ein solches, das diesen Akt vor laufender Kamera vielleicht als eigenes Experiment empfand. Beide hatten sich rasch ausgezogen und legten sich nackt auf das in der Mitte des Studios stehende breite Bett. Schüchtern ihre ersten Annäherungen und Berührungen. Empathisch, aber noch ungelenk ihr erstes Petting an ihm, nachfolgend seine ihr dienliche Fellatio. Fortdauerndes Spiel, zunehmende Dynamik, fast Ausdauer. Zuletzt aber der glaubhaft demonstrierte, in tiefer Vereinigung gemeinsam vollzogene Orgasmus. Zärtlichkeiten, Streicheleien. Beide ziehen sich sich an, werden vom Filmteam verabschiedet und aus dem Studio geleitet.

In der nächsten Szene setzte sich eine hellhäutige, komplett rasierte Frau gekonnt in Szene und befriedigte sich selbst. Die dritte Szene war uninteressant, weil konventionell auf den Orgasmus des männlichen Akteurs fixiert, und wurde höchstens noch mit einzelnen Blicken von ihnen registriert.

Längst hatten sie sich ein weiteres Mal gefunden, gegeben, genossen. Sie hatte ihn im Stehen genommen, war von vorne auf sein Ding gerutscht und sich bis zu ihrem schnellen Orgasmus seinen harten Stößen hingegeben. Hatte sich von ihm getrennt und umgedreht. Bereitwillig von ihr angeboten, durfte er sie von hinten nehmen und sein Sperma in ihre Scheide spritzen. Es folgten schnelle Verrichtungen, um alles wieder ins gewohnte Bild zu rücken. Glücklich lagen sie sich kurz darauf in ihrem Schlafzimmer in den Armen. Er schwebte in seinen erholsamen Schlaf, voller Vorfreude auf den kommenden Tag.

Rechtzeitig waren sie zum Bahnhof gelangt. Grauer, mit Wolken verhangener Himmel ohne Regen, für die Jahreszeit unnatürlich warm. Nicht die schlechtesten Voraussetzungen für den Plan ihrer Wanderung von Neef über den Calmont, diesen harten Felsen, zurück nach Ediger-Eller. Am östlichen Fuß des Calmonts trat die Bahnlinie aus dem ehemals längsten Eisenbahntunnel seiner Zeit hervor, um den Fluss zu queren und vor dem vielleicht drei Kilometer entfernten Neef direkt den nächsten Tunnel zu passieren.
Wirtschaftliche Bedeutung kam der Bahnlinie nach wie vor zu. Mehrere Male würden sie an diesem Tag Züge vorbeirollen hören. Viele Pendler der Region waren darauf angewiesen. Dass sie durch eine malerische Landschaft fuhren, war ihnen im Alltag nicht bewusst.
Zu sehr hatte sich über Jahrzehnte der Grauschleier des Alltags über den Betrieb dieser Bahnlinie gelegt. Leer stehende Bahnhöfe, deren architektonische Reize vom früheren Reichtum des öffentlichen Bahnwesens zeugten und nun ihrem Verfall entgegensahen. Das öffentliche Leben hatte sich von den Bahnstrecken zurückgezogen. Sie waren zu schmucklosen und grauen Transportstrecken geworden, die überdies die Bewohner der an sie angrenzenden Häuser, Straßen und Ortschaften nervten, den Wert dieser Häuser minderten, vielleicht zu unverkäuflichen Objekten degradierten. Wer es sich leisten konnte, fuhr Auto. Viele junge Leute waren berufsbedingt gezwungen, dieser Heimat den Rücken zu kehren. Das pulsierende Leben, das die Bahn einst an sich gezogen hatte, vielen Menschen Lohn und Brot

gegeben hatte und ihren ganzen lieben langen Tag mit aus heutiger Sicht undenkbar einfachen Tätigkeiten befasst hatte, dieses Leben war jetzt woanders.

Vor mehr als hundert Jahren war diese Bahnstrecke als militärischer Versorgungsstrang aus Affront gegen den damaligen Erzfeind geplant und gebaut worden. Um im Ernstfall klobige Kanonen über Hunderte von Kilometern auf ruckelnden Waggons an die Grenze verschieben zu können. Aus heutiger Sicht ein skurriles Projekt, mindestens aber panisch, neurotisch. So konnten Menschen denken, fühlen und handeln.

Heute waren sie froh, dass es diese Bahnstrecke gab und ihnen eine Wanderung one way ermöglichte. Fast dankbar zogen sie sich die Kurzstreckentickets aus dem Automaten, eigentlich viel zu teuer für das bisschen Strecke, um Leute auf ihr Auto verzichten zu lassen. Sie waren allein auf dem verlassenen Bahnhof. Er genoss das morbide Setting, schaute auf das halb verfallene Wirtschaftsgebäude auf der anderen Seite der Gleise, auf das etwas entfernte Ediger-Eller, auf das Flusstal mit seinen bunt verfärbten Hängen, auf die paar Laster, die in zweihundert Meter Entfernung auf einem menschenleeren Wirtschafts- und Bauhof auch an einem Samstagmorgen noch mit Flüssigbeton gefüllt wurden. Ein Güterzug fuhr gemächlich, aber laut krachend vorbei. Die Landschaft, das Besondere des Tages machte alles irgendwie wett.

Sie blickten in Richtung Tunnel. Minuten später rollte der knallrote Regionalzug heran. In ihrem Abteil waren sie fast die einzigen. Sie rollten über die Brücke vor dem Tunnel. Niemand kontrollierte ihre Karten. Die paar Wanderer, die sich ab und an Tickets für ein paar Stationen kaufen mussten, lohnten den Kontrollaufwand nicht.

Sie passierten den kleineren Tunnel vor Neef, durch den Hang. Zwischen dessen Fuß und dem gegenüber liegenden Calmont-Massiv floss der Fluss in einer postkartenschönen

Schleife entlang. In Neef stiegen sie aus und wanderten los. Über eine Straßenbrücke ging es auf das andere Ufer zurück. Der Calmont lag vor ihnen, wohl der steilste Weinberg Europas. Unten presste sich Bremm zwischen Berg und Fluss, dort hatten sie ihr Zimmer für die kommende Nacht gebucht.

Der Weg nahm seinen Lauf, erst durch die flachen Hänge vor Bremm. Sie waren zu warm angezogen. Vielschichtig die Lagen auf seinem Oberkörper, als sie loszogen. Auf den steilen Abschnitten des Calmont blieb davon sein dünnes Wanderhemd übrig. Wieder und wieder schönste Ausblicke auf die bunten Hänge und den Fluss. Schneller als vermutet erreichten sie den höchsten Punkt. Dort herrschte kühler Wind, nach und nach zog er sich seine Sachen wieder an. Sie begegneten anderen, die der außerordentliche Blick auf das Panorama gelockt hatte, einzelnen Wanderern, denen die Anstrengung des Aufstiegs anzumerken war, Mitgliedern irgendeines Vereins, die die oben auf dem Kamm liegende Hütte für ein Grillfest gebucht hatten. Wenige Meter weiter die schmucklose Rekonstruktion einer römischen Tempelstätte.

In Museen oder an anderen Sehenswürdigkeiten hatte er oft alle Zeit der Welt, die Erläuterungen zu lesen, die ihn vor allem in ihrer englischen Übersetzung interessierten. Sie hatte sich daran gewöhnt. Er hatte sich daran gewöhnt, in Englisch nicht einfach drauflos sprechen zu können, was ihn ärgerte. Die eine oder andere idiomatische Wendung, die ihm bei seiner zweisprachigen Lektüre ins Auge fiel, versuchte er deshalb zu behalten.

In den Wanderführern war die Strecke, die sie schon zum größten Teil hinter sich hatten, als besonders schwierig beschrieben worden. Ihr subjektiver Eindruck war ein anderer. Deutlich schneller als erwartet waren sie vorangekommen. Sie fanden eine Bank mit Aussicht. Hier machten sie Picknick, mit eingelegten Oliven, Gemüsehäppchen,

Äpfeln, herzhaften Brötchen und einem dazu passenden einfachen Rotwein. In jedem Supermarkt waren die kleinen, in Mode gekommenen Flaschen mittlerweile erhältlich. Zu wenig Alkohol, um ihn in den Hauch eines Rausches zu versetzen, gerade genug, um ihre frugalen Speisen noch besser schmecken zu lassen, gerade genug Alkohol, um sie das für den Rest des Tages herbeigesehnte Spiel fortsetzen zu lassen.

„Ich könnt´ mich jetzt direkt auf Dich drauf setzen, mein Liebster!" sagte sie, was er mit einem freudigen Grinsen und schlüpfrigen Kuss beantwortete.

Was konnte das Leben ausmachen. Mehrfach hatte er sich in den zurückliegenden Stunden eingestanden, dass es besser nicht ginge. Er fühlte sich als befreiter Herr aller seiner Sinne, dem alles, was im Leben irgendwie Bedeutung hatte, geschenkt worden war. Die Liebe und Fürsorge seiner Eltern, die Zugewandtheit seiner Geschwister und Freunde, Chancen, die er angenommen hatte, Chancen, die er beiseite gelegt hatte, Schicksalsschläge, die teils in engster Umgebung um ihn herum eingetreten waren, seine Frau, mit der ihn von Beginn an eine bedingungslos vielschichtige, tiefe, ehrliche, faire und zugleich heißblütige Liebe verbunden hatte, drei Kinder, die aus dieser Liebe hervorgegangen waren und alle Fragen nach dem Sinn der alltäglichen Mühen, Anstrengungen und Beschwernisse zu einem unbedeutenden Rest relativieren konnten. Jetzt diese wunderbare Zeit mit seiner Frau, zu zweit allein. Das Gefühl, nur hier und mit ihr will ich sein, sein festes Vertrauen, ihr ginge es genau so und nicht anders. Während er mit ihr auf der Bank sitzend irgendeinen unbeschwerten small talk führte, schwirrten diese Gedanken komprimiert durch sein Bewusstsein und machten ihn noch glücklicher, als er ohnehin war.

Alles war aufgegessen, und sie setzten ihre Wanderung fort. Zum Aufstieg am Calmont hatten sie die weniger steile

Richtung benutzt, beim Abstieg wurde deutlich, wo die Herausforderungen im Hochsommer bei glühender, flirrender, von den Felsen reflektierter Hitze liegen konnten. Ein männliches Pärchen kam ihnen schwitzend entgegen, weiter unten eine Gruppe fitter Menschen gemischten Alters. Freundlich unverbindliche Grüsse gehörten dazu. Der Alltag war für das Eintauchen in die übliche, grußlose Anonymität zu weit entfernt.

Nach Unterquerung der Bahngleise folgte ein Schlenker zum nächsten Dorf und zurück. Von den Wanderern abgesehen, arrangierten sich die Menschen vor und hinter ihren Mauern mit dem Wochenende, als ob es irgendwie vorbeigehen würde. Wieder hatte er diesen Eindruck. Er hingegen hätte am liebsten die Zeit angehalten. Aber er freute sich auch auf weitere, spannende, lustvolle Aktion. Bevor sie mit dem Auto nach Bremm fuhren, kehrten sie in dem einzigen Gasthof ein, der geöffnet hatte. Der hatte schon bessere Tage gesehen. Eine Gruppe mit zwei Pärchen saß an einem Tisch. Das Personal freute sich, mit ihnen als Ankommenden einen weiteren Tisch bedienen zu können. Der Raum versprühte den Charme gepflegter, in die Jahre gekommener Gastlichkeit. Auch dies konnte kritiklos hingenommen werden. Auch in diesem Raum mochte man sich wohlfühlen, als Wanderer mit Kaffeedurst und dem gewissen kleinen Appetit sowieso, und sich dem unverbindlichen Sein in fremder Umgebung hingeben, den Gedanken zu den gerade erlebten Eindrücken, niemandem etwas schuldig, außer dem Tag seinen weiteren Lauf zu geben.

Und doch stellte er sich vor, sie hätten selbst aus beruflichen Gründen einen solchen Gasthof an den Beinen. Als schwierigste Herausforderung hätte er empfunden, dessen angestaubtes Ambiente in der Hoffnung auf breiteres Publikum aufzufrischen. Das dafür nötige Geld wäre nicht wenig gewesen. Und die Hoffnungen, welche die Anstrengungen um dieses Geld ermöglicht hätten, hätten desto größer sein müssen. Sein ganzes Berufsleben hatte ihm diktiert, solche Gedanken nicht ertragen zu müssen. Die Arbeit zu schaffen, war oft mit Zeitdruck verbunden, immer aber war das erwartete Geld pünktlich auf seinem Konto gewesen. Frei von aus vagen Hoffnungen gespeisten unternehmerischen Risiken zu sein, war sein Privileg. Wieder einmal ertappte er sich dabei, Gedanken über Dinge zu führen, die er nicht beeinflussen konnte.

Rasch waren sie in Bremm. Freundlich wurden sie in der kleinen Pension empfangen. Online hatten sie sich das Zimmer ausgesucht, und es entsprach genau ihren Bedürfnissen. Hier sollte ihr Liebesnest sein, hier versprach das gestern begonnene Spiel seinen Höhepunkt. Es folgte einer Regie, die beide nur ungefähr im Kopf hatten. Aber auch dem Wunsch, das Spiel nicht abzukürzen. Es sollte möglichst den ganzen Rest des Tages ausfüllen. Wahrscheinlich machte er sich darüber zu viele Gedanken.

Seit dem Vortag waren auf subtile Weise seine Gedanken davon gefesselt. In diesem Spiel blieben ihm zwei Möglichkeiten der Erfüllung. Das erste Mal war gestern eingetreten. Das zweite Mal sollte heute sein. Je früher dieses zweite Mal eintrat, desto kürzer würde das Spiel sein. Abends wollten sie essen gehen. Das zweite Mal sollte möglichst danach sein, weil in seiner imaginierten Regie dem Ausgehen davor besondere erotische Bedeutung zukam.

Noch war der Tag aber nicht weit vorangeschritten. Und ihnen blieben drei Möglichkeiten, sich in Bremm zu beschäftigen. Erstens spazieren gehen oder wandern, das sie schon hinter sich hatten. Zweitens mit dem Schiff auf der Mosel fahren, was ihnen an diesem Tag überhaupt nicht in den Sinn gekommen wäre. Drittens das geschmackvoll eingerichtete Zimmer mit dem neuen Bad und seiner kleinen Infrarotsauna auszunutzen.

Saunagänge gehörten zu einer umfassenden Wellness. Wie Sex. Sauna und Sex passten in der Öffentlichkeit aber nicht zusammen. Ganz wenige Male bisher, dass sie in dem sicheren Glauben, alleine zu sein, ihr Vorspiel in einer Sauna begonnen hatten, um es danach lustvoll auf ihrem Hotelzimmer zum Ende zu führen. Hier nun konnten sie ganz privat, ganz für sich in die Sauna gehen. Bereits bei der Buchung hatte diese Vorstellung ihre Phantasien beflügelt. Ohne darüber zu sprechen. Seine Phantasien sowieso. Als sie ihm von der Buchung erzählte, liess ihr Mienenspiel kein Zweifel, dass auch sie diese Phantasien hatte, Monate und Wochen vorher. Nun war es soweit. Beide sortierten sich schnell und liessen ihre Hüllen fallen. Das gesamte Zimmer war angenehm temperiert. Beide nahmen eine Dusche.

Sie mussten lachen, als sie sich nebeneinander in die kleine enge Sauna setzten.

„Mit dem einen oder anderen Freund von Dir hätte ich das jetzt nicht gekonnt." sagte sie.

„Sollst Du auch nicht, ich bin der Mann an Deiner Seite!" erwiderte er und gab ihr einen ersten schweiß- und duschfeuchten Kuss auf den Mund.

Überhaupt der Schweiß des anderen bei der körperlichen Liebe. Das, was jede Annäherung schon im Ansatz töten konnte, hatte damit nichts zu tun. Im Gegenteil gehörte es essentiell zu diesem speziellen Programm des Austausches von Körperflüssigkeiten, mit dem Sex von anderen beschrieben wurde. Nebeneinander saßen sie in der kleinen Kammer und liessen die zunehmende Wärme auf sich einwirken. Mehr als sechzig Grad Celsius waren nicht vorgesehen, aus sicherheitstechnischen Gründen, und weil die Infrarotwirkung für das erwünschte Gefühl einer anstrengungslos ertragenen, trockenen Hitze ausreichen sollte. Tatsächlich kamen sie eher wenig ins Schwitzen.

Sie hatten Zeit zu allen möglichen Liebeleien, unterbrochen von kleinen, albernen Konversationen. Mit seinen Händen strich er über ihren Body, spürte die kleinen Schweißtropfen auf ihrem Rücken und unter ihren Brüsten auf, um sie großflächiger zu verteilen. Gleiches tat sie mit ihm, wer agierte und reagierte, war nicht bestimmt. Zwingend, dass er ihren Hintern von oben kommend ertastete, sein Mittelfinger den Spalt suchte und fand, solange sie aber saß, nicht sehr weit nach unten vordringen konnte. Zwingend, dass seine andere, jetzt schweißnasse Hand ihre Leisten aufsuchte und sie ihre Beine auseinander spreizte, um seiner Hand freien Zugang zu gewähren. Zwingend, dass ihre blühende, pralle, glitschige Knospe seine Lust weiter steigerte und das, was seine Hand damit machte, ihre Lust auf mehr entfachte. Sofort wollte sie seinen Penis in ihrem Mund, in der Enge des Raums nur möglich, indem er sich vor ihr hinstellte. Etwas gebückt, der Enge des Raumes geschuldet, mit seinen Händen auf ihren Schultern zu gewisser Passivität verurteilt, steckte er als einzige ihm mögliche, der Lust dienende Handlung sein Becken vor und liess sich von ihr bearbeiten. Bald hätte er kommen können. Bis kurz vor den Moment, dass sich sein aufgestautes Sekret Bahn gebrochen hätte, genoss er diese Situation, und nicht weiter. Er unterbrach den von ihr bereitwillig gewährten Liebesdienst und zog seinen Penis aus ihrem Mund wieder heraus.

„Du hättest ruhig kommen können!" sagte sie mit empathisch offenen Augen zu ihm.

„Ich weiß, Liebste. Aber ich will das hier den ganzen Tag weitermachen." erwiderte er. Waren es seine langjährigen Erfahrungen beim Sex mit ihr? War es sein nicht so junges Alter? Sein dringlicher Wunsch war, sie kommen zu lassen. Sein Orgasmus hier und jetzt hätte ihn mindestens bis zum Abend in einen Zustand der Refraktärität versetzt, der ihn unfähig gemacht hätte, ihr zu dienen. Zwingend gehörte zu einem solchen Dienst und Spaß sein steifes Glied dazu. So war die Natur. Mochte zärtliches Petting in schönster Zweisamkeit noch so spannend sein, irgendwann wäre der Wunsch nach zunehmend festerer, dann harter, glitschiger Massage der für die Lust entscheidenden Organe bestimmend gewesen. So waren die Grundannahmen der in seinem Kopf wabernden Regie zum Ablauf dieses Tages. Und mit dem weichen Ding nach einer ersten zu früh eintretenden Ejakulation hätten er und sie in den verbleibenden Stunden des Tages nicht viel anfangen können. Vielleicht wäre ihm abends ein zweiter Orgasmus möglich gewesen. Er zog es aber vor, die Situation aufgeladen zu lassen.

Er setzte sich wieder neben sie, den von ihrem Speichel glänzenden Penis in seiner Mitte, beide voller Erregung. Bis zum Ende des Saunagangs setzten sie ihre Küsse und die Streicheleien alles dessen, was ihre Hände erreichten, fort. Voller Erregung verliessen sie die Kabine und duschten sich ab. Sie konnten nicht voneinander lassen.

„Gib ihn mir doch bitte!" sagte sie und drehte ihren Hintern zu ihm. Vornübergebeugt stand sie nun mit ihrer ganzen nackten, nassen Pracht vor ihm. Ein unwiderstehlicher Zwang liess ihn seinen Penis in sie einführen und erste Massagen ihres glitschigen Organs vornehmen. Etwas längere Aktion, und er hätte sein Sperma nicht mehr zurückhalten können. Aber er wollte mehr und liess erneut von ihr ab. In viel zu kurzem Abstand setzten sie sich wieder in die Sauna. Auf ihren nun voll im Gang befindlichen Akt regnete die Hitze nieder. Schwitzend, überall feucht und erregt schafften sie es auf kleinstem Raum, sich zu vereinen. Er stellte sich vor sie hin. Sie stieg auf ihn. Eng umschlungen folgten nun die entscheidenden, harten, glitschigen Stöße, die sie verlangte. Seine Eichel spürte er nur wenig, tief in ihr und weich umschlossen hätten ihre Afferenzen jetzt stundenlang unterschwellig bleiben können.

Was er besonders spürte, waren sein harter Schaft, ihr Schambein und die Weichteile dazwischen. Ihren Regungen und ihrer zunehmenden Ekstase passten sich seine Bewegungen und Zuckungen an. Innerhalb von Sekunden liess sie sich von ihrer ganz perfekten Welle hinweg tragen und in einer einzigen Erschlaffung in seine Arme sinken. Aber er wollte mehr und seinen Orgasmus nicht jetzt. Obwohl er in diesem Moment alles von ihr hätte haben können, um selbst zu kommen. Trotz seiner Dauererektion würde sein Orgasmus lange auf sich warten lassen, in dem Stadium, in das er gelangt war. Schuld daran waren die Regie in seinem Kopf und die beiden Male seiner kurz vorher zurückgehaltenen Ejakulation. Schuld daran waren psychologische und physiologische Gründe. Sowohl sie als auch er konnten damit leben, in Erwartung dessen, was sie am Abend noch miteinander vorhatten. Möglicherweise verstand sie ihn nicht komplett in seiner Zurückhaltung, in seinem Verzicht auf momentane und vollständige Befriedigung. Groß darüber reden mussten sie nicht. In zärtlicher Liebelei ging der zweite Saunagang zu Ende.

Bis zu dem Essen in dem nahegelegenen Gasthof, für das sie bereits einen Tisch reserviert hatten, waren es noch mehr als drei Stunden, Zeit, sich einem absoluten Müßiggang zu ergeben. Sie mit sich und allem zufrieden, er mit der gespannten Erwartung darauf, was der Rest des Tag mit sich bringen würde. Er war in einem unbefriedigt befriedigten Zustand der Erfüllung. Seine Erektion war zurückgegangen. Kleinste Regungen, Momente, Anstöße, Ausblicke, Gedanken hätten sie wieder provoziert. Frisch geduscht, von den beiden Saunagängen angenehm belebt und entspannt, legten sie sich auf ihr breites Bett, jetzt nicht nackt. Drei Stunden war es her, dass sie ein Stück Kuchen in dem einen, etwas angestaubten Gasthof gegessen hatten, und die Liebe hatte sie seither jedes Hungergefühl missen lassen. Auch jetzt waren sie nicht hungrig. Sie hatten eher eine Vorfreude auf den Appetit, der sich mit der Erwartung an das Abendessen verband.

So skurril es klang, solche Situationen waren es, dass er sich mit irgendwelchen mitgenommenen Fachzeitschriften befasste. Während seines Berufslebens hatte sich der tägliche

Blick in welche Fachzeitschriften auch immer fast zu einem Zwang entwickelt. ´Never stop learning´ hiess es in einem Leitmedium seines Fachs und war in seiner jetzigen Lebensphase mit vielen positiven Assoziationen besetzt. Mit dem Kosmos des explodierenden Wissens allein schon und nur in seinem eigenen Fach sah er sich Mal für Mal auf seine wahre und eigentliche, unscheinbare, winzige Bedeutung im Gesamtablauf der Dinge zurückgesetzt. Dies fand er gut, befreiend und erleichternd. Niemand war unersetzlich. Es waren die wie Spotlichter aufblitzenden Erkenntnisse und Informationen der ständig vor sich hin arbeitenden Wissenschaftsgemeinde, die den eigenen grauen Alltag bereicherten.

Und es war diese seit Jahrhunderten bestehende, sorgsam gehütete und gepflegte, vom unaufhörlichen Enthusiasmus einzelner Personen getragene Tradition systematischen und dennoch unbefangenen Lernens und Forschens, welche die Menschheit so weit gebracht hatte. Immer wieder verpackt in nüchterne Präsentationen dessen, was sich als wahr oder als falsch herausgestellt hatte, was keine Ideologien vertrug, was Diktaturen in schöner Regelmäßigkeit an ihre Grenzen brachte, was einer gedeihlichen politischen, wirtschaftlichen und gesellschaftlichen Entwicklung bedurfte, was der permanenten Bereitschaft bedurfte, sich selbst und seine Position in Frage zu stellen, sich kritisieren zu lassen und den Diskurs zu suchen. Sich niemals sicher zu sein, konnte wirkliche Sicherheit geben. Das Ungefähre, Wahrscheinliche, nicht Perfekte, den fortlaufend aufkommenden Mangel an letzten Gewissheiten zu akzeptieren, konnte den Wert des eigentlichen Lebens umso schöner herausstellen.

Nichts, an was er sich später von der Lektüre seiner Fachzeitschrift an diesem frühen Abend wieder erinnern würde. Sie stillte ein Bedürfnis, fügte sich nahtlos in seine Grundverfasstheit ein. Über einen Artikel fiel er in einen kurzen, tiefen, erholsamen Schlaf.

Gegen acht Uhr dieses Abends traten sie in den Gasthof ein, beide dezent schick gekleidet, er fand sie jedenfalls so, und sich auch ein bisschen. Er fühlte sich wach und klar, eine fast länger als der Schlaf dauernde Phase hatte ihn durch ein Reich der Halbträume und aller möglichen Gedanken in diesen glücklichen Zustand getragen. Er war mit sich im Reinen, frei von aktuellen Verpflichtungen. Er war mit seiner Frau zusammen. Deren Verhalten und Ausstrahlung liessen ihn hoffen, dass sie Lust auf weiteren Sex mit ihm an diesem Abend hätte. Zwischen ihnen herrschte knisternde Erotik, und bestimmte ihre Konversation. Durstig genossen sie ihren ersten gemeinsamen Drink an diesem Tag. Der erste Drink des Tages, möglichst abends, unverzichtbarer Bestandteil guten Lebens, und dann mit dieser attraktiven, interessanten und liebenswürdigen Frau an seiner Seite.

An dem letzten freien Tisch in der Nähe zum Ausgang hatten sie Platz genommen. Trotz der vielen Gäste war die Bedienung freundlich entspannt. Das Essen war kräftig und lecker. Sie hatten tatsächlich Hunger, trotz des Picknicks und der kleinen Leckerei am frühen Nachmittag. Die vorbeieilende Zeit und ihr freies Sein hatten sie hungrig werden lassen. Ihre körperliche Liebe hatte diesem Gefühl aber Aufschub gegeben. Um sie herum herrschte angeregtes Palaver. Kinder oder Jugendliche fehlten. Ältere Paare, ob verheiratet oder nicht, Kleinfamilien, unklar, ob die jüngeren oder älteren von den jeweils anderen ausgehalten würden, ein Karten spielendes Doppelpärchen, offensichtlich Übernachtungsgäste des angeschlossenen Hotelbetriebs.

Hier lebende Menschen und Moseltouristen waren zusammen gekommen. Letztere würden wieder hierher kommen. Der ganze lästige Unbill des Lebens, der ganze sonstige Kram war weit weg. Kurz dachte er an die Innen- und Außensichten dieses ganzen Krams. Aktuell beobachteten sie das Ganze von außen. Dieses Außen war der helle strahlende Raum ihrer Gefühle, der sie umgab. In diesem

Raum hatten sie die Außensicht. Gern hätten sie mehr über die Innensichten erfahren, aber es hätte sie auch von sich abgelenkt. Ihnen blieb die eigene angeregte Konversation. Auch die Kostung des lokal produzierten Weins gehörte dazu. Etwas Kenntnis und das Bewusstsein um die Jahrtausende alten Traditionen dieser Gegend gehörten dazu. Mit routinierter Noblesse gelang es der Bedienung, die beiden Gläser mit dem etwas unterschiedlichen Wein zu reichen und dessen besonderen Charakter herauszustellen. Mit den eigenen Sinnen diese Eigenschaften aufzuspüren, zu kosten und zu erfahren, war der eigentliche Genuss und konnte unerschöpfliches Thema sein.

Angeregt, gespannt machten sie sich wieder auf den Rückweg. Eine dunkle Gasse führte zu ihrer Pension. In dem Zimmer mit dem großen Bett waren sie wieder für sich. Sie brauchten keine weiteren Drinks, keine weitere Unterhaltung. Sie brauchten sich. Sie brauchten sich nackt. Er brauchte seinen Orgasmus, den er den ganzen Tag zurückgehalten hatte. Sie würde die Gelegenheit zu einem zweiten Orgasmus nicht vorbeistreichen lassen.

Sein Instinkt sagte ihm, dass sie diese Regie von Beginn an gekannt und gut gefunden hatte. Ein mittelaltes Pärchen, gemeinsam älter geworden, im Verlangen aufeinander jung geblieben und voller Bereitschaft, sich dem Spaß, der Lust an ihrem Spiel hinzugeben. Fast routiniert zogen sich beide voreinander aus. Sie setzten sich auf ihr Bett. In dem warmen Raum brauchten sie keine Decken. Seine Erektion war nicht zu übersehen. Bald lagen sie mit raschen Umarmungen und Streicheleien nebeneinander. Rasch waren sie vereinigt und gaben ihrem Verlangen nach. Sie drehte ihn auf seinen Rücken. Oder bedeutete er ihr, ihn zu besteigen? Sie ritt auf ihm, mit breit gespreizten Schenkeln, entlang der Bahnen, die sein hartes Glied vorgab. Und er passte seine Bewegungen daran an. Alles an ihnen war Gefühl, innigstes Tasten, Kneten, Stoßen, Küssen. Ihre Atmung merkten sie nicht, aber das Keuchen des anderen. Schnell erreichte sie ihren Höhepunkt, ergab sich ihm mit lautem Stöhnen, um in einer einzigen umfassenden neuronalen Entladung auf ihm liegend zu erschlaffen und sich seinen weiteren, jetzt vorsichtigeren Stössen willig zu ergeben. Die pure, ultraleicht gleitende Nässe um seinen Penis herum verriet ihm die Echtheit ihres Orgasmus.

Da war es wieder, sein fast schon absonderliches Bemühen, ihr den Vortritt zu lassen, keinesfalls vor ihr zu kommen. Als ob es Versagen wäre, in den sexuell anregendsten Situationen abzuspritzen, wie es die eigenen Reflexe gebieten würden. Diese Reflexe konnten innerhalb weniger Sekunden den Stau lösen. Selten war es so in ihrer Beziehung passiert, nicht als Ejaculatio praecox, aber während eines Aktes, in dem eine kleinste seiner oder ihrer Bewegungen ausgereicht hatte, die sich anbahnende Ejakulation nicht mehr aufhalten zu können. Meistens hatte er das Glück empfunden, mit ihr oder nach ihr zu kommen. Dieses Glück war die Paarung seines körperlichen Orgasmus mit einem wie auch immer beschaffenen seelischen Zustand, den er als Rausch seiner Gefühle und seines Bewusstseins verstand. Es waren Empathie und Liebe, die ihn auf ihre Orgasmen warten liess. Aber es waren auch Eigennutz und seine Wünsche nach dieser vollständigen Erfüllung.

Genau dieses Ziel hatte er, unter ihr liegend, begleitet von seinen sanften Stößen, fast erreicht. Was ihm zum vollendeten Glück fehlte, war sein Orgasmus, das pulsierende Kribbeln in seinem Penis, das aufkommende Drängeln seines Spermas auf dem Weg nach draußen, was ein drinnen in ihr sein sollte. Was ihm fehlte, war dieses Gefühl, das den eigenen Willen entthronte, sich des ganzen Mannes bemächtigen, seine ganze Aktion und Bewegung von der Schwanzspitze her steuern würde, das seine bewussten Gedanken ausschalten würde. Er hätte nun alles machen können, sich diesem letzten Glück zu unterwerfen, unter ihr, auf ihr, hinter ihr, vor ihr. Nur sollte es nicht zu lange dauern. Seine Erektion und sein Erregungsgrad waren nicht das Problem, auch nicht sein Vertrauen in ihre grenzen- und willenlose Hingabe an alles, was er jetzt von ihr hätte wollen und haben können.

Problem war das bisschen zu viel Empathie, das er für sie empfand. Problem war die etwas zu große Sorge, ihr mit seinem ungezügelten Vögeln das Rezidiv eines Infekts zu verursachen. Banal konnten sich manche Umstände in die größten Gefühle einmischen. Ihr letzter honey moon Infekt lag wenige Tage zurück. Sie hatte ihn schnell überwunden und war uneingeschränkt zur Liebe bereit gewesen.

„Mach Dir keine Sorgen, der Sex ist es mir wert." hatte sie oft gesagt.

Und trotzdem sollte es jetzt nicht wieder dazu kommen. Sie sollte nicht zu lange noch auf seinen Orgasmus warten müssen. Genau dies trat aber ein, sein Orgasmus kündigte sich nicht an, mit ihm sein Streß, er könnte sie zu lange benutzen, in Anspruch nehmen. Sein Ding war hart, schlüpfrig dynamisch von ihrer Vagina umhüllt. Längst hatte sie ihren Hintern vor ihm ausgestreckt, präsentierte alle Reize ihrer rückwärtigen Silhouette, hatte er sie von hinten genommen. Aber die Brandung hielt sich versteckt. Diese eigentümliche Refraktärität, die am Nachmittag begonnen hatte, blieb und verflüchtigte sich nicht.

So peinlich es ihm war, er hielt mit seinen Stößen inne, beugte sich über ihren Rücken und flüsterte ihr ins Ohr:

„Liebste, es geht irgendwie nicht. Vielleicht war meine Erregung heute nachmittag zu stark."

„Schade!" entgegnete sie. „Wie schade!"

Vorsichtig trennten sie sich. Sie wandte sich ihm zu. Maximal ineinander verliebt, maximal miteinander vertraut, wollten und konnten sie so nicht aufhören.

„Ich hab`Angst, dass Du hinterher leiden musst." schob er eine zweite Erklärung hinterher.

„Ja, wenn es nur das ist!" Schnell zog sie ihn auf sich, stieg er auf sie. Weitere zwei Minuten - waren es mehr oder weniger? - reichten aus, ihn kommen zu lassen. Die Regie fand ihr Ende, wie er es sich vorgestellt hatte, und trotzdem musste er noch lange an seine Hemmungen denken.

Am nächsten Morgen war es weiterhin wolkig, fast diesig, weiterhin für die Jahreszeit sehr warm. Bei dem ausgiebigen Frühstück war die Konversation mit den Wirtsleuten und anderen Gästen inclusive. Ein weiteres Mal wurden ihnen Außensichten und Innensichten bewusst. Gestern waren sie die Wandertouristen gewesen, mit Blicken auf eine friedliche, unerschütterlich daliegende Region in pastellfarbenen und herbstlichen Tönen, deren naturgegebenen Reizen der Mensch seit mehr als zweitausend Jahren seinen spezifischen Stempel aufgedrückt hatte, längstens in hartem, alltäglichem Kampf um die Sicherung seiner Existenz und die seiner Kinder. Und sie hatten das Privileg besessen, ein Teil dessen, das sich an diesem Tag wie ein aufgeklapptes Bilderbuch vor ihnen ausgebreitet hatte, erwandern zu können, authentisch, ohne Sorgen, niemandem verpflichtet, außer sich und seiner/seinem Liebsten, den Kopf frei und ledig aller lästigen Gedanken.

Und ihre Innensicht auf den gestrigen Tag war von dieser bestimmten Regie dominiert gewesen, was erst recht ihr Glück auf die Spitze getrieben hatte. Natürlich war diese Innensicht den anderen in ihrer Umgebung verborgen geblieben. Höchstens Indizien, die einer reichlichen Phantasie hätten Nahrung geben können, hatten sie hinterlassen. Paar ohne Kinder, das am frühen Nachmittag in sein für eine Nacht gebuchtes Gästezimmer mit integrierter Sauna verschwindet, abends relativ kurz zum Essen im nahegelegenen Gasthof erscheint, um direkt danach wieder auf seinem Zimmer zu verschwinden. Dort die ganze Zeit schlafend oder lesend zu verbringen oder mit der eigenen Toilette befasst zu sein, wäre langweilig gewesen. Aber diese gestrige Tag war alles andere als langweilig gewesen. Und dazu hatten sowohl ihre Außensichten als auch ihre Innensichten beigetragen.

Nun waren sie ausgeschlafen und stillten am Frühstückstisch ihren Appetit. Der gestrige Tag war vorbei. Und der heutige Tag ein anderer. Nichts, an was ihnen wirklich mangelte. Nur die Realitäten des Alltags nisteten sich wieder ein. Im Gespräch mit den anderen wurde ihm die Selbstverständlichkeit bewusst, dass dieser Alltag auch hier sehr real sein konnte. Trotz der Maschinen in den Weinbergen und des Aufbringens notwendiger Pflanzenschutzmittel aus Hubschraubern war die Arbeit in den steilen Hängen hart, beschwerlich, teils gefährlich. Tödliche Unfälle kamen vor. Zunehmend schwieriger wurde es, die Jugend des Dorfes nicht an die größeren Städte zu verlieren. Sowieso gab es weniger Kinder. Die Wenigen waren zunehmend weniger bereit, das Erbe der Weinbauern, ihrer Eltern, zu übernehmen und fortzuführen. Letzteres hätte bedeutet, den Weg in Masse oder Klasse zu suchen.

Masse hätte unter all den vielen geschriebenen und ungeschriebenen Gesetzen des Marktes keinesfalls garantieren können, die Masse auch loszuwerden. Klasse hätte bedeutet, sich mit Haut und Haaren der Berufung des Winzers zu verschreiben, um nach Jahren mit der Aura eines authentisch betriebenen Weinguts unter Nutzung aller möglichen versteckten oder offenen Künste und Tricks professionellen Marketings handverlesene Weine bester Güte und Reife an eine zahlungskräftige, anspruchsvolle Kundschaft vertreiben zu können. Voraussetzungen dafür bot die Landschaft allemal. Egal, ob in der einen oder anderen Form oder dazwischen, es war mit harter andauernder Arbeit verbunden, sicher erfüllend, als Lebensmodell aber in scharfer Konkurrenz zu vielen anderen. Geschäfte gab es kaum. Die nächste Autobahnauffahrt war fünfzig Kilometer entfernt. Um hier zu leben und glücklich zu werden, musste man sich der Landschaft verschreiben, ins ruhige Leben des Dorfes eintauchen, seine Phantasien, Künste, Energien auf das Gelingen der überall herumliegenden Arbeit und die Erhaltung seiner Gesundheit konzentrieren. Auch das konnte ein sehr schönes Leben sein.

Sie hatten einen anderen Alltag, auf den andere Menschen in diesem Dorf möglicherweise eine verklärende Außensicht pflegen würden. Sie lebten in einer großen Stadt, in gesicherter Existenz, nah zu ihrer Arbeit, nah zu allem, was als großstädtisches Leben galt. Sie hatten eine Arbeit, die anerkannt war, die als sinnvoll galt. Deren Leistungen mussten nicht vertrieben und mit viel Aufwand unter die Leute gebracht werden, sie wurden permanent nachgefragt. Zwar lebten sie an einem Ort, dessen natürliche Grundlagen seit Jahrhunderten durch Verkehr, Industrie und oft planloses, wenig rücksichtsvolles Siedlungswesen vergewaltigt worden waren. Im permanent schlechten Gewissen darum hatten aber zahllose, oft unspektakuläre Anstrengungen dazu beigetragen, diese Wunden zu heilen. Deren Narben blieben bestehen, mit ihnen hatte man sich arrangiert, die Natur konnte vieles, sehr vieles verzeihen. Sie lebten in einem grünen, ruhigen Viertel und hatten es doch zu allem nah. In einer Urlaubsregion lebten sie nicht, nicht dort, wo andere Menschen Erholung suchen würden. Aber sie lebten dort, wo es viele Plätze, Dinge und Events gab, die es auch wert waren, gesehen zu werden. Und darum herum sortierte sich ihr Alltag.

Er hatte nun auf diesen Alltag, der wieder auf ihn zurollte, seine ganz spezielle Innensicht. An diesem Sonntagmorgen war die Rückfahrt in seinen Wohnort untrennbar damit verbunden. Dass sich in ihr Glück, ihre Spannung, ihr volles Leben dieser Blues mischte, konnte er nicht verhindern. Es war die regelmäßig eintretende Vertreibung aus dem Paradies. Je nach Situation war man innendrin oder draußen. Innendrin waren getane, erfüllte Arbeit, pastellene Landschaft, neue Eindrücke, Stillung aller elementaren Bedürfnisse, Liebe, Sex. Draußen waren unerledigte, drängende Arbeit mit ungewissem Ausgang und das ganze graue Einerlei mit all den Verrichtungen, die vor allem Verpflichtungen waren.

Und die an jedem Ort dieser Welt bestanden. Die eine Verzagtheit begründeten, mit der es sich immer wieder auseinanderzusetzen galt. Die ihm ein schlechtes Gewissen machte. Weil er es bei anderen hasste, wenn sie wegen der normalen und alltäglichen Herausforderungen ihr großes Wehklagen anstimmten. Vor allem, wenn es dazu führte, den bequemeren Weg zu gehen, notwendigen Auseinandersetzungen auszuweichen, sich etwas zu gönnen, was andere belastete, sich in seinen Krankheiten einzurichten und sie damit unnötig zu erschweren. Wenn das Wehklagen dazu führte, auf Kosten vorangehender oder nachkommender Generationen zu leben und eigene Talente verkümmern zu lassen. Die Gesellschaft war voll davon, im Großen wie im Kleinen.

Und doch konnte er in solchen Momenten und Stimmungen diese Reaktionen verstehen, machten sie deutlich, was den ganz normalen Alltag, den ganz normalen Wahnsinn erschwerte. Was die Menschen vor Jahrtausenden von Jahren bewogen hatte, die Geschichte von Adam und Eva zu erfinden. Gerade belustigte ihn die Vorstellung, dass sie und er tags zuvor ins Paradies gefahren waren und heute wieder heraus mussten. Vielleicht war der Sex, den sie miteinander erlebt hatten, so etwas wie der rote Apfel gewesen. Jedenfalls hatte der verdammt gut geschmeckt.

Auf der Rückfahrt brach sich die Sonne ihre Bahn. Es hätte ein heller, warmer Frühlingstag sein können. Kontrapunktisch dazu die herbstlichen Farben. Während seiner Jugend war diese Jahreszeit sehr oft sehr grau und sehr feucht gewesen. Eine Zeit, die irgendwie mit der oft vergeblichen Hoffnung auf weiße, weihnachtliche Ferien vorbeiging. Schöne Tage während dieser Zeit gingen mit ruhigen Wetterlagen und langsam sich lichtenden Nebelschwaden über Wiesen und Feldern einher. An solchen Tagen waren ausgedehnte, wohlig-warm verpackte Spaziergänge möglich. In den letzten zehn oder zwanzig Jahren waren die Endmonate des Jahres oft aber erstaunlich warm gewesen. Ihrer Leidenschaft zu wandern, kam dies entgegen. Und er malte sich aus, welche Wanderung sie heute noch gut hätten machen können, wären sie nicht an die heimatlichen Verpflichtungen gebunden gewesen.

Unspektakulär zogen die Tage vorbei. Seit mehr als zwei Jahrzehnten waren sie miteinander verheiratet. Glasklar die Erinnerung an den damaligen Tag, an die Freude der versammelten Familien und Freunde, an den frühen Termin auf dem Standesamt, an seine tief gegründete Überzeugung, in seine Frau nicht nur verknallt zu sein, sondern mit ihrer Wahl die richtige Entscheidung für sein Leben zu treffen. Viele der Kontakte, die sie damals zu lieben Menschen um sie herum geknüpft hatten, hatten sich während der vorbeiziehenden Jahre unmerklich und spürbar, schleichend und abrupt verflüchtigt. Anregende und erfüllte Kontakte zu anderen Menschen waren hinzugetreten, oft waren die Kinder der Katalysator gewesen. Und im Lauf der jüngeren Jahre waren auch diese Freundschaften teilweise wieder flüchtig gewesen. So war das Leben. Es okkupierte einen, wo man war. Es zog vorbei. Es änderte die Perspektiven. Es öffnete Neues. Vergangenes deckte es mit Erinnerungen zu. Erinnerungen verblassten oder brannten sich ein. Letztere waren auch solche, die etwas hatten unausgesprochen sein lassen, etwas Unfertiges zurückgelassen hatten, ihren Ausgangspunkt von etwas genommen hatten, an das man damals einfach nicht gedacht hatte. Zu gerne hätte er alle diese sich im Leben kumulierenden Nachlässigkeiten vermieden und Gelegenheiten gesucht, sie mit Aufmerksamkeit, Offenheit und Zugewandtheit wiedergutzumachen.

Er war Realist genug zu wissen, dass sich diese Chancen nicht häufig ergeben würden. Zu sehr war jeder in Beschlag genommen, dort, wo er war und lebte. Und wahrscheinlich ähnlich dachte und empfand. Bei dem einen oder anderen war es erst seine Beteiligung an dessen Beerdigung gewesen, die ihm einen eingebildet übergeordneten, transzendenten Ausgleich mit dieser Person ermöglicht hatte, die ihn mit dieser Person wieder ins Reine hatte kommen lassen. Damit meinte er nicht Streit oder Konflikte, die unausgetragen geblieben waren. Leid taten ihm die im alltäglichen Ablauf eintretenden Nachlässigkeiten, die verhindert hatten, was eigentlich hätte gebahnt werden können und was das Leben hätte bereichern können. Trotzdem war sein Leben keine einzige Folge verpasster Gelegenheiten. So fühlte er sich nun wirklich nicht. Es hatte ihn dorthin gesetzt, wo er war, an die Seite seiner Frau. Wehmut konnte in Erinnerungen aufblitzen. An der Seite seiner Frau war sein Glück.
Dessen waren sie sich bewusst. Ihre ganze Geschichte war nicht selbstverständlich. Ihre ganze Geschichte hatte viele kleine und große Geheimnisse. Ganz liessen sich diese Geheimnisse nicht verheimlichen, zu sehr war ihr Umgang von einer selbst nach Jahrzehnten erstaunlich frischen Verliebtheit geprägt. Andere Paare liessen diese Verliebtheit oft missen. Nichts, was ihn zu Spekulationen berechtigen würde. Alles, was ihn seiner tiefen Empfindungen für seine Frau versicherte.

Flandern

Monate vorher war ihr Entschluss gefallen, ein paar Tage wegzufahren und zu flittern. Mitten in der grauen Jahreszeit, die jetzt auch warm und sonnig sein konnte. Mitten in der Schulzeit ihres aufgeweckten dreizehnjährigen Sohnes. Damit verbundene organisatorische Klippen waren mit Hilfe befreundeter Familien zu umgehen.

Schon wieder hatten sie diese freien Tage vor sich. Schon wieder hatten sie die Räder ihres Autos unter sich und fuhren ihren Zielen entgegen. Ziele, die seine Frau Monate vorher sorgsam ausgesucht hatte. Wieder gehörte die Zeit ihnen allein. Kurz kam ihm der Gedanke, Familie und Freunde um Verzeihung zu bitten, so wenig Zeit für sie übrig zu haben. Aber wegen der Zeit zu zweit allein ein schlechtes Gewissen zu haben, war abstrus, abgehoben vom wahren Leben. Was er mit seiner Frau in den kommenden Tagen erleben wollte, hätte auch nicht mit anderen geteilt werden können.

Diese Reise führte sie nach Westen, in die flandrische Ebene. Gleichförmig, fast gelangweilt nahm er Siedlungen, Orte, Städte, Wiesen, Ackerland und Wälder entlang der Autobahnen wahr. Regelmäßige Querungen träger Flüsse, Gewässer und Kanäle waren das einzige, was seine Aufmerksamkeit weckte, teils über Brücken, deren breite, für den Radverkehr reservierte Streifen ihn an den scharfen Gegen- und Seitenwind denken liessen, der dort auch herrschen konnte, teils durch breite Tunnel, deren Beton-röhren in Sand und Schlamm für die Ewigkeit gegossen zu sein schienen. So nah diese Landschaften waren, so nah sich die Völker nach friedlichen Jahrzehnten gekommen waren, so unterschiedlich waren doch die einzelnen Nuancen ge-blieben. Es wurde ihm bewusst, und er fand es gut so. Hier seine Heimat, deren Identitäten alles andere als homogen waren, dort flache, fruchtbare Landschaften vor dem Meer.

Seit Jahrhunderten hatten Menschen an diesem Meer verbissen um jeden zusätzlichen Quadratmeter Land gekämpft, ihn dem Wasser in Grund und Boden und davor abgerungen, nicht ohne auch dessen Chancen zu sehen und anzunehmen. Kanäle, die zunächst nur das Wasser aus dem feuchten Grund ableiten sollten, konnten auch Transportwege werden, den Mensch mit Kahn und Schiff vertraut machen, noch in die langweiligsten Dörfer Arrangements mit pittoresken Brücken und großflächigen Segeln zaubern und die Lust an Grenzerfahrungen zwischen Land und Meer, Nähe und Weite, Geborgenheit und Verlorenheit, die Lust an Aufbruch und Abenteuer wecken.

Vor Jahrhunderten waren diese Gegenden zu wirtschaftlicher Blüte gelangt, als in seiner Heimat dumpfe Religiosität und eigensüchtiger Adel geherrscht hatten. Handel, Verkehr, fruchtbares Land hatten einfache Untertanen früher als anderswo in selbständig handelnde und denkende Akteure verwandelt, ihnen Perspektiven gegeben, jenseits zur Abwehr blanker Not erforderlicher harter Arbeit auf dem Feld, im Wald oder auf dem Wasser.

Arbeitsteiliger als zuvor arrangierten sich die Menschen. Verborgene Talente kamen zum Vorschein und vergrößerten die Möglichkeiten, Bedeutung, Reichtum und Glanz zu erlangen. Eine der hiesigen Städte wurde im fünfzehnten Jahrhundert zu einem weithin bekannten Handels- und Finanzplatz. In seinen Mauern entstand einer der ersten, später namengebenden Treffpunkte, an dem Kontrakte zwischen gleich oder ungleich denkenden und handelnden Menschen bestimmten, willkürlich bedruckten Papieren einen Wert zusprachen und an dem diese Papiere zu handeln waren. Aus heutiger Sicht unendlich langsame Versuche einer Entwicklung, die seither immer weiter vorangeschritten war.

Mit ihr waren die Menschen euphorisch willentlich, unwillentlich widerständig oder mit beidem in sich vereint in die heutigen Umstände gepresst, geschleudert und gehoben worden. Jeder Mensch das Produkt seiner Zeit. Wie modern hatten sich die Bürger dieser Stadt damals gefühlt?

Und wie modern fühlte er sich heute selbst? Ohne die Zwangsjacke des Alltags, in einem altehrwürdigen, zentral und an einem Kanal gelegenen Hotel, das sie, von weit her kommend, mit ein paar Klicks gebucht und nach drei Stunden entspannter Fahrt erreicht hatten. Gespannt entspannt konnte er dem ersehnten romantischen Wochenende mit seiner Frau entgegensehen und sich mit Projektionen auf frühere Jahrhunderte anregen lassen. Erstaunt und glücklich, dass ihr eigenes kleines Leben sie in diese komfortable und angenehme Situation getragen hatte.

Urlaube waren probates Aphrodisiakum. Und Liebeshandlungen waren bestens geeignet, Besuche fremder Orte interessant und kurzweilig werden zu lassen. Die Gedanken an ihre Liebeshandlungen begleiteten sie auf Schritt und Tritt, beflügelten ihre Assoziationen, beflügelten ihren Umgang und die Aufmerksamkeiten, die sie sich entgegenbrachten. Sie veranlassten ihn, sie unvermittelt zu küssen, wenn sie auf irgendein schönes Teil in einem der prallen Schaufenster zeigte, das ihn eigentlich überhaupt nicht interessierte.

In einem zentral gelegenen Museum liessen sie sich auf einen zum Event hochgepeppten Rundgang ein. Szenisch, bildlich, olfaktorisch und sprachlich tauchten sie in die Nacherzählung einer Geschichte aus dem fünfzehnten Jahrhundert ein. Gerade die Gerüche machten klar, dass der Blick zurück idealisiert war, und er war dankbar dafür. Mit den anderen Gerüchen, die damals auch geherrscht hatten, wollte er jetzt nicht konfrontiert werden.

Obwohl es ihn interessiert hätte, wie eine liebesbereite Frau damals gerochen hätte, ohne all die Wässerchen und Sälbchen, die das Gepäck an seine Gewichtsgrenze brachten, ohne die selbstverständliche tägliche Dusche, ohne die selbstverständlich gewordene Zahnreinigung nach dem

Essen unter Nutzung modernster Utensilien, nach einem langen, entbehrungsreichen Tag in Küche, Hof und Stall, in Klamotten, die nur selten im nahegelegenen Tümpel gewaschen wurden. Glücklich die Menschen, in deren Nähe ein sprudelnder Bach verlief, ein Privileg, an das in diesem flachen Land überhaupt nicht zu denken war. Nicht zu reden von den Entsorgungsproblemen der alltäglichen Ausscheidungen.

Noch viel weniger hatte er Lust, sich die vielfältigen und diagnosebegründenden Gerüche aller Arten infektiöser oder nichtinfektiöser Erkrankungen vorzustellen, wenn sie sich denn einmal, und viel früher als heute, in den Körpern der Leute einzunisten begannen. Sehr wahrscheinlich war es spätestens dann mit der körperlichen Liebe vorbei gewesen. Dennoch glaubte er, dass das natürliche Spektrum der Gerüche und Düfte auch damals die körperliche Liebe befeuert hatte. Heute war es selbstverständlich, sich der lästigen und problematischen Gerüche entledigen zu können.

Es waren aber die anderen Gerüche, welche die Menschheit immer schon sich hatte fortpflanzen lassen. Und welche die Einrichtung der damaligen Badehäuser plausibel machten. War die Nacktheit dort ähnlich unbefangen gewesen wie in den heutigen Sauna- und Wellness-Landschaften? Die Animation auf ihrem Rundgang durch das Museum legte diese Vermutung nahe. Der junge Protagonist der Handlung aus dem fünfzehnten Jahrhundert, der sich als Lehrling bei dem großen Maler der Stadt verdungen und sich auf den ersten Blick in das Model seines Meisters bei dessen Ankunft verliebt hatte, sollte es dort unverhüllt sehen. Natürlich sollte diese Geschichte zweier junger, sich liebender Menschen ein gutes Ende finden. Natürlich blieb das Model auf den Bildern des Meisters verhüllt.

Ihr Rundgang nahm in der Museumsgastronomie ein Ende. Sie gönnten sich eine Verkostung lokaler Bierspezialitäten, ähnlich einer Weinprobe, inclusive herzhafter kleiner

Snacks. Von einem Wandtisch blickten sie auf den großen Marktplatz der Stadt, auf den ein heftiger Regenschauer niederprasselte. Das Leben war schön. Sie probierten je drei Sorten Bier, wenig davon in je einzelnen Gläsern. Beide wussten sie um die Wirkung solcher Drinks in solchen Situationen in solcher Nähe und Verbundenheit. Sehr nah und anschmiegsam saßen sie beieinander, gaben sich einzelne sanfte Küsse und mehrdeutige Blicke, führten unbeschwerte, lockere Konversation. Alles war interessant, was den anderen zu welchen Dingen auch immer denken, sagen und aussprechen liess. Um sie herum das rege Treiben der anderen Besucher.

Angeheitert verliessen sie das Gebäude und machten sich auf ihren Weg durch die Stadt. Viele Chocolatiers mit feiner Auslage, großflächige Läden, die sich auf die lokalen Biersorten spezialisiert hatten. Deren Vielfalt ermöglichte überbordende Regale. Restaurants, Gastronomie an jeder Ecke. Viele Menschen. Purer Wohlstand, der es sich erlauben konnte, das alte, nie zerstörte städtische Ensemble zu modernisieren, ohne seinen alten Kern, seine alten Prägungen zu verraten.

Eine Fahrt auf den Kanälen gehörte dazu. Sie schlenderten zu der Anlegestelle, bezahlten zu viel Geld und mischten sich unter die anderen Touristen. Für den Bootsführer war es die übliche, alltäglich langweilige Routine, in seinem nuscheligen Englisch auf seiner üblichen Route die üblichen Spots in üblicher Weise zu beschreiben. Für andere Touristen auf dem Boot war es die übliche, auf Urlaubsreisen eingeschliffene Routine, mit dem üblichen Smartphone die üblichen Spots auf übliche Weise zu photographieren.

So viel Üblichkeit und das Bier in seinem Blut liessen ihn auf ganz übliche Weise ganz schnell müde werden und die Bootstour wie in einem Trancezustand verbringen. Seine Frau war mitfühlend genug, ihn nicht zu wecken, als seine Augen zwischendurch zufielen, die plötzlichen Kippungen seines Kopfes reichten dafür aus. Er war erfrischt, als sie das Boot wieder verliessen. Sorglos, nur das lockere Ziel eines Kaffees mit Gebäck vor Augen, schlenderten sie durch die Straßen zurück. In einer Gasse fanden sie ein gemütliches Café, zunächst waren sie die einzigen. Der Blick nach draussen führte auf einen kleinen, fast dreieckigen Platz. Momente, in denen sie nicht viel miteinander sprechen mussten, Zweisamkeit, die nicht der Konversation bedurfte, den einen oder anderen Blick auf das Smartphone erlaubte, aber auch den Blick auf die in sich ruhende, vorbei streichende Zeit.

Es war ein Paradoxon. So hätte ihr Leben immer weitergehen können, aber auch nicht. So lehnten sie sich in die bequemen Polster ihres derzeitigen Lebens zurück, aber bereit, sie für die ganzen anderen spannenden Dinge des Lebens direkt zu verlassen. Diese Bereitschaft gründete auf dem unausgesprochen eindeutigen Wollen, an diesem Abend in dieser fremden Stadt in ihrem Hotelzimmer mit dem Blick auf den Kanal davor übereinander herzufallen. Die Zeit dafür war noch nicht gekommen. Gedanken daran versetzten seine Hose in prompte Schwellungen. Gedanken, welche die wortkarge Zeit an der Seite seiner Frau alles andere als langweilig machten.

Später eintreffende Gäste zerstreuten ihre anfängliche Befürchtung, dem Café könne es wirtschaftlich schlecht gehen. Leere Läden, leere Restaurants weckten Mitleid in ihnen, ein in die Leere stoßendes Gefühl, weil sie meistens eh nichts daran ändern konnten. Sie bezahlten und gingen ins Hotel zurück. Um sich vor dem Abendessen frisch zu machen, nahmen sie dort ein ausgiebiges Bad in der großzügigen Wanne und gönnten sich ein paar der auf dem Bummel erworbenen Pralinen. Nackt saßen sie sich gegenüber und genossen das warme, fast heiße Wasser, den Badeschaum, die Blicke auf den anderen, ihre wohl geformten Brüste und Rundungen, seinen dauererigierten

Penis, genossen ihr ganz persönliches kleines Badehaus, in dem sie ihre zärtlichen Kontakte austauschten. Jetzt würden sie es nicht miteinander auf die Spitze treiben. Für das Abendessen wollten sie nochmals hinaus.

Die Empfehlungen aus dem Internet führten sie dorthin, wo schon alle Plätze besetzt waren, klar, dass sie hätten reservieren sollen. Die halbe Welt war Freitags abends in diesem Restaurant. Im näheren Umkreis fanden sie einen Tisch in einem anderen Lokal. Sie wurden satt, würden das Essen aber nicht in Erinnerung behalten.

Umschlungen mäanderten sie zum Hotel zurück. Im Zimmer schloss er das Fenster zum Kanal, wunderte sich erneut, dass der Boden des Zimmers fast unter dessen Wasserspiegel zu liegen schien. Nun hatten sie ihr Liebesnest bereit. Willig und hungrig aufeinander dauerte es nicht lange, dass sie sich nackt auf dem breiten Bett trafen und das machten, was sie schon so oft und so gut miteinander gemacht hatten, was das eigentlich Wichtige des Tages und ihres Aufenthalts in dieser Stadt sein sollte, simples, einfaches Vögeln mit all der gebotenen Umsicht und Rücksicht, mit der ganzen drängenden Gier, die sich zwischen ihnen in den Stunden davor aufgebaut hatte, mit der ganzen Hingabe, die dem anderen möglich und geschuldet war und offen subtil eingefordert wurde. Alles andere war egal, alles war lustvolles Spiel der Natur. Es folgte ein langer, erholsamer Schlaf.

Den Morgen danach erlebte er hellwach und mit offenem Herzen. Im Frühstücksraum trafen sich alle, und es waren viele in diesem Hotel, das ihnen so leer erschienen war. Auch der Frühstücksraum hatte Fenster zum Kanal. Verschiedenartige Sprachen waren stückweise und gedämpft zu vernehmen, polyglottes Publikum auf Reisen zu Plätzen, wo jeder hin möchte. Sie selbst waren in ihrer normalen Kleidung, andere im Schlafanzug, was ihn im Stillen amüsierte, was seine Frau als kleine, lässige, etwas kindliche Grenzüberschreitung empfand. Angenehm, dass es niemanden wirklich störte. Er stellte sich vor, seine Frau wäre, unter ihrem Negligee gänzlich unbekleidet, zu ihm in den Frühstücksraum gekommen, wieder bereit nach der vergangenen Nacht, mit der gewissen Feuchte zwischen ihren Beinen, die sie ihm bei der nächsten besten Gelegenheit und passender Ausleuchtung als feinen glänzenden Film gezeigt hätte. Unklar, was noch von ihrem letzten Koitus stammte, unklar, was bereits wieder sinnlich stimulierte, physiologische Gleitsubstanz gewesen wäre. So wäre er direkt wieder über sie hergefallen und hätte sein Ding in ihr nasses, heißes, rutschiges Ding stecken können. Mit seiner Phantasie blieb er aber für sich. Hier im Frühstücksraum hatte sie sicher andere Gedanken. Der Anblick des Pärchens in Schlafanzügen weckte eher Assoziationen an langes kuscheliges Ausschlafen als an wilden Sex während der vergangenen Nacht.

Nordsee

Angenehm gesättigt und hungrig auf den kommenden Tag verliessen sie das Hotel und die Stadt. Die Nordsee war nicht weit, vielmehr das, was jahrhundertelange Prozesse menschlicher Anstrengungen aus Wasser, Sand und Schlamm an der Scheldemündung geformt hatten. Flaches, grünes Land hinter den Deichen, flache, nicht immer blaue See vor den Deichen, über allem oft stürmischer Wind. Frieden, gleichförmig voranschreitendes Leben.

Weil der ganze andere Scheiß weit weg war, zog es die Urlauber immer wieder hierher. Weil die Blicke über den weitläufigen Strand und die grummelnde See erlaubten, für sich zu sein, die Gedanken zu ordnen, der Seele Ruhe zu geben, vielleicht auch jahrzehntelange Ehe und Treue zu feiern. Hierzu hatten sie in einem prominenten Ort auf der anderen Seite der Scheldemündung drei Nächte in einem Spa-Hotel reservieren lassen. Auf dem Weg dorthin wollten sie den einen oder anderen bekannten, diesseitigen Badeort erkunden.

Es war November, der Himmel bedeckt, aber es war warm, und es gab nur ab und an wenige Tropfen, und dann auf die Windschutzscheibe ihres Autos. Catzand, Breeskens waren so, wie er andere ähnliche Orte kannte, heute dem Himmel, dem Meer und der Einsamkeit der Nachsaison stärker ausgeliefert als sonst, hinter ihnen weites, flaches Land, über das der Wind fegte, um all die Windräder anzutreiben, die es bereits gab.

Mit dem Auto einfach und bequem zu durchfahren, zu Fuß oder auf dem Rad, reizvoll für den Individualisten, der den Weg als Ziel begriff und bereit war, sich dem eintönigen, je nach Wind auch anstrengenden Wandern oder Pedaltreten hinzugeben, weite Blicke um sich, vor sich. Der sich daran freute, weit entfernte Kirchtürme, Windräder, Vegetationsgruppen in nicht kleiner werdender Entfernung zu fixieren.

In Breeskens suchten sie einen der Strandpavillons auf. Sie kannten das Gedränge der Menschen an und in diesen Pavillons während der sommerlichen Hochsaison, mit den paar Gästen, die sich jetzt dort einfanden, hatte die Nachsaison ihren besonderen Reiz. Sandiger Holzboden, dünne Wände, große Fenster, weite Blicke hinaus auf die Scheldemündung, gemächlich sich dort entlang kämpfende Schiffe, eine den Raum dominierende Theke mit all den offen präsentierten flüssigen Degustationen, die jetzt auch gut hätten probiert werden können, locker gestimmtes Personal. Sie setzten sich gegenüber an einen der Tische und bestellten Kaffee, hungrig waren sie noch nicht, nicht im üblichen Sinn. Wieder empfand er diesen glücklichen Hunger auf den vorbei streichenden Tag, der gestillt wurde und sich neu ergab. Sie hatten und waren frei, und sie hatten das Glück, diesen Tag miteinander vergehen zu lassen, immer wieder gespannt, was sich als Nächstes ergeben würde.

Gerade ergaben sich Blicke auf eine Segelyacht in der Nähe zum Strand, auf der eine Gruppe von Menschen wahrscheinlich zum ersten Mal darin unterwiesen wurde, wie die Segel zu setzen waren. Wind war reichlich. Es dauerte seine Zeit, bis das Großsegel auf dem im Wind gehaltenen Boot vorsichtig und mühsam hochgezogen worden war.

Weiter hinten bahnte sich das Boot der Küstenwache dynamisch seinen Weg durch die Wellen hinaus auf das Meer.

Sollte das riesige Containerschiff, das vor der Silhouette von Vlissingen ein Wendemanöver vollzog, etwa in dessen kleinen Hafen einlaufen? Später wurde ihnen klar, dass es für den weiteren Weg nach Antwerpen einen Lotsen an Bord genommen hatte.

So passierte vieles, und es passierte nichts, währenddessen tranken sie ihren Kaffee und gaben sich ihrem gemeinsamen Glück hin, warmherzig und zärtlich ihre Blicke aufeinander, die Lust auf mehr und später ausdrückten.

Eine Autofähre, mit der sie die Scheldemündung hätten queren können, gab es nicht. Nachdem sie aufgebrochen waren, nahmen sie den Tunnel, ein Bauwerk brillanter Ingenieurskunst, der sie drüben östlich von Vlissingen wieder ans Licht kommen liess. Dort fuhren sie im dichten Wochenendverkehr ihrem nächsten Ziel, dem Badeort am westlichsten Punkt der Insel, entgegen. Die Spa-Angebote des Hotels hatten ihre Wahl beeinflusst. Diese Tage des Flitterns wollten sie mit Wellness, Strandspaziergängen, gutem Essen und noch besserem Sex verbringen.

Am Hotel fuhren sie vor. Ein livrierter Angestellter kam auf sie zu. Vielleicht war es seine Haltung, die einen ganz bestimmten Unwillen ausdrückte, den eigenen Wagen vom Angestellten wegfahren zu lassen, vielleicht sein jungenhaftes Äußeres, das es dem Livrierten deplatziert erscheinen liess, überhaupt ein solches Angebot zu machen. Sie blieben davon verschont.

Die Auffahrt trennte den Eingang zum Hotel von einer weitläufigen, durch einen Brunnen aufgelockerten Rasenanlage mit hohen Bäumen. Vor dem Anwesen befand sich die Dorfstraße, nach hinten der Parkplatz, daran angrenzend weitere, teils dicht geduckte Häuser und der Aufgang zu den Dünen. Deren Kamm war gerade eben nicht hoch genug, um von ihrem Zimmer aus den schmalen, vom hellgrauen Himmel etwas dunkler abgegrenzten Streifen des Meeres nicht sehen zu können.

Die Einrichtung ihres Zimmers war bequem und modernfunktional, nicht exaltiert. Die Einrichtung des übrigen Hotels war gelungen, modern und mondän gleichermaßen. Die Einrichtung des Spa übertraf ihre Erwartungen. Dass es immer wieder neue kleinere und größere Details zu geben schien, die einen Saunagang von der Langeweile fernhalten konnten, überraschte sie. In der trockenen Sechziggrad-Wärme einer sogenannten Salzsauna waren sie zunächst allein. Tatsächlich absorbierte die mit quaderförmigen Salzplatten ausgekleidete Wand jede aufkommende feuchte Hitze. Gefühle oder Illusionen, in einem warmen, salzigen Inhalat zu stecken, kamen von selbst. Sofort fühlten sich ihre Atemwege angenehm frei an, ob Einbildung oder nicht. Zwischen den einzelnen Saunagängen hatten sie Ruhe oder nahmen einzelne kleinere Erfrischungen in dem dazugehörigen Bistro zu sich, alles traf ihre Bedürfnisse.

Und ein weiteres Mal genoss er ihre Nähe um sich, gespickt mit den Aufmerksamkeiten, die sich daraus ergaben und die sie füreinander hatten. Helle Freude empfanden sie, den anderen in Adams oder Evas Kostüm neben sich zu haben, jeden Millimeter seiner Existenz zu kennen und gespannt zu sein, jeden dieser Millimeter neu erobern zu wollen. Ein unfassbares Privileg, das ihm das Leben mit ihr geschenkt hatte. Ein Privileg, das ihm durch verstohlene, interessierte Blicke auf andere Paare bewusst wurde. Es erstaunte ihn, wie unaufmerksam, abweisend und gelangweilt manche Paare miteinander umgehen konnten. Möglich, dass er ihnen Unrecht tat. Wie sollte er deren Gedanken kennen. Wieder empfand er das ganze unverfälschte Glück, das in Gestalt seiner Frau zu ihm gekommen war.

Ihr Saunabesuch sollte heute nicht alles gewesen sein. Erholungsschlaf, Abendessen und weiteres standen bevor. Für acht Uhr bestellte er einen Tisch. Der Anruf beim Chinesen des Dorfes begann mit seinem mühsam zurechtgelegten Englisch, um sofort mit fast akzentfreiem Deutsch von der Bedienung des Restaurants beantwortet zu werden. Ein weiteres Mal frustrierte ihn, wie schwierig es war, in der von ihm geliebten Fremdsprache drauflos zu sprechen, und wie gut viele andere an Urlaubsorten oder sonstwo eine Fremdsprache beherrschten.

Es war noch Zeit. Im Anschluß an die Sauna hatten sich beide in ihr Bett gelegt. Er war prompt in die Tiefen eines nachgeholten Mittagsschlafes gefallen und nach einer Stunde wieder zum Leben erwacht. Ausgestattet mit dieser ungeheuren Wachheit danach, ohne irgendwelche Verpflichtungen, setzte er sich an den Tisch des Zimmers und gab sich in gedämpftem Licht seiner Lektüre hin. Seine Frau blieb auf dem Bett und las eines ihrer Bücher. Er liebte diese Stunden. Zeit, in der sein bewusstes Sein Informationen welcher Art auch immer wie ein trockener Schwamm Wasser aufzusaugen verstand. Den einen oder anderen Impuls nutzte er gern zu einem kurzen Talk mit seiner Frau. Diese Talks bedeuteten nicht das Ende ihrer Lektüre. Glückliche, gemeinsame Zeit, bereichert um das, was sonst in der Welt los war, aufgelockert durch kurze Konversationen zu Themen, die besonders interessant waren. So verbrachten sie ein oder zwei Stunden.

Sie verliessen das Hotel und schlenderten die Dorfstraße entlang. Mitten im Herbst, wärmer als sonst, windig, einzelne Regentropfen. Die Restaurants waren voll, einige davon hatten von Markisen geschützte Außenbereiche mit schmalen, auf dem Bürgersteig angeordneten Tischgruppen, die bei den Rauchern besonders beliebt waren. Es war nicht warm genug, dass die bereitgelegten Wolldecken und die Heizstrahler nicht genutzt worden wären.

Ihnen selbst war nicht nach draußen zumute. Sie traten ins Restaurant und wurden an einen der hinteren Tische geführt. Mitten im warmen Spätherbst umfing sie in diesem kleinen Badeort an der Nordseeküste fernöstliches Interieur oder was sie dafür hielten. Dicke Teppiche dämpften den Schall, der von den anderen Tischen kam. Fast allein saßen sie sich an ihrem Tisch gegenüber, mit mehr als kleinem Abstand zu den nächsten Gästen. Ein großes Bier war sein Auftakt zu diesem Essen. Sie entschied sich für einen Chardonnay. Wasser löschte den Durst zwischendurch.

Mit der Platzierung der Rechauds auf der Mitte des Tisches begann das Essen. Ente und andere Variationen aus Fleisch und Gemüse auf gekochtem oder gebratenem Reis. Charakteristische Saucen und Dips. Reis hätte er immer essen können. Sie hätte eher alles, was mit Kartoffeln möglich und denkbar war, essen können. Heute hatte sie sich ihm zuliebe auf chinesisches Essen eingelassen. Aber es schmeckte auch ihr.

Der Weg zurück war kurz. Im renommierten Restaurant des Hotels war noch reger Betrieb. Durch die Halle des Hotels gingen sie an dessen Eingang vorbei. Eigentlich hätte er sie gerne zu einem Cocktail in der rechter Hand liegenden Bar des Hotels eingeladen. Solche Orte fand er gut. Sehnsüchte projizierten sich auf solche Orte, Gefühle, die mit verletzten Empfindungen und unerfüllten Wünschen zu tun hatten, aber auch mit Offenheit und Interesse an den fremden Menschen, die sich dort aufhalten konnten. Edward Hoppers ´Nighthawks´ oder Frank Sinatras ´Strangers in the Night´ hatten ihn lange schon und immer wieder an diese Gefühle erinnert.

Manchmal wünschte er sich eine längst vergangene Zeit zurück, einen plötzlich arrangierten Abend, der sie und ihn an einem solchen Ort zusammengeführt und ihnen das Tor zum Kosmos ihrer Liebe aufgestoßen hätte. Hätten sie, noch einander fremd, diese Chance genutzt? Anfangs war es etwas weniger spektakulär zwischen ihnen verlaufen. Ihre Erscheinung war ihm schon bei der ersten Begegnung aufgefallen. Es dauerte aber Monate vorgeschobenen Unbeteiligtseins, das beide umeinander herum offenbarten, Monate, die das erst schlummernde Interesse befeuerten, Monate spärlicher, selten sogar schroffer Kommunikation, die den anderen interessanter machten, Monate, die so überhaupt nicht auf die wenigen, kurzen Tage zuzulaufen schienen, die eine erst vorsichtige, dann überwältigende Annäherung mit sich brachten.

Erst war es eine halböffentliche Party, die ihnen im Kreis ihrer Kollegen die Möglichkeit gab, zu den üblichen Rhythmen gemeinsam zu tanzen. Unbewusst verspürte er, dass es ihm mit seinen Bewegungen auf der Tanzfläche um

Werbung für ihre Aufmerksamkeit gegangen war. Eigentlich wollte sie kurz darauf ihre Stelle gewechselt haben. Eigentlich hatte sie sich einem anderen Mann versprochen. So viel hatte sich ihm an raren Informationen erschlossen. Mit einem undefinierbaren Mut rief er ihr auf der Tanzfläche zu: „Schade, dass Du bald weg bist!"

Der Lärm der Musik sorgte dafür, dass es nur ihre Ohren erreichte. Ihre Erwiderung wirkte echt.

„Ja, ich weiß, ich fühle mich hier echt wohl."

Sie hätte auch sagen können, dass sie ihre Entscheidung bereits bereut hatte, eigentlich viel lieber bleiben würde, wenn, nur wenn was? Von diesem Moment an war er wirklich in sie verliebt gewesen. Von ihr wusste er eigentlich gar nichts, ihre Erscheinung, auch die im alltäglichen Miteinander und über Monate hinweg, war es, die ihn komplett erobert hatte. So sicher war er sich seiner Gefühle, dass er das seit Monaten bestehende Verhältnis zu einer anderen Frau, das noch zu keinem Zeitpunkt wirklich ernste Schwellen überschritten hatte, beim nächsten Date prompt aufkündigte. Aus eigener Erfahrung wusste er, welchen Schmerz er dieser Frau zufügte. Aber er konnte nicht anders. Pure Liebe hatte ihn erfasst, hatte ihm den festen, unerschütterlichen Willen geschenkt, sie nun seinerseits mit vollem Risiko zu erobern. Diese Gefühle vor der anderen Frau zu verschleiern, wäre unfair gewesen. Sie hatte ein Recht zu erfahren, dass ihre Liebe von ihm nicht genügend beantwortet wurde. Wenn er dieser Frau etwas schuldig war, dann dieses. Dies konnte gemein und verletzend sein.

Die nächste Gelegenheit nutzte er aus, sich mit ihr zu verabreden. An einem Sonntag hatten sie gemeinsam Dienst, einer der wenigen, die noch blieben, bevor sie das Haus gewechselt hätte. Er war mit der Untersuchung eines Patienten beschäftigt, den sie pflegerisch betreute. Dieser Patient hatte eine schwere Erkrankung, um ihn herum praktizierten sie ihre professionelle Routine.

„Es war so schön bei der Party." sprach er sie beiläufig an.

„Ja, war es." nickte sie zustimmend.

Unvermittelt, im ganzen Ablauf blieb nicht viel Zeit, fragte er zurück:

„Hast Du Lust, dass wir uns abends mal treffen?"

Ein einziges Ja machte die Sache klar. Er schlug ein szenetypisches Lokal in der Innenstadt vor. Schnell einigten sie sich auf einen Termin zwei Abende später. Ein kurzer, scheuer Dialog, der alles auf den Punkt brachte. Er hatte eine zweite kostbare Gelegenheit bekommen, sie außerhalb ihres beruflichen Umfelds zu treffen. Sie hatte in einer Phase des Umbruchs, mit dem sie in ihrem Inneren noch nicht abgeschlossen hatte, die Chance auf ein kleines Abenteuer bekommen.

Längst hatte sie ihn vollständig erobert. Von ihr wusste er definitiv nur, dass er ihr ein zumindest kleines Abenteuer wert war. Wie sollte man es nennen, sich abends mit einem fremden Mann zu treffen, kurz vor einem lange geplanten Umzug in eine andere Stadt, zu einem anderen Mann? Und er spürte oder bildete sich ein, ohne es zu wissen, dass die Schnelligkeit, mit der ihre Verabredung zustande gekommen war, deshalb möglich war, weil sie ebenfalls auf eine solche Chance gewartet oder eine solche erwartet hatte. Etwas in ihren Blicken, in ihrem Lächeln gab ihm Mut und Euphorie, dominierte sein Handeln.

Seine kleine Wohnung in bester Innenstadtlage war einfach und absolut spärlich eingerichtet. Einen alten Herd hatte er geerbt, einen Kühlschrank gebraucht erworben. Wenige Töpfe und Teller, die unter der fest aufgestellten Spüle Platz fanden. Ein Regal, zwei Stühle, ein kleiner Tisch, eine große Matratze mit zerschlissener Bettdecke, ein alter Holzschrank. Er brauchte nicht mehr.

In seiner Wohnung fühlte er sich wie auf Durchreise und gerade deshalb wohl. Von den paar Klamotten, die er hatte, war ein langer schwerer Mantel noch das beste Stück. Alles, was mit Einrichtungs- und Kleidungsstatus zu tun hatte, war ihm nicht wichtig. Falsch, eine gewisse Lässigkeit sollte sein, abgerissen sollte es nicht sein. Jetzt war es schon lange her, dass er irgendein neues Kleidungsstück gekauft hatte. Und es war jetzt die Zeit, dass er sich für dieses Date etwas Neues kaufte, einen dünnen Pullover, weil er sich einbildete, darin besser und männlicher auszusehen. Und es war Zeit, endlich eine Stereoanlage zu kaufen, an der Musik sollte nicht scheitern, was dem Date in seiner Wohnung vielleicht folgen würde. Seine Wahl fiel auf das Modell, das er kurz vorher bei einem Freund gesehen und richtig gut gefunden hatte. Als sie wenige Monate später zusammenzogen, war es fast das einzige Stück, das sie doppelt hatten, so wenig machte sein Hab und Gut aus. Jetzt konnte er dies noch nicht wissen.

Pünktlich zur verabredeten Zeit saß er in dem Lokal vor einem Glas Wein. Zunächst kam sie nicht. Noch konnte er nicht wissen, dass sie später immer die Pünktliche von ihnen beiden sein würde. Er war unpünktlich veranlagt. Diese Diskrepanz würde in den vor ihnen liegenden Jahrzehnten öfters kleinere Reibereien verursachen. Heute war aber er der Pünktliche.

Zwanzig oder dreissig Minuten saß er da und dachte über sie nach. Es hätten Gedanken über die Illusionen sein können, die er sich über ihr vermeintliches, von ihm lediglich eingebildetes Interesse an dem kleinen Abenteuer mit ihm gemacht hätte. Es war komisch und schön, zu keinem Zeitpunkt zweifelte er daran, dass dieses Date zustande kommen würde. Natürlich schaute er immer wieder zu dem großen Fenster neben der Eingangstür.

Zufall, dass er sie plötzlich entdeckte, als sie in das Lokal herein spähte. Zufall, dass sie ihn an einem der weit hinten platzierten Tische entdeckte. Wie sich herausstellte, war sie sich der genauen Adresse des Lokals in dem Szeneviertel nicht sicher und auf ihrer Suche einige Straßenzüge unterwegs gewesen. Freudig erleichtert begrüssten sie sich, als sie an seinen Tisch kam.

Sie gaben sich eine scheue Umarmung. Weniger hätten sie als zu schüchtern empfunden, auch wenn Begrüßungsrituale einer Umarmung damals erst langsam und zögerlich kollektive Umgangsform wurden. Keinesfalls wollte man aufdringlich sein. Sie das erste Mal in dieser Nähe zu spüren, war keinesfalls aufdringlich. Den ganzen langen Abend verbrachten sie an dem Tisch und redeten miteinander.

Natürlich hob der Wein ihre Empfindungen an. Sie hörte nicht auf, ihn zu erobern. In ihrem angeheiterten Zustand fand er sie besonders charmant. Glücklich gab sie ihm zur Kenntnis, wie leicht sie sich fühlen würde. Sollte es heissen, dass sie schwebte, sich verliebt hätte. An diesem Abend blieben solche Dinge unausgesprochen.

Der Zauber des ersten Dates legte sich über sie, ohne durch ein zu schnell ausgesprochenes Wort, einen zu schnell ausgesprochenen Satz in Frage gestellt zu werden. Noch in der Nacht ihre Liebe zu teilen, wäre zu hastig gewesen. Es reichte, dass sie sich zu einem zweiten Date drei Tage später verabredeten. Es reichte, dass sie sich ihre Telefonnummern gaben. Es reichte, dass er sich nach Rückkehr in seine Wohnung telefonisch bei ihr versicherte, dass ihr Auto sie trotz ihres angeheiterten Zustands nach Hause zurückgebracht hatte.

„Ja, weißt Du, das war nicht einfach, die Spur zu halten, aber es lief wie von selbst."

„Bin ich aber froh, dass Du gut zurück bist!" sagte er zu ihr.

„Schlaf gut, bis Freitag."

„Ja, bis Freitag." gab sie ihm durch den Hörer zurück.

In den vergangenen Tagen waren sie sich so nahe und doch nicht zusammengekommen. Alles knisterte, alles war aufregend. Es war die elektrisierende Hoffnung auf das pure Glück. Es brauchte erst Monate, dann Tage. Die entscheidenden Stunden und Minuten standen noch bevor.

Viele Jahre später schritt er mit seiner Frau an der Hotelbar hinter der Düne vorbei. Möglichst rasch wollten sie ihre Liebe teilen, wollten den Sex, auf den sie sich den ganzen Tag gefreut hatten, mussten sich jetzt haben. Sie tauschten ihre Blicke nicht, um den anderen einzuladen oder auf sich aufmerksam zu machen. Auf dem Zimmer blickten sie sich an, um den anderen auszuziehen, sie wollten sich nackt, sie wollten diesen aufregenden Kitzel, der trotz aller Vertrautheit daraus erwuchs, der in der Sauna beim Anblick des anderen nur schwer zu unterdrücken war und Ablenkung anderer Arten erforderte.

Sie brauchten jetzt nicht den knisternden, umschlungenen Tanz, zu dem er sie nach einer ersten vorsichtigen, erotisch angehauchten Konversation mit mehreren Cocktails an der Bar und zur Musik des Pianisten auf die einsam daliegende Tanzfläche eingeladen hätte. Sie brauchten jetzt den ersehnten, heißen Tanz ihrer Liebe vor, auf und in ihrem Bett, sie brauchten den Geschmack und Geruch der Haut des anderen, den totalen Blick und Kontakt, fest, schlüpfrig, feucht, die Hervorkehrung und erlösende Freisetzung all ihrer Gefühle, den Tanz, der den Beginn der Nacht einleitete, die sie wie so viele andere zuvor gemeinsam verbringen würden.

Die Vorstellung aber, sie und er wären die Fremden in der Nacht gewesen und hätten sich erstmals an diesem Abend in der Hotelbar hinter der Düne getroffen, allein und auf der Suche und bereit für den anderen, obwohl einander fremd, ihre betörenden, flüchtig und dennoch bestimmt auf ihn gerichteten Blicke, ihr verzauberndes, laszives Lächeln, das ihm alles zu offerieren schien, kein Zweifel, sie noch vor dem Ende dieser Nacht haben zu müssen, untermalt von dieser unendlich melancholischen, unendlich hoffnungsvollen Musik, die nichts anderes zulassen würde, als sich eng umschlungen auf der Tanzfläche zu treffen, alles würde das Tor zu einer lebenslangen, alle Stürme überdauernden Liebesbeziehung zweier einsamer, sich fremder Menschen öffnen,

alles ein den Alltag moderner Menschen so häufig be-
gleitender, sehnsüchtiger Traum, diese Vorstellung hatte er
schon. Sie verursachte in ihm ein melancholisch-glückliches
Beben, lange noch, als diese Nacht mit seiner Frau längst
vorbei war.

Am nächsten Morgen nahm ihr Frühstück breiten Raum ein.
Das Buffet liess keine Wünsche offen. In dem geschmackvoll eingerichteten Raum erblickten sie mehrere Personen,
die sie gestern in der Sauna getroffen hatten. Peinlich waren
diese Blicke nicht. Man wusste voneinander. Nackt hatte
man sich das erste Mal gesehen. Jetzt sah man sich das
zweite Mal in anderer Umgebung.

Das Pärchen, das sich in der Sauna total egal gewesen war,
saß an einem Tisch, ohne miteinander zu sprechen. Wahrscheinlich hatte die vergangene Nacht nicht zu einer
Annäherung oder Versöhnung geführt. Nach dem Frühstück
sahen sie es mit dem gepackten Auto davon fahren. Fremd
waren sie sich tags zuvor nicht gewesen, es schien, als sei
ihre Liebe längst verflogen. Oder als befänden sie sich in
einem Sturm, der noch nicht vorbei war und ihre Liebe
verdeckte.

Draussen war ein realer Sturm aufgezogen, ein heftiger, für
die Jahreszeit ungewöhnlich warmer Wind, der aber nur
einzelne Regentropfen mit sich führte. Mit den festen
Schuhen, die sie eigens dafür mitgenommen hatten, machten
sie sich zu einer Dünenwanderung auf. Begeistert nahm er
den breiten, auf dem Kamm der Dünen angelegten Weg zur
Kenntnis, etwas, das er von früheren Aufenthalten an der
Nordsee noch nicht kannte. Dass alle möglichen Touristen
und Menschen durch die Dünen latschten, sollte damals
nicht mit Küstenschutz vereinbar gewesen sein. Vielleicht
hatten andere Erkenntnisse Platz gegriffen. Der Reiz einer
Aufwertung dieser Urlaubslandschaft für deren Besucher
war offenbar zu stark gewesen. Attraktiv war es für sie
allemal, sie befanden sich nicht zwischen Meer und Düne

auf dem platten, gleichförmigen Strand oder hinter der Düne auf dem platten, gleichförmigen, grünen Land, sie befanden sich auf der Düne genau dazwischen. Ihr Blick war grenzenlos.

Hinzu kam der Wind, gegen den sie sich mit festen Schritten vorkämpften und der eine fast sandstrahlende Wirkung hatte. Der weit entfernte Kirchturm des in südwestlicher Richtung ebenfalls hinter der Düne liegenden Nachbarortes war ihr Ziel. Mindestens zwei Stunden würde die Wanderung gegen den Wind dauern. Er fühlte sich mit allem eins. Mit den Gewalten der Natur, die noch gut zu bändigen waren, mit sich und seiner Frau, mit dem Tag, der zwanglos, sorglos seinen Weg nahm. Auch das Licht war ein besonderes. Graue, teils dunkle Wolken, die der Wind oft zu kleineren Lücken auseinander riss, um der Herbstsonne den eigentümlich hellen Glanz eines salzig angereicherten Schleiers zu geben. Rechts blickten sie auf die heftige Brandung und wenige mutige Surfer, links auf das grüne, überwiegend landwirtschaftlich genutzte Land, an einzelnen Stellen unterbrochen durch sumpfige Zonen, die den Vögeln Rückzugsräume waren, auf Land, das in der Vertikalen durch einzelne Sträucher und Hecken, durch einzelne Kirchtürme und einige Windräder strukturiert war. Heute würde der Windstrom viele konventionelle Kraftwerke überflüssig machen.

Leider wurde seine Frau mitten auf der Wanderung von ersten, äußerst schmerzhaften Symptomen einer honeymoon-Entzündung heimgesucht. Nicht die äußeren Umstände waren schuld, nicht der überraschend milde Wind, gegen den sie sich warm eingepackt hatten. Es regnete nicht, ihre Kleidung blieb trocken. Ihre ekstatisch gelebte Lust an den beiden vergangenen Tagen war schuld. Für ihn war es ein Trost, dass sie trotz ihres Leidens nichts davon bereute. Was sie und er bereuten, war, dass sie sich heute kein weiteres Mal würden haben können. Zunächst mussten sie die Wanderung und den Weg ins Hotel zurück bewältigen. Den Besuch des Nachbarortes liessen sie aus. Möglichkeiten der Toilettennutzung diktierten, dass sie auf der Rückkehr mehr als einen Strandpavillon aufsuchten.

In dem ersten nahmen sie einen freien Platz in dessen äußerster Ecke ein. Von der Salzgischt getrübte Scheiben erlaubten einen unscharfen, aber weiten Blick auf den vor ihnen liegenden Strand und die Brandung. Sie bestellte sich einen heißen Tee, er ein Bier. Innig verbunden hofften sie auf Linderung ihrer Beschwerden durch das heiße Getränk. Eine damit einhergehende Besserung, die einen unbeschwerten Rückweg zum Hotel und die aktive Fortsetzung ihrer Sex- und Lustreise in Aussicht gestellt hätte, war reines Wunschdenken. Dennoch waren sie wieder gelöster Stimmung. Diese ganz besondere Stimmung in diesen hübschen, holländischen Bretterbuden an der dem Wind und den Wettergewalten ausgesetzten Nordseeküste fanden sie besonders schön.

Tatsächlich war der Weg zurück einfach. Vom Wind getrieben, gingen sie schnell und mühelos am Strand entlang. Welche unablässig sich ändernde Kleinigkeiten im Sand und an der Grenze zu dem ein- und ablaufenden Wasser die Aufmerksamkeit fesseln konnten! Muscheln sowieso, kleine Priele, die in regelmäßigen Abständen auftauchenden Buhnen, keine Ölklumpen, an die er sich noch aus seiner Kindheit erinnern konnte, dafür hier und dort zufällig angespültes kleineres Treibgut, das noch nicht von dem sandstrahlenden Wind zugedeckt oder gerade durch ihn freigelegt worden war. Reiner Zufall, dass er ein kleines blaues Plastikrädchen mit innenliegenden, wie bei einer Düse angeordneten Lamellen fand, das sich in den Wind werfen liess und vom Wind getrieben viele Meter den Strand entlang rollte. Wieder und wieder warf er es in die Luft und vertrieb sich so die Zeit zusätzlich. Trotz aller Sorge um die akute Einschränkung seiner Frau war er glücklich.

In einem der anderen Strandpavillons, die sich in regelmäßigen Abständen am Strand aufreihten, war der letzte Tag der ausklingenden Saison. Die Sonne setzte den Raum in ein helles Licht und machte die Blicke auf das Meer unwirklich schön. Stühle, die zur Hälfte mit den anderen Sonntagstouristen besetzten Tische, deren gelangweilt vor sich hin dösender Hund, die grün lackfarben gestrichenen Fensterbänke, die die Blicke auf das Meer lenkten, aber den davor liegenden gelben Strand abschnitten, die schräg von der Mittagssonne der späten Jahreszeit in den Raum geworfenen, dezenten Schatten hätten ein perfektes, photographisch gemaltes Bild ergeben. Und sie fühlten sich als Maler des flüchtigen Moments, empfanden die Stimmung ihrer beredten, stillen Pause.

Zurück im Hotel, gingen sie rasch ins Spa. Wärme, Hitze, unbekleidetes lazy going taten ihnen gut. Ein Clübchen von sechs Frauen saß mit ihnen während eines Saunagangs zusammen. Sie stammten aus dem Ort oder der näheren Umgebung und hatten sich für den Sonntagnachmittag verabredet. Alle nackert, er der einzige Mann, saßen sie in dieser geräumigen finnischen Sauna, deren großes, bodentiefes Fenster die über dem Meer stehende Nachmittagssonne hereinliess.

Was hatten diese Frauen wohl gedacht, als sie sich frank und frei dazu gesetzt hatten? Sauna, noch dazu öffentlich, war besonders, drückte Grenzen der Scham weg, erlaubte nach kurzem Zögern unbefangene Natürlichkeit. Die Anwesenheit seiner Frau erleichterte ihm die Situation. Alleine hätte er sich nicht zu diesen Frauen gesetzt, zu forsch, aufdringlich und unverfroren wäre es ihm erschienen. Jetzt entspann sich sogar ein unbeschwertes Gespräch mit zwei oder drei Frauen aus der Gruppe, absolut untypisch zwischen Fremden, die sich in der Sauna trafen, diesen Zonen der Diskretion. Die Gesetze des small talk überschritten sie bei ihrem Gespräch nicht. Für sie hatte er während seines Lebens ein feines Gespür entwickelt. Small talk war ein fein austariertes Geben und Nehmen, situativ geboren, flüchtig geprägt, jede Frage und Antwort Teil eines labilen Regelwerks, das sich von der Empathie der Beteiligten meistens über wenige Minuten, nicht mehr, aufrechterhalten und tragen liess. Deren innere Verfasstheit war entscheidend. Diese sechs Frauen hatten sich untereinander verabredet, nicht mit diesem fremden Pärchen. Dieses fremde Pärchen war auf einer seiner Liebes- und Lustreisen. Die Sauna gehörte dazu, nicht aber die anderen.

Dass sich überhaupt das Gespräch entwickelte, diente auch der heiteren und etwas humorvollen Überwindung der Skurrilität, als nackter Mann allein unter sieben nackten Frauen zu sein. Die Wege trennten sich, um sich in einer anderen Kabine des Spas nochmals kurz zu treffen. Darüber hinaus waren sie wieder für sich. Er fragte sie nach ihrem Befinden. In der Wärme fiel es ihr leichter, mit ihren Schmerzen umzugehen. Zunächst blieb nichts anderes als reichliches Trinken und Abstinenz. Zur Einnahme des mitgenommenen Antibiotikums mochte sie sich noch nicht durchringen. Sein Stahldrang, die Lust, die er sonst in ihrer nackten Gegenwart verspürte und es ihm schwer machte, seine Erektionen zu unterdrücken, blieb latent, alles andere wäre auch blöd gewesen.

Auch heute reservierte er im Fischrestaurant des Ortes einen Tisch. Den Quatsch, seine Bitte in Englisch vorzutragen, liess er aus. Der Tag ging unaufgeregt und unspektakulär zu Ende.

Plötzlich erinnerte er sich an ihre Flitterwochen, damals. Seine Gedanken schweiften zu dem blutjungen Pärchen, das mit Rucksäcken zu seiner Hochzeitsreise nach Südostasien aufgebrochen war. Fast täglich hatten sie sich in allen möglichen Unterkünften geliebt. In Bikini und Badehose waren sie auf einer der Zivilisation noch nicht komplett unterworfenen Insel durch den strandnahen Dschungel getappt, um am anderen Ende eines weißen, weitläufigen Strandes unter Ausschluss jeglicher anderer menschlicher Augen übereinander herzufallen und sich, er auf ihr, in ihrer absoluten Geilheit den Prototyp eines Quickies zu gönnen. Das Photo, das sie danach von ihm machte, hatte sich ihm eingebrannt, auch weil sie es ihm vier Wochen später, nachdem es entwickelt war, stolz mit den Worten präsentierte:

„Guck mal, das ist mein Mann!"

Er hätte an diesem nackten Mann alles mögliche auszusetzen gehabt, unterliess es aber in der Hoffnung, das sie es hinter ihrer rosaroten Brille nicht bemerken würde. Mehr als zehn Jahre später wäre dieser Akt am Strand der Andamanen-See im Tsunami ihr sicherer Tod gewesen. Das Schicksal konnte brutal und ungerecht über jeden zu jedem Zeitpunkt seines Lebens hereinbrechen.

Der nächste Tag begann, und sie hatten gegenüber all den anderen, die sich dem Beginn ihrer Arbeitswoche stellen mussten, das Privileg ihrer freien Zeit. Deutlich spärlicher war das Hotelrestaurant besucht. In aller Muße probierten sie aus, was sie noch nicht kannten. Ein Glas Sekt gehörte dazu. Sie würden fast den ganzen Tag ohne Essen auskommen. Zur Einrichtung des Raumes gehörte das Bild einer Webcam, die einen Spazier-, Wander oder Jogging-Pfad in einem herbstlich angehauchten Wald zeigte. Einzelne, vom Wind hochgewehte und durch das Bild getragene Blätter verursachten die einzige zurückhaltende Dynamik, die von dem Bild ausging und den Betrachter zur Kontemplation brachte.

Auf die Wanderung und Bewegung, die sie heute draussen haben würden, freute er sich echt. Ihr Zustand war stabil, noch nicht wirklich besser, keinesfalls wollte sie aber nur im Hotel bleiben. Ein paar Grüsse, die sie über What´s App austauschten, und sie wussten, dass mit ihren Kindern weiterhin alles gut war. Satt, ausgeschlafen und gespannt machten sie sich auf den Weg. Dieses Mal ging es in der anderen Richtung am Strand entlang, wieder konnten sie vor dem Wind daher laufen. Es war etwas weniger stürmisch als gestern, nicht zu kalt, der Himmel grau. Aber es war trocken. Weite Blicke waren inclusive. Leichten Schrittes sog er unmittelbar die Eindrücke in sich auf. Wenige weitere Strandwanderer, mit denen sie parallel und fast zeitgleich vorankamen. Der eine zum Hotel gehörende Strandpavillon würde diese Woche zum Saisonende schliessen. Der nächste Pavillon, an dem sie vorbei kamen, hatte bereits geschlossen. Der dritte Pavillon wirkte zunächst so, als sei geöffnet. Eine Reihe von Leuten war aber zugange, das von der vergangenen Saison abzurüsten, was nicht winter- und sturmfest sein würde. Im Übrigen der weite, fast menschenleere Strand, der sich Wind, Wolken und Meer entgegenstellte, unbeachtet von der Welt hinter der Düne, die schon längst in ihr graues business as usual abgetaucht war.

Auf dieser Grenzzone wanderten sie entlang, waren für sich und mit ihren Gedanken allein. Er liebte diese etwas morbide Stimmung, viel redeten sie nicht. Ihre freien, unbeschwerten Tage zu zweit gingen unaufhaltsam vorbei. Noch hatten sie einen Rest davon für sich, und er würde davon auskosten, was möglich war. Die Gier nach Fortsetzung würde den Beginn des Alltags zunächst einmal wieder schwer machen. Das sich diese Realität langsam in sein Bewusstsein schlich, war nicht zu ändern.

So gut, wie es ihnen ging, sah man von ihrer momentanen, schmerzhaften Entzündung ab, hasste er sich für die Gedanken an den wieder auf ihn zukommenden Alltag, hasste er sein Unvermögen, den Schalter in seinem Kopf nicht umlegen zu können. Nach Belieben den Schalter umzustellen, der das Tor vor der grauen Tristesse zuschlagen würde, aber den Blick auf die glücklichen Bedingungen ihrer Existenz lenken würde. Den Schalter, der die ganze elende, ungerechte Larmoyanz und Verdriesslichkeit, die in solchen Momenten in ihm steckten, zerschiessen würde. Mit

Sicherheit hatten auch die anderen Menschen diesen Schalter, dessen Klacken über Dysthymie oder Glück entscheiden würde. Verdammt viele Dinge, die darüber entschieden, ob sich dieser Schalter im Leben immer wieder finden würde. Im Paradies würde dieser Schalter auf Eins stehen, so die Jahrtausende alte Vision, Fiktion und Illusion des Menschen. Von dort vertrieben, galt es, den Schalter unter Aufbietung aller Kräfte und Tricks von Null auf Eins zu stellen. Die Geschichte vom Paradies war eine der frühesten psychotherapeutischen Behandlungen.

Sie erzählte, dass sich jeder in seinem Leben elend fühlen würde, sollte er den Schalter nicht finden oder sollte er ihn eingerostet auf Null vorfinden. Religionen und Ideologien suggerierten, den Weg zum Schalter freizumachen, auf dass sich jeder hoffnungsfroh anschliessen würde. Im günstigsten Fall führten sie dazu, dass sich ein Netz aus Liebe und Empathie um jeden legte, ohne Freisinn, Offenheit und Lust auf Neues zu unterdrücken.

Jeder einzelne träumte, sich in dieses Gewebe einzubringen und selbst den Schalter auf Eins legen zu können. In der Rangelei darum schafften es viele nicht. Und die es schafften, hatten das pralle Leben, um nach einer gewissen Zeit zu merken, dass der Schalter von selbst auf Null zurück surrte. Gerade jetzt hatte er diesen Eindruck. Er konnte es nicht verhindern, noch stand der Schalter auf Eins, stand aber kurz davor, auf Null zu schnappen. Es bedrückte ihn, ohne dass er es seine Frau anmerken liess. Seine Gedanken gehörten zu den Strategien, mit denen er sich gegen die unweigerlich eintretenden Rangeleien wappnen würde. Er hatte die Befürchtung, nicht so ohne weiteres den Weg zum Schalter zurückzufinden. Die Zuversicht, diesen Weg auch unter widrigen Umständen zu finden, würde Resilienz heissen. Ergeben diese widrigen Umstände zu ertragen und das zu tun, was zu ihrer Abmilderung und Auflösung möglich war, blieb ihm nichts anderes übrig.

Mit dieser zum hundertsten Mal neu gewonnenen Erkenntnis in seinem Kopf erreichten sie das Dorf hinter der Düne, was eigentlich eine zu dieser Zeit verwaiste Ferienhaussiedlung war. Sie hatten Glück, dass sie ein offenes Lokal und in dessen Wintergarten einen gemütlichen Platz fanden. Abgesehen von einer Gruppe aus fünf Gästen an einem anderen Tisch waren sie die einzigen. Sie bestellte sich ein heißes Getränk, er ein in der Nähe gebrautes Bier. Ihre Schmerzen waren erträglicher als gestern. Ein junges Pärchen betrieb das Lokal. Gerne hätte er ihnen mehr Gäste gewünscht. Vielleicht war es ihnen auch recht, auf diese Weise die Saison ausklingen zu lassen.

Für den Rückweg blieben sie hinter der Düne und wanderten durch einen dichten, langgezogenen Wald, der seit Urzeiten dort gewachsen sein musste, legte man das Aussehen der alten, knorrigen, gar nicht so hohen, teils windschiefen, teils noch belaubten Bäume zugrunde, die den Rand zur Dünenlandschaft behaupteten. Einzelne Jogger liefen auf dem ausgetretenen Pfad an ihnen vorbei. Noch in einiger Entfernung zu ihrem Ort führte er sie auf den Dünenkamm. Wieder hatten sie das ganze Panorama vor sich und um sich. Himmel, Wolken, Meer, Strand und die sorgsam geschützte Natur hinter der Düne. Harmonisch passten sich die näher kommenden, ihnen jetzt bekannten Gebäude ins Bild ein. Viele Urlauber waren noch da, so wie sie. Auf ihren letzten Metern freuten sie sich wieder auf das Spa. In einem Laden kauften sie ein paar lokale Spezialitäten. An der Rezeption reservierten sie einen Tisch für das Abendessen, am letzten Tag wollten sie die renommierte Küche des Hotels kennenlernen.

Im Spa genossen sie die wohlige Hitze. Ein letztes Mal nutzten sie die verschiedenen Saunen, wunderten sich erneut, wie gut ihnen die Salzsauna gefiel. Im separierten Ruhebereich überkam ihn, warm in Decken gewickelt, ein kurzer, tiefer Schlaf. Zurück auf ihrem Zimmer sank er in einen zweiten und ausgedehnteren Schlaf. Das Abendessen stand kurz bevor. Hierfür wollte er wach, ausgeruht und ausgeschlafen sein. Seiner Liebsten, mit der er so vieles erlebt und so viele Jahre hinter sich gebracht hatte, wollte er sich in Bestform präsentieren.

Wieder fesselte ihn der Gedanke an Sex mit ihr, der sie zahllose Male vereinigt, durch das Leben getragen und die Gewissheit gegeben hatte, dass es so und nicht anders richtig sei. Noch wusste er nicht, wie sie und ob sie nach ihrem Abendessen Sex haben würden. Er musste Rücksicht auf ihren Zustand nehmen. Aber er spürte, ohne dass sie es aussprach, sie würde heute trotz ihres Zustands nicht darauf verzichten. Und es war nicht ihre empathische Hingabe allein, es war nicht das Bewusstsein um das Besondere dieses schönen Tages, die ihn ihrer Bereitschaft zum Sex versicherten. Es war schlicht ihr beider Bedürfnis, ihre Lust aufeinander.

Wenig später erschienen sie im Restaurant. Der Oberkellner widmete ihnen seinen ganzen deutschen Sprachschatz, nicht unangestrengt. Die Tische um sie herum waren maximal zu einem Drittel besetzt, überwiegend von einzelnen Personen. Wie viele Gäste würden an diesem Montag Abend an Sex denken, gar darüber sprechen? Für sie selbst war es an diesem Abend das bestimmende Thema. Obwohl er sich an die einzelnen Gänge des Menüs später nicht erinnern konnte, stellte das Essen ihren eigentlichen Appetit mehr als zufrieden. Und es regte ihre Konversation und den Appetit auf das Andere an.

Ihre Schmerzen waren abgeklungen, gab sie zumindest vor. Trotzdem würde direkter Kontakt alles wieder schlimmer machen. Spontan machte er ihr den Vorschlag, vor ihr abzuspritzen, wenn sie auf dem Zimmer zurück wären, übermütig und etwas eitel, wie er fand, weil es nur sein eigenes, heißes Bedürfnis gestillt und ihre Wünsche unberücksichtigt gelassen hätte. Ihr direktes und unmittelbares Interesse an dieser Variante erstaunte ihn, Interesse, das mit ihrer eigenen Lust und Neugierde auf ihn als Objekt zu tun hatte, Interesse, das ihre Wünsche als Subjekt erfüllen würde. Aufgeladen, wie die Situation war, würde er vor allem eines müssen, können, wollen: abspritzen, ob vor, auf, in oder hinter ihr, es war ihm egal.

Das Essen liessen sie anschreiben, alles würde morgen bei ihrer Abfahrt mit der Rechnung beglichen. Mit dem Arm um ihre Taille, eng beieinander, verliessen sie das Restaurant, passierten die in seiner Imagination legendäre Hotelbar, erneut, ohne dort den im Gesamtablauf der Dinge manchmal entscheidenden Cocktail zu trinken. Ein Cocktail hätte sie zu sehr aufgehalten, hätte den Akt, in dem sie die beiden einzigen Akteure waren, unnötig verlängert.

Auf dem Zimmer zog sie sich direkt aus und legte sich nackt ins Bett, voller Erwartung, was er ihr so zu bieten hätte, zeigte sich ihm unverhüllt und mit allen ihren Reizen. Er sollte sich vor ihr ausziehen, und er tat es gerne, Stück für Stück, eine Art Strip, der sie dafür entschädigen sollte, dieses Mal ohne direkten Kontakt mit ihm zu bleiben. Irgendwann stand er splitternackt vor ihr, mit seinem hochgereckten Ding in der Mitte. Mit seiner Hand und etwas Gleitöl begann er, seinen Penis zu stimulieren. Alles mit ihr machte Spaß. Wenn er so weiter machte, würde er zu schnell abspritzen.

Nicht lange, dass sie sich mit ihrem Mund seinem Penis näherte, dringend ihr Bedürfnis, an ihm zu lecken und zu lutschen. Noch liess er nicht mit seiner Hand ab, streckte sein Ding vor, strich es mit der Hand nach unten aus, um es ihrem Gesicht zu nähern, synchron dazu seine andere Hand zwischen ihren Beinen in ihrem nassen Schritt, um sie dort zusätzlich zärtlich, sanft, vorsichtig mit seinen Fingern zu stimulieren. Je fester er seinen Penis ausstrich, umso praller wurde seine Eichel. Leises, anschwellendes Kitzeln zog sich an Eichel und Schaft entlang. Nahezu übergangslos der

Wechsel von seiner Masturbation zum blow job, auf den sie nicht länger warten wollte. Sie nahm seinen Penis in ihren Mund und übernahm das, was vorher seine Hand gemacht hatte. Beide stöhnten laut und voller Lust.

So unverständlich es war, durch ihren blow job gewann er Zeit bis zu seinem Orgasmus. Mit seiner Hand wäre sein Orgasmus Sekunden später unaufhaltsam provoziert worden. Vielleicht war es aber ihre Sorge, ihm weh zu tun. Die Massage, die ihr Mund und ihre Zunge auf seine Eichel und seinen Schaft ausübten, war eine andere als die seiner Hand. Und seine auf ihren blow job abgestimmten Bewegungen und die Versuche, mit seinen Fingern das Richtige an ihren empfindlichen prallen Stellen zu tun, fesselten einen Teil seiner Aufmerksamkeit.

Dieses Spiel trieben sie weiter, ein Spiel, das mit ihrer Konversation beim Abendessen begonnen hatte, dessen heiße Phase sie mit ihrer provozierend offenen Nacktheit eingefordert hatte, das sich mit seinem Strip und seiner Peepshow aufschaukelte, um direkt die gegenseitige Sucht auf Vereinigung, zumindest aber auf nassen, engen, schlüpfrigen Kontakt hervortreten zu lassen. Er hätte nun ohne weiteres in ihrem Mund abspritzen können, sie erwartete es, und sie hätte es ihm nachgesehen, wenn es bei der Massage ihrer Klitoris durch seine Finger geblieben wäre.

Aber es war diese Sucht, die ihm diese Variante als unvollkommen suggerierte. Ihr ging es genauso. Wo waren ihre Unpässlichkeit, ihre Schmerzen geblieben? Nichts hinderte sie, als er seinen Penis aus ihrem Mund herauszog und ihr bedeutete, sich auf ihren Rücken zu legen, nichts hinderte sie, ihn erwartungsvoll, fast bittend auf seine Position zwischen ihren Beinen zu dirigieren und ihn in die andere feuchte, glitschige Öffnung gleiten zu lassen. Aus der etwas verruchten Variante ihrer gemeinsamen Sexualität war die seit Menschengedenken übliche Variante geworden. Beide kamen innerhalb kürzester Zeit.

„Liebste, jetzt wirst Du noch mehr Schmerzen haben!" flüsterte er ihr ins Ohr.

„Mach Dir keine Sorgen, alles ist gut." hörte er sie zärtlich zurückflüstern. „Die Schmerzen nehme ich für so etwas gern in Kauf."

Irgendwann trennten sie sich, zwischen ihnen war alles nass. Eng blieben sie beieinander, unendlich vertraut in purem Glück.

Die Nacht strich vorbei. Zu dem Frühstück vor ihrer Abreise nahmen sie sich ausreichende Zeit. Der Alltag stand kurz bevor und drängte sich mit Macht ins Bewusstsein.

Natürlich hatte sie wieder mehr Schmerzen. Heute würde sie das zu ihrer Liebesreiseapotheke gehörende Antibiotikum einnehmen. Bis zu dessen vollständiger Wirkung würde sie weitere zwei, drei Tage Schmerzen ertragen müssen. Nichts, was ihm den Eindruck bereiten sollte, dass sie ihm ihre Schmerzen nachgetragen hätte. Darauf von ihm angesprochen, würde sie noch Monate später bekräftigen, so eine Nacht mit so einem Mann seien ihr schon einmal ein paar Schmerzen wert. Sie würden sich dabei anschmunzeln, sich der subtil-offenen und werbenden Komik dieser Äußerung bewusst sein. Sie würde fallen, nachdem sie drei Mal innerhalb eines Tages erfüllenden Sex miteinander gehabt hatten. Sie würde in einem kurzen zärtlichen Dialog fallen, den sie vor seiner Fahrt zur Arbeit führten, eine Art Nachspiel des jüngsten Abenteuers, das sie ein weiteres Mal in tiefes gemeinsames Glück getaucht hatte. Dieses Glück liess ihn nicht an der Echtheit ihrer Äußerung zweifeln.

Sie machten sich auf den Weg zurück, fort von dem Ort, der sie an ihre Liebe erinnern würde. Die Sonne schien, es war weiterhin windig. Sie nahmen die Straße hinter der Düne, auf der sie zwei Tage vorher gewandert waren. An einer Stelle passierte die Strasse den Deich, vor ihnen lag die Nordsee. Wie gern er noch geblieben wäre! Sie waren nahezu allein, die anderen Menschen schienen Wichtigeres zu tun zu haben. Auch sie mussten wieder Wichtigeres tun. Aber sie gönnten sich eine kleine Verzögerung, einen kleinen Schlenker. Deshalb der Umweg über Vlissingen, auf der anderen Seite der Scheldemündung, die sie von Breeskens aus gesehen hatten.

Nur wenige Menschen hielten sich an diesem ganz normalen Arbeitstag im Zentrum dieser liebevoll erbauten Stadt auf. Ein kurzer Spaziergang um die dort angelegte Marina endete in einem gemütlichen Lokal in exponierter Lage auf dem Deich an der Ausfahrt des Hafens. Sie blickten auf die Scheldemündung und nach Breeskens hinüber. So schloß sich ein kleiner, großer Kreis ihrer schönen Reise.

Ein Lotsenboot der Hafenmarine nahm Kurs auf einen Frachter, der nach Antwerpen einlaufen sollte. In der Ferne sahen sie, wie das Boot hinter dem Heck verschwand, um nach dessen Übernahme durch den Lotsen kraftvoll stampfend wieder zum Hafen zurückzukehren. Das Boot war modern und hatte sämtliche Technik, um der Nordsee an dieser Stelle die Stirn zu bieten. Routiniert, fast elegant brachte die Besatzung das Schiff in den Hafen und an seinen Liegeplatz zurück. So konnte Alltag auch sein.

In dem Lokal tranken sie einen letzten Kaffee vor ihrer Rückreise. Jeder liess seine Gedanken schweifen. Der imaginäre Schalter vor seinen Augen war auf dem Weg von Eins auf Null zurück. Nichts, was ihn aufhalten würde, ergeben nahm er es zur Kenntnis. Es passierte langsam, in Zeitlupe. Der Kaffee schmeckte, zärtlich blickten sie sich in die Augen.

Am Nebentisch versammelte sich ein Club älterer Herrschaften. Wahrscheinlich lebten sie hier und trafen sich regelmäßig, etwas, das er auch gerne mit seinen Freunden machen würde, sofern er mal nicht mehr arbeiten müsste. Der Wirt schien alle zu kennen, ein zurückhaltender jüngerer Mann, der sein Lokal mit Geschmack und Liebe zum Detail eingerichtet hatte.

Der obligatorische Gang zur Toilette führte, ein besonderer Tribut an die Lage des Lokals auf Kammhöhe des Deichs, über einen Paternoster-ähnlichen Aufzug ins Untergeschoß auf Höhe des Hafens. Alles war friedlich, ruhig, harmonisch, am liebsten hätte es so weitergehen sollen, hätte der Schalter auf Eins bleiben können. Aber es ging nicht, sie mussten von ihrer Reise Abschied nehmen, zurück in ihren schrecklichen, schönen Alltag. Diese elende Larmoyanz bestimmte seinen weiteren Tag. Ohne jedes objektive Problem legten sie die Strecke nach Hause zurück. In seine Erinnerung würde sich eine endlose Folge langweiliger Autobahnkilometer einbrennen. Zu Hause nahmen sie ihren Sohn in die Arme. Alles war wie gewohnt. Genau daran mussten sie sich wieder gewöhnen. Viele Leute, die sie von außen betrachtet hätten, würden gedacht haben, dass ihr Schalter auf Eins stand. Er selbst wähnte ihn auf Null, und wieder hasste er sich dafür. Zumindest blieb er still und zwang sich, seinen üblichen Verrichtungen nachzukommen.

Die einzige Chance, das oppressive Dickicht seiner Gefühle wieder zu lichten.

Zu Hause

Wochen mussten erst wieder vergehen. Wie immer war er als erster aufgestanden, hatte sich mit frisch aufgebrühtem Kaffee Leben eingehaucht, hatte am Radio das aktuelle politische Geschehen verfolgt und erste Fachartikel gelesen. Ein freier Tag stand bevor, abends würden sie sich mit Freunden treffen. Entspannt goss er die Tasse Kaffee auf, die er seiner Frau ans Bett bringen wollte, was an ihren freien Tagen zu einem Ritual geworden war. Mühelos konnte er sie ihrem letzten, ausklingenden Schlaf entreissen. Zärtlich lächelten sie sich an.

„Guten Morgen, ich wollte meiner Liebsten ihre Bestellung bringen."

„Oh, da kommt mein Liebster und bringt mir Kaffee!" Prompt rückte sie zur Mitte des Doppelbetts und machte ihm Platz. Er legte sich neben sie, angezogen. Sie nahm sich einen Schluck und stellte die Tasse zurück auf den Nachttisch. Sie gaben sich erste innige Küsse.

„Nur den Kaffee zu bringen, würde nicht die ganze Bestellung beinhalten." sagte sie zu ihm. „Dazu würde auch der Mann gehören."

Unverhohlen bot sie sich ihm an. So etwas hatte er nicht erwartet. Wochen ohne Sex lagen hinter ihnen, umständehalber. Diese Umstände waren der ganz normale alltägliche Wahnsinn: Arbeit, Haushalt, Familie. Er war sich der Übertreibung bewusst, von Wahnsinn zu sprechen. Er hörte sich jammern, aber es war so. Seine Libido war auf Null gewesen. Und nun zeigte sie ihm unverhofft, dass sie bereit war und Lust auf ihn hatte. Sie war nur mit ihrem halb offenen, noch dazu hochgezogenen Nachthemd bekleidet.

Er nahm sie in seine Arme und streichelte ihren Hintern und Rücken. Wohlig rekelte sie sich seinen Händen entgegen. Schlüpfrige Küsse unter Beteiligung ihrer Zungen. Zwei Knöpfe auf der Vorderseite ihres Hemds musste er öffnen, leichtes Spiel. Selbstverständlich spreizte sie ihre Beine, stieg auf den neben ihr liegenden Mann und rieb ihre Scham an seinem unter der Hose verborgenen, erigierten Penis. Die Ärmel ihre Nachthemds über ihre Hände abzustreifen, war kein Hindernis. Nackt saß sie mit breit gespreizten Beinen in ihrer ganzen lasziven Schönheit auf ihm. Nicht lange, und sie öffnete seine Hose. Ihn auszuziehen, war deutlich schwerer als sie. Kurz lösten sie sich voneinander, und er streifte alles ab. Mit dem Intimöl aus dem Nachttisch und ihren Händen bearbeitete sie seinen harten Penis. Sie wollte es schnell haben. Wenige Sekunden und sie glitt auf ihn. Mit heftigen, hastigen Stößen erreichte sie wenige Sekunden später ihren Orgasmus, einen fast schmerzhaften, erlösenden Krampf ihres Inneren. Weitere pralle Stöße seines Penis und er spürte diesen göttlichen Kitzel, als das Sperma durch sein Glied pulsierte. Kurze Zeit, die sie nebeneinander weitere Zärtlichkeiten austauschen liess. Mehrere Papiertücher halfen, nicht die ganze Flüssigkeit in die Wäsche laufen zu lassen. Jetzt begann der eigentliche, glücklich-zufriedene Tag.

Lose hatten sich die Feier- und Festtage zum Jahresende aneinander gereiht, unterbrochen von einzelnen Tagen entspannter Arbeit. Die sonst herrschende Hektik war kollektiv zurückgefahren worden. Mit Kindern, Freunden und Familie hatte sich gemeinsame Zeit ergeben. Mit seiner Frau war er ein einziges Mal auf dem Weihnachtsmarkt gewesen. Den Glühwein dort hatte er noch am spannendsten gefunden. Der ganze andere, dort zu kaufende Kram interessierte ihn nicht.

Shopping interessierte ihn auch sonst nicht. Ziellos, sorglos in die Weite aufzubrechen, neue Gegenden, Städte, Länder kennenzulernen, interessierte ihn. Ziellos durch Geschäfte zu streifen und Sachen zu kaufen, die vor Minuten keine Rolle gespielt hatten, fand er nervig. Wenn er wusste, was er brauchte und zu suchen hatte, war Shopping erträglich, selten kurzweilig. Seine Käufe konnten dann sehr schnell sein. Er hatte Glück, dass sich seine Frau um die Weihnachtsgeschenke kümmerte. Die er kannte, fehlte es an nichts Essentiellem. Es war erstaunlich, irgendetwas fand sich doch, das der andere vielleicht brauchen konnte. Dieses Finden erforderte Phantasie, Empathie, Zeit, hätte ihn von den Üblichkeiten seines Alltags abgelenkt, hätte verlangt, sich den Üblichkeiten dieses Alltags etwas weniger rigide zu stellen. Die Fähigkeit dazu wünschte er sich, blieb aber in seinem Rhythmus gefangen. Seine Kinder sahen es ihm nach. Sie bekamen höchst selten etwas von ihm geschenkt. Er war für die ganzen anderen Vater- und Unterhaltspflichten zuständig. Seine Frau war die einzige, für die er sich zu den jeweiligen Anlässen um ein schönes Geschenk bemühte. Überkandidelt waren diese Geschenke nicht.

Heiligabend war einer der seltenen Tage geworden, an dem die Kinder zu Hause waren. Froh und stolz war er, dass sie zusammen waren. Ihr Verhältnis würde er als herzlich beschrieben haben. Dies schloss gewohnte, kleinere Reibereien nicht aus. Wenn etwas ihr Leben bereichert hatte, dann ihre Kinder. So natürlich es war, dass sich die Familie zu den bestimmten Anlässen traf und Zeit miteinander hatte, so natürlich war es, auch wieder auseinanderzugehen. Zusammen mit ihren Kindern waren sie Vater und Mutter. Ohne sie waren sie ein Paar, das sich oft frisch verliebt fühlte und andere Prioritäten hatte. Vater und Mutter zu sein, war auch anstrengend, liess andere Prioritäten in den Hintergrund rücken. Ihr Bedürfnis nach diesen Prioritäten blieb bestehen.

Der erste gewöhnliche Arbeitstag war vorbei. Minuten, die er gebraucht hatte, das gewohnt elende Angebot im Fernsehen durchzuzappen und die Kiste auszustellen. Sie saßen am Tresen in der Küche und erzählten sich vom Tag. Sie waren müde, dennoch war ihr Dialog zärtlich. Sie freuten sich auf ihr Bett. Nach den Tagen mit der Familie und dem ersten normalen Tag freuten sie sich auf das Gefühl, sich ganz nah bei sich und für sich allein zu haben.

Noch hinderte ihn seine Erschöpfung am Ende des Tages, auch an Sex zu denken. Sie hatten ein kleines intimes Date unten in der Küche ihres Hauses. Es waren einzelne ihrer subtilen Anspielungen während ihrer Unterhaltung, die ihn schliesslich an Sex denken liessen. Und doch war er sich unsicher. Warf sie ihre Anspielungen nur so hin, selbst vielleicht unschlüssig, ob sie jetzt Lust auf ihn hätte. Mehrere Tage mit anstrengenden Eingriffen standen bevor, etwas, das seine Lust nicht unbedingt beförderte. Den ersten normalen Arbeitstag hinter sich, eine Reihe anstrengender Tage vor sich, der Kleine im Bett, entspann sich doch in ihrer Küche ein Date, aus dem sie bald darauf in einen tiefen, erholsamen Erschöpfungsschlaf sinken sollten.

Er war vor ihr im Bett und streckte sich wohlig in seinen Laken aus. Nackt war er nicht, zu sehr wäre ihm dies als plumpe Aufforderung erschienen, und er wusste nicht, ob es überhaupt sein sollte. Erstaunt registrierte er, dass sie fast nackt ans Bett trat, das Nachthemd vorne offen, und fordernde Blicke auf ihre Brüste und feminine Figur erlaubte. Beiläufig machte sie nur zwei der Knöpfe zu. Sie legte sich zu ihm, eng rückten sie zusammen.

„Na, dies war jetzt aber wirklich eine tolle Aussicht!" sagte er zu ihr und begann, mit seiner linken Hand oberhalb des ersten Knopfs ihr Hemd beiseite zu schieben. Zärtlich streichelte er ihre Brüste. Das eigentliche Spiel fing aber noch nicht an. Noch hatte ihn seine Müdigkeit nicht verlassen, noch war seine Erregung nicht komplett. Entweder merkte sie es, oder es war auch bei ihr dieses Unschlüssige da, die wirkliche Erregung, wirkliche Lust auf Sex zurückhielt.

Die beiden Knöpfe ihres Nachthemds öffnen, war das Geringste. Seine Hand fand ihren Rücken und ihren Po, den Spalt dazwischen liess er aus. Es wäre ein zu aufdringliches

Versprechen gewesen, eines, das dem Zustand seiner Schwellkörper noch nicht entsprochen hätte. Eng umschlungen, waren sie auf der Suche zueinander. Sie wollten diese Suche, wollten nicht leichtfertig auf das Gesuchte verzichten. Es entsprach einem tiefen Bedürfnis, das unter der Erschöpfung des Alltags verborgen war.

„Wir wollen es beide, aber das Feuer fehlt." flüsterte sie.

„Hmm." seine einzige Antwort.

Entschlossen drehte sie sich zur Seite, um das für alle Fälle bereit liegende Intimöl in Gebrauch zu nehmen.

„Nimm doch meinen Mund!" bot er ihr an.

„Wenn Du das machen willst? Gerne." hauchte sie hin.

Sofort wurde sein Glied steif. Er zog ihr Hemd aus. Danach zog er sich aus. Unter der Decke kniete er über ihr. Sie legte sich ihm zurecht und spreizte ihre Beine. Langsam und genussvoll nahm er ihre Schamlippen zwischen seine Lippen, leckte alles triefend feucht. Abwechselnd drang seine Zunge, so tief es ging, in ihre Scheide ein und lutschte sein Mund an ihrer prall werdenden Klitoris. Stöhnend wand sie sich unter seiner Aktion und nahm ihrerseits seinen Penis in die Hand. Es reichte ihr nicht. Sie wollte ihn in ihr haben, bedeutete ihm, dass sie auch für ihn machen wollte, was er für sie machte. Hierzu spreizte er ihre Beine über ihrem Gesicht und führte seinen Penis in ihren Mund, nicht ohne seine Fellatio fortzusetzen.

Mit raschen, rhythmischen Bewegungen führte er seinen Penis rein und raus. Fest umschlossen ihre Zunge und ihr Mund sein Glied. Rasch breitete sich ein präorgiastischer Kitzel darin aus. Fest umschlossen seine Zunge und sein Mund ihren Kitzler und Schamlippen, lutschten, schleckten und massierten synchron zu den Bewegungen seines Beckens ihr Organ. Rasch entlud sich ihr Orgasmus in einem genussvollen Krampf, der sie ihren Schamhügel noch fester an seinen Mund pressen liess. Er hätte in ihrem Mund kommen können, etwas hielt ihn aber davon ab, das Sperma in ihren Rachen zu spritzen. Keinerlei Form des Ekels hätte sie gehabt, wusste er, dieses Vertrauen hatte er zu ihr. Nein, nachdem sie gekommen war, trieb es ihn, die Position zu wechseln. Zu allem willig, lag sie mit breit gespreizten Beinen vor ihm. Er hatte nicht mehr viel Zeit, seinen Orgasmus zurückzuhalten. Erregt, wie er war, hatten sich seine Hoden maximal in Richtung seiner Leistenkanäle zurückgezogen. Der Rest dessen, was von seinem Skrotum sichtbar und tastbar war, erschien fast leer. Beiläufig und etwas besorgt drückte er seine Hoden wieder ins Skrotum zurück. Beiläufig sein fragender Gedanke, ob sie den Anblick seines steifen Gliedes, das er vor ihren Augen in ihren Mund eingeführt hatte, mit diesem fast leeren, fast komplett an seinen Körper zurückgezogenen Skrotum als komisch empfunden hatte, wie den eines kastrierten, seiner Hoden entledigten Männchens. Gab es etwa einen biologischen Sinn dieser Hodenretraktion bei maximaler sexueller Erregung? Ihn beruhigte, dass ihm dieses Phänomen aus früheren Beobachtungen nicht fremd war. Erregt, wie er war, war es nur natürlich, sein hartes Ding in ihre offene, nasse, heiße Scheide einzuführen.

Wenige Stöße, die nochmals eine feste und irgendwie genau richtige Massage ihre Lustorgans mit sich brachten, und sie kam erneut. Jetzt war auch für ihn kein Halten mehr. Noch Tage danach herrschte zwischen ihnen besondere Zärtlichkeit. Dies machte ihn glauben, dass sie ihre beiden Orgasmen nicht gespielt hatte.

Sauna

Eine arbeitsreiche Woche war vorbei. Ihren Sohn würde sie am nächsten Tag bei dessen Freund wieder abholen. Sie freuten sich auf Wellness in der Sauna. Irgendwo draußen, fast eine Stunde Fahrt mit dem Auto. Aufenthalt in einem kleinen, künstlichen Paradies, faul sein, ruhen, nachdenken. Langeweile würde zwischen all den physikalischen Reizen, die auf sie einwirkten, nicht aufkommen. Eine zuverlässige Abfolge verschiedener Aufgüsse und die in den Bereich unaufdringlich integrierte Gastronomie würden dem Tag eine subtile Struktur geben. Wärme, Wohlergehen, umangestrengte Erfüllung alimentärer Bedürfnisse. Nacktheit überall, ohne störende Scham, in ihrer ganzen Natürlichkeit.

Sie und er, nackt zwischen den anderen. Hier war die Nacktheit normal, eingebettet in die Anonymität ihrer Träger. Normal und natürlich war auch, auf all die anderen Nackerten, die er nicht kannte, mit mehr oder weniger verstohlenen Blicken aus den Winkeln, die diese Blicke erlaubten, zu schauen. Selten, dass sich Blicke mit Fremden frontal trafen und entweder einen freundlichen Gruss auslösten oder sich schnell und etwas verschämt abwendeten. Er wusste und machte sich keine Illusionen, dass er den Blicken anderer, von der Seite, von hinten, genauso ausgesetzt war. Jeder machte sich seine Gedanken.

Die Blicke, die er auf seine Frau richtete, bestärkten ihn ein um das andere Mal, bei seiner vor langer Zeit getroffenen Wahl nichts falsch gemacht zu haben. Gab sie ihm selbst subtile Zeichen, dass sie mit ihm und seiner Erscheinung zufrieden war, machte ihn dies glücklich, je nach Situation erregte es ihn auch prompt. So prompt, dass er seine rasch eintretende Erektion vor den anderen verbergen oder verhüllen musste. Hatten sie das Glück, allein zu zweit in einer Kabine zu sein, war es ihm ein reizvolles Spiel, ihr seine unvermittelt eintretende Erektion nicht zu verbergen.

Dass sie ihn nach den vielen Jahren immer noch so rasch und kraftvoll in ihren Bann ziehen konnte, schmeichelte ihr. Wären sie in diesen Bereichen für eine definierte Zeit und garantiert allein geblieben, hätten sie daraus die eine oder andere schnelle Nummer gemacht.

Nacktheit konnte so öffentlich und konnte so intim sein, die Grenzen dazwischen fliessend oder abrupt. Während seiner Adoleszenz hatte sich Nacktheit im gesellschaftlichen Kontext den größtmöglichen Spielraum gesucht, hatte sich aus einer fürchterlichen, über Jahrhunderte gewachsenen, in den Jahrzehnten davor morsch gewordenen Prüderie befreit. Nacktheit und Sex schienen zwingend zusammen zu gehören. Wilde Phasen, Trends, Bewegungen, Moden, welche diesen Eindruck unterstrichen, bis hin zum Verhalten einzelner Paare, ihre Sexualität im Beisein ihrer Kinder auszuleben, bis hin zur Satisfaktion längst hoch umstrittener Kontakte zwischen Erwachsenen und Minderjährigen.

Vieles war ziemlich schräg und trug zum Aufkommen neuer Probleme bei. Es war der Lauf der Dinge, Altes abzuschütteln, Neues auszuprobieren, Ende offen. Dieses Ende würde nicht zwangsläufig das Glück mit im Gepäck haben. Offen, plural und frei, wie sich die Gesellschaft gab, lagen Glück und Unglück beieinander. Das Glück, zu tun und zu lassen, was einem in den Sinn kam, war eines. Was aber war erfüllte Sexualität?

'Liebe machen' hieß es, eine Umschreibung weniger des Glücks selbst als seiner Verheißung. Alles war erlaubt, man müsse es nur machen. Glück würde sich von selbst einstellen. Probiert, getestet wurde alles. Jeder prüfte und wurde geprüft, auf der Suche nach Glück. Je mehr probiert wurde, desto fader konnte es sein, desto abstruser konnten Varianten des Spiels werden. Je mehr gemacht wurde, desto schwieriger konnte Liebe sein.

Alles dies Verdächtigungen über eine Gesellschaft in dauerndem Umbruch. Niemand würde wissen, wo die Reise noch hinginge, auf dem Weg zum Besseren, zum Glück. Wie schon zu allen Zeiten war Liebe das Essential dieses Glücks, und Sex seine körperliche Untermalung.

Neben seiner Frau sitzend, gingen ihm diese Gedanken durch den Kopf. Er war gelassen und glücklich. Nacktheit war in dieser Umgebung natürlich, selbstverständlich. Da war keine Prüderie des Verhüllens, keine offensive Zurschaustellung. Vor fast vierzig Jahren hätten überbordende Assoziationen in solcher Umgebung ein emotionales Wirrwarr in ihm hinterlassen. Sein Blick auf das, was kommen oder auch nicht kommen würde, wäre voller Fragen, Unsicherheiten und unerfüllter Wünsche gewesen. Jetzt blickte er auf die vergangenen Jahrzehnte zurück und hatte das Gefühl, nicht so sehr viel falsch gemacht zu haben. Sex hatte er ohne Liebeskontext nicht verstehen können. Dies fand er richtig. Die Liebe war das eigentliche Universum des Glücks.

Sein Glück war die Frau an seiner Seite. Ihr beider Glück war, dass sich ihre Liebe während all der Jahre zu diesem souveränen, gelassenen und trotzdem spannenden, aufregenden, alles andere als langweiligen Zustand hatte entwickeln können. Sein Sex, ihr Sex gehörten dazu. Das Bewusstsein darum lud ihren Tag auf. Genau in der Weise, dass es diesen Tag, den sie in der Sauna verbrachten, von einem Tag mit loser Folge physikalischer Wärmeanwendungen für ein älter werdendes Paar auf der Suche nach Regeneration seiner älter werdenden Körper unterschied.

Keine praktischen Handlungen, nein, das Bewusstsein um ihren Sex machte ihren Tag in diesem kleinen, käuflichen Paradies. Und wenn er der Gesellschaft, in der er groß geworden war und in der er lebte, für eines dankbar war, dann waren es diese Ungezwungenheit, Unbefangenheit, Entspanntheit, dieses Laisser-faire des unaufgeregten Nacktseins verschiedenster Leute an einem überschaubaren Platz, welche diese Gedanken an die ganz eigene Sexualität zuliessen, ohne von diesen Gedanken erdrückt zu werden. Vordergründig verbrachten sie diesen Tag in einer öffentlichen Sauna. Untergründig schwang ihre Sexualität mit und gab ihrer Stimmung Flügel.

Selten ausgeruht, verliessen sie abends das Spa und trafen sich, lange verabredet, mit einem befreundeten Paar zu kleinem Essen und Trinken in einem kultigen Lokal in der nahe gelegenen Stadt.

Unbeschwerter Talk zweier Paare, die fast schon post-kids waren und diese schleichend-schwebende Lebensphase geniessen konnten, die froh waren, dass sie Kinder in die Welt gesetzt und diese einigermaßen gut groß bekommen hatten. Sorgen würden immer sein. Schicksalsschläge würden unvermittelt eintreten. Solche könnten sofort alles Bisherige fürchterlich relativieren. Heute und hier genossen sie die paar Drinks und ihre Aussprache über alle möglichen Pläne und Vorhaben, die ihre nähere Zukunft bestimmen sollten.

Als sie sich verabschiedeten, war der Abend noch nicht sehr weit. Auf dem Weg zum Auto durch die Fußgängerzone der Stadt zurück kamen sie an einer seit Jahrzehnten ansässigen Apotheke vorbei. Beiläufig erzählte sie ihm, dass sie sich dort mit ihrem damaligen Freund ihre ersten Kondome gekauft hatte. Das heißt, eigentlich wäre er hinein gegangen und hätte sie gekauft. Pures Bedürfnis hatte die Peinlichkeiten besiegt. Im Blick auf Jahrzehnte zurück hatten sie dafür pures, amüsiertes Verständnis.

Schnell legten sie den Weg nach Hause zurück. Etwas fehlte noch. Zu Hause reagierte sie fast unwirsch, als er sich nicht direkt zu ihr setzte, um das letzte Glas Wein des Tages zu trinken. Dieses Glas war überflüssig, wenn es als Ouvertüre ihres Liebesspiels gedacht gewesen sein sollte. Beide wollten es, die ganze flirrende Nacktheit des Tages hatte den Boden bereitet. Aber es gab auch die Übergänge, zu Hause ankommen, Mantel und Jacke ablegen, das Unvermeidliche sortieren, ein kurzes Pseudodate um das letzte Glas Wein herum, die Abendtoilette, bei allem der letzte kleine Rest an Unsicherheit, ob der andere wirklich bereit war. Er war vor ihr im Bett, splitternackt, letzteres nahm sie fordernd-freudig zur Kenntnis, als sie ans Bett trat und die Decke hochschlug. „Da habe ich ja endlich den schönen Mann, den ich den ganzen Tag beobachtet habe!" neckte sie ihn. Ob sie es ernst meinte oder nicht, liess er dahingestellt bleiben.

„Und in der Mitte hat er dieses tolle Ding!" neckte sie ihn weiter und rückte an ihn heran.

„Mach Dich nackt!" forderte er sie nun auf und half ihr bei dieser kleinsten, schnellsten Aktion. So trafen sich ihre liebesbereiten, vom Tag rundum erholten Körper und vereinigten sich. Sie auf ihm, führte er kraftvoll seinen Penis bis zum Anschlag in ihre Scheide ein, dirigiert von ihrem Ritt, der das Maximum seiner Stöße vorgab und ihr Organ in kürzester Zeit in seinen Ausnahmezustand brachte. Schnell, wie diese Nummer war, kamen beide gleichzeitig zum Orgasmus. Als sie sich wieder trennten, blieben sie trotzdem dicht beieinander, in ihrer kompletten Nacktheit, bedeckt von ihrer gemeinsamen Decke, umhüllt vom Geruch ihrer Liebe, und sanken in den Schlaf.

Der Morgen nahm den gewohnten Lauf. Sonntag, fünf Uhr morgens, länger konnte er nicht schlafen. Er fühlte sich wohl und mit sich eins. Nichts tat weh. Sein Bewusstsein war hell und klar. Den ersten Nachrichten aus dem Radio hörte er aufmerksam zu. Die Stimme des Radiosprechers erschien ihm ungewöhnlich vertraut. Klassische Musik folgte, abgrundtief harmonische Klangfolgen irgendeines Cembalokonzerts. Die erste Tasse Kaffee boosterten seine Stimmung und Wachheit nochmals. So folgten mehr als zwei Stunden absoluter Ruhe und Muße, die er mit Lesen verbrachte. Seine Frau schlief sich oben aus. Was sie jetzt schlief, würde er für sich irgendwann am Nachmittag nachholen.

Kurz vor acht Uhr goss er ihr eine Tasse Kaffee auf und ging nach oben. Sie war gerade von selbst aufgewacht. Mit einem fast strahlenden, liebevollen Lächeln begrüßten sie sich und nahmen sie sich in die Arme. Sie war immer noch nackt. Das einzige, was sie anhatte, war ihre goldene Halskette und der Geruch der Liebe vom Abend zuvor.

Sofort verspürte er diese unbändige Lust auf sie. Voller Komplimente für ihre Erscheinung schlüpfte er, noch in seiner Montur, zu ihr unter die Decke. Rasch war alles, was er anhatte, lästig. Rasch stand er wieder auf und zog sich aus. Es folgten kurze, zärtliche, heftiger werdende Umarmungen. Ihr Geruch war betörend. Rasch bedeutete er ihr, sich auf den Bauch zu legen. Mit seiner rechten Hand spreizte er ihren Spalt. Mit sanftem Druck an den Schenkeln und ihrem Schamhügel spreizte er ihre Beine und streckte ihren Hintern hervor. Mit seinem Gesicht zog es ihn zu ihrem Spalt, den sie ihm, seinem Mund und seiner Zunge mit Wollust darbot. Von seiner unbändigen Lust war sie direkt erfasst worden. Er leckte ihre Klitoris noch feuchter als sie schon war, mischte seinen Speichel und ihr vaginales Sekret. Von ihrem lauten Stöhnen begleitet, drang er kurze Zeit später mit seinem harten Penis von hinten in sie ein und gab sich einer schnellen Folge tiefer Stöße hin. Ein weiteres Mal mit dieser tollen Frau, die sich da vor ihm auf ihr Bett kniete und sich ihm mit allen ihren Reizen und ihrer ganzen Schönheit zeigte, richtig guten Sex zu haben, machte ihn glücklich.

Ohne jeden Widerstand und doch fest und heiß umschlossen, erkundete sein Penis ein um das andere Mal ihre glitschige Scheide. Berührungen seiner Eichel und ihres Muttermundes machten ihn vorsichtig, nicht noch tiefer in sie einzudringen. Er wusste und spürte, sie würde in dieser Position nicht ohne Weiteres zum Orgasmus kommen. Vorher hätte er längst sein Sperma verloren. Also zog er sein Ding wieder heraus und bedeutete ihr, sich auf den Rücken zu drehen. Für sie war es Reflex, natürlicher Zwang, ihre Beine maximal zu spreizen. Ohne wirkliche Unterbrechung setzten sie ihr Spiel fort, diese schlüpfrige, dennoch harte und pralle Massage ihrer jeweiligen Lustorgane, die sie in Minutenfrist zu ihrem gemeinsamen Orgasmus brachte und sie aus diesem ekstatischen Rausch entliess. Zärtliche Küsse folgten, begleitet von vorsichtigen Bewegungen seines Penis in ihrer Scheide. Während des der Ekstase folgenden Sturms ihrer Gefühle wollten sie eines vor allem nicht: sich zu rasch wieder trennen.

Dieses Erlebnis und Abenteuer bestimmte ein weiteres Mal ihren Tag. Das Leben war schön. Alles hatte seinen Sinn. Alles sollte sein. Es lohnte sich. Wenn es denn eine göttliche Fügung im Universum geben sollte, würde sie niemals auf die Werkzeuge der Liebe verzichten können.

Zu Hause

Einen Tag vorher war er bei der Beerdigung eines nahen Verwandten gewesen. Sechshundert Kilometer mit dem Auto lagen hinter ihm. Die Zusammenkünfte mit der weit verzweigten, über das Land verstreuten Verwandtschaft waren über die Jahre nach und nach seltener geworden. Dies war der normale Lauf des Lebens. Alle waren durch ihren Job absorbiert, hatten sich vor Ort ihre eigene Heimat geschaffen, eigene Familien gegründet, waren in eigenen Freundes- und Bekanntenkreisen aufgegangen. Trotzdem war es meistens schön, die Verwandten zu treffen. Es gab diese Verbundenheit, und es gab gegenseitiges Interesse. Oft war auch der Wunsch da, mehr Zeit miteinander verbringen zu können. Der Alltag würde diesen Wunsch in der Regel unerfüllt lassen.

Mit dem Verstorbenen verbanden ihn Erinnerungen an frühere, auch schon seltene Besuche. Seine Mutter hatte den Tod ihres Bruders ergeben hingenommen. Wenn er eines an seiner Verwandtschaft schätzte und sich ihm von der väterlichen und mütterlichen Linie gleichermaßen eingeimpft hatte, dann war es dieser gelassene und friedliche Umgang mit dem Tod am Ende eines mehr oder weniger erfüllten Lebens, mit dem Ende, das nicht aufzuhalten war. Wenn ihn eines in seinem beruflichen Alltag fassungslos machte und über die pure Verschwendung materieller und personeller, vor allem aber emotionaler Ressourcen nachdenklich und mitleidig werden liess, war es dieses Unvorbereitetsein auf den Tod, das sich in Auflehnung gegen das Unvermeidliche, in Ablehnung jeglicher Begrenzung therapeutischer Massnahmen, in ungerechten, unberechtigten, emotionalen Entgleisungen und in undurchdachtem Aktionismus äußern konnte. Einiges davon betraf seine Kollegen, anderes die dem Tod Geweihten selbst und deren Angehörigen. Sein eigenes Gespür dafür, wann das Leben zu Ende ging, schien ihm untrüglich, und er wünschte es sich für den Zeitpunkt, an dem es ihn ereilen würde. Die Trauer über den Tod seines Onkels war leicht. Bis zuletzt war er trotz seiner schweren Erkrankungen Herr seines Geistes geblieben. Der Tod hatte ihn plötzlich ereilt. Alle denkbaren, sich vielleicht über Monate hinziehenden und doch vergeblichen Massnahmen, die er aus seinem Fachgebiet so gut kannte, waren ihm erspart geblieben.

Seine Frau begrüßte ihn froh, als er von der langen Autofahrt wieder zurück war. Es war Winter, glatte Straßen waren angekündigt worden. Sie hatte sich gesorgt. Zum Ausklang des Tages sahen sie einen Film, der sich um eine Liebesgeschichte im höfischen Dunstkreis von Ludwig dem Vierzehnten rankte.

Er, ein renommierter Landschaftserbauer in exponierter Stellung, sie eine unglaublich emanzipierte, unglaublich kreative und willensstarke Gartenarchitektin ohne Empfehlungen und Verbindungen, beide enttäuscht von ihren angetrauten und morschen Beziehungen. Der Film plätscherte dahin, sexuell aufgeladen noch am ehesten bei den Dialogen dieser ihrer Zeit unglaublich voraus zu sein scheinenden Frau mit dem bis zu dessen Überdruss in seiner Eitelkeit gezüchteten und bestärkten König. Allenthalben war ja dieser Zeit eine sexuell aufgeladene Attitude zugeschrieben worden.

Legendär die am Hofe des Sonnenkönigs betriebenen Spielchen, Intrigen, Affären, als hätten alle diese servilen, von einem grandios unsozialen System hervorgebrachten, den lästigen und beschwerlichen Pflichten des Alltags weitgehend enthobenen Angehörigen seiner Entourage und seines Herrschaftssystems vor allem eines im Sinn gehabt: möglichst oft miteinander zu kopulieren und die Untergebenen zu drangsalieren.

Er stellte sich den Sex unter Röcken vor, zwischen verhüllten Körpern. Körper, die so gut wie nie einen

Sonnenstrahl zu sehen bekamen und deren Ausdünstungen nicht zwingend abgewaschen, sondern zugekleistert wurden. Münder, die sich näherten und etwas verbargen, das nicht den heutigen Ansprüchen an Zahnhygiene entsprach. Organe der Liebe, die sich trafen und den uralten, infektiösen Plagen der Menschheit leichtes Spiel bereiteten. Alles zugedeckt von dieser unsäglich albernen barocken Mode, die freie, jugendliche Nacktheit, junge unverbrauchte Haut, die Optik der Liebe nicht zuliessen. Diese Vorstellungen lösten Grauen aus. Seiner Frau gefiel dieser Film mehr als ihm. Ihr war nach einem Date im Bett zumute. Er merkte es erst, als sie sich zu ihm legte. Kurz davor, von der Erschöpfung des Tages in einen tiefen Schlaf gestoßen zu werden, machte es ihm jegliche Reaktion auf ihre Avancen unmöglich. Dass er es eben noch registrierte, war das einzige, zu dem er fähig war. Immerhin erinnerte er sich aber, als er ihr am nächsten Morgen den Kaffee ans Bett brachte. Jetzt war er es, der sich zu ihr legte. Eng lagen sie beieinander und küssten sich.

„Da war ja gestern gar nichts mehr los mit meinem Liebsten!" warf sie hin.

„Aber jetzt könnte was mit ihm los sein." entgegnete er direkt.

„Na, jetzt darf nichts los sein, wir haben zu viel vor heute." belehrte sie ihn. „Wir müssen in die Stadt, mein Fahrrad zur Inspektion bringen, mit dem Kleinen ins Kino gehen und den Film gucken, den wir ihm schon so lange versprochen haben. Abends kann dann ruhig viel los sein."

„Mmh, ich nehme Dich beim Wort, mal sehen, was Du damit meinst. Heute abend." sagte er zu ihr.

„Mal sehen, wie müde mein Mann ist, an mir wird es nicht liegen." gab sie zurück, streckte sich über ihn zum Nachttisch, nahm einen Schluck Kaffee und schaute ihm tief in die Augen. Zärtlich lächelten sie sich an und genossen den Einstieg ins freie Wochenende. Es wurde ein schöner Tag. Ausgiebig frühstückten sie zu dritt und tauschten sich über den gestrigen Tag aus. Er fuhr ihr Rad zu dem Händler, bei dem sie es gekauft hatte und der seine Werkstatt mit dem preiswerten Service für alle neuen und ehemaligen Kunden auslastete. Trotz des grauen, aber milden und regenfreien Januartages freute er sich an der Fahrt durch die mehr oder weniger schmucklosen Stadtteile an der Strecke.

Die Gegend war über die Jahre seine Heimat geworden. Er wusste, wie die Leute hier tickten. Wie überall sonstwo auf der Welt gab es hier Menschen, die noch dem hässlichsten und grauesten Straßenzug in tiefer Emotionalität heimatlich verbunden waren. Woanders zu leben, würden sie sich nicht vorstellen können. Hierzu hatte er eine ambivalente Haltung. Weiß Gott gab es schönere Ecken auf der Welt als diese hier. Aber noch an den schönsten Ecken dieser Welt konnten Menschen in ihrem eigenen, selbst verschuldeten Elend ein tristes, graues Dasein fristen.

Was ihn selbst betraf, war es innere Freiheit, noch die gewöhnlichste Ansicht auf eine verdreckte Straßenbahnhaltestelle im Alltagsverkehr in ein mildes Licht eingetaucht zu sehen. Vielen Menschen war es egal, ihren Müll im öffentlichen Raum zu hinterlassen. Oft störte es ihn. Heute störte es ihn wenig. Er hatte frei, kein dienstliches Telefonat würde ihn binden, er hatte eine Verabredung mit seiner Familie, und der Weg dorthin band seine Aufmerksamkeit, erlaubte ihm Bewegung und frische Luft um seine Nase. Die kleinen positiven Veränderungen, die sich in den vergangenen Jahren entlang der Strecke ergeben hatten, hoben seine Laune zusätzlich. Der breit aufgeschüttete Weg durch das Waldstück, das er zu durchqueren hatte, überhaupt die in den letzten Jahren bei Straßensanierungen angelegten Radwege, die herausgeputzte Einkaufsstraße eines für seine vielen Ausländer bekannten Stadtteils, deren Charme die Herkunft ihrer Besucher und Anwohner noch betonte, die weitläufigen Aussichten auf die langsam näher rückende Innenstadt, die meistens achtlos übersehenen Gebäude, die erst auf den zweiten Blick den architektonischen Reiz offenbarten, den sie auch hatten. Alles Kleinigkeiten, die aber seine Laune hoben, sein Bewusstsein, als freier Mann in seiner Heimat unterwegs zu sein, ihren Reizen Aufmerksamkeit geben zu können und dazu zu gehören.

Ihr Treffpunkt war vor dem Fahrradladen. Der Inspektionsservice war schnell vereinbart, ein anderer Deal mit den üblichen kleineren Nachlässen schnell geregelt. Nachdem sie den Parkschein des Autos nochmals verlängert hatten, gingen sie in ein nahe gelegenes Lokal, das einen angestaubten, kreativen Kaffeehaus-Charme versprühte. Sie tranken Tee, Kaffee, Limonade, je nach Wunsch. Das Lokal war mit netten Menschen voll, lautes Stimmengewirr.

Wieder hatte er dieses pudelwohle Gefühl, in seiner Heimat zu sein und dass das Leben schön sei. Politisch interessiert, waren ihm aber auch die aktuellen Schlagzeilen präsent, die ein Getöse markierten, das zu diesem Lebensgefühl komplett diskrepant war. Er bewunderte die entscheidende politische Person in diesen Tagen. Mit ihrer Gelassenheit und Zuversicht liefen mediale Aufgeregtheit und Erregtheit, dieses ganze Getöse, ins Leere. Sorgen, das es zu laut und wirksam werden könnte, hatte er dennoch. Vieles brauchte Zeit, Geduld, beharrliches Herbeiführen von Lösungen. Wie oft würden die scheinbar einfachen Antworten die eigentlichen Probleme erst verursachen.

All die berufenen Wortführer und Meinungsbildner würden dann weitere einfache Lösungen parat haben und sich ihrer ersten Antworten nicht erinnern. Politisch interessiert, wie er war, hinderte ihn der Zweifel an diesen Vereinfachern aber nicht, jedes mediale Echo auf besagte Person und ihre Entscheidungen aufmerksam wahrzunehmen. So auch jetzt, da am Nebentisch ein Pärchen eines der politischen Magazine dabei hatte, das diese Person zu seiner Titelgeschichte gemacht hatte. Wenn es möglich gewesen wäre, hätte er sich direkt in deren Lektüre vertieft. Als er wenige Tage später die Gelegenheit dazu bekam, verstärkte es seinen Überdruss an dieser Art des lackierten Publizismus.

Jetzt saß er mit seiner Frau und seinem Jüngsten zusammen, im Cafe, irgendwo, und genoss jede Sekunde. Sie machten sich zum Kino auf. Er mit dem gerade erst überholten Rad, die beiden mit dem Auto. Ein rührender, nicht rührseliger Film, der sich an ein altes, berühmtes Heimat- und Kinderbuch anlehnte, fesselte sie mehr als erwartet, gab ihnen den Eindruck, dass es genau so und nicht anders hätte verfilmt werden müssen. Zufrieden verliessen sie das Kino. Er freute sich auf die Radtour zurück nach Hause, auf den Weg zu einem neuen, alten Ziel. Der Tag verstrich im Flug.

Eine schnell zubereitete Pasta und ein Salat stillten ihren Hunger. Sie machten sich noch einmal den Film an, den sie gestern wegen seiner Müdigkeit nicht zu Ende gesehen hatten. Seine ersten Eindrücke von der Handlung und den damaligen Umständen verfestigten sich. Nichts, das es gab zu bedauern, dass solche Zeiten vorbei waren. Jetzt, mehr als dreihundert Jahre später, war er weiterhin schwer in seine Frau verliebt. Eigentlich müde von dem unspektakulär ereignisreichen Tag freuten sie sich auf das Bett. Etwas fehlte am vollständigen Gelingen, etwas, das am Abend vorher und am heutigen Morgen eindeutig zwischen ihnen angesprochen worden war.

Müde, aber erwartungsvoll legte er sich ins Bett. Ihr Sohn war vorher ins Bett gegangen. Er würde mit Sicherheit in sein Smartphone eintauchen oder in den nächsten Minuten einschlafen. Seine Frau kam nach ihrer Abendtoilette zum Bett. Jetzt war sie es, die sich zu ihm legte und seine Erwartungen nicht enttäuschte.

Demonstrativ und absichtlich hatte sie ihr Nachthemd fast komplett hochgeschoben. Zwei Knöpfe waren kein Hindernis. Er streifte ihr Hemd ab. Wohlriechend und nackt lag sie in seinen Armen und liess sich von seinen Händen streicheln und stimulieren. Ihren Hintern streckte sie seinen Händen willig entgegen. Ihre pralle, feuchte Knospe, ihre harten, erigierten Mammillen suchten geradezu den Kontakt. Seine Erwartungen entsprachen ihren. Sie forderte ihn auf, sich auszuziehen, fast schade, dass er sein Spiel dafür eine, vielleicht zwei Sekunden unterbrechen musste. Sie nahm sich sein hartes Glied, spreizte ihre Beine und schob es an ihre Klitoris. Vereint waren sie nicht, aber verschlungen. Seine Hand, die er über ihren weit abgespreizten und über seiner Seite liegenden Schenkel geführt hatte, übernahm die Führung. Mit seiner prallen Eichel massierte und stimulierte er ihre Klitoris, was besser als mit jedem Finger oder anderen Werkzeug, seine nasse, feuchte Zunge eingeschlossen, gelang.

Wie von selbst glitt sein Penis kurz darauf in ihre Scheide hinein, von ihrem wolllüstigen Stöhnen begleitet. Nun waren sie vereint, mit jedem Millimeter spürte er ihren heißen, glitschigen Schlauch um sein hartes Glied, genoss den leisen Kitzel, wie von selbst versetzte sich sein Becken in hektische Zuckungen, füllte sein Penis noch den letzten Raum ihrer Scheide aus. Noch lagen sie auf der Seite, sie mit ihrem breit abgespreizten Bein auf ihm und auf seinem Ding, um sich von ihm in die höchste Lust stoßen zu lassen. Seine Hände hatten ihren Hintern fest im Griff und synchronisierten seine Stöße von vorne. Aber es ging noch enger und fester, und die Gier danach war bestimmend.

Mit ihrer Hilfe dirigierte er sie unter sich, Küsse zuhauf, ihre Zungen, ihr Speichel wurden eins. Mit ihrer Hilfe und unter Fortsetzung seiner von ihm nicht mehr bewusst beherrschten Stöße führte er ihre Schenkel zusammen und spreizte seine Schenkel über ihr liegend auseinander. Sein Glied und ihr Lustorgan hatten jetzt den maximalen, bestmöglichen, dynamischen Kontakt, und es waren Sekunden, dass sich ihre ganze, seit dem Vortag angestaute Lust in einem von ihrem Seufzen begleiteten Krampf entlud. An der Schwelle zum Schmerz seine fast bis zu den Leisten retrahierten

Hoden. Was sich zwischen ihnen und seinem Penis angestaut hatte, musste und durfte jetzt heraus. Und es durfte heraus, wie er es wollte. Ihr war egal, ob auf ihr, vor ihr und hinter ihr. Sie gönnte ihm alles.

Also dirigierte er sie auf ihre Knie, und sie präsentierte ihm ihre nasse, offene Scheide, ihren göttlichen Hintern und Rücken. Und wieder steckte er sein hartes Ding in sie hinein. Alles passte. Rasch durchströmte es seinen Penis, mit einem kurzen, unendlich lustvollen Krampf seines Körpers und seiner Hände, die ihren Hintern fest an ihn heranzogen. Den Kontakt seiner Eichel zum Beginn ihres Organs spürte er genau. Dort konnte es bei direkter Berührung schmerzhaft für sie sein, was glücklicherweise nicht passierte.

Ihre vorsichtigen, abgestimmten Bewegungen gingen mit dem Gefühl an seiner Eichel einher, dort im Sperma zu baden. Eigentlich schade, dass sie das Kindermachen Jahre vorher hinter sich gelassen hatten. Der Akt nahm sein Ende. Unendlich zugewandt und zärtlich bewegten sie sich auf die Seite, weiterhin vereint. Er küsste ihren Nacken, streichelte ihre Brüste, ihren Bauch, vorsichtige Bewegungen zeigten ihm, dass sich ihre Organe langsam wieder trennten. Als es soweit war, mussten sie fast lachen über den Schwall an Flüssigkeit, der seinen Weg nach draussen fand und die Laken benetzte. Es sollte so sein, und es war schön. Kurz darauf sanken sie in einen tiefen Schlaf. Für die Nacht blieben sie nackt beieinander.

Karneval

Karneval hatte begonnen. Noch Jahre vorher waren der Donnerstag ab mittags und der Rosenmontag arbeitsfreie Zeit gewesen, dem Brauchtum geschuldet. Die Ökonomisierung vieler Bereiche hatte diese Regelung gekippt. Immerhin konnte, wer es wollte, den Rosenmontag frei nehmen und sich als Urlaubstag anrechnen lassen. Der Donnerstag aber war an seinem Krankenhaus zu einem fast normalen Arbeitstag geworden. Das einzige, was ihn von den anderen Arbeitstagen unterschied, waren die auf den Stationen aufgehängten Luftschlangen, die einen oder anderen weniger werdenden Jecken unter den Mitarbeitern, die mit einer roten Schaumstoffnase oder unter einer verrückten, grellen Perücke ihren Dienst taten, und der ausgiebige, gemeinsame, von Karnevalsmusik begleitete Brunch mit den Kollegen im Aufenthaltsraum, für den das Programm ein bis zwei Stunden unterbrochen wurde. An diesem Tag erstreckte sich das Programm deshalb bis in den späten Nachmittag. Es wurde acht Uhr abends, bis er müde und lustlos nach Hause kam. Wer von den Jecken, die draussen unterwegs waren, noch Ausdauer hatte, fand den Weg in die Wirtshäuser, in denen von der Karnevalsmusik beseelte Stimmung herrschte. In einem davon hatte er sich mit diversen Freunden verabredet.

Für ihn überraschend, hatte seine Frau schon Wochen vorher geplant, über die Karnevalstage ihre in einer weit entfernten Stadt lebende Tante zu besuchen. Sie zu treffen, war selten möglich. Mit der Ältesten und dem Jüngsten hatte sie sich morgens auf den Weg gemacht, gerade die Große hatte sich besonders auf den kurzen Wochenendurlaub gefreut.

Wäre er seinerseits mitgekommen, hätte er auf den kleinen Event eines spontanen Umzugs durch eine der nahe gelegenen Straßen am Karnevalssonntag verzichten müssen. Auf einen Umzug, der aus einer plötzlichen Eingebung einzelner netter Leute entstanden war und nun seit Jahren immer zur gleichen Zeit fast immer dieselben Leute anzog. Er wollte dabei sein, mit ihm sollte nicht irgendwann der schleichende Tod dieses Umzugs einsetzen. Wenn er einem Fremden hätte nahebringen sollen, was den besonderen Charme des Straßenkarnevals ausmachen würde, wäre dieser Umzug ein Teil der Erklärung gewesen.

Zunächst einmal galt es, sich überhaupt auf Karneval einzulassen. Angespannt, nahezu frustriert kam er an dem Abend in sein leeres Haus zurück. Noch auf der Fahrt vom Krankenhaus zurück sinnierte er über den Sinn dieses verrückten und gefühlsbetonten Spektakels bei nasskaltem Wetter. Seit dem Morgen war ein Gros der Bevölkerung, die Jugendlichen sowieso, aber auch viele der sonst oder auch nicht mehr arbeitenden älteren Menschen auf den Straßen unterwegs gewesen. Der unweigerlich anfallende Müll markierte die frequentierten Wege.

Wohin waren all die Menschen unterwegs? Treffpunkte waren Plätze, Zelte, die auch sonst belebten Straßenabschnitte, Pommes- und Wurstbuden, Büdchen, Kneipen und Wirtshäuser. Wenn man sich traf, wurde es eng. Anderswo hätte man Crowding dazu gesagt, es gehörte dazu. Karneval ohne Crowding war wie Fußball ohne Zuschauer.

Was bewog die Leute, sich dieser Enge auszusetzen? Organisiert war davon wenig. Natürlich verabredeten sich viele und zogen gemeinsam herum. Natürlich hatten die Tollitäten und die sie stützenden Leute aus den Vereinen jetzt den Knochenjob. Natürlich hatten all die Bands, Redner und Kabarettisten, die den Karneval zu ihrem Lebensunterhalt gemacht hatten, jetzt den besten Verdienst. Viele der lächerlich uniformierten Gardisten, die seit Wochen einem steifen Zeremoniell an den verschiedensten Orten huldigten, sehnten das nahende Ende der Session möglicherweise herbei.

Das meiste andere war unorganisiert, spontan, nur vom Kalender diktiert. Ein uralter Brauch und der Wunsch der Gattung Mensch nach periodisch eintretender und gemeinsam erlebter Ekstase. Hierzu gehörten Crowding, und Musik, hierzu gehörte die Aufhebung sonst natürlich vorhandener Barrieren, erleichtert durch Verkleidungen jeglicher Art. Lockeres, durch das lokale Bier und vor allem durch die Musik euphorisierendes Beieinander trat an die Stelle der üblichen Verbindlichkeiten. Man gehörte sich und der fünften Jahreszeit, war gespannt auf das, was kommen würde. Gute Laune war gratis, im Beisein jener, die man kannte, oder jener, zu denen sich flüchtige Kontakte ergaben. Flirten war ausdrücklich erlaubt, seiner Ansicht nach das Entscheidende, warum sich dieses Brauchtum zum kollektiven Ausnahmezustand entwickelt hatte.

Flirten, das nicht ganz so selten auch in Liebe überging und langfristige, tragfähige Beziehungen zur Folge hatte. Flirten, das häufiger kurze und chaotische Abenteuer nach sich zog, die vieles zu Bruch gehen liessen. Die entstandenen Scherben konnten nur mit Mühe und unter Verschleiß hoher Kräfte aufgesammelt und gekittet werden. Flirten, das wahrscheinlich noch häufiger aus kurzen, zärtlichen und manchmal schmachtenden Blicken bestand. Nicht so selten, dass zufällige Blicke passierten und diffuse Empfänglichkeiten sich plötzlich auf eine einzelne Person unter vielen richteten. Viel häufiger, dass diese Blicke keine Reaktion des anderen auslösten. Am häufigsten, dass diese Blicke keinerlei Beachtung fanden. Die Gesetzmäßigkeiten des menschlichen Miteinanders waren nicht außer Kraft gesetzt. Menschen unterschiedlicher Ausstrahlung trafen aufeinander, selbst die ausgefeilteste Verkleidung vermochte nicht, das wahre Ich über mehrere Minuten zu verschleiern. Die auf der Suche waren, konnten sich umgucken, prüfen, Ausschau halten, sich ins beste Licht setzen, schlicht, um zu testen, was es so an Möglichkeiten gab.

Viele, die ganz auf Alkohol verzichteten und nichts vermissten. Viele, denen erst der Alkohol ermöglichte, ihr Gefühlskorsett zu verlassen und andere Seiten hervorzukehren. Viele, die in wohldosiertem, angeheiterten Zustand einfach ein bisschen Spaß haben wollten. Höherdosiert waren zusammen mit der allgegenwärtigen Musik euphorische, ekstatische Zustände nicht weit. Die Verantwortung für jetzt einsetzende Kontrollverluste aber blieb, oft hinterliessen sie Kater, Scham, Verwirrungen und Enttäuschungen.

Und trotzdem, er wollte Teil des Ganzen sein, wollte nicht erschöpft und frustriert auf dem häuslichen Sofa herumhängen, während andere tanzten. Er rief seine Frau an und war froh, dass sie die weite Fahrt unbeschadet hinter sich gebracht und ein nettes modernes Apartment in einem Boardinghaus vorgefunden hatten. Seine Verkleidung sollte aus einfachsten Mitteln bestehen, zu mehr hatte er keine Lust. Als sie davon hörte, verspottete sie ihn, so hässlich fand sie die Teile. Er solle brav bleiben, mahnte sie ihn. Amüsiert hörte er das bisschen Eifersucht aus dieser Äußerung heraus.

In einer albernen Verkleidung machte er sich auf dem Fahrrad zum Wirtshaus auf, in dem sich alle seine Leute an diesem Abend trafen. Es dauerte, bis der heftige Juckreiz unter seiner Kunststoffperücke nachliess. Autofahrer, die ihn auf seinem Rad gesehen hätten, würden gedacht haben, ′wieder so′n bekloppter Jeck′. Es war bereits halb zehn, als er das Wirtshaus erreichte. Von den Rauchern hatten sich einige vor dem Eingang versammelt. Jeder hatte irgendeine kleine, noch so blöde Verkleidung an. Es war normal, jetzt. Zu anderen Zeiten hätte ihm jeder hinterher geschaut und sich gefragt, was denn das für ein schräger Vogel sei. Jetzt nahm niemand Notiz von ihm. Ihm war es recht.

Eigentlich hatte er noch immer keine Lust. Am nächsten Tag würde er wieder Bereitschaftsdienst haben, eigentlich hätte er ins Bett gehen sollen. Er schloss sein Fahrrad ab und ging ins Wirtshaus, aus dessen teilweise geöffneten Fenstern laute, aber schöne Musik schallte. Eintritt wurde genommen, dafür erhielt er einen Stempel auf seine Hand, vier Getränkebons und einen kleinen Pin mit billigem süßen Likör, den er sich noch bei der Kassiererin hinunter kippte. Die Winterjacke, die er sich übergezogen hatte, fand irgendeinen Platz in der hintersten Ecke des Nebenraumes, er würde sie später trotz all der anderen Mäntel und Jacken wiederfinden, die dort auf einem Haufen lagen.

Er fand sich mitten in der Menge, und die Menge fand sich mitten in der Musik. Dies war sein Karneval, unverhoffte Party zu Musik, die jeder kannte, deren Texte den lokalen Slang kultivierten, die Liebe zur Heimat und zum anderen Geschlecht beschworen, deren Melodien harmonischen Grundstrukturen gehorchten und brachliegende Gefühle weckten, mochten sich noch so sehr Musiktheoretiker hochnäsig darüber auslassen, mochten noch so sehr coole Szenegänger die Nase rümpfen. Minuten, und seine schlechte Laune war weg.

Ein erstes Bier, das er trotz des ganzen Gedränges relativ einfach bekam. Jedem Anwesenden war klar, dass jeder ein Getränk haben wollte und auch eins in der Hand hielt. Hob man es hoch, gelang der Weg an den anderen vorbei. Die um ihn herum waren, kannte er nicht. Die er kannte, musste er noch suchen. Schnell fand er die ersten. Auf den zweiten Blick erkannten sie ihn, großes, gut gelauntes, breit lachendes Hallo, kurzer Talk, oft unterbrochen, mehr war nicht drin, mehr war nicht nötig, die Musik tat ihr übriges, schaukelte ihre Stimmung hoch, hielt sie auf dem schon hohen Niveau.

In den vergangenen Jahrzehnten war das dazugehörige Liedgut explodiert, waren aus der Konkurrenz verschiedener Musikgruppen heraus wahre Klassiker entstanden, die jedem geläufig waren und mitgeschrieen werden konnten, hatten gerade in den letzten Jahren Newcomer-Bands unerwartete

Impulse gesetzt und die Szene nochmals bereichert. Mühelos konnten die größten Säle mit einem abwechslungsreichen Repertoire bespielt und die dortige drangvolle Enge bei Laune gehalten werden. Als sei ein unsichtbares Laufwerk aufgezogen worden, sangen die meisten aus voller Kehle mit, wenn eines der gerade angesagten Lieder ertönte. Die Texte handelten von allen wirklich wichtigen Themen des Lebens, Melancholie eingeschlossen, liessen in einem aber keinen Zweifel, dass das Leben, egal wie es käme, sofern man lassen könne, schön sei.

Leben und leben lassen bedingten eine bewundernswerte, manchmal beneidenswerte, oft überstrapazierte Gelassenheit vieler im Umgang mit alltäglichen Herausforderungen. War es Zufall, dass alle diese feiernden und gelassenen Menschen die hiesige Metropole zu einer der am schlechtesten funktionierenden Großstädte seines Landes gemacht hatten? Karneval aber funktionierte, zu seiner Kernzeit allemal, und mit der Tendenz, ihn auf andere Jahreszeiten auszudehnen, ihn wie eine Droge zu missbrauchen.

Hier und heute war alles gut. Nach und nach traf er auch die anderen, die er kannte. Auf engstem Raum standen und tanzten sie zusammen. Die Gespräche waren auf laut heraus gerufene Fetzen verteilt, unweigerlich eintretende, behutsame Rempler mit vorbeigehenden Personen eingeschlossen, die Becher mit dem Bier, dem Wasser oder der Limo in der Hand, ohne dass vieles davon verschwappte. Niemand war schlecht gelaunt, der Augenblick gehörte ihm und allen.

Ein Lied nach dem anderen schwirrte aus kräftigen Boxen durch den Kopf. Texte und Melodien berührten so viele innere Seiten des prallen Lebens. Selbst wenn die Inhalte der Texte nur unvollständig präsent waren. Den ganzen Raum ohne Ton von außen betrachtet, hätte sich dort eine komisch zappelnde Menge albern verkleideter Leute befunden. Aber der Ton war an, und so waren es laut lachende, schreiende, singende Menschen, die sich anders als sonst offen füreinander interessierten. Dies war der von allen gesuchte, Ekstase-fördernde Ort. Wer offen dafür war, liess es geschehen, liess aus schlechter Laune gute werden, gab sich dem Glück der eigenen Ekstase hin, liess es zu, dass die Musik den Körper infiltrierte, Rhythmen und Empfindungen in einen Gleichklang traten, alles bei vollem, extrovertierten Bewusstsein. Eins, das sich auf die Freunde und Bekannten richtete, unweigerlich aber andere Personen, die er noch nie gesehen hatte, nicht ausblendete.

Wo er hinguckte, sah er fröhliche, oft glückliche Gesichter. Deren Ausdruck war das Entscheidende, liess viele Menschen um ihn herum fast schön und attraktiv erscheinen, liess den Gedanken freien Lauf, das Leben könne um Nuancen anders verlaufen sein, und er würde sich woanders, unter anderen Leuten aufhalten, einem anderen Job nachgehen, eine andere Frau und andere Kinder haben und vielleicht zwei Meter weiter genauso glücklich tanzen.

Das Leben sei ein langsamer, ruhiger Fluss, erinnerte er sich an einen wunderbaren, früheren Film. So war sein eigenes Leben beschrieben, im Rückblick waren es klare Erinnerungen an verschiedenste Stromschnellen und Strudel, die ihn belastet, genervt, belustigt und glücklich gemacht hatten. Ein solcher Strudel machte gerade eben sein Leben schnell und aufregend. Der Fluss würde in seinem Bett bleiben. Mitten in diesem Strudel jagten die Stunden vorbei, er war das Wasser, was sich drehte und wieder beruhigen würde, möglich, dass er gerade damit die Aufmerksamkeit anderer auf sich zog.

Nach und nach verabschiedeten sich seine Leute, bis auf einen guten Freund, der eine ihm ähnliche Ausdauer hatte und sich ähnlich drehte wie er. Zum Abschied der anderen gab es breites Grinsen und lockere Verabredungen für die nächsten tollen Tage, auch das Highlight am kommenden Sonntag sollte immer wieder in Erinnerung gerufen sein.

Die Musik ging weiter, die Tanzfläche wurde leerer. Bald mussten sie gehen, es würde sonst zu spät. Im Wechsel mit Wasser gönnten sie sich noch ein Bier und tauchten ohne Unterbrechung wieder in die Musik ein. Wie ein Fisch im Wasser fühlte er sich in ihr.

Irgendwie würde er sich in seinem häßlichen Kostüm und mit seiner albernen Perücke genau richtig zu den Melodien bewegt haben, er hatte dieses unbestimmte Gefühl, mit der Musik eins zu sein, ein ekstatisches Gefühl, das ihm genau richtig vorkam, gar nicht anders hätte sein können und ihn glücklich machte. Wunderte es ihn, das er gerade jetzt die Blicke einzelner fremder Frauen auf sich zog. Deren Blicke waren zu verräterisch. Natürlich lächelte er zurück, alles andere wäre unhöflich und abweisend gewesen. Warum sollten andere nicht an seiner Ekstase teilhaben? Natürlich ehrten ihn die Blicke, total schräg und albern konnten seine Zuckungen nicht sein. Natürlich wollte er sich nichts einbilden, er hasste Eitelkeiten, vor allem solche, die offen zur Schau gestellt würden. Natürlich würde er keine falschen Signale aussenden, oder waren seine Aktion, sein Tanzen, seine Ekstase bereits Signal genug?

So schien es zu sein, eine der Frauen, offenes sympathisches Gesicht, nette Verkleidung, die ihre gute Figur noch betonte, tanzte direkt auf ihn zu und nahm ihn ins Visier, lockeres, tanzendes Beieinander, inclusive einzelner gemeinsamer Pirouetten, die auf Anhieb gelangen, flüchtige Kontakte ihrer Hände, ein verbindlich-unverbindliches Drumherumtanzen, fiebrige Gedanken, was sie zu der prompt entstandenen Nähe bewogen haben könnte. Ihre Neugierde auf ihn war unzweifelhaft da, versuchte sie doch, ihm mit einer Bewegung ihrer Hände den Kittel seines Kostüms auseinander zu ziehen, streifte sie ihm doch mit einer anderen Bewegung seine Perücke ab, die er unter leisem, gespielten Protest direkt wieder aufsetzte. Natürlich war auch seine Neugierde da.

Spätestens hier wusste er, was auf dem Spiel stand, wo der Vertrauensbruch begann. Unmittelbar hatte er seine Frau, seine Kinder, sein ganzes Glück vor Augen. Nichts, was ihm das Recht gegeben hätte, deren Liebe und Vertrauen zu enttäuschen. Jeder weitere, echte Schritt auf diese Frau hin, die so heftig süss und charmant um ihn warb, wäre zu viel gewesen, hätte später auch sie umso tiefer enttäuschen müssen. Mit hochfliegend-verwirrten Gefühlen ging der Abend zu Ende, gemeinsam mit seinem Freund verliess er die Szene. Fast alle waren im Aufbruch, wahrscheinlich freute sich das Personal, endlich aufräumen zu können. Draussen letzter, aber unverbindlicher Talk mit ihr, die zufällig auch nichts anderes als nach Hause wollte, eigentlich aber so viel mehr wollte.

Wahrscheinlich war auch seinem Freund die Brisanz dieser Begegnung bewusst. Wer weiß, was sich ergeben hätte, wenn sie ungebunden gewesen wären, nicht in festen Händen, obwohl er diesen Ausdruck überhaupt nicht mochte, suggerierte er eine Fesselung in gewohnten Bahnen, die er für das Leben an der Seite seiner Frau nie empfunden hatte. Dieses Leben war schön, hatte seinen Sinn, hatte ihn so oft ans Paradies anklopfen und eintreten lassen, hatte ihn, ungeachtet all der kleinen, nickeligen, elenden, grauen, griesgrämigen Verzagtheiten des Alltags zu einem sehr glücklichen Menschen gemacht. So sehr ihm die gemachten Avancen schmeichelten, hielt ihn dieses Gerüst seines Glücks in der richtigen Spur. Es hinderte ihn nicht, in Gedanken der unbekannten Frau auf ihrer Suche nach Liebe das Glück zu wünschen, das ihm selbst widerfahren war.

Zusammen mit seinem Freund legte er ein Stück des Weges nach Hause zurück. An dessen Straße verabschiedeten sie sich herzlich. Zu Hause angekommen, legte er sich ins Bett, seine Frau neben ihm war nicht da. Sie war mehrere hundert Kilometer entfernt längst in ihren tiefen Schlaf gefallen. Eigentlich noch gar nicht müde, blieben ihm maximal fünf

Stunden bis zu seinem Dienst. Eigentlich noch gar nicht müde, schlief er sofort ein. Erholt wachte er zur notwendigen Zeit auf. Der vorherige Abend machte seinen Tag. Etwas an Stolz, das ihn sein ganzes Glück in der Bahn gehalten hatte, mischte sich mit Empathie für die unbekannte Frau, die jetzt mit ihrem emotionalen Kater klar kommen musste. Es war aber gut so.

Bereits jetzt hätte er tiefe Scham empfunden, wenn er aus welchen plötzlichen Impulsen auch immer nur ein kleines Stückchen zu weit gegangen wäre. Eine Scham, die ihn vor allem mit sich selbst überworfen hätte, ihn ein mieses Stück hätte sein lassen, um ihn herum nichts als tiefe Enttäuschung.

Beschwingt startete er seinen Dienst. Das eigentlich geplante Programm war elend voll. Sofortige Entspannung, als aus einem gerade erst ersichtlichen, wichtigen Grund der erste aufwändige Eingriff vom Plan fiel. Trotzdem sollten die anderen Punkte des Programms den ganzen weiteren Tag beanspruchen.

Er gewann aber kurze Zeit, mit seiner Frau zu telefonieren. Sie war gerade mit ihrer Morgentoilette beschäftigt. Alle hatten sie gut geschlafen und schauten auf den vor ihnen liegenden Tag. Natürlich wollte sie wissen, wie es abends bei ihm gewesen war. Sie war froh, dass er ohne Kater am Morgen aufgewacht war und nicht zu viel getrunken hatte. Und sich nicht in den Armen einer anderen Frau befunden hatte. Dies hörte er zwischen den Zeilen heraus. Von der anderen Frau erzählte er nichts, zu eitel wäre ihm jede verbale Äußerung darüber vorgekommen.

Andererseits hörte er sie gerne erzählen, welcher Mann schon wieder mit ihr geflirtet hatte. Er blieb ihr diese Information schuldig. Verzeihlich, fand er, da er eh nicht wegen anderer Frauen von ihrer Seite weichen würde.

Sie erzählte, dass sie zunächst einmal ein kleines nettes Frühstück mit Croissants zu sich nehmen würden, ein

Angebot des Boardinghauses an seine Gäste. Ihre Schilderungen entsprachen den Vorstellungen, die er sich von den paar im Internet präsenten Bildern der Unterkunft vorher gemacht hatte. Wieder einmal hatte sie besonderes Geschick bei deren Auswahl bewiesen. Deren zentrale Lage und helles, modernes Ambiente machten diesen Trip zu einem wirklichen, kleinen Urlaub für seine Frau und die beiden Kinder. Er war froh, dass es ihnen gut ging, dass es sich gerade die Große wieder einmal bei Mama gut gehen lassen konnte. Ihr Tag würde mit etwas Shopping, etwas Sightseeing und vor allem durch das Treffen mit ihrer Tante und Großtante angefüllt sein.

Für ihn nahm der Dienst seinen Lauf, unspektakulär, während der Eingriffe von der typischen Karnevalsmusik aus den Radios begleitet, die auch an diesem Tag seine Laune hob. Erschöpft, zufrieden und mit der Hoffnung, in der bevorstehenden Nacht von dienstlichen Ansprüchen unbehelligt zu bleiben, kam er gegen neun Uhr abends nach Hause. Er hatte Glück, kein einziges Telefonat, nicht ein Einsatz, der ihn aus seinem tiefen Schlaf gerissen und um das tiefe Erholtsein gebracht hätte, das er nach dem Aufwachen gegen fünf Uhr morgens empfand. Nun gehörten die kommenden Tage ihm.

Das Wetter passte zur guten Laune. Es war mild, die Sonne schien. Ein paar Verrichtungen und Besorgungen, die alle nichts mit seiner Arbeit zu tun hatten und gerade deshalb nicht alltäglich waren, umständehalber ein seit langem geplanter Ausflug in die Innenstadt, mit der Straßenbahn, da das Auto seine Frau hatte, unverkleidet er, trotz aller Jecken, die auch heute wieder unterwegs waren und die Stadt zum dominierenden Zentrum des Geschehens machten.

Die anderen Leute würden ihn als unbeteiligten Beobachter noch nicht einmal registriert haben. In seinem Inneren empfand er glückliches und echtes Interesse. Er hatte frei, niemand anderes, seine Frau und Kinder würden es ihm verzeihen, redete ihm herein, der Augenblick gehörte einzig ihm und seinen Eindrücken von dem ganzen laufenden Spektakel. Gut erinnerte er sich, wie fremd und eigenartig es ihm vorgekommen war, als er, vielleicht dreizehnjährig, mit seinen Eltern am Bahnhof dieser Stadt den damaligen Karneval während der Wartezeit auf irgendeinen Anschlusszug erlebt hatte. Viele Jahre waren vergangen, hier, wo er lebte, war zu seiner Heimat geworden. Viele kleine Details davon konnten ihn nerven, nichts Essentielles, heute nervte ihn gar nichts. Ihn beschlich sogar das Gefühl, dass die Stadt, anders als sonst, herausgeputzt war, auch und gerade in den Vierteln, die vom Wohlstand nicht verwöhnt waren.

Im Zentrum verwandelten durchorganisierte Garden den dortigen Platz in ein Aufmarschfeld für alberne Exerzitien. Längst hatte er sich abgewöhnt, die Nase darüber zu rümpfen, nein, es war so albern, dass es gut war, wie oft schon hatte er herzlich darüber lachen müssen. Noch dazu wurde deren Tun durch die Lieder einer Girlsband unterbrochen, die ein fetziges, dynamisches, melodisches Debüt gaben. Spätestens hier hätte er sich, verkleidet und mit anderen verabredet, vorstellen können, den Geschehnissen und Gefühlen auf der Straße zu folgen und als Teil dessen das Ganze passieren zu lassen. Dass er sich für den Umzug, der am Nachmittag in seinem Viertel stattfinden sollte, mit anderen verabredet hatte, tröstete ihn. Aktuell war er einer der vielen Zuschauer, Fremden, Zugereisten, Unverkleideten, versteckt Unbeteiligten, die, wenn überhaupt, nur ansatzweise verstanden, was in den Jecken eigentlich los war. Er hatte sein eigenes Verständnis dafür.

Etwas verspätet kam er nach Hause zurück, es war weiterhin sonnig. Schnell warf er sich in seine bereits vor Wochen bei einem abendlichen Spektakel der Session ausprobierte Verkleidung. Sie gefiel ihm und war trotzdem praktisch, weil sie ihm das Tragen einer normalen Jeans erlaubte. Darüber ein langes, weißes, mit ausladenden Rüschen verziertes Hemd und eine überlange, lederne Weste, oben drauf eine langhaarige Perücke aus grausilbrigen, fürchterlich künstlichen Haaren, die ihn noch am effektvollsten in eine gewisse, gewünschte, präliminäre Anonymität katapultierte. Perücken fand er überhaupt das Beste für diese fünfte Zeit des Jahres, abgesehen von dem auf dem eigenen Schädel herrschenden Diskomfort. Perücken machten eines entbehrlich: Schminke im Gesicht, diese elend verlaufenden Farbkleckse, die nur mit Mühe aufzutragen und nur mit Mühe an Ort und Stelle zu halten waren.

Der Umzug war in vollem Gang. Einmal mehr merkte er, wie schwierig es war, in der anonymen Menge der meistens verkleideten Leute bekannte Gesichter auszumachen. In der Nähe eines rückwärtig platzierten Bierstandes fand er, die er gesucht hatte. Jeder hatte irgendetwas aus seinen Schränken ausgegraben und angezogen, von dem er meinte, es würde ihn zur Teilnahme an diesem Spektakel berechtigen. Jeder hatte eine gewisse Requisite alberner Klamotten, die je nach Laune selten oder häufiger erweitert wurde und aus der ein ganzer Einzelhandelszweig seine Existenz ableitete.

Bestimmte Fummel liefen immer, wurden gerne auch in mehreren Sessionen getragen. Vieles wäre unter normalen Umständen extrem auffallend, grell, kitschig, geschmacklos gewesen, jetzt war es erlaubt. Auffällig war, der sich noch nicht einmal zu roter Nase, Seemannskäppi oder Cowboyhut hatte durchringen können. Locker stand man zusammen und ging auseinander, erzählte sich etwas oder auch nicht, spendierte Bier oder nahm eines an. Es war eine wabernde, überwiegend lustige, lachende, schreiende Menge, die sich der Regie des Umzuges diverser Grüppchen unterwarf. Deren Mitglieder trugen nun den Lohn vieler Stunden Arbeit davon, das Bad in der Menge, ihr Bewusstsein, an der vordersten Stelle des Brauchtums zu stehen, die Befriedigung, die Neugierde, wer denn alles gucken würde, endlich gestillt zu bekommen. Mitten durch die Menge nahm der

Zug seine Bahn, an deren Rändern viele Kinder, die auf dicke Beutel eingesammelter Süßigkeiten hofften.

Simpelstes, fast sinnentleertes Drehbuch, und gerade deshalb unbeschwerte, heitere, fröhliche, gern zusammen verbrachte Zeit. Was folgte, war für jeden anders. Einige öffneten die eigenen vier Wände für die Party danach, zu der sich auch Freunde von Freunden, unbekannte Bekannte von Bekannten einfinden konnten, um die ausgelassene Stimmung zwischen eigentlich fremden Personen ein paar weitere Stunden zu verlängern. Es waren nur wenige, meist hart gesottene Karnevalisten, denen es wert war, Jahr für Jahr die geliebte Ordnung zu Hause dem dadurch unweigerlich eintretenden Chaos zu opfern. Bewundert wurden sie allemal, dankbar ihre Gastfreundschaft genutzt. Sie zu erwidern war schwierig, so etwas wie diese teils auch spontan entstehenden Partys nach dem Zug konnten nicht angeknipst werden, brauchten den Willen aller Beteiligten, sich auf nichts anderes als Karneval und die gerade anwesenden Leute einzulassen, das, was vielleicht sonst noch an Absichten, Plänen und Verabredungen im Kopf war, auszublenden. Wenn es denn gut lief, war es die Freude und den Spaß wert, blieb dauerhaft in den Erinnerungen. Jahr für Jahr immer dieselben mit der Gastgeberrolle zu belasten, ging aber aus nur zu verständlichen Gründen nicht.

Andere hatten andere Pläne für den Abend, gerade heute am Karnevalssamstag liefen die meisten Bälle, die schon Wochen vorher ausverkauft waren.

Wieder andere zogen weiter, dorthin, wo Crowding, gute Laune und Musik waren.

Viele waren froh, wieder nach Hause gehen und die vermüllte Straße hinter sich lassen zu können. Zunächst einmal würden die Kinder mit dem Sortieren ihrer Süßigkeiten beschäftigt sein.

Ihm selbst widerfuhr nicht das Glück, auf eine Party nach dem Zug eingeladen zu werden, hätte dies auch nicht als angemessen empfunden, zu sehr brannte in ihm das schlechte Gewissen, selbst nie eine ausgerichtet zu haben. Obwohl er den Wunsch dazu immer verspürt hatte. Allerdings hatte er das Glück, dass ihn ein befreundetes Pärchen zu dem Event am Abend in dem nahe gelegenen, allen bekannten Schuppen mitnehmen wollte. Dazu hatte er Lust, spontan sagte er zu. Andere Freunde und Bekannte wollten dort auch hinkommen. Dies war Karneval nach seinem Geschmack.

Man verabschiedete sich. Ein paar Stunden bis zum Abend blieben, um nach Hause zu gehen und sich auf die Couch zu legen. Er fiel in einen tiefen, kurzen Schlaf. Ohne dessen Erholung würde er an diesem Abend in der Runde der Leute nicht gesellig sein können. Als er aufwachte, war es stockdunkel. Kurze Zeit später würden ihn die Freunde mit den Rädern abholen.

Er rief seine Frau an. Ein abwechslungsreicher Tag lag hinter ihnen. Mit der Tante waren sie zusammen und stillten in einem lokalen Brauhaus ihren Hunger. Lachen musste er, als er hörte, dass sich seine Große mit einer Schweinshaxe ein besonders deftiges Essen bestellt hatte. Er spürte, es ging ihnen gut. So, wie er sich mit seiner Frau nicht lange, aber zärtlich am Telefon unterhielt, vergewisserten sich beide subtil und fest ihrer Liebe und Zuneigung.

Die Klingel läutete, es ging los. Ungezwungen startete er mit den Anderen in den Abend. Die kurze Strecke legten sie mit den Rädern zurück. Wieder waren drei Jecken mit wehenden Klamotten auf der Straße unterwegs, ein Bild, das er liebte. Mit dem Fahrrad war man noch ein bisschen freier, das zu tun, was einem in den Sinn kam und wohin es einen verschlug. Für den Fall, dass es für das Gesetz zu viel werden würde, könnte man schieben.

Der ganzen Diskussionen um den Alkohol im Karneval war er sich bewusst. Er hätte trotzdem nicht darauf verzichten wollen. Bier schmeckte ihm. Seit Jahrtausenden hatte es den Menschen begleitet. Natürlich war er lockerer drauf, wenn er erstmal zwei, drei oder vier davon getrunken hatte. Natürlich würde er diesen biologisch-biochemischen Zustand in irgendwelchen neuronalen Netzen seines Hirns nur mit zwei, drei oder vier davon erlangen. Natürlich war der nachfolgende Kater blöd. Bis zu dessen Eintreten gab es aber einen weiten Bereich des Schutzes vor dem Kontrollverlust, des weiteren Nachdenkens über das, was dem gerade zuletzt genossenen Bier als nächstes folgen solle. Probat in diesem Zusammenhang war simples Wasser. War einmal ein gewisser Pegel erreicht, verhinderte ein regelmäßig zwischen zwei Bieren hinunter gekipptes Selters den Absturz, der den Blick zurück unvermeidbar trüben würde.

So weit war er noch nicht gekommen, der Abend ging erst los. Dicht drängten sich die Menschen in dem Zelt, das für die Karnevalstage auf dem Innenhof des Schuppens aufgebaut worden war. Laute Musik aus allen Richtungen, Musik, die nur teilweise seine Vorstellungen traf. Mühevoll fanden alle, die sich verabredet hatten, ihr gemeinsames Plätzchen, das sie bis zum Ende nicht verlassen würden. Den meisten um sie herum ging es wie ihnen. Sie waren je nach momentaner Stimmung die gerade mehr oder weniger begeisterten Mitläufer des Karnevals. Nicht die Profis, nicht die Sessionisten, die sich Monate für die Sache verzehrten, nicht die Lokalpatrioten, denen ihre Mundart flüssig von den Lippen ging. Sie waren auch nicht diejenigen, die da waren, weil es etwas umsonst gab. Hier gab es nichts umsonst. Hier und heute machten die Betreiber Umsatz.

Hier und heute feierten die Leute, dass sie frei hatten, zusammen waren, sich von der fünften Jahreszeit hatten anstecken lassen und durch ihre schiere Menge einfach dazu gehörten. Sie feierten ihre Erwartung einer ausgelassenen, lustigen, leichten Party mit in jeder Hinsicht offenem Ende. Erwartung und tatsächliches Eintreten waren nicht das Gleiche. Der Funke sprang nur langsam auf ihn über. Die Musik war das Entscheidende. Irgendwie hielt der DJ nicht den richtigen Mix bereit. Den, der vor zwei Tagen so gepasst hatte. Es reichte, sich mit den anderen im Takt und Rhythmus zu bewegen. Die Bewegung reichte, um nicht müde zu werden. Es reichte aus, um alle dicht beieinander stehenden Menschen in diesem Zelt in eine unaufhörlich wabernde und zuckende Menge zu verwandeln. Jeder wollte dazu gehören, niemand wollte die Laune des anderen trüben. Mochte die Musik wenig Anregung geben und innere Seiten unberührt lassen, gab man ihr doch mit jedem weiteren Lied eine neue Chance. Und es stimmte ja, nach und nach wurde es besser, verlor er das Gefühl für die Zeit, die sich zunehmend schneller drehte. Ekstase war trotzdem anders. Es blieben Erinnerungen an nette, gemeinsame Stunden mit Leuten, von denen er einige das erste Mal überhaupt gesehen hatte, Freunde von Freunden eben, die ihm genauso sympathisch waren, Menschen, die der Karneval spontan zusammengewürfelt hatte. So war es. Etwas fehlte zum Abschluss dieses Abends. Etwas Spontanes, etwas Freies, etwas Verrücktes. Dem stand die Musik in diesem Schuppen entgegen.

Mit den beiden, die ihn zu diesem Event mitgenommen hatten, kam er auf die Idee, zu dem ihnen allen bekannten Wirtshaus zu fahren. Dort vermutete er die Musik, die er suchte, vielleicht würden dort noch andere Freunde und Bekannte abtanzen. Leute würde es dort genauso viele geben. Sie verabschiedeten sich von den anderen, tatsächlich würden auch die meisten der anderen ein bis zwei Stunden später dort wieder auftauchen. Auf den Rädern legten sie die geschätzt zwei Kilometer zurück. Zu vorgerückter Stunde gaben sie dem Abend eine zweite Chance.

Angekommen, trafen sich viele bekannte Gesichter mit großem Hallo, das Unerwartete und die fortlaufende Party gaben dem Hallo ein besonderes Gewicht. Sofort war diese Gelöstheit in ihm da, die er gesucht hatte und ihn noch stundenlang tanzen lassen würde. Genau waren es zwei, drei

Stunden, die blieben, bis der Laden zumachte. Es waren die schönsten Stunden der Nacht. Musik und Tanz und die Leute um ihn herum versetzten ihn in einen Rausch des Glücks.

Dieser Zustand liess unwillkürliche und genaueste Beobachtungen der anderen zu. Ein Noch-nicht-Pärchen fesselte seine stille Aufmerksamkeit. Die Phase des Flirtens mussten sie bereits hinter sich gelassen haben, so eng sie beieinander standen und so eindringlich er immer wieder auf sie einredete. Ein junger, von sich überzeugter Mann, eine hübsche, junge, so schien es, zweifelnde Frau, die nicht wusste, ob sie sich an diesen Mann verschenken sollte. Ohne zu wissen warum, versetzte ihn dieses Werben des Mannes in eine zusätzliche Leichtigkeit des Seins. Er wünschte ihm, dass seine Verliebtheit beantwortet würde, mit welchem Ziel auch immer. Genauso wünschte er ihm, dass er sich nicht mit der halben Verliebtheit seiner Angebeteten und Umworbenen zufrieden geben würde, dass er rechtzeitig erkennen würde, es habe bei ihr nicht geknallt. Fast verspürte er den Impuls, ihn väterlich zur Seite zu nehmen, ihm zu bedeuten, sich in seiner Balz zurückzunehmen. Es stand ihm nicht zu, der Junge musste selbst darauf kommen. Wer weiß, ob er nicht sogar Erfolg haben würde.

Was ihn selbst in die Leichtigkeit hob, war die stille, anonyme Teilhabe an dieser Situation. Inmitten seiner ekstatisch ausgelebten Musik. Er musste nicht werben, ob andere um ihn warben, wusste er nicht oder blendete es bewusst aus. Seine Liebste war Hunderte von Kilometern entfernt, das Leben mit ihr ein einziges Werben und Erfüllen, voller Erinnerungen an Balz, Sex und Liebe. Dieses Leben machte ihn zu dem untrüglich sicheren, stillen Teilhaber dieses Tete-a-Tete, dieses hochemotional aufgeladenen Spiels eines Noch-nicht- oder Nie-Pärchens im Karneval, in dem er unendlich leicht hätte Regie führen können. Das Ende dieses Spiels entzog sich aber seiner Kenntnis. Wie der Zufall es wollte, hatte er rasch denselben Freund getroffen, mit dem er vor zwei Tagen an derselben Location zu fast derselben Musik bis zum Schluß auf der Tanzfläche geblieben war. Auch heute hielten sie bis zum Schluß durch, die anderen waren bereits weg. Gemeinsam verliessen sie die Szene, die Minuten später keine mehr war. Der Abend fand sein erfülltes Ende.

Ausgeschlafen wachte er am nächsten Morgen auf. Sein Karneval ging weiter. Aus einem spontanen Impuls heraus hatten sich seit Jahren fünfzig bis hundert Leute in jeweils etwas unterschiedlicher Zusammensetzung jeweils am Karnevalssonntag zu einem Umzug durch eine der Straßen des Viertels zusammengefunden. Viele Male und ohne je einmal ausgefallen zu sein, hatte dieser Event eine informelle Tradition begründet. Nicht spontan daran war der Termin, Beginn elf Uhr elf, war der Ort, wo es losging, ein Platz an der Straße, war die Straße selbst, die der Zug nahm, zu der Zeit ohne dichten Verkehr, war das Ziel, jenes gut bekannte Wirtshaus, dessen Besitzer, halb aus Verpflichtung, halb aus Sympathie, seinen Leuten am eigentlich freien Morgen einen feucht-fröhlichen, von Musik untermalten Empfang bot. Spontan waren die Idee selbst, das Fehlen jeglicher administrativer Zwänge, die Offenheiten untereinander und jedem gegenüber, der Lust hatte, sich anzuschließen oder auch nur vom Rand her Zuschauer zu sein, Offenheiten, die Bekanntschaften vertieft und sogar Freundschaften ermöglicht hatten. Spontan war der Ablauf des Spektakels, Hauptsache, jeder kam irgendwie mit, ob verkleidet oder nicht, jeder Fummel war erlaubt. Spontan war die Stimmung, die sich ergab, die er meistens als Leichtigkeit des Seins empfand, aber in anderer Prägung als noch in der Nacht davor, und die mühelos auch andere erfasste, die vielleicht das erste Mal dabei waren.

Klar, dass die wohlwollend akzeptierte Kaperung des zu dieser Zeit eigentlich geschlossenen Wirtshauses dazu beitrug, diese Stimmung herbeizuführen. Dort gab es das flüssige Gold, die alles beseelende Musik, die Stehtische, um die man sich versammelte, davor den halb unbeaufsichtigten Platz mit einzelnen Spielgeräten, auf dem sich die Kinder ihre Zeit zu vertreiben wussten. Dort gab es den fröhlichen, ausgelassenen Talk untereinander, dessen Inhalte so banal und albern wie nur irgendetwas sein konnten und deshalb die karnevalistische Stimmung nicht einsperrten.

In einzelnen Jahren hatte es draussen Schneetreiben gegeben. Meistens aber hatte die Vorfrühlingssonne das Ganze in eine milde Szene gesetzt. So auch in diesem Jahr. Dies war ein besonderer Treff an einem besonderen Tag im Jahr, nichts, was er davon verpassen wollte. Dies war einer der entscheidenden Gründe, weshalb er Karneval lieben gelernt hatte.

Wirklich lange dauerte dieser Treff nicht, vielleicht zwei Stunden. Nach und nach verabschiedeten sich die Leute, einige wollten an anderen Orten stattfindende, offizielle Karnevalsumzüge nicht verpassen, einige hatten schlicht genug von Karneval und freuten sich auf dessen Ausklang. Der harte Kern der Leute blieb bis zum Schluß dieses Treffs am Sonntagmittag, wusste aber, die freie Zeit des Wirts und seines Personals nicht über Gebühr zu beanspruchen. In lockerem Verbund machten sie sich auf den Weg zurück. Ein paar Minuten gemeinsamen Weges und letzter launig-glücklicher Konversation. Ganz zuletzt trennte er sich von seinen direkten Freunden. Den nächsten, etwas feucht-fröhlichen, vor allem aber kommunikativen Abend sprachen sie noch miteinander ab. Dieser Abend sollte der überhöht gewichtigen Planung des hoffentlich im nächsten Jahr wieder stattfindenden Umzugs dienen, genau in dieser Haltung lag das augenzwinkernde Einverständnis aller Beteiligten, es mit dessen Organisation nicht zu genau zu nehmen. Glücklich ging er nach Hause, sein Karneval war vorbei, und er freute sich auf den nächsten. Wenige Stunden, und seine Liebsten würden zurückkehren. So gut es ging, versuchte er, die Wohnlichkeit wiederherzustellen, mit der seine Frau vor drei Tagen das Haus verlassen hatte.

Er war noch bei der Zubereitung des warmen Essens, als sie nach unangestrengter Fahrt zurückkamen. Sie hatten sich wieder. Erst mussten sie sich wieder etwas näher kommen. Drei Tage physisches und emotionales Getrenntsein lagen zwischen ihnen. Mit den Kindern und mit familiärem Bezug hatte sie drei Tage Städtereise hinter sich gebracht, hatte freie, selbstbestimmte Zeit in fremder Umgebung erlebt und neue Reize empfangen. Er war allein zu Hause geblieben, um seinen Karneval zu feiern, in etwas anderer Art und Weise, als es ihren Bedürfnissen entsprochen hätte. Klar waren es auch seine dienstlichen Verpflichtungen gewesen, die ihn nicht hatten mitreisen lassen, die er aber lässig überstanden hatte. Erinnern und deshalb nicht missen würde er sich aber an die Stunden selbstbestimmten Glücks dazwischen, eines Glücks, das er in ihrer Abwesenheit erlebt hatte. Sie hatte ihr Glück erlebt, und er seines. Ohne es genau benennen zu können, waren beide mit ihrem jeweils eigenen Glück fremdgegangen. Natürlich würde sie widersprechen, wenn er es ihr so auseinandergesetzt hätte.

„Du hättest ja mitfahren können!" würde sie ihm gesagt haben.

„Nicht über Karneval, Du weißt, was mir bestimmte Dinge daran bedeuten!" hätte er geantwortet. „Und ich hätte zwei Urlaubstage nehmen müssen. Bei all dem, was wir dieses Jahr noch vorhaben." Dies wäre sein entscheidendes Argument gewesen.

Es blieb ein nicht geführter, aber gefühlter Dialog. Beide spürten, dass sie sich wieder brauchten, ihre absolute, unbedingte Nähe zueinander.

Endlich hatte er das Essen fertig. Ihr Hunger machte es ihnen einfach, dass es schmeckte. Gelöst erzählten sie sich die Neuigkeiten. Die Große würde bis zum nächsten Tag bleiben. Die Karnevalsmusik aus dem Radio musste er ausschalten. Sie traf seine Stimmung, weil er aus dem Karneval kam. Sie traf nicht die Stimmung der anderen, einmal mehr zeigte es ihm, dass sich Karneval nicht mit einem Knopfdruck anschalten liess. Es war egal. Langsam tauchten sie in den Abend ein, sortierten sich für das Ende des Tages, freuten sich auf das Bett und erholsamen Schlaf, freuten sich, dass der nächste Tag noch frei sein sollte. Würde seine Frau sich ihm zuwenden, sich ihm verschenken? Noch fehlte das erotische Knistern, das diese Frage beantwortet hätte.

Sie gingen ins Bett, er vor ihr. Sie schlüpfte eng zu ihm unter die Decke. Es hätte das Kuscheln vor dem Einschlafen sein können, begleitet vom Austausch einzelner, auch verbaler Zärtlichkeiten. So war es, es war aber auch mehr. Sie wie ihm weckte es den Appetit auf ihre Körper, ihren und seinen Geruch, auf Wärme, nackte Haut, auf das gewisse Abenteuer, das sie tagelang ausgeblendet und sich bis vor wenigen Minuten noch nicht wirklich zugetraut hatten. Beide wollten den nachfolgenden Akt. Libidinös weniger besetzt als sonst, war er für beide umso wichtiger, war er die Anerkenntnis, dass es beiden gut gehen konnte, auch wenn sie nicht zusammen waren, vor allem aber dann, wenn das Ende des Alleinseins dazugehörte. Je enger, näher, heißer, schlüpfriger sie sich unter der Decke kamen, desto mehr verkörperte es ihnen das Ende ihres temporären Alleinseins. Erschöpft, glücklich und verwundert darüber, was das Leben bereithielt, sanken sie in einen tiefen und tatsächlich erholsamen Schlaf.

Er liebte diese Stunden, wieder einmal genoss er das Glück dieser Stunden. Ausgeschlafen, allein in der Küche, frisch aufgebrühter Kaffee, Zeit ohne jede fremde Regie, Musik aus dem Äther, die sein Ausgeglichensein spiegelte, vor sich Literatur, Zeitschrift oder Zeitung, was immer er gerade wollte. Es war Brauchtumstag, der früher noch selbstverständlich frei gegeben worden war, seit Jahren aber mit halbem Zwang dem Urlaubskonto belastet wurde. Draussen war Sturm. Die Jecken taten ihm leid, all die Karnevalisten, die sich seit Monaten auf den absoluten Höhepunkt der Session mit den allseits bekannten Umzügen vorbereitet und gefreut hatten, schauten mit bangen Augen nach oben und hofften, dass Petrus der Jeck bliebe, der zu sein sie immer von ihm behaupteten. Seine Metropole würde sich treu bleiben und den Zug nicht absagen. Es würde gut gehen, weil Petrus ein Einsehen haben würde. Überhaupt hätte es noch immer gut gegangen, würde das von der Mundart geprägte Fazit am Ende des Tages sein. Für ihn war Karneval vorbei, vor ihm lag ein freier Tag mit lazy going. Da, wo es passte, würde er noch Karnevalsmusik hören, aber für sich und wissend, dass die Zeit dafür bald vorbei sei. Vor ihm lag ein Tag mit seiner nicht ganz kompletten Familie und seiner Frau.

Er brachte ihr den Kaffee ans Bett, das von beiden geliebte Ritual. Sie war schon wach. Sie lächelte ihn verliebt an, wieder, neu, noch immer, es war egal. In ihnen explodierte die Lust auf Sex. Ihre Kinder waren noch ausreichend lange vom Aufwachen entfernt, sie würden für sich bleiben. Mit geöffnetem Nachthemd hob sie die Decke an, um ihn neben sich zu haben. Noch zog er sich nicht aus. Mit wilder Lust auf ihren Körper, auf ihren Mund, ihren Geruch, den Geschmack ihrer Haut und ihrer Vagina küsste er sie, leckte ab und lutschte, was ihm gerade in den Sinn kam. Sofort zu allem bereit, was er vorgab, öffnete, rekelte und zeigte sie sich ihm, wo es ging. Direkt hatte er ihr Hemd abgestreift. Sie genoss ihre Rolle als pures Objekt und gerade deshalb voller Lust.

Vor dem Bett kniend nahm er schließlich ihre pralle, heiße Klitoris in den Mund und drang mit seiner Zunge in ihre Scheide ein. Mit breit gespreizten Beinen lag sie in ihrer ganzen nackten Schönheit vor ihm und gab sich lustvollen Windungen unter seinen feuchten, schlüpfrigen Massagen hin. Nicht lange, und ihr Stöhnen endete in einem ultimativen, erlösenden Krampf. Sie war gekommen. Jetzt zog er sich hastig aus, der Platz neben ihr war frei. Magnetisch zog sein pralles, hartes Ding ihren Mund an, grenzenlos befriedigt wollte sie nur das eine, es ihm in gleicher Weise zurückgeben. Grenzenlos sanft und doch fest ging sie auf seinem Penis auf und nieder. Auf dem Rücken liegend, blieb ihm nichts anderes, als ihr sein Ding entgegen zu strecken und jeden weiteren Kitzel, der sich von seiner Eichel ausbreitete und jedes Mal stärker wurde, geschehen zu lassen. Frei und unbefangen schleuderte er sein Sperma in ihren Mund, unbefangen, weil er wusste, dass sie es in diesem Augenblick genau so wollte, dass sie neugierig darauf war, neugierig auf dessen Geschmack, neugierig, es herausspritzen zu lassen, in ihren Mund, daneben auf seinen Bauch, dass sie es so wollte, weil er bereit dazu war und in diesem Moment darin seine Erfüllung fand. Schöner und intensiver als sonst empfand er diesen Orgasmus und das wohlige Gefühl, dem Stau Platz gegeben zu haben. Das Ganze aber nicht als Folge eines simplen blow jobs, sondern Höhepunkt ihrer in tiefer Verbundenheit und Vertrautheit möglichen, spannenden und fesselnden Sexualität.

Nichts war unecht, ein weiteres Mal hatten sie sich dem anderen ausgeliefert, hingegeben und selbst alles empfangen, eine weitere Mal hatten sie sich ihrer Bindung untrüglich versichert. Es trug sie durch den Tag. Zwischen ihnen herrschte stilles Einverständnis, sich spätestens am Abend auf ihr nächstes Date einzulassen. Der Geruch ihrer Scham, den er während dieses Tages um seine Nase hatte und den auch sie bei Küssen zwischendurch bemerkte, weckte seine und ihre Lust erneut.

Es war soweit. Noch bevor sie aus dem Badezimmer zu ihm kam, hatte er sich nackt ins Bett gelegt. Erwartungsvoll schaute sie unter die Decke und auf seinen erigierten Penis. Ohne Widerstand liess sie sich von ihm das Nachthemd ausziehen. Wenige Küsse und sie öffnete ihre Beine über ihm. Mit seiner linken Hand dirigierte er seine Eichel an den längst feuchten Eingang zu ihrer Scheide und die davor liegende pralle Klitoris. Von einer weitergehenden Aktion hielt er sich noch zurück. Was seine Zunge und sein Mund am Morgen gemacht hatten, versuchte er jetzt, mit seinem harten Penis zu simulieren. Die komplette Penetration war er schuldig geblieben, Zunge und Penis waren nicht das Gleiche. Und nach diesem kompletten Eindringen seines Penis hatte sie jetzt ein besonderes Verlangen, wie er.

Noch hielt er sich zurück, bemerkte ihre zunehmende Gier. Nach und nach drang er tiefer in sie ein, von ihrem aufreizenden Stöhnen begleitet. Wie sie empfand er pure Lust. Er drehte sie auf ihren Rücken. Schließlich maximal vereint, waren es einige kräftige, glitschige Stöße auf ihr und mit ihren breit gespreizten Beinen um seinen Hintern, dass sie kam und sich noch enger um ihn schlang. Er war so glücklich, so erregt. Trotzdem konnte er seinerseits nicht kommen. Er wusste nicht warum.

Die simpelste Erklärung schien zu sein, dass er seine Speicher morgens und am Abend zuvor komplett entleert zu haben schien. Zu simpel, der eine oder andere Tropfen wäre mit dem nächsten Orgasmus gekommen, die Füllung ihrer Scheide geringer ausgefallen. Nein, sein Ding war refraktär, blieb zwar erregt, aber unterschwellig, trotz Dauererektion. So hätte er das Spiel stundenlang fortsetzen können. Irritierend, da sie wartete und erwartete, dass er kam. Was aber nicht eintrat, war dieser besondere Kitzel in seinem Ding. Alles stimmte, sie wollte seinen Orgasmus, gab sich ihm in unverschämter Freizügigkeit hin. Ihre weite, nasse Scheide war seinen Stößen ein einziges Willkommen. Um seine Nase war der betörende Duft ihrer Liebe. Und doch hätte er lange, für sie viel zu lange gebraucht, um sein Sperma hervor zu kitzeln. Selbst diese lange Zeit hätte sie ertragen, wahrscheinlich sogar genossen. Was er nicht wollte, was aber in seinen Gedanken schwirrte, wäre eine durch seine Aktion herbeigeführte honey moon Entzündung. Diese Furcht hemmte ihn, seinen Spaß fortzusetzen. Drei Mal innerhalb eines Tages waren sie übereinander hergefallen, das dritte und unbestimmt längste Mal würde das Risiko dafür deutlich heraufsetzen. Bald merkte auch sie, daß ihn etwas hemmte. Spätestens hier gestand er ihr sein Unvermögen. Gerade hatte er sie wieder von hinten genommen und ihren aufreizenden Hintern auf der Schiene seines Penis mehrere Male an sich herangeschoben. Er beugte sich über ihren Rücken und führte ihn tief in ihre Scheide ein.

„Liebste, ich kann irgendwie nicht kommen." flüsterte er ihr ins Ohr.

„Was ist los?" hauchte sie zurück.

Langsam zog er sein Ding aus ihr heraus. Sie legten sich nebeneinander. Sie umarmten sich. Er spürte ihre schönen Brüste auf seiner Haut. Mit seiner linken Hand strich er über ihren Hintern und ihre Taille. Das, was er von ihrem Spalt tastete, war die pure Einladung weiterzumachen.

„Ich würde jetzt einfach zu lange brauchen. Zu viel Zeit, zu viel Kontakt für Deine empfindlichen Stellen." versuchte er zu erklären.

„Du machst Dir zu viele Sorgen. Wenn ein Mann lange kann, finden Frauen das toll!" amüsierte sie sich. Hier wich sein verschämtes Eingeständnis der Erleichterung, dass sich durch ihre bewusste Trennung nichts wirklich Trennendes zwischen ihnen ergeben würde. Eng umschlungen, sein hartes, glitschiges Ding noch eine ganze Weile zwischen ihnen, gaben sie sich Zärtlichkeiten hin. Den einen oder anderen Gedanken, es noch einmal zu versuchen, hatte er schon. Er liess es. Langsam schwoll sein Ding wieder ab, kurz bevor er in den Schlaf fiel.

Dazwischen

Viele Tage folgten bis zu ihrem nächsten Sex. Es war Winter, die Arbeit nahm sie in Beschlag. Sie gingen ihren normalen Verrichtungen hinterher. Von außen betrachtet, führten sie ein geregeltes Leben, ruhig, ausgeglichen, fühlten sich relativ gesund, zwar mit gewohnten Schmerzen an Rücken und Gelenken, die mit den üblichen sportlichen Betätigungen aber gut in Schach zu halten waren. Es waren Schmerzen, die am frühen Morgen eines erwartbar arbeitsreichen Tages, dessen Ausgang dahingehend ungewiss war, ob alles zu erreichen war, was er zu erreichen sich vorgenommen hatte, kaum erträglich waren. Es waren mit Erschöpfung und Müdigkeit gepaarte Schmerzen, die ihn am liebsten alles hätten hinschmeißen lassen. Und es waren Schmerzen, die sich im Fortgang solcher Tage durch die eine oder andere Übung, vor allem aber durch die mehr oder weniger erfolgreiche Bewältigung seiner Pflichten und Aufgaben wieder verloren. Es waren Schmerzen, die seine schmerzfreien Zustände umso schöner machten, in denen er Stunden unverbrauchter Jugendlichkeit empfand. Schmerzmittel nahm er nicht, sie wären in keiner Weise kausal wirksam gewesen.

Was war die eigentliche Ursache dieser Schmerzen? Nüchtern und objektiv betrachtet waren es Fehlhaltungen und der durch das Älterwerden eintretende Verschleiß. Fehlhaltungen allerorten und in allen möglichen Lebenslagen. Fehlhaltungen, die er beim Schneiden einer Gartenhecke an einem sonnigen Vorfrühlingstag gerne in Kauf nahm, die er aber in von seiner Unlust begleiteten Streßsituationen während der Arbeit einfach nur ertrug. Seiner Frau ging es ähnlich. Gemeinsam waren sie älter geworden. Sie einte das Bewusstsein, bei ihren sexuellen Eskapaden keinerlei Schmerzen zu haben. Und trotzdem dauerte es viele Tage bis zum nächsten Mal.

Politisch waren aufregende Zeiten, diffuse Bedrohungen lagen in der Luft, Unruhe hatte viele gesellschaftliche Bereiche erfasst, nichts war einfach, viele als einfach geltende Wege und Antworten waren das genaue Gegenteil. Spiegelte sich dies in ihrem eigenen kleinen, erbärmlichen und glücklichen Leben wieder? Er würde zugestimmt haben. Wie er es drehte und wendete, die Tiefen und Untiefen, der Morast, die Unzulänglichkeiten, die von außen herangetragenen Probleme, Leid und Mitleid, Unaufmerksamkeit, Abschottung, täglich eintretendes Scheitern und Versagen gehörten dazu. Schuldige waren schnell gefunden.

Irgendwann wurde ihm klar, dass ihr modernes Leben schuld war. Historisch gesehen, war es seinem Land und ihnen noch nie so gut gegangen. Die Lebenserwartung von Neugeborenen lag bei über achtzig Jahren. Ein heute Sechzigjähriger würde noch circa fünfundzwanzig Jahre vor sich haben, die meisten Jahre davon ohne berufliche Verpflichtungen. Schon im Mutterleib würde alles mögliche Gewese um das werdende Kind veranstaltet werden. Ein flächendeckendes Netz von Institutionen würde Jahr für Jahr mit Bangen die neuesten Zahlen zur Säuglings- und Müttersterblichkeit erwarten, Ansporn waren nicht die historischen Vergleiche, sondern die international gültigen Bestmarken. Erhebliche Mittel der Steuerzahler würden in die frühkindliche Erziehung fließen. Schulen und universitäre Bildung banden den Hauptteil der provinziellen Etats. Wer wollte, durfte und konnte sich bilden, viele Wege standen offen.

Jeder war gegen Krankheit versichert. An Informationen, Mitteln und Wegen, körperlich gar nicht erst krank zu werden, war kein Mangel. Eigentlich wurde alles permanent besser. Das Land war frei, seine Menschen auch, jeder war frei zu sagen, was er wollte, vieles davon wurde öffentlich reflektiert. Es gab genug Jobs, viele gut, einige sehr gut bezahlt. Reisen war den meisten kein Fremdwort.

Sehr viele klopften von draußen an, der überall auf der Welt sehr unterschiedlichen, sehr ähnlichen Behaglichkeiten in ihren Heimatländern auf latent oder offen perfide, brutale, grausame Weise beraubt. Sie klopften an, um ein bisschen von dem abzubekommen, das von außen betrachtet so behaglich erschien. Es war eine bislang nicht gekannte Herausforderung für eine Gesellschaft, die sich an die Etiketten human und sozial gewöhnt hatte und deren liberales Recht und Gesetz nun dem Sturm ungewollter und ungewohnter Realitäten ausgesetzt war. Viele sagten, es ginge uns doch gut, ʹLeute, lasst uns helfenʹ. Viele sagten, warum sollten wir die Probleme anderer lösen, und überhaupt, vielen von uns ginge es doch gar nicht gut, wir sollten nur helfen, damit sich die, denen es hier gut ginge, auf die Schulter klopfen und die eigentlichen Probleme vor Ort unbeachtet lassen könnten.

Was waren diese Probleme vor Ort? Wo waren die Untiefen, der Morast, die Unzulänglichkeiten, wo waren Leid, Scheitern und Versagen? Warum überhaupt, wo doch seit Jahrzehnten alles so gut verlaufen war? Während dieser Zeit waren alle möglichen Utopien zu Bruch gegangen, zerbröselt, an der Realität gescheitert. Bestimmt hatten deshalb viele, noch so abstruse Verschwörungstheorien Platz gegriffen. Foren zu deren Verbreitung gab es zur Genüge. Das Netz flirrte und flimmerte davon. Viele gaben noch die letzten ihrer Hirnwindungen preis. Identität stifteten die Anzahl der Klicks und die Häufung der Likes. Hilflos schauten Presse, Funk und Fernsehen zu, wie ihnen selbstverständlich zugeschriebene Deutungshoheiten abhanden kamen. Noch hilfloser deren Versuche, der entstehenden Kakophonie selbst ein Forum zu sein, um schwindende Einschaltquoten und rückläufige Abonnentenzahlen aufzuhalten.

Was eigentlich machte die Leute zufrieden? Worauf richteten sich ihre Hoffnungen? Was hatte nicht alles an

Hoffnungen ausgedient? Religion und das Versprechen vom Jenseits? So vieles, was Religion überall auf der Welt gestiftet, aber auch restlos vor die Wand gefahren hatte. Ihre eigene, angestammte Religion hatte sie über Jahrhunderte hinweg schmerzlich und mühsam, aber immerhin in die Wahlfreiheit entlassen.

Das Ideal des mündigen, aufgeklärten Bürgers beherrschte die Köpfe, frei, seine Traditionen zu pflegen, genauso frei, alle Traditionen zu kappen. Nichts würde diesen Bürger hindern, freies und unbefangenes Mitglied der offenen Gesellschaft zu bleiben, die sich fortwährend verbessern und jedem ein würdiges Leben in Frieden, Freiheit, Wohlstand und Achtung voreinander ermöglichen würde. Dieses Modell hatten alle vor Augen. Dieses Modell war unter Beschuss. Dieses Modell war vor allem eines - anstrengend. Sein Gelingen erforderte Einsatzwillen und Empathie, eigentlich immer. Es setzte ungeheure Energien und Fort-schritte frei, um nach deren Eintreten festzustellen, dass man sich nicht zurücklehnen dürfe. Deshalb liess es mehr und mehr seiner Bürger in einem müden, erschöpften Zustand zurück. Zwar irgendwie privilegiert, der Wahlfreiheit wegen, irgendwie auch einsichtig, weil es in der Summe seiner bisherigen Lebensentscheidungen vielleicht doch noch schöner hätte sein können, irgendwie auch neidisch, weil dies anderen in der eigenen Umgebung oder ganz woanders bisher so gut gelungen war, vor allem aber erstaunt, betroffen und voller Gram, wie kompliziert und schwierig das Leben sein und was alles es fürchterlich grau aussehen lassen konnte.

Wo das moderne Leben alles so einfach gemacht hatte. Nichts war einfach geworden. Auch die Liebe war kompli-ziert geworden. Sie hatte sich vieler versteckter Reize und Versprechen entledigt. Nicht, dass die Liebe ihre Faszination verloren hätte. Wünsche nach stabiler Partnerschaft und Fa-milie standen ganz oben. Vielen dennoch ein unerfüllbarer

Traum, nicht aber von vornherein. Wahlfreiheit bedeutete, sich seiner Entscheidungen sehr sicher sein müssen. Doch wann sollte man sich der eigenen Gefühle sicher sein? Und wann fanden diese Gefühle die ihnen eigene Entsprechung? Kamen diese Gefühle zusammen, konnte es unendlich schön sein, musste es aber nicht. Die Tücken des Alltags nisteten sich hier wie dort ein. Und die Wahlfreiheit war nicht weg. Viele gingen wieder auseinander, aus noch so nichtigen Gründen, aus Verdruss an den Gewohnheiten, aus Gelegenheiten heraus, aus Schicksalsschlägen und Erschwernissen heraus, die gemeinsam nicht zu tragen waren.

Pessimistisch, wie dies alles klang, es war gewollt und es wurde reflektiert. Niemand wusste, wohin die Gesellschaft treiben würde. Ihr Weg würde von lautstarken Diskussionen und vielen Zweifeln begleitet sein. Doch in ihrem tiefsten Inneren war es dieser Gesellschaft, war es ihren Mitgliedern bewusst, in einer ziemlich besten Welt zu leben, voller grauer Alltage, voller Glück, dessen bewusst, das Leben hielte nichts Besseres bereit, mochte es noch so schwer und anstrengend sein, die eigenen Freiheiten und Wahlfreiheiten zu nutzen, die eigenen Entscheidungen zu treffen.

Alle Alternativen waren schlechter, mochte er sein eigenes, kleines, beschissenes Leben noch so verfluchen. Das Leben war schön, mochte es noch so sehr unter dicken Schichten aus Verzagtheit, Verdruss, Missmut und Griesgram verborgen sein. Es ging weiter, mochte elende Larmoyanz noch so sehr den Blick auf das Kommende trüben. Vieles gelang, auch wenn es vorher nicht für möglich gehalten worden wäre. Vieles ging daneben, Ansporn, es beim nächsten Mal anders oder besser zu machen. Vieles blieb Illusion und war gut so, nicht weiter der Rede wert.

Die Tage schritten voran. Hartnäckig hielt sich der Winter, die Tage blieben kalt. Sie führten ihr normales, geregeltes Leben, hatten ihre Schmerzen, machten ihren Sport, trafen sich mit Freunden und Familie, wo es ging, sortierten Haus und Garten, wo es nötig war. Abends kostete es ihn Sekunden, in einen tiefen Schlaf der Erschöpfung zu sinken. Wann und wo er Zeit hatte, nahm er die Nachrichten zum politischen Geschehen in sich auf und teils heftigen, emotionalen Anteil. Persönlich und privat ging das normale Leben weiter. Ihrem Sex war dabei temporär die Luft ausgegangen, etwas, das beiden bewusst war, über das sie nicht reden mussten.

Am Wochenende hatte er Dienst. Am Sonntagmorgen lag der erste der beiden Tage hinter ihm. In der zurückliegenden Nacht war er nicht gerufen worden, seine Ruhe nicht gestört worden. Er fühlte sich ausgeschlafen, ein Geschenk, das ihm durch den noch vor ihm liegenden Dienst helfen würde. Er empfand sich als besonders wach, hell und von einer optimistischen Grundstimmung geprägt. Der erste Kaffee hatte dazu beigetragen. Mit seiner Lektüre war er gut voran gekommen. Sein Kontinent hatte sich in einer wichtigen politischen Frage aller Unkenrufe zum Trotz mal wieder geeinigt, eine Nachricht, die ihn beflügelte. Kompromiss, Interessenausgleich, Empathie, ohne die Wahrheit aus den Augen zu verlieren, waren mühsam, waren oft der steinige Weg, waren unter Dauerbeschuß der Apostel mit den scheinbar einfachen Lösungen, die keine Wahrheiten waren. Genau jene Merkmale politischer Kultur hatten ihm seit mehr als fünfzig Jahren ein Leben in Frieden, Freiheit und unter stabilen Bedingungen geschenkt. Er und alle um ihn herum waren damit unendlich privilegiert.

Leider waren diese Privilegien selbstverständlich geworden. Dies machte sie anfällig für die miesen Stimmungen des Alltags, der natürlich nicht aufhörte, die Menschen zu nerven und ihre eigentlichen Herausforderungen darstellte. Jetzt und hier an diesem Sonntagmorgen war er mitten in seinem Alltag und doch zufrieden. Er brachte seiner Frau den ersten Kaffee ans Bett. Sie rekelte sich aus dem Schlaf. Sie lag auf der Seite, die er gut zwei Stunden vorher verlassen hatte. Er hatte Zeit, noch musste er nicht in die Klinik zu den dort am Wochenende üblichen Visiten. Er schlüpfte zu ihr, zärtlich begrüssten sie sich. Sie redeten über dies und das, eher belangloses Zeug, was ihm oder ihr wert war, es den anderen wissen zu lassen. Irgendetwas gab es immer zu bereden, über die Kinder, die Eltern, die Freunde, die Arbeit, die Pläne, welche die nähere Zukunft bestimmen sollten.

Sie lagen sich in den Armen. Ihr Nachthemd war das einzige, was sie anhatte, halb hochgeschoben. Solche Situationen stimulierten ihn besonders, er angezogen, sie fast nackt in seinen Armen. Mit seiner rechten Hand strich er über ihren Hintern, ihren Rücken, suchte ihre Brüste. Alles war genauso fest und straff, wie er es von Beginn an toll gefunden hatte. Er fand es so, also war es auch nicht anders, mochte sie ihm noch so oft sagen, dass er beim Blick auf sie seine rosarote Brille aufhabe.

„Liebster, Du hast so wunderbare Hände!" flüsterte sie ihm zu und streckte sich, wo sie konnte, seinen Händen und deren Petting entgegen. Vorsichtig spreizte er vom Rücken kommend ihren Spalt. Ihr linkes Bein hatte sie über seine Seite gelegt, suchte mit ihrem Mund seinen Hals, streckte ihren Hintern vor, um seinen Fingern den entscheidenden Kontakt zu geben. Deren erste Berührungen waren nicht mehr als ein leichtes Streicheln und Spreizen. Sachte suchten seine Finger zwischen ihren Schamlippen ihre Klitoris. Dieser natürliche, kleine Gleitfäden ziehende Film war bereits da, signalisierte, erleichterte und ermöglichte das bevorstehende Spiel. Sein Fingern an dieser Stelle, so vorsichtig und beinahe schüchtern es passierte, elektrisierte sie zur entscheidenden Aktion.

Wie er war sie längst auf eine schnelle, heiße Nummer aus. Sein Fingern genügte ihr nicht, sie wollte alles von ihm, wollte ihn nicht angezogen, sondern nackt, wie sie selbst es war, wollte sein hartes Ding, tief in ihr und raus und rein. Glücklich ekstatisch, dass sie es unbedingt wollte und so schnell, wollte auch er alles von ihr, zuallererst aber den Geschmack ihrer Scham.

Hastig zog er sich aus. Sie lag mit gespreizten Beinen auf ihrer rechten Seite vor ihm. Nackt und voller Lust präsentierte sie ihm ihren Hintern und offene Vulva. Was er mit seinem Mund und seiner Zunge, von ihrem lauten Stöhnen begleitet, erreichen konnte, küsste und leckte er ab, genoss den zart sauren Geschmack ihrer vaginalen Flüssigkeit, schleckte und lutschte ihre Klitoris noch praller als sie schon war. Davon, wie lange er dies tat, hatte er keine wahre Vorstellung, sehr schnell schien es ihm, dass sie sich auf ihren Rücken drehte und ihn über sich zog. In dieser klassischen Stellung nahm sie sich ungeniert und unbefangen seine schnellen, harten, tiefen Stöße und schenkte sich nach kurzer Verzögerung ihren ultimativ erfüllten Moment.

„Kann ich Dich noch von hinten nehmen?" fragte er sie, auf ihr liegend.

„Alles, Du kannst alles von mir haben." gab sie zurück. Unendlich zufrieden und in der Erwartung seines kurz bevorstehenden absoluten Glücks trennten sie sich voneinander, nur kurz, weil sie sich umdrehte, ihm ihren Hintern präsentierte und er mühelos seinen Penis in sie einführen konnte. Alles war bereitet. Es war das unmittelbarste Gefühl, das er kannte. Sein pralles, hartes Ding in ihrer nassen, weiten Scheide, nichts hätte besser passen können, körperwarm und doch heiss, zwei nackte Leiber in rhythmischem Spiel, bedingungslos einander zugetan, vereint, purer Sex aus Liebe und unerschütterlichem Vertrauen, aus Vertrautsein und Verwunderung. Blankes Staunen, wie groß das Abenteuer ihrer Sexualität sein konnte.

Sollte er vor allem die afferenten Regungen beschreiben müssen, die ihn in diesen Sekunden beherrschten, wäre es der Muskelschlauch ihrer Scheide gewesen, der sich fest, nicht zu fest, lückenlos, glitschig, heiß, dynamisch um seinen Penis schloss, sein feucht-glänzendes Ding immer wieder bis zum Anschlag in sie hereinliess, diesen wunderbaren Geruch in seine Nase steigen liess und einen andauernd zunehmenden Kitzel in seiner Glans provozierte. Leider erlaubte ihm die Natur nicht, diesen Zustand minutenlang auszudehnen, das, was sich parallel dazu aufstaute, suchte seine Bahn, spritzte heraus und liess ihn unendlich befriedigt zurück. Wieder einmal hatten sich beide dem anderen verschenkt.

Den lieben, langen Tag erinnerte er sich dieses betörenden Gefühls, genoss ihren Geruch um seine Nase, jeder, der ihm aus welchen Gründen auch immer nahegekommen wäre, hätte bemerkt, was er für Spielchen betrieben hätte, seine Frau sowieso, bei den Küssen, bevor er sich zur Arbeit verabschiedete und die ihnen ein wissendes, halb spöttisches Grinsen entlockten. Dieser Geruch machte ihn sicher, dass es alles wert war, trug ihn über den Tag, der bis in den Abend hinein vielfältige Anforderungen stellte und harten Einsatz erforderte. Und obwohl die darauf folgende Nacht von mehreren Telefonaten unterbrochen war, die sich um vitale Probleme drehten, liess ihn dieses Gefühl, dieses Wissen um ihre vollendete Sexualität voller Vitalität in den nächsten Tag starten. Zufrieden nahm er zur Kenntnis, dass die von ihm getroffenen klinischen Entscheidungen sich als richtig herausgestellt hatten.

Jetzt erst realisierte er, dass sie es das erste Mal seit mehreren Wochen überhaupt wieder getan hatten. Und sofort hatte es diese Explosion ihres Glücks gegeben. Weder der Mangel an Sex zuvor noch der plötzliche Ausbruch jetzt waren in irgendeiner Form zwischen ihnen problematisiert worden. Beides war echt gewesen, hatte ihren echten Empfindungen und Bedürfnissen entsprochen, versicherte ihm, dass nichts von dem, was zwischen ihnen tiefgründigen Bestand hatte, ein Fake war. Würde dies immer so weiter gehen können? Sie wurden älter. Er war Mitte fünfzig, sie war Anfang fünfzig. Der körperliche Verfall hatte vor Jahren unmerklich begonnen. Es störte ihn nicht, in jeder möglichen Lebenslage die Brille wechseln zu müssen. Es störte ihn nicht, in das Alter für diverse Früherkennungsprogramme von Krebs gekommen zu sein. Dass er von sich aus darauf zu achten begann, den bei Verabredungen mit Freunden üblichen Genuss alkoholischer Getränke etwas zu vermindern, um allzu mühselige Stunden am Morgen danach zu vermeiden, störte ihn nicht.

Was ihn schmerzte, war der Verlust an Unbefangenheit und Selbstverständlichkeit im Blick auf das, was noch kommen würde. Das stille, aber dominanter werdende Bewusstsein, dass die früher unendlich scheinende Lebensenergie zur Neige gehen könnte. Gepaart mit der Erkenntnis, noch auf Jahre hinaus beruflich hart gefordert zu sein. Es war ja klar, die Erfahrungen und die berufliche Position, die er bis jetzt gesammelt und erreicht hatte, verpflichteten ihn geradezu, sich den damit verbundenen Aufgaben nicht zu entziehen. Das, was ihn vielleicht davon entbunden hätte, wäre eine ernste Erkrankung gewesen, und die wünschte er sich nun überhaupt nicht.

Seine Frau hatte ihm ein unendlich schönes Liebesleben geschenkt. Dies war neben seinen Kindern der eigentliche Anker, der ihn in der Bahn hielt. Dieses Liebesleben würde nicht selbstverständlich immer so weiter gehen. Sie würden es darauf ankommen lassen müssen. Weder sie noch er würden dauerhaft vor Langeweile, Unachtsamkeit, Unlust, seelischen oder körperlichen Gebrechen geschützt sein, alles Dinge, die dem Spass am Sex entgegenstanden. Was ihnen niemand mehr nehmen könnte, war ihre gemeinsame Geschichte. Und diese Geschichte liess sie auf das nächste Mal hoffen, auf freie Tage, auf Urlaub, auf glückliche, knisternde Stunden unter bestimmten Bedingungen, die sich ihnen aphrodisiakisch eingebrannt hatten.

Weit draussen im Meer

„Gerade jetzt bräuchte ich jemand, am besten einen fähigen Mann, der sich um mich kümmern könnte!" flüsterte sie ihm zu. „Einen, der weiß, wie es geht, und auch sonst."
Er sprang darauf an, sein Ding schnellte sofort hoch und wurde hart.
„Ich könnte mich Dir anbieten." sagte er zu ihr. „Ich weiß aber nicht, ob ich allen Deinen Ansprüchen gerecht werde."
„Bestimmt, Liebster, Du hast mein ganzes Vertrauen."
„Wirklich? Du willst mir diese Chance geben?" schloss er etwas spöttisch ihren Dialog, um ihr nonverbales, ziemlich unvermittelt eingetretenes Liebesspiel fortzusetzen. Mit dem Kleinen waren sie morgens auf eine Urlaubsinsel geflogen, acht Tage hatten sie sich online und individuell zusammengestellt.
Der Tag davor war mit allen möglichen, liegengebliebenen Verpflichtungen zu Hause draufgegangen, alles für sich genommen anspruchslose Tätigkeiten, in der Summe aber geeignet, mit einem Gefühl der Zufriedenheit auf Reisen zu gehen. Noch zufriedener war er, den Hinflug hinter sich gebracht zu haben, irgendwelche größeren Probleme waren nicht aufgetreten. Ihr pseudomodernes Leben hatte wieder einmal unter Einschluß aller möglichen kleinteiligen Abläufe funktioniert. Einzelne Holprigkeiten, bei der Aufgabe des nicht gebuchten Koffers, beim schwierigen Verstehen des in akzentbeladenem Englisch vor sich hin nuschelnden Vertreters der Mietwagenfirma, bei der Suche nach dem ersten Hotel hatten dazu gehört.
Ein erster Spaziergang an der dem Hotel vorgelagerten Strandpromenade hatte ihm den fragilen Eindruck vermittelt, auf nichts anderem als auf einem hoch aufragenden Vulkanfelsen im tiefen, weiten Meer zu stehen, ein Felsen, an dem es sich seit fünf Millionen Jahren abarbeitete, gegen den es unaufhörlich seine Wellen schickte.

Diesem Spiel von Wellen und Felsen gewann er eine fast meditative Wirkung ab. Vor diesem Spiel schrumpfte die eigene Lebensspanne auf ein Nichts. Vor diesem unverrückbaren Arrangement aus Gestein, Wasser und Wetter war die eigene Existenz ein kurzes, nervöses, aufgeregtes Summen. Mitten in diesem Summen wollten sie sich dort ein paar schöne Tage machen.

Von der Reise waren sie hungrig und durstig geworden. Das mit dem Hotel verbundene Fischrestaurant bot eine bestechend schöne Lage über den Felsen am Meer. Rechts von ihnen ging allmählich die Sonne unter. Das Licht hüllte sie in die Urlaubsstimmung ein, die nicht besser zu wünschen hätte sein können. Ein mattes, kräftiger werdendes Orange am westlichen Horizont mit zunehmend schärferer Abrisskante zum Land, ein Blau am Himmel, das alle Frequenzen umfasste, das bis fast an den Strand dunkle, tiefe Blau des Meeres, dessen gezähmte Wellen den Kontrast zum roten, vulkanischen Gestein mit ihrem weißen Schaum feinzeichneten und das Ganze akustisch unterlegten.

Hier war er mit seiner Liebsten und seinem Jüngsten angekommen, um sich ein weiteres Mal ein Stück, eine begrenzte Spanne herrlichen Lebens zu klauen. Locker und gelöst hatten sie vor dem reservierten Termin in der über dem Restaurant am Felsen klebenden Bar einen ersten Drink zu sich genommen. Im Restaurant überraschte ihn, wie schnell die abendliche Dunkelheit hereinbrach, sie waren an südliche Strände gereist. Das Essen erfüllte alle ihre Vorstellungen, frisch vor Ort gefangener Fisch, dezent abgestimmte Beilagen, Wein und Wasser, nichts, was daran hätte besser schmecken können.

Und nun waren sie auf ihr Zimmer gegangen. Für ihren Sohn hatten sie ein separates Zimmer gebucht. Sie waren ungestört. Die Reiseplanung hatte er komplett seiner Frau überlassen. Er vertraute ihr absolut, die richtigen Entscheidungen zu treffen, die richtigen Ziele, den richtigen Mix aus schöner Landschaft, Sehenswürdigkeiten und Unterkünften zu finden, unter dem sich ihr und sein eigentlicher Wunsch nach einer weiteren Liebes- und Lustreise verstecken liesse. Hier sollte der erste Tag keine Wünsche offen lassen. Sie waren für sich, in schöner Umgebung, hatten phantastisch gegessen und waren angeheitert vom guten Wein. Ihre Körper zogen sich an. Es war überflüssig gewesen, sich die Schlafanzüge anzuziehen, als sie ins Bett gingen. Sie waren jetzt das kleinste Hindernis.

Ihre direkte Aufforderung an ihn, es ihr zu besorgen, überraschte ihn nur kurz, um sich desto unbefangener und glücklicher diesem Auftrag zu widmen, der kein Auftrag war, sondern freier, heiß ersehnter, unbelasteter Sex zweier Menschen, die sich in- und auswendig kannten und trotzdem letzte Geheimnisse voreinander hatten. Zweier Menschen, die die Gegenwart des jeweils anderen glücklich machte und es trotzdem ertrugen, eigene Freiräume zeitlicher und räumlicher Trennung voneinander zu haben. Zweier Menschen, deren Wege sich aus Zufall gekreuzt hatten und seither gemeinsam verliefen. Die wieder und wieder überrascht wurden, welche Ausblicke in das Universum ihrer körperlichen Liebe sich ihnen eröffneten. Dass es ihr einziges Mal während dieses Urlaubs sein würde, konnten sie jetzt noch nicht wissen.

Wenn er etwas in seinem Leben schätzen gelernt hatte, war es die Zeit am Frühstücksbuffet im Hotel, waren es besser die drei oder vier Tassen eines von Milch blond gebräunten Kaffees, die er für sich hatte, bevor seine Frau, seine Kinder oder andere dazu kamen. Im Hotel besonders schön, weil der Kaffee fern von zu Hause dort noch am ehesten seinem Geschmack entsprach. In Ferienwohnungen war es oft Pulver, das ihm, mit heißem Wasser zu einem Gebräu aufgeschüttet, reichen musste. Im Hotel aber der einfache Griff zum Füllen der Tasse, das gespannte Warten auf den ersten Schluck, dessen Geschmack sich von Ort zu Ort in Nuancen unterschied. Jedes Mal empfand er helle, erwartungsvolle Freude auf diesen ersten Schluck. Im Urlaub kam sein Ausgeschlafensein dazu. Heute war er perfekt ausgeschlafen, aufnahmebereit und gespannt auf die neue Umgebung, ohne jeden Schmerz, tief befriedigt vom Sex mit seiner Frau am Abend zuvor. Sie rekelte sich noch schläfrig unter ihrer Decke. Ihr Sohn lag in seinem letzten, tiefen Schlaf vor dem Aufwachen.

Und er hatte Zeit für sich und den ersten Schluck Kaffee, heißes Wasser mit Hunderten von Aromen aus einem Naturprodukt, für das allein sich zu leben lohnte. Um ihn herum waren bereits viele Gäste, Frühaufsteher wie er, mit der Plünderung der am Buffet präsentierten Speisen beschäftigt. Viele saßen auf der zum Meer vorgelagerten Terrasse, er zog die Wärme des Innenraums hinter der Scheibe vor. Mit den seit Tagen liegengebliebenen Zeitschriften kam er gut voran, der Kaffee katalysierte sein Denken, alles schien sich besonders gut zu sortieren und aufzulösen.

Die Beiden kamen an den Tisch. Seine Frau begrüßte ihn mit dem Lächeln, das bezaubernd war und das er so liebte. Ein Lächeln, dem ein Wissen zugrunde lag, das er genauso fundiert zu beantworten meinte, das er anderen Paaren in ähnlicher Situation untrüglich anzusehen meinte, ein metaphorisches Lächeln des Glücks und der Erfüllung zweier Menschen, die sich gerade erst körperlich geliebt hatten. Würde es ihr Sohn bemerken und die richtigen Schlüsse ziehen können. Hochwahrscheinlich nicht, er war zu jung. Selbst noch so nahestehenden Dritten wäre dieses Lächeln auch nichts angegangen. Dieses Lächeln war Eros, Harmonie, Zufriedenheit, Erwartung dessen und Freude darauf, was noch so kommen würde und möglich wäre. Nichts hatte er dagegen, Andere oder Dritte neben sich und um sich zu haben, wenn er dieses Lächeln von seiner Frau empfang. Die damit verbundene Stimmung und Gelöstheit seines Glücks konnte nichts anderes als ansteckend sein.

Sein Sohn war an diesem Morgen besonders gut gelaunt. Nach dem Frühstück gingen sie auf die Terrasse heraus. Es war Ostersonntag. In der milde scheinenden Sonne schauten sie auf das vor ihnen liegende Arrangement an der felsigen Küste. Ein dicht bevölkertes Fleckchen Erde in einem unendlich scheinenden, tiefen, riesigen Meer. Drei in der Ferne sichtbare, unendlich verlassene, kleinere Inseln verstärkten diesen Eindruck noch.

Seit Jahrhunderten hatten sich mutige, todesmutige, mit dem Mut der Verzweiflung ausgestattete Menschen den Unbilden dieses Meeres gestellt, hatten ferne Kontinente entdeckt und erkundet, den Fischreichtum vor sich zu ihrer Lebensgrundlage gemacht, Walfang auf lächerlich kleinen Booten betrieben. Und heute schien alles selbstverständlich. Ein paar Tonnen Kerosin in die Luft geblasen und Mensch war da, ohne auf irgendeines der üblichen Utensilien des modernen Lebens verzichten zu müssen, genoss das Leben, ohne gerade an irgendwelche existentiellen Sorgen denken zu müssen, freies Leben fern jeder noch so kleinen, noch so lästigen Verpflichtung, gespannte Erwartung neuer Eindrücke, easy and lazy going, wo und wie es sich ergeben würde.

Alles geklaut, von der Natur und ihren Zufällen, von früheren Generationen, die sich ihr Leben lang kaputt gemacht hatten, von früheren Abenteurern, die wissen wollten, was hinter dem Horizont lag, von einer wirtschaftlich-technischen Entwicklung, die nie aufgehört hatte, Neues zu erproben und zu erforschen, von einer politischen Haltung, die sich friedlicher Zusammenarbeit und dem Abbau von Grenzen verschrieben hatte. Ihnen als normalverbrauchenden Touristen schien dies alles selbstverständlich.

Auschecken, sich ins Auto setzen, auf der Schnellstraße entlang der Küste ausgewählte, als besonders reizvoll geltende Orte ansteuern, ohne die Uhr im Auge haben zu müssen. Er sog die fremden Eindrücke in sich auf. Längst hatte sich auch hier die Osterprozession zu einem folkloristischen Schnörkel entwickelt, von den meisten der Einheimischen nolens volens ertragen und damit kommentiert, sich noch während der Prozession in den Bars, Kneipen, Cafés und Restaurants um den kleinen Naturhafen herum zu versammeln. In gleicher Weise wie sonst würden die üblichen Geschäfte getätigt, die meisten Läden hätten geöffnet, die touristische Saison hätte begonnen. Sie würden sich durchschlängeln, den üblichen Blick auf die Wasserkante des Hafens mitnehmen, von einem höher gelegenen Park aus die Szenerie beobachten, die seidene, warme Luft an diesem sonnigen Vormittag geniessen und sich als jedem ersichtliche Fremde mit dem jedem ersichtlichen Mietwagen wieder entfernen.

Dessen Motor hatte Mühe, sie die schmale und steile, kurvenreiche Küstenstraße hinaufzubringen. Auf der höchsten Klippe der Insel fünfhundert Meter über dem Meer waren sie in der Wolke, die in der Sonne liegende Brandung des Meeres unter ihnen war gerade eben zu erkennen, nicht aber der Blick auf dieses riesige Meer.

Touristisch war der Punkt bestens erschlossen, Aussichtsplattform im wolkigen Nebel, vertrauenerweckend gebaut, breite Zuwegung, Parkplätze, Toiletten, Café, Souvenirladen, er bekam eine Ahnung von dem engen Zeitfenster, das den Busladungen von Menschen blieb, die von den Kreuzfahrtschiffen am nahegelegenen Überseehafen ausgespuckt wurden. Jetzt waren nur wenige Leute da. So wenige, dass sie sich nicht in der Menge am Souvenirladen vorbeimogeln konnten.

Klar, dass versucht wurde, ihnen den Kauf einer hochwertig aussehenden Webware schmackhaft zu machen. Dies war nun etwas, das er überhaupt nicht mochte. Nicht das Ansinnen selbst, die Verkäuferin machte ihren Job und hatte Hoffnung auf Verdienst. Nein, es war die Anstrengung, nein sagen zu müssen, überhaupt etwas Unangenehmes an diesem Tag tun zu müssen. Unangenehm, weil er ihr mit dem

Losschlagen eines ihrer Teile gerne den Verdienst gegönnt hätte, er aber nicht gewillt war, den ganzen Ballast zu vermehren, den sie mit sich schleppten. Oft wünschte er sich Unvernunft in seinem Handeln, sinnfreie Käufe aus einem spontanen Impuls heraus, und sei es mit dem Wissen, diese Handlungen danach zu bereuen. Oft blickte er auf das Jetzt und das Danach, um das Jetzt verstreichen zu lassen. Dies hatte ihn zu einem rationalen Konsumenten gemacht, der es ertrug, dann und wann mit seiner Familie bummeln zu gehen, und dessen Garderobe minimalistisch geprägt war. Hier ein Teil zu kaufen, das er nicht gebraucht hätte, würde ihm schlechte Laune gemacht haben, und doch fühlte er sich blöd dabei. So blöd, dass er vor ihrer Abreise bei dem zweiten Versuch, die Klippe von Wolken befreit zu sehen, weiten Abstand zu dem Laden hielt, um nicht wieder angesprochen zu werden.

Auf der anderen Seite der Klippe fuhren sie aus der Wolke wieder heraus. Einzelne Strandorte waren durch steile Felsen voneinander getrennt. Viele und lange Tunnel ermöglichten deren schnelle Querung und den dort lebenden Menschen die Teilhabe am Leben. Pittoresk, wie sich die einzelnen Orte zeigten, waren die wenigen Menschen, die dort dauerhaft wohnten, Alteingesessene, die nie woanders würden leben wollen, mit ihrer Rente zufrieden waren und sich wie überall sonst auch mit den nahenden oder schon vorhandenen Gebrechlichkeiten des Alters arrangieren mussten. Wenn sie Glück hatten, durften sie auf die Unterstützung nahe wohnender Angehöriger hoffen, auf den mehr oder weniger seltenen oder häufigen Besuch der Enkel, die vielleicht hier wohnten, aber für die weiterführenden Schulen weite Wege in Kauf nehmen mussten. An einem Ostersonntag würden diese mitnichten den Strand oder die wenigen Straßen dieser Orte beleben. Zu groß deren Bedürfnis nach Zeitvertreib am Smartphone oder der Playstation. Es waren die paar Menschen, die noch von der

Landwirtschaft in steilen Hängen oder von der Klein-fischerei leben konnten. Es waren die Pendler in die Stadt, denen jede Kurve, jede Steigung der auf dem Weg liegenden Tunnel vertraut waren. Es war das Personal der vor Ort befindlichen Gastronomie und Hotellerie, dem die Lange-weile wegen der noch herrschenden vorsaisonalen Flaute nicht anzusehen war. Die paar Touristen, die sich zeigten, würden nur wenige Tage da sein.

Sie nahmen Platz auf der Terrasse einer Bar über einem steilen, vorgelagerten Felsen. Sie freuten sich an der milden Wärme der Sonne, deren Licht und dem Ausblick auf den vor ihnen liegenden Strand- und Touristenort, der früher ein kleines, abgeschiedenes Dorf zwischen hohen Felsen ge-wesen war. Kurz stellte er sich damaliges, dort herrschendes Leben vor, vieles unwiederbringlich verloren, Rückkehr dorthin ausgeschlossen. Unter Auslassung aller romanti-schen Gedanken waren es die harten, realen Mühseligkeiten, die Enge, die Unentrinnbarkeit, der daraus resultierende Verdruss und Zank, was niemand wieder für sich haben wollte. Diese Vorstellungen kontrastierten seinen Besucher-status aus der Gegenwart. Überwintern, für eine begrenzte Zeit, würden sie hier gerne, nicht aber dauerhaft hier leben wollen, wie auch in den meisten anderen Dörfern dieser Welt nicht, über die er diese Schablonen seiner Gedanken legen würde. De facto befanden sie sich an einem der wirklich schöneren Orte dieser Welt, auf der Sonnenseite des Lebens.

Sie fuhren weiter, zum nächsten gebuchten Hotel an der Westküste hoch über dem Meer, unter sich zwei an die hohe Steilküste geflanschte Fischerdörfer, die durch das Meer, einen schmalen, mehrere Kilometer langen, steinigen Strand und durch zwei, in den Fels gehauene, asphaltierte, oben auf die Hauptstraße treffende Tunnelkapillaren miteinander verbunden waren. Von der Terrasse des Hotels hatten sie Blicke auf das mehr westlich gelegene Dorf, auf die unaufhörlich heranrollende Dünung, auf die Tausende Kilometer freien Wassers davor, das sich abends mit der Sonne traf und die Bühne für das ständig wechselnde Schauspiel der Wolken bereitete.

Es war warm, fast heiß. Nach Bezug ihres Zimmers machten sie sich zu einem Spaziergang auf. Einzelne verfallene Gebäude neben unvermittelt daneben stehenden, bewohnten Anwesen markierten den Weg. Zwischen allem die klimatisch begünstigte Vegetation, nicht der ursprüngliche Wald, aber Zier- und Nutzpflanzen um die Häuser herum, die in ihrer Heimat den Ehrgeiz der Hobbygärtner oft ins Leere laufen liessen. Auf den unbewirtschafteten oder vernachlässigten Flächen daneben alle möglichen Sorten Unkraut, Blumen, Sträucher, die jede Menge vulkanischer Erde und keinen wirklichen Wassermangel kannten.

Wieder hatte er dieses Gefühl, Beobachter eines dörflichen oder ländlichen Lebens zu sein, das er für sich nicht wollte. Obwohl es das eine oder andere Restaurant gab, das am Ostersonntag geöffnet hatte, obwohl es den Supermarkt an der Tanke gab, in dem sie sich ein paar Flaschen Wasser für die in den nächsten Tagen geplanten Wanderungen kaufen konnten. Sogar ein zweiter, unbevölkerter Supermarkt hatte offen. Ein Fahrradverleih war geschlossen. Es sah sich und seine Frau mit dem Fahrrad auf diesen steilen, gewundenen Straßen und wusste, dass sie dafür einfach zu alt waren. Selbst ihr Sohn würde hier das Fahrrad ungenutzt stehen lassen.

Hier zu leben, hiesse, sich der besonderen Architektur dieser Landschaft mitten im weiten Meer zu verschreiben, zu wissen, dies sei der eigene Platz auf Erden. Atemberaubend schön, beim Blick auf den steilen Anstieg vor sich, auf das wuchernde Unkraut, auf den Wunsch nach dem eigenen Gelingen voller alltäglicher Mühen.

Ein neben dem Eingang zur Tanke mit geschätzt hundert jungen Hühnern eng bepackter Käfig weckte ihr Mitleid.

Würden sie als hier Lebende und Wohnende tatsächlich allen diesen Hühnern hinter ihrem Haus, auf ihrem Balkon oder sonstwo freien Auslauf geben? Den Dreck und die Arbeit ertragen? Beim Frühstücksbuffet würde es den Eiern, beim Dinner dem Ragout nicht anzumerken sein. In ihrem Land zu Hause gab es diese stillschweigende Übereinkunft, den Preiskampf um Lebensmittel beiläufig zu quittieren und die dafür notwendigen Produktionsbedingungen in entfernte, abgeriegelte Legebatterien oder Mastbetriebe zu verbannen, aus den Augen zu schaffen. Dieser Ambivalenz konnten sie hier nicht entweichen. Aber diese Hühnchen hatten es noch besser als die Millionen ihrer Artgenossen anderswo, konnten sie doch auf die an- und abfahrenden Autos und die vorbeilaufenden Menschen beim Gang in die Tanke gucken. Eines dieser Hühnchen hieße sicherlich Frieda, wäre es in ihrer Obhut.

Bis zum Abendessen war noch Zeit. Die Wärme draussen erlaubte Müßiggang am Pool des Hotels. Dem Sohn zuliebe wagte er einen kurzen Gang ins Wasser. Vor einigen Jahren noch hätte ihm die Wassertemperatur nichts ausgemacht, sogar herausgefordert. Jetzt hatte er das Alter dafür überschritten. Es tat ihm leid, für seinen Sohn mit der trotz seiner ganz normalen Entwicklung noch vorhandenen Verspieltheit nicht mehr der junge Papa sein zu können. Aber die Kälte des Wassers nach mehreren Monaten eines zwar milden, aber maritimen Winters tat fast weh. Wunderbar erfrischend wäre diese Kälte nach einem Saunagang mit seiner nackten Frau gewesen. Hier musste die wärmende, fast brennende Sonne den Ausgleich schaffen. Gerade eben rechtzeitig gingen sie auf ihr Zimmer zurück, bevor sich daraus ein lästiger Sonnenbrand auf den exponierten Stellen entwickeln konnte.

Ihr Blick ging auf die Sackgasse mit den Parkplätzen vor dem Hotel hinaus. Die hochpreisigeren Zimmer auf der anderen Seite dieser Straße hatten zu dem riesigen Meer hin offene Balkone oder Terrassen. Auch in ihrem Zimmer war es ruhig, und das spärlich vorbeiziehende Publikum auf der Straße störte nicht. Niemand davon würde gezielt in ihr Zimmer schauen. Er ging duschen. Frisch und weiterhin ohne jeden Anflug von Müdigkeit freute er sich auf das vor ihnen liegende Osterdinner, das General Offer des Hauses an diesem Abend. Noch war Zeit, erste Grußkarten zu schreiben, Teile der mitgebrachten Zeitungen zu lesen und sich über das Besondere einzelner, bisher nicht registrierter Neuigkeiten oder Ereignisse zu freuen, eine Freude, die er unter Zeitdruck beim Durchblättern der Zeitungen verpasste. Dass nichts langweiliger als eine alte Zeitung sei, diese Auffassung teilte er deshalb nicht. Oft um mehrere Wochen zeitversetzt nahm er so für ihn wichtige Informationen auf. Fühlte er sich im Überschwang seines Interesses berufen, solche Neuigkeiten seiner Frau mitzuteilen, war es tatsächlich nicht immer, dass sie spöttisch bemerkte: „Ach Liebster, bist Du bei der Zeitung, die ich vor vier Wochen gelesen habe?"

Immer konnte sie nicht verbergen, von diesen für sie nicht mehr neuen Neuigkeiten überrascht zu sein, in der jetzt anderen Situation einen anderen Blick darauf zu bekommen. Allein zu zweit wären sie längst in dieser sexuell aufgeladenen Situation gewesen, die er so gut kannte und liebte, diese Zeit am nahenden Ende des Tages, vor dem abendlichen und festlichen Essen, das aber noch nicht den wirklichen, hoch emotionalen Abschluß des Tages bedeuten würde. Es war, wie es war, ihr Sohn war bei ihnen, hatte seitlich neben ihnen sein Bett und würde heute abend mit Sicherheit erst nach ihnen einschlafen. So sehr, wie sie ihre Kinder liebten, war deshalb nichts an Groll in ihnen, nichts an Groll darüber, dass sie jetzt Papa und Mama und nicht Mann und Frau waren.

Im Restaurant des Hotels verständigten sie sich mit dem Oberkellner in ihrem holprigen Englisch über die Details ihres Dinners, das ein ausladendes Buffet mit allen möglichen Speisen war. Mit dem Appetit, den sie hatten, behielten sie das meiste davon in bester Erinnerung. Die Stunde vor dem Sonnenuntergang hielt den vorgelagerten Wintergarten des Restaurants in einem hellen, warmen, freundlichen Licht. Erst jetzt wurde ihnen die Sommerzeitumstellung der vergangenen Nacht bewusst, und in diesem Moment war sie ihnen willkommen. Bis zum Sonnenuntergang hatten sie Zeit, das Essen und seine vielen Gänge zu geniessen.

Um sie herum war der Trubel all der anderen Gäste. Ein junger Vater war mit seinem Kind allein, die Mutter wahrscheinlich auf dem Zimmer. Er beneidete und bemitleidete ihn, um das vital intensive Glück, das sich mit einem kleinen Kind eröffnete und jede Frage nach dem Sinn des Lebens überflüssig machte, um die Erschöpfung aus durchwachten, anstrengenden Nächten, die jede Möglichkeit, das Kind vorübergehend in die Obhut anderer geben zu können, opportun erscheinen liess. Um den durch das Dritte diktierten Ablauf des Tages, der von den Eltern trotz aller Sehnsucht nach dem Zustand davor, nach dem Zustand als Liebespaar prekids, doch als selbstverständlich und klaglos hingenommen wurde. Genauso erinnerte er sich an die eigene Zeit mit ihrem ersten Kind und wusste, es war eine ihrer glücklichsten gemeinsamen Phasen gewesen. Die ganze Arbeit, die er seither zu erledigen hatte, wollte er allerdings nicht noch einmal machen müssen. Ambivalent, wie das Leben war, beneidete er den jungen Vater um sein junges Alter und war dennoch mit dem eigenen nicht unzufrieden.

Sie gingen auf die nach Westen hin offene Terrasse des Hotels. Sie waren angenehm satt. Es war windstill und warm. Von oben hatten sie den Blick auf das eine Fischerdorf unten an der Klippe, circa vierhundert Höhenmeter lagen dazwischen. Wie in Zeitlupe rollte die Dünung an den

Strand heran, vom Wind ins Wasser transportierte Energie der vergangenen Wochen und Tage. Weit draussen traf sich die Sonne mit dem Meer, davor ein Stillleben ausgebreiteten, flachen, nur an einzelnen Stellen dunklen Gewölks. Nach Norden hin grenzte sich die landseitige Küstenlinie scharf gegen den Himmel ab. Wenige Minuten blieben, das Schauspiel zu geniessen, und die Sonne war verschwunden.

In ihrem Rücken, von draussen durch die offenen Fenster der Eingangshalle des Hotels zu sehen und zu hören, hatte sich eine Volkstanzgruppe formiert, um den Gästen an diesem Abend Unterhaltung zu bieten. Die alten Kostüme, die Harmonien, die dazu passenden Rhythmen und Bewegungen machten nicht nur den Akteuren Spaß. Zwei Pärchen hatten sich auf der Terrasse zu einem Drink zusammengefunden. Wegen der Musik zog es eine der Frauen in die Nähe der Fenster, um sich mit eigenen, vielleicht etwas unbeholfenen Bewegungen an dem Tanz zu beteiligen. Partystimmung würde trotzdem nicht aufkommen, zu gesetzt, zu vorbestimmt würde das vorgesehene Programm auf Touries treffen, die selbst zu gesetzt und zu wenig gewillt waren, sich aktiv einzubringen. Es war kein Vorwurf, es war die Realität, die er an sich selbst oft genug bemerkt hatte.

Event-Management war ein wirklich schweres Geschäft. Nach diesem an Abwechslungen und Eindrücken reichen Tag wollten sie selbst zur Ruhe kommen und ins Bett. Über einen Seiteneingang des Hotels gingen sie auf ihr Zimmer zurück, ohne die Hotelhalle passieren und damit die Vorstellung der Tanzgruppe stören zu müssen.

Wieder war er am nächsten Morgen einer der ersten am Frühstücksbuffet. Der junge Vater war mit seiner Kleinen bereits da, sie putzmunter, er müde und ohne Appetit. Kleinere Aufmerksamkeitspausen der Tochter nutzte der Papa für Blicke auf sein Smartphone. Er selbst hatte seine Zeitschriften bei sich, unmodern, wie er war, las er noch von bedrucktem Papier und trank diverse Tassen Kaffee. Als seine Frau und sein Sohn frisch und ausgeruht, wie es die Nacht zugelassen hatte, dazu kamen, legte er die Zeitschriften weg. Sie freuten sich auf den Tag. Es war sonnig. Sie würden ausgiebig frühstücken. Bis zum Abend würden sie kaum hungrig werden. Sie würden vierhundert Höhenmeter zum Meer hinunter wandern, am Strand entlang zu dem zweiten vorgelagerten Dorf und auf dem Rückweg vierhundert Höhenmeter wieder herauf wandern.

Das erste Dorf war über einen tiefen, in die Steilküste eingegrabenen Canyon zu erreichen. Am südwestlichen Rand dieses Canyon lag das Hotel, der Weg begann direkt dort. Steil, wie der Weg hinabführte, waren sie trotz des späten Morgens überwiegend im Schatten der Felsen unterwegs. Trotz der relativ kühlen Luft und des Wegs bergab wurde ihnen warm. Es war windstill. Die Vögel hatten ihr morgendliches Konzert längst eingestellt. Ihre Schritte auf dem steinigen Grund, der kleine Bach, der am tiefen, nicht erkennbaren Grund des Canyon vor sich hin plätscherte, und die sich beschaulich brechenden Wellen am Strand waren die einzigen, gedämpften Geräusche. Die Wanderer, denen sie begegneten, konnten sie an einer Hand abzählen.

Sie redeten nicht viel, wenn überhaupt, sein Sohn mit ihr. Er war mit seinen Gedanken allein. Ein Mensch in Freizeit, der sich ausmalte, welche Motivationen es gegeben haben sollte, diese Wege in früheren Generationen auszutreten. Ohne diese Wege wäre das unten liegende Dorf nie gegründet worden, ohne das davor liegende Meer aber auch nicht. Lebenswille und Natur hatten es diktiert und früheren Menschen einen fast abgeschlossenen Kosmos beschert, vital und quirlig genug, das Heimweh der Ausbrecher, die in der Ferne zu Glück und Wohlstand gekommen waren, in die eine oder andere großzügige Spende zugunsten der lokalen Kirche fliessen zu lassen. Vergangene Zeiten. Heute würde niemand diese Wege nehmen, weil er es müsste. Um anderswo Sachen zu kaufen oder zu verkaufen. Um beschwerlich auf Kleinstflächen irgendein Gemüse zu ernten. Um das Wasser am Grund der Schlucht durch den Bau abgestufter Becken zu stauen. Um daneben in einfachen, aus Beton geformten Wannen die Klamotten zu waschen, die immerhin noch einige Zig Meter vom Dorf den Weg hochzutragen waren.

Das Dorf selbst hatte die Vergessenheit der Provinz, wie so viele andere Dörfer, die er gesehen hatte. Auch hier passierte das Meiste von dem Wenigen hinter blickdichten Mauern oder Autofenstern. Der Kirchplatz war leer, die Kirche abgeschlossen, sie wären die einzigen Besucher gewesen. Immerhin, einige im weitesten Sinn mit Fischerei befasste Männer saßen vor der einzigen offenen Kneipe. Ihrer Neugierde, was ein Paar im mittleren Alter mit seinem pubertierenden Sohn dazu bewegen sollte, zu dieser Zeit an diesem Ort entlang zu gehen, gaben sie zumindest keinen Ausdruck. Warum auch, die Verständigung wäre mehr als schwierig gewesen. Er selbst war viel zu schüchtern, um das Gespräch zu suchen. Hinzu kam, dass ihnen noch nicht nach Einkehr und Pause zumute war.

Wie ein schmales, dunkles Band zog sich der Strand zwischen Meer und hoch aufragenden Klippen hin zu dem zweiten Dorf. Einen präformierten Weg über den Strand gab es nicht. Er war das Ergebnis der Auseinandersetzung zwischen den ständig heranrollenden Wellen und den vielfältigen Mischungen aus erkalteter Magma und aufgefalteter Erdkruste, die sich diesen Wellen beharrlich widersetzten und nach Dimensionen eines menschlichen Lebens lächerlich selten Teile von sich in Form größerer Felsbrocken freigaben, um diese ungezählte Jahre lang von den Wellen glatt schleifen zu lassen. Im Fall eines Tsunami würde dieser Strand eine unentrinnbare Falle sein, innerhalb kürzester Zeit alle Knochen brechen, alle Weichteile in Fetzen schneiden, für die in den Klippen lebenden Vögel allerdings ein interessantes Schauspiel abgeben. Von diesen Gedanken konnte er sich nicht ganz befreien, mühsam, wie sie sich trotz ihrer guten Schuhe über dieses steinige, unwegsame Gelände fortbewegen mussten, Schritte, die von glatten, lose aufeinander liegenden Steinen zum nächsten scharfkantigen Brocken reichten, um festzustellen, dass auch diese nicht immer fest verankert waren. Das Wetter konnte besser nicht sein, mild schien die Sonne, kalkulierbar die für die lokalen Verhältnisse sanfte Dünung, die dennoch seine Aufmerksamkeit auf die sich Mal für Mal brechenden Wellen und ihren Kampf mit den Felsen lenkte, unbeschränkt die Sicht auf das nächste Ziel ihrer Wanderung, trotz des sich an den Klippen aufstauenden, salzhaltigen Dunstes, der an einzelnen Stellen von den Sonnenstrahlen gegen die dunklen Felsen markiert wurde.

Einzelne junge Männer stapften mit ihrem Surfboard über den Strand, sicher in der Lernphase, konnte die derzeitige Brandung doch keine wirkliche Herausforderung sein. Ein Paar mit zwei kleinen Kindern mühte sich ab, ihren Weg in entgegengesetzter Richtung zurückzulegen. Noch waren sie nicht weit gekommen. Sein Blick zurück zeigte ihm das erste Dorf in einiger Entfernung, seine weissen, wie auf einem aufgeschütteten Vorsprung ins Meer gebauten Häuser, den zwischen Meer und Klippen teils extrem verengten schwarzen Strand. Kurz überlegte er sich, ob das Paar und die Kinder die Ausdauer und auch den Mut für den Weg aufbringen würden.

Sie selbst waren nun kurz vor dem zweiten Dorf, deutlich erhöht über dem Meer gebaut, außerhalb jeder Tsunami-Gefahrenzone. Über einen schmalen, treppenähnlichen Aufgang erreichten sie einen breiten, großzügig angelegten Promenierweg zwischen den noch höher gelegenen Häusern und dem Strand mit seinen Wellen.

Ein Radfahrer fuhr diesen Weg entlang des Dorfes hin und her, nutzte ihn als Trainingsstrecke und machte so den

Mangel an ebenen, einfach zu befahrenden Strecken auf dieser Insel einmal mehr deutlich. Irgendwie dankbar, aber ohne wirkliche Vorfreude auf die bevorstehenden, wieder heranrückenden Arbeitswochen musste er an die wenigen Kilometer ebener Strecke denken, die er jeden Morgen auf dem Weg zur Arbeit mit seinem Fahrrad zurücklegte. Hier zu leben, hiesse, fast alles im Alltag mit dem Auto bewältigen zu müssen. Hier im Urlaub zu sein, hiesse, mit dem Luxus freier Zeit und Muße, mit der ungehinderten Lust auf Neues, sich selbst und seinen Körper durch unbekanntes Gelände zu bewegen.

Sie schlenderten die Promenade entlang, nach wie vor fesselten die eigentlich müde sich brechenden Wellen seine Blicke. Ungefähr auf der Hälfte des Weges bogen sie in einen steilen Aufgang hoch zum Dorf ein. Die stolze und perfekt hergerichtete, restaurierte Kirche und der Platz davor waren leer. Trotzdem wirkte das Dorf zu fortgeschrittener Mittagszeit lebendig, es waren die aus verschiedenen Richtungen stammenden Geräusche aus den Häusern, vereinzeltes Bellen, kurz aufklapperndes Geschirr hinter offenen Fenstern, in Hauseingängen stoisch vor sich hindösende Katzen, nicht zuletzt ein mitten im Dorf liebevoll renoviertes Hotel mit Gastronomie und gut besuchter überdachter Terrasse, die einen Panoramablick auf das Meer davor mit seiner Brandung erlaubte.

An einem leicht abgeschatteten Tisch nahmen sie Platz. Alles war gut. Das Bier, das er bestellte, schmeckte, wie es sollte. Ihren Durst stillen, faul auf den Stühlen sitzen, sich aus dem Moment heraus, ohne nachzudenken, über Belangloses unterhalten, um sich herum die milde Wärme des hiesigen Frühlings, das Rauschen der Brandung, das Mittagslicht, dem die grelle Schärfe genommen war, die Zeit, die unmerklich verstrich und Leben hiess, alles war gut.

Eine französische Familie mit Sohn im pubertären Alter und Tochter im präpubertären Alter hatte den Logenplatz in der äußersten Ecke der Terrasse mit dem besten Panoramablick inne. Er sah ihnen das Glück ihrer Familie an, das ganz normale Glück, ohne Künsteleien und Schnörkel miteinander umzugehen und zu wissen, hier und nirgendwo sonst war der Platz, um zu sein, bei den Kindern, bei der großen Liebe des Lebens, das fortwährend an ihrer oder seiner Seite zugegen war. Es war reine Spekulation, er wusste nichts über diese Familie, freute sich aber über die Art ihres Umgangs, ihrer Gestik, über die einzelnen, im Abstand leisen Konversationsfetzen, die ihn erreichten. Genau das gleiche Glück hatte er empfunden, als die Großen noch kleiner und in einem ähnlichen Alter gewesen waren. Ungefähr zehn Jahre waren seither vergangen, Zeit, die vorbei war, auch nicht wiederkommen würde, Zeit voller Arbeit und steter Wechsel aus Verdruss und vollem Glück, und nun saß er hier und liess seine Gedanken schweifen.

Irgendwann mussten und wollten sie wieder los, zurück in ihr bequemes Hotel, dazwischen lagen vierhundert Höhenmeter steiler Aufstieg. Gut beschildert führte der Weg an kleinen, fruchtbaren, oft eingemauerten Gärten vorbei aus dem Dorf hinaus. Wasser war nirgends ein Problem, es sprudelte entlang des Weges in einem kleinen, vor langer Zeit geschaffenen Kanal von oben herab, irgendein oberhalb der Klippen ständig nachgebildetes Depot sorgte für dessen stete Zufuhr. Der Weg schlängelte sich die steile Klippe hoch, oft unter niedrigen Bäumen, die ohne das Wasser hier nie eine Chance gehabt hätten. Ohne diese Bäume wären sie an diesem südwestlich ausgerichteten Hang erbarmungslos der frühen Nachmittagshitze ausgeliefert gewesen.

Es war schweißtreibend genug. Entschädigt wurden sie durch die zunehmend besseren und weiteren Blicke auf das Arrangement. Die verrückte, alberne Illusion, mit zunehmender Höhe etwas geleistet zu haben, kam hinzu. Verrückt und albern, weil es im großen ganzen Gesamtablauf aller Dinge dieser Erde sinnentleert war, jetzt diesen Weg hinauf zu gehen. Niemand anderen juckte es. Nicht ein einziger Sack Reis würde irgendwo umkippen, weil sie gerade diese steile Klippe hoch wanderten. Es war total egal. Aber es machte sie glücklich, sie belohnten sich. Wirkliches außer einer Art Ausdauertraining leisteten sie nicht, aber sie leisteten sich unmittelbare, unverfälschte Eindrücke.

Langsam rückte der Klippenrand näher, je näher sie kamen, desto sanfter wurde dann doch der Übergang ins hoch darüber gelegene Land. Einzelne, großzügige, derzeit unbewohnte Ferienvillen reichten fast an den Rand des Geländes. Steil und uneben waren die Zuwegungen zu den verstreuten Häusern. Wer hier lebte, würde ohne geländegängiges Auto nicht auskommen. Ganz allmählich zeigte sich das hohe, von der Hauptverkehrsader der Insel durchschnittene, gewellte Plateau. Sie gingen jetzt auf befestigter Straße. Nach links zog sich der Weg hinunter zum Hotel. Bald hatten sie ihr Refugium wieder erreicht, verschwitzt, die Hosen und Schuhe dreckig.

Schon freute er sich auf das abendliche Dinner, die Gedanken daran weckten seinen Appetit. Ein Ausflug zum Pool blieb kurz, das Wetter war nun kühler, vor allem windiger geworden. Umso mehr genoss er die warme Dusche und die frischen Klamotten danach. Mit einem Bier liess er auf dem Balkon ihres Zimmers die Zeit bis zum Abendessen verstreichen und las Zeitung. Seine Liebste las eines ihrer Bücher. Der Kleine tüftelte an seinem Smartphone. Mit dem Dinner zog der Abend vorbei und mündete in eine rasch eintretende und selbstverständliche Müdigkeit.

Am nächsten Morgen war es weiterhin mild, aber wolkig. Mit dem Auto machten sie sich zu einem Ausflug in den nordwestlichen Teil der Insel auf. Die Straße wurde nach wenigen Kilometern zu einer unablässigen Folge kleinerer Kurven. Die wenigen Leute, die hier wohnten, hatten den Ausbau zur Schnellstraße noch nicht notwendig gemacht. Der Verkehr war gering, nachfolgende Autos liessen sie überholen. Teilweise fuhren sie in den Wolken, beiderseits der Straße dicht bestandener Wald. Dessen besondere Vielfalt und immer wieder einzeln aufleuchtende Blumen verhinderten, dass er sich auf einer alpinen Straße unterhalb der Baumgrenze wähnte. Der erste Aussichtspunkt machte ein weiteres Mal deutlich, dass sie sich hoch über dem Meer hinter steilen Klippen aufhielten. Dieser einzelne große Inselfelsen und das Meer boten sich die Stirn. Die südliche Sonne tat ihr Übriges, dass genügend Dunst, Wolken und Regen entstanden und die Vegetation daraus ihren Nutzen zog. Zusammen war es für den Menschen ein angenehmes Fleckchen Erde.

Einer der Orte an der Nordküste war ihr nächstes Ziel, von dort wollten sie umkehren. Hier rollte die Dünung direkt auf die Strandfelsen zu. Aus deren Ansammlung waren mit wenigen, überschaubaren Eingriffen mehrere Naturschwimmbecken geschaffen worden. An Schwimmen war hier auf der Nordseite der Insel nicht zu denken, bei diesen Temperaturen, zu dieser Jahreszeit. Was ihn fesselte, war die Kraft der Wellen, mit der sie sich an den Felsen abarbeiteten und mit der das schäumende Wasser wie in überdimensionierten Waschtrommeln durcheinander gewirbelt wurde.

Einzelne Frachtschiffe grenzten sich in weiter Entfernung gegen den grauen Horizont ab. Es war maritim kühl, die Jacken trugen sie hochgeschlossen. Ein kleines Museum erinnerte an die Männer, die von hier aus vor mehreren Jahrzehnten mit zerbrechlich kleinen Booten zum Walfang aufgebrochen waren. Ernste, vom Wetter gegerbte Gesichter, fest entschlossen, die zu Hause und in ihren Familien herrschende Armut durch Einsatz aller Kräfte und ihres Lebens erträglich zu machen. Reflexionen über den Sinn dieser Jagden auf friedliche Säuger wären Luxus verwöhnter Städter gewesen. Heute war mit Jagden nach Photos dieser Tiere, und zwar dort, wo sie lebten und am Leben gelassen wurden, viel mehr Geld zu machen.

Eigentlich wollten sie etwas trinken, fanden aber keine passende Location. Sie machten sich auf den Weg zurück, steil führte die Straße in Serpentinen wieder hoch auf das Plateau. Wenige Kilometer und Minuten weiter riss der Himmel auf, und die Sonne erstrahlte. Der Tip einer Freundin bewegte sie zu einem Abstecher an einen einsamen Punkt oberhalb der Klippe. Tief unten lag zwischen Meer und Klippe ein Streifen fruchtbarstes Land, so fruchtbar und geschützt, dass es einige Dutzend Familien in früheren Zeiten ernährt und zu bescheidenem Wohlstand gebracht hatte, von Beginn an unter Bedingungen harter, körperlicher Arbeit. Irgendwann, vor einigen Jahrzehnten, hatte dies gar den Anlass zum Bau einer kleinen Seilbahn gegeben.

Diese war immer noch in Betrieb, zwei Wärter waren mit Herzblut dabei, freuten sich über jeden einzelnen, versprengten Gast. Kurz sinnierte er über das Risiko, sich mit seiner Liebsten und dem Kleinen einer in die Jahre gekommenen Konstruktion anzuvertrauen, die ihre beiden Kabinen mit maximalem Gefälle an einem kaum sichtbaren Draht hin und her fädelte. Die Aussicht war atemberaubend, der kontrollierte Fall ihrer Kabine liess seine Befürchtungen schwinden.

Unten herrschten circa fünf Grad Celsius wärmere Temperaturen. Fast waren sie die einzigen. Deutlich abgestuft zum Meer mit seiner Brandung fanden sie sich auf einem breiten Streifen parzellierten, ehemals intensiv bestellten Landes, das von einer Mischung aus Kulturpflanzen und wilden Büschen durcheinander und dicht bewachsen war. Fast zu jeder einzelnen Parzelle gehörte ein meistens dem Verfall preisgegebenes Wirtschaftsgebäude. Wasser war auch hier nie ein Problem gewesen, gut erkennbar einzelne schmale Wasserfälle, die sich von den Klippen an verschiedenen Stellen herab spulten. Die Klippen türmten sich hoch und gegen die Sonne rotdunkel auf. Dunstig und schwül die Luft, es war kaum Wind, die Brandung war das bestimmende Geräusch.

Unzählige kleine Eidechsen suchten vor ihnen, wo sie gingen, die Flucht.

In Unkenntnis des Wanderweges zurück wandten sie sich zunächst nach links, wo sich der Geländestreifen vor den Klippen weiter ausbreitete und die Vermutung stützte, der Weg würde sich dort hoch schlängeln. Alle seine Eindrücke erinnerten ihn an Phantasien über unwirklich wirkliche Landschaften aus Mittelerde. Mehr als einen Kilometer wanderten sie in die falsche Richtung, zuletzt stieg der Weg etwas an und endete unvermittelt in hoch aufgetürmtem Geröll zwischen Klippen und Meer. Im Blick zurück waren die Kabinen der Seilbahn als kleine Punkte zu erkennen, wie ein Mobile hingen sie von oben herab.

Sie liessen sich nicht entmutigen und wanderten zurück, an der Talstation vorbei in die andere Richtung. Tatsächlich führte ein schmaler, kaum erkennbarer Weg auch hier ins Geröll. Unter einem Felsüberhang, zwischen den auslaufenden Wellen und der Wand blieb nicht viel mehr als ein Meter Platz, erreichten sie den Grund eines schmalen Canyon, an dessen rechter Seite sich der noch viel schmälere, von Generationen vor ihnen ausgetretene Pfad hoch schlängelte. Vor ihnen vierhundert Höhenmeter Aufgang durch dichteste, sattgrüne Bodenvegetation beiderseits des Weges, den sie permanent zurückzuerobern schien.

Vor sich die Ausblicke auf das seit Zigtausenden von Jahren ausgespülte, unwegsame Tal. Oben wie bei einem Trichter etwas weniger steil aufragende Hänge, früheren Menschen Anlass zu längst wieder verlassenen Bewirtschaftungen. Aufs Neue staunte er, wie privilegiert ihr heutiges Leben war. Wie sehr die nackte Existenzsicherung in früheren Zeiten das Leben bestimmt hatte. Eins, das mit Plackerei um jeden einzelnen Zentimeter fruchtbarer Erde angefüllt war. Eins, das den Besitzer einer von Windschatten und Sonnenschein begünstigten Hanglage oder eines erst durch mühsamen Ab- und Aufstieg erreichbaren, ebenen, zwischen Fels

und Wasser eingepressten Streifen Landes privilegierte. Eins, das ihn von früh bis spät an dieses Land und seine für heutige Maßstäbe lächerlichen Erträge fesselte.
Trotzdem würden sie deutlich höher als oben auf dem Berg ausgefallen sein und den beschwerlichen Transport gelohnt haben. Trotzdem würden sie und nicht die surreal anmutende Landschaft die entscheidende Motivation gewesen sein, hier sein Auskommen zu suchen und sein Leben zu fristen. Jeder Ausflug zu anderen Menschen, zum Dorf würde lange vorher geplant worden sein. Die Einsiedelei hinzunehmen, weil die Armut keine Alternativen bot, würde selbstverständlich gewesen sein. Den einen oder anderen sogar wirklich glücklich gemacht haben. Viel häufiger als heute waren Kinder unter solchen Umständen gezeugt worden. Es waren viele Menschen, die von diesem Flecken Erde gelebt hatten, einzelne allein hätten die körperlichen Anstrengungen nicht leisten können. Und wo viele Menschen zusammen waren, wären auch Mann und Frau zusammengekommen. Sex in vorindustrieller Zeit, ob monogam oder nicht, er kam nicht umhin, sich ein gewisses Interesse daran einzugestehen. Um sich in demselben Moment seiner anmassenden Haltung zu schämen, überhaupt irgendwelche darüber angestellten Phantasien in irgendeines der üblichen Denkschemata zu pressen.
Während des langen Aufstiegs kamen sie ins Schwitzen. Erst wenige Meter unterhalb kam die Bergstation zum Vorschein. Das schöne Gefühl, sich selbst nach oben gebracht zu haben, hatte die Mühen gelohnt, machte sie leicht. Mit Respekt und Mitleid dachte er an die Menschen, die früher auf demselben Weg zusätzlich noch fünfzehn oder zwanzig Kilogramm ihrer Ernteerzeugnisse hochgetragen hatten. Und mit Sicherheit an dieser Stelle keine Möglichkeit der Einkehr vorgefunden hatten. Weitere, nicht ganz so unwegsame Kilometer hätten vor ihnen gelegen, vielleicht von Karren mit Rädern unterstützt. Sie selbst hatten ihr Auto

an der Bergstation stehen. Sie selbst fanden ein in die Jahre gekommenes, recht schmuckloses, dennoch einladendes Lokal vor.

Dessen schmale Terrasse lag in der Sonne und öffnete sich auf den eben erwanderten Canyon und das Meer. Bier und Limonade löschten ihren jeweiligen Durst. Eis am Stiel, die wohlige Erschöpfung während ihrer Pause, der momentane Luxus ihres ach so schönen Lebens kamen hinzu. Allein zu zweit hätten sie sich jetzt geknutscht und befummelt. Bis zu dem Grad, der öffentlich noch vertretbar gewesen wäre. Und sie hinter verschlossenen Türen hätte weitergehen lassen. Im Beisein ihres Sohnes blieb ihm zumindest die Phantasie. Er war sicher, dass es auch die Phantasie seiner Frau war, subtil tauschten sie die entsprechenden Blicke und Zärtlichkeiten aus. Als sie den Ort verliessen, wunderte er sich, welche aussergewöhnlichen Impressionen sein stinknormales Leben bereithielt, sein modernes, kleines, langweiliges, lustvolles Leben.

Der letzte Abend im Hotel ging so vorbei. Aufgrund der Wetterprognosen konnten sie sich ihre für den nächsten Tag geplante Wanderung in den Bergen bereits abschminken. Tatsächlich wurde es stürmisch und regnerisch, selbst die Südküste hüllte sich in ein maritim kühles Kleid. Sie fuhren in die Hauptstadt, wo sie für die restlichen Tage eine großzügige Ferienwohnung in zentraler Lage gebucht hatten, separates Zimmer für ihren Sohn, der sich auf sein eigenes kleines Reich freute. Deshalb auch freuten sie sich auf ihr eigenes Schlafzimmer, das mit einem Zustellbett für ihren Sohn niemals Beischlafzimmer hätte sein können. Sie freuten sich darauf, was die Tage mit sich bringen würden. Irgendein Zwang zu etwas bestand nicht, beweisen mussten sie sich nichts.

Etwas wehmütig realisierte er auf der Fahrt, dass die Reise nun ihrem Ende entgegenging. Die unweigerlich kommenden Alltage sanken in sein Bewusstsein und bereiteten leisen, inneren Jammer, den üblichen Undank, der ihn sich selbst hassen liess.

Kurz vor der Mittagszeit kamen sie an. Mitten in der Stadt herrschte pralles Leben, an den überbordenden Ständen der Markthalle die für die Zeit kurz vor Schließung oft so typische, regsame Geschäftigkeit. Ein geschickter, junger Verkäufer überredete sie mit vielfältigen, kleinen Kostproben zum Kauf mehrerer, vor Ort gezüchteter Früchte. Mit Mühe würden sie diese bis zu ihrer Abreise essen können. Leider würde ein Teil davon überreif im Müll landen. Der ungewohnte, fremde, tropische Geschmack dieser besonderen Früchte lohnte den Einkauf. Noch hatten sie Zeit bis zum Übergabetermin in der Wohnung.

Pädagogisch anspruchsvoll vermittelte ein kleines Museum im Zentrum der Stadt die Geschichte der Insel. Wann hatten hier die guten, alten Zeiten geherrscht? Als die Insel noch unbewohnt gewesen war und ihre ganz eigene von der letzten Eiszeit nicht gekaperte Flora und Fauna aufgewiesen hatte? Als sie Ausgangspunkt der ersten Expedition mit winzigen Schiffen war, die den Anbruch der Neuzeit markierte? Während der Phasen verschiedenster Handelsströme, die besonders einträglich sein konnten? Während der Anfänge des Tourismus, der zunächst nur die Begüterten und einzelne Prominente auf diese Insel, in dieses Klima spülte und deshalb extravagante Transportmittel und Hotelunterkünfte erlaubte? War die gute, alte Zeit heute, in der es selbstverständlich erschien, sich für ein paar Tage für ein paar hundert Euro in die hochherrschaftliche Wohnung eines Stadthauses einzumieten, das früher der repräsentative Sitz eines wohlhabenden Händlers in Blickweite des Hafens gewesen war und ihm die Kontrolle und Steuerung seiner Geschäfte erlaubt hatte? Darüber zu reflektieren, verwirrte ihn. Sich in die früheren Zeiten zu versetzen, brachte ihm unvermittelt die Erkenntnis, auf was alles er direkt hätte verzichten müssen.

Mit ihrem spärlichen Gepäck richteten sie sich in der Wohnung ein. Draussen war es weiterhin kühl, vereinzelt trat aber die Sonne zwischen den Wolken hervor. In einem nahegelegenen Supermarkt kauften sie Lebensmittel ein, den Rest der Woche würden sie sich weitgehend selbst versorgen. Zu mehr als einem kleinen Spaziergang durch das Viertel hatten sie an diesem späten Nachmittag keine Lust. Mit Kartenspiel an dem riesigen Tisch im Wohnzimmer klang ihr Tag aus. Schnell wurde er müde. Draussen pfiff der Wind. Faszinierend der Blick vom obersten Zimmer auf die hell erleuchtete Stadt, die sich wie eine Provokation zwischen die eigentlich dunkle Insel und das riesige, weite Meer gequetscht hatte, erstaunlich, dass nicht jedes einzelne Licht ausgepustet wurde. Nah am Frieren legte er sich ins Bett und schlief sofort ein.

Sommerliches Badewetter trat während der restlichen Tage nicht ein. Neugierig beobachteten sie am Quai eines Kreuzfahrtschiffes eine Reihe von Touristen, die zu einem Landgang aufbrachen, viele von ihnen in kurzen Hosen und dünnen Blousons. Er war froh über seine hochgeschlossene Jacke, die den Wind abhielt. Die Ruine eines Restes der ehemaligen Hafenbefestigung diente einem kauzigen Typen zur Auslebung seiner staatlichen Phantasien. In deren Mittelpunkt war er der Herrscher des kleinsten Staates auf dem Planeten Erde. Friedlicher, freundlicher, unaufdringlicher Protest gegen irgendetwas, das ihm nicht in den Kram gepasst hatte. Zumindest entlockte er den Besuchern augenzwinkernde Zustimmung. Und sie hatten von hier aus den Blick auf die nächste Bucht, über der das legendäre Hotel der Insel thronte. Zur anderen Seite den Blick auf den Hafen und seine Bucht, auf der vor einigen Jahrzehnten Flugzeuge gewässert hatten, um genau die Gäste hierher zu bringen, die das Mondäne dieses Ortes promoten sollten.

Damals kleine, extravagante Transportmittel mit wenigen, sicher sehr wohlhabenden Passagieren. Heute war der

Hafen, die Stadt, die Insel fester Anlaufpunkt für alle möglichen Kreuzfahrtschiffe, eins größer als das andere, welche Leute wie sie selbst, die typischen Normalverbraucher, im Rhythmus weniger Tage ausspuckten, an Bord rundum sorglos versorgt, an Land getrieben von dem Wunsch, möglichst viel davon zu sehen und möglichst viel von der landestypischen, in der Erinnerung und auf den PDF´s festgehaltenen Aura zu erfahren. Wirklich neidisch war er in diesem Moment nicht.

Sie setzten ihre Stadtwanderung mit noch unbestimmtem Ziel fort. In einem Bogen schlenderten sie durch einen zurückgesetzt auf einem Hang liegenden Park zur Altstadt zurück. In der Mitte der Stadt traf ein breites Flussbett auf die Bucht. Jenseits davon erreichten sie eine Gasse mit kunstvoll bemalten Hauseingängen und einer schier endlosen Reihe von Straßenrestaurants, die meisten davon bereits geöffnet. Hunger und Lust, sich hinzusetzen, verspürten sie überhaupt nicht. Freundlich und zunehmend routiniert gelang es ihm, den freundlichen Aufforderungen und Einladungen des Spaliers der auf Gäste wartenden Kellner zu entkommen, glücklich, seine Frau und seinen Sohn zu einem Aufstieg durch die bebauten Viertel unterhalb des Botanischen Gartens überredet bekommen zu haben.

Wie so oft, interessierten ihn die Nebenstrecken, das Abseitige, das Alltägliche woanders, das es nicht auf die Postkarten schaffte, das Umfeld derer, die hier wohnten und jeden Stein kannten. Es interessierte ihn, was in seinem Alltag hier anders als zu Hause wäre. Dort kannte er jeden Stein und die dazu aufkommenden Gefühle, Erinnerungen, Assoziationen. So verschieden die Orte waren, es ähnelte sich alles. Hier wie dort zogen sich die Menschen zu den meisten Stunden des Tages in die Privatheit ihres Wohnraums zurück, nutzten ihre Refugien zur Regeneration oder auch nur schlichten Existenz. Ihnen als Fremden blieb das

Meiste hinter Mauern und Fenstern verborgen. Zu Hause, in seiner Siedlung, seiner Stadt war ihm alles vertraut, fast langweilig geworden. Wie viele Jahre würde es brauchen, um ähnlich zu empfinden, sollte er hier leben? Er war Realist genug zu wissen, dass er hier nicht automatisch glücklicher sein würde.

Auf den steilen Straßen gewannen sie zwischen den Häusern schnell an Höhe und zunehmend bessere Ausblicke auf die Stadt. Die Sonne hatte gewonnen, sie gerieten ins Schwitzen. Es war die Ausnahme, dass zur Mittagszeit drei Menschen zu Fuss auf dem Weg zum Botanischen Garten der Stadt waren, durch Wohnviertel hindurch, angebellt von Hunden, die sonst in den Haus- und Hofeingängen dösten. Ein herrenloser Hund sah einem dunklen Schnauzer ähnlich und fand plötzlich Gefallen, sie zu begleiten, auch über Kreuzungen hinweg. Er lief vor und zurück, blieb aber an ihren Fersen. Er löste ihr Mitleid und fürsorgliche Gefühle aus, noch viel mehr Hunde hinter Mauern fingen an, seinetwegen zu bellen. Trotzdem würden sie ihn nicht mitnehmen können. Mit seiner Frau war er sich einig, dass ein Hund nicht zu ihrem Leben, zu ihrem alltäglichen Ablauf passte. Ihren Kindern gegenüber hatten sie daran nie einen Zweifel gelassen, hatten emotional vorgebrachte Wünsche unerfüllt gelassen. Sich jetzt dieses herrenlosen Hundes anzunehmen, hätte einen Herzenswunsch ihres Sohnes getroffen. Aber es ging nicht. Es tröstete ihn, dass der Hund nicht verwahrlost wirkte. Seine eigenen Mitleidsgefühle verdrängte er mit dem Gedanken, dass dieser Hund seine Heimat an diesem schönen Ort unter südlicher Sonne sicher nicht gerne verlassen würde. Bis in den Botanischen Garten schafften sie nicht, seine Begleitung abzuschütteln.

Halbherzig der Versuch eines Wärters, den Hund heraus zu jagen. Genügend Menschen waren da, dass er sich irgendwann anderen zugewandt hatte oder durch die Vielfalt der einzelnen Anpflanzungen abgelenkt worden war. In einem

Bistro gönnten sie sich einen Kaffee. Von einem Vorsprung aus konnten sie die Terrasse am obersten Punkt ihrer Wohnung gerade eben erkennen. Im Hafen die beiden Kreuzfahrtschiffe, das eine wie die kleine Schwester des anderen. Vor dem Hafen bewegte sich der Nachbau des Holzschiffes, mit dem vor mehr als fünfhundert Jahren das große Meer erstmals nach Westen überquert worden war, als kleiner, schwarzer Punkt durch das Wasser. Sich auf ihrer Rückwanderung zu orientieren, war einfach. Sie kamen von oben herab, lange gaben ihnen die Ausblicke die ungefähre Richtung durch das Gewirr der Straßen vor. Voller Eindrücke vom Tag fühlte er sich erschöpft und freute sich auf Stunden der Musse.

Sie bereiteten sich ein einfaches und deshalb leckeres Essen. Auf der Terrasse tranken sie ein Glas Wein. Die Stadt lag vor ihnen und zog sich an den Hügeln und Hängen empor. Einzelne Punkte markierten die Lage des Botanischen Gartens. Von dort hatten sie hinunter geschaut. Erinnerungen daran würden sich ihm dauerhaft einbrennen. Wahrscheinlich lasen sie noch Buch oder Zeitung, wahrscheinlich war ihr Sohn im Internet. Fanden sie noch zu einem Kartenspiel zusammen? Es verschwamm in seinem Gedächtnis.

Die Müdigkeit kroch in seine Glieder. Alles war gut, aber etwas fehlte. Es fehlte ihm und ihr. Sie fehlten sich. Sie vermissten den Funken für das Feuer ihres Verlangens. Sie sprachen nicht darüber. Sie fühlten es und nahmen es hin, weil es im Beisein ihres Kindes nicht anders ging. Ihre Assoziationen waren dieselben. In den letzten Jahren hatten sie sich an ihre Wander- und Städtereisen gewöhnt, ohne Kinder. Sie waren zu ihren Lust- und Sexreisen geworden, zu Reisen in ein Reich aussergewöhnlich intensiver und inniger Gefühle, pures, unendlich scheinendes Leben, besonderer Spaß. Etwas, das ihnen hier verwehrt blieb, was sie aber klaglos akzeptierten. Es bedurfte weniger Blicke und einzelner Küsse vor dem Einschlafen, dass sich beide dieses

Dilemmas bewusst waren. So, wie sich ihr Sex in ihre Imaginationen eingenistet hatte, mussten sie ihn auf unbestimmte Zeit verschieben. Sie waren nicht frei dafür.

Kleinere Ausflüge bestimmten die beiden verbliebenen Tage. Eine Wanderung in den Bergen kam ihnen wegen der dichten Wolken dort nicht in den Sinn. Ersatzweise erkundeten sie einen oberhalb der Stadt angelegten Weg durch den Wald, entlang eines dort mit sorgsam austariertem Gefälle gebauten Kanals. Mit einfach scheinenden Mitteln hatten sich die Menschen den Wasserreichtum der Insel dienst- und nutzbar gemacht. Und den heutigen Touristen Wanderwege geschaffen, wo sonst dichtes Gestrüpp am Hang jedes Weiterkommen verhindert hätte.

Selbst hier, vielleicht zwei Kilometer von der Küstenlinie entfernt, aber zweihundert Höhenmeter darüber, war es wolkig bedeckt und eher kühl, während die paar Sonnenstrahlen an der Küste dort die Temperaturen hochschraubten. Wandern am Kanal, flach genug, um darin stehen zu können, tief genug, um es jetzt nicht einfach zu versuchen. Fließendes, nicht wie in Kanälen üblicherweise stehendes Wasser, kristallklares, nicht wie sonst üblich tiefgrün-grau undurchsichtiges Wasser. An Quellen und Depots in den Bergen entnommenes Wasser, mit jedem Vorsprung und jeder Einbuchtung der Höhenlinie folgend, beschattet von der ursprünglichen Vegetation, in Stadtrandlage, teils in engem Kontakt zu der Schnellstraße, die im Süden der Insel zahllose Täler und genauso viele Berge querte und tunnelte, deren Lärm aber nur selten zu hören war.

Am Ende ihres Hinwegs fanden sie ein Bistro, vom Kanal aus abschüssig hinter dichten Sträuchern versteckt. Nach vorne hatten sie von seiner Terrasse Aussichten auf vorgelagerte Hügel mit den östlich gelegenen Stadtteilen und das Meer. Freundlich wurden sie eingeladen, Platz zu nehmen. Jetzt setzte sich die Sonne sogar durch. Tischkarten erzählten über die Motivation der Besitzer, das Bistro in Betrieb zu nehmen. Einheimischer trifft Auswanderin. Sie wollen unter südlicher Sonne in ihrem Bistro ihren Besuchern nette Stunden ermöglichen. Er ist Profi. Sie gleicht Mangel an einschlägiger Erfahrung durch Enthusiasmus, Empathie und Menschenkenntnis aus. Ihre Küche vereint leckere und ansprechende Elemente unterschiedlicher Provenienz zu fairen Preisen. Im Stillen wünschte er ihrem seit kurzem betriebenen Venture Glück und alles Gute. Er trank den leckersten Tee seines Lebens. Zum ersten Mal konnte er sich vorstellen, was den Reiz einer Teatime, wenn auch zur falschen Zeit, ausmachte.

Für den Rückweg mussten sie die gleiche Strecke zurücklaufen. Noch war Zeit, in den Stadtteil mit den berühmten Schlittenrennen zu fahren. Fremdenattraktion, sinnfreier Spass, Ganzjahres-Kirmes mit dem einen, einzelnen Fahrgeschäft, das sich über die Jahrzehnte hinweg perfekt organisiert hatte, selbst die Erinnerungsfotos waren direkt nach dem Abritt erhältlich, gestochen scharf, perfekt ausgeleuchtet. Viele Männer waren damit zu einem besonderen Job gekommen. Sie steuerten die Schlitten die Gassen hinunter. Zwischen den Abfahrten wurden sie mit kleinen Bussen wieder zum Ausgangspunkt zurückgebracht, vielen von ihnen als Raucherpause willkommen. Kurz überlegte er sich, ob den Männern das Steuern dieser Schlitten nackter, grauer Alltag geworden sei, deshalb Grund, sich auf die jeweils nächste Zigarette zu freuen. Abwegig fand er den Gedanken nicht.

Unter den Wolken, die den ganzen Tag nicht von den Hügeln wichen, war ihnen empfindlich kühl geworden. Sie sehnten sich nach südlicher Wärme. Nach Rückkehr ins Zentrum fuhren sie an die Badestrände der Stadt, die sich westlich des einen, mit Geschichte beladenen, mondänen Hotels ausgebreitet hatten. Es war ein Phänomen. Auf einem Streifen von vielleicht zweihundert Metern an der Küste hatte die Sonne während des Tages die Wolken vom Meer zurückgehalten. Hier war die gewünschte Wärme, gespeichert im Trottoir, in der seidenen Luft des anbrechenden Abends, noch betont im landeinwärts gerichteten Blick auf wolkenverhangene Hügel und Berge, ohne jede Schwüle, in allen ihren Schattierungen angenehm empfunden. Obwohl die Badesaison noch nicht begonnen hatte.

Hier mit alten Knochen zu überwintern, würde durchaus reizvoll sein. Mit seiner Liebsten würde er auf irgendeinem Balkon sitzen, auf das Meer schauen und versuchen, sie zu einem Cocktail zu überreden. Natürlich hätte sie unter ihrem luftigen Sommerkleid keinen Slip an. Voller Erwartungen würde sein pralles Ding in der leichten, dünnen Hose seinen Platz suchen. Ihr angeregtes Gespräch würde von flüchtigen Berührungen und Küssen unterbrochen sein. Es würde in zunehmend schlüpfrigere Bemerkungen abgleiten. Ihre Zungen würden sich finden, seine Hände ihre Brüste umfahren, ihre Hand in seine Hose greifen und den harten Schaft zu befreien versuchen. Mit der Spreizung ihrer Schamlippen unter ihrem Kleid würden ihm das feuchte Areal und ihre pralle Klitoris Signale sein, dass sie nicht mehr warten wollen würde. Mit taumeligen Gefühlen würden sie sich vom Balkon zurückziehen, sich ausziehen und übereinander herfallen. Seine Wünsche bestimmten seine Phantasien, seine derzeit nicht erfüllbaren Wünsche. Aber er war nichts und niemandem gram. Auch in den eigenen Phantasien konnte das Leben einen besonderen Reiz und Kitzel entfalten.

Noch hatten sie während des Tages kaum etwas gegessen, die vielen Eindrücke hatten sie nicht daran denken lassen. Der Hunger brach hervor. Zurück in der Wohnung gab es eine kräftige Pasta mit üppigem Salat. Während der Zubereitung des Essens und frisch geduscht trank er ein Bier. Für ihn läutete dies den Feierabend dieses besonderen und doch gewöhnlichen Urlaubstages ein. Mitten in der einen Stadt dieses im tiefen, weiten Meer liegenden, wild und verschwenderisch bewachsenen Felsens. Ganz bald würden sie

272

ihn wieder verlassen. In ihrer Heimat riefen Arbeit und Pflichten. Würde er hier leben und dort Urlaub machen, wäre es nicht anders. In irgendeiner, an Feriengäste vermieteten Wohnung in irgendeiner großen, mit Menschen dicht bepackten Stadt an dem breiten, dicht befahrenen Strom hätten sie freie Tage verlebt. Voller Neugierde hätten sie Eindrücke in sich aufgesogen, von Dingen, Vorgängen, Handlungen, prallem Leben, die es dort neben Arbeit und Pflichten auch gab.

Eindrücke von einem dicht besiedelten, fruchtbaren Landstrich, der sich auf Millionen Jahren alten Fluss- und Meeressedimenten entwickelt hatte, dem die dortigen Menschen ihre Existenz verdankten. Und er würde vor dem Rückflug auf den heimatlichen Felsen in diesem tiefen, weiten Meer vor allem an die wieder vor ihm liegenden Arbeiten und Pflichten denken. Er riss sich zusammen. Es ging ihnen gut. Das Leben war schön. Arbeit und Pflichten kamen und gingen, alles andere auch.

Am nächsten, letzten Tag war das Wetter ähnlich, an der Küste sonnig, mild und angenehm, über den Bergen wolkig. Sie machten einen Ausflug entlang der Küstenstraße, zu den zwei, drei Orten, die ihnen am ersten Tag ihrer Reise besonders gefallen hatten. Zwischendrin die eine hohe Klippe, deren Ausblick auf den fünfhundert Meter tiefer liegenden Strand ihnen in den Wolken verwehrt geblieben war.

Eine Reihe von Oldtimern hatte sich vor ihnen die steile Straße hoch gequält. Eines der Hobbies, das er schön fand, aber nie verfolgt hatte. In einem der nächsten Strandorte setzten sie sich an einen der Aussentische eines Lokals. Gerade jetzt fuhr die Kolonne der Oldtimer auf der Promenade wieder an ihnen vorbei. Vor fünfzig Jahren zusammengeschraubte Blechkisten, die in seiner Heimat bei Winter, Salz und Nässe meistens nach sechs Jahren durchgerostet waren und viel zu früh verschrottet werden mussten. Hier, in diesem milden Klima, hatten sie die Jahrzehnte überdauert. Die Steigungen und Windungen der Straßen hatten ihnen nichts anhaben können. Bremsen und Mechanik liessen sich besser als die Bleche erneuern. Es waren Autos, die man verstand, die noch ohne komplizierte Rechenoperationen funktionierten und deshalb besonders geliebt wurden. Funktionierten sie nicht, musste man sich ihren Charme erst einreden.

Im Bistro nahmen sie einen Drink zu sich. Ein weiteres Mal genossen sie die Sonne, das beschauliche, vorsaisonale Leben und die frühsommerliche Wärme. Die Fahrt in die Stadt und die Wohnung zurück war ihm fast lästig. Einem Einkaufsbummel durch die Altstadt schloss er sich nicht an. Er blieb in der Wohnung zurück, Stunden des Alleinseins, die er sehr gut ertragen konnte. Der Urlaub nahm sein Ende. Packen, Reste essen, aufräumen, sich der frühen Abflugzeit am nächsten Morgen unterordnen, im Lufttaxi Platz nehmen, hoffen, dass alles seinen richtigen Ablauf nehmen würde, und die Zeit bis zur Rückkehr nach Hause totschlagen, dies war das Ende des Urlaubs.

Mosel

Der Alltag hatte sie wieder. Wie so oft forderte ihn seine Arbeit heraus. Meistens wusste er, was er zu tun hatte, seit bald dreissig Jahren ging er seinem Beruf im Krankenhaus nach. Vieles hatte sich verändert, schleichend das eine, plötzlich das andere.

Er sah keine Veranlassung, das Vergangene in Rosa zu malen. Auch in seinem Fach waren Diagnostik und Therapie über weite Strecken revolutioniert worden. Anderes hatte sich Jahrzehnte lang als tragfähig erwiesen. Würde er sich dreissig Jahre zurück versetzen und seine jetzige berufliche Tätigkeit geschildert bekommen, wäre ein ungläubiges Staunen die Folge gewesen. Mit seinen ihm gegebenen, beschränkten Möglichkeiten hatte er versucht, Anschluss an diese Entwicklungen zu halten.

Im Grunde seines Inneren war er ein konservativer Mensch, der skeptisch auf Neuerungen oder Abweichungen vom Gewohnten reagierte. Skepsis, die ihn zögern liess, Neues auszuprobieren, bevor er das Alte wirklich durchdrungen und perfektioniert hatte. Skepsis, die mit mangelndem Zutrauen in seine Fähigkeiten zu tun hatte, Zutrauen, das fehlte, um neue Herausforderungen an sich dringen zu lassen. Man hätte es eine ihm eigene Verzagtheit nennen können. Oder übertriebene Ernsthaftigkeit, die ihn selbst in banalen Situationen zur Aufbietung vieler seiner Kräfte zwang.

Getriebenheit wäre eine andere Umschreibung gewesen. So sehr es seinem Bedürfnis entsprach, Erreichtes zu konsolidieren, sich darin einzurichten und zurückzulehnen, wusste er um das Neue hinter dem Horizont. Die Energie, sich damit widerwillig zu befassen, hatte ihm in früheren Jahren scheinbar unbegrenzt zur Verfügung gestanden. Erst unbemerkt, dann zunehmend klarer waren ihm Zweifel daran gekommen. Seine Energie war begrenzt, wie alles andere im

Leben. Hinzu kam, dass vieles banal war, sich ständig wiederholte. Natürlich galt dies auch für seine üblichen Verrichtungen. War der wächserne Widerstand in seinem Inneren vor deren Beginn einmal überwunden, machten sie selten Verdruss und brachten Erfüllung, die Visiten, die Supervision der jungen Kollegen, das Gespräch mit Angehörigen, der jeweilige Eingriff, der bei erwartet oder unerwartet eintretenden Schwierigkeiten alle Aufmerksamkeiten beanspruchte. Jenen Widerstand zu überwinden, erforderte die Energie, die er für sich als Mittfünfziger im Schwinden sah.

Zusätzlich nervte ihn vieles, am meisten die Neigung anderer, Aufmerksamkeit zu beanspruchen und auf sich zu lenken. ′Tue Gutes und Tolles und rede darüber′ trugen viele Zeitgenossen und Institutionen demonstrativ vor sich her. Eine Attitude, die ihm wirkliches Grauen bereitete. Marketing hatte das Leben durchdrungen. Es reichte nicht aus, den Job zu machen. Es war möglichst öffentlich darüber zu reden. Hier nun war sein innerer Widerstand besonders groß, besonders zäh. In keiner Weise hatte er deswegen ein schlechtes Gewissen. Sorgen, dass seine eigentliche berufliche Tätigkeit deswegen eingeschränkt würde, hatte er nicht, wer sonst sollte sie machen.

Nach ihrem Urlaub auf der Insel weit draussen im Meer hatten ihn viele dieser Gedanken beschäftigt. Er war nicht wirklich älter geworden, aber es war anders als früher. Er fühlte sich älter und kraftloser. Der Eindruck, seiner Frau ginge es ähnlich, tröstete ihn. Vieles, auch Privates, musste erledigt werden. Meistens gingen sie früh ins Bett, froh, den Tag ohne Blessuren überstanden zu haben, glücklich um die wenigen Minuten des Faulseins und wohligen Streckens vor dem Einschlafen. Ihre Lust blieb über Wochen verschüttet. Sie war nicht da, beide empfanden es, beiden fehlte die Energie. Ihrer Zärtlichkeit versicherten sie sich, liebevolle Küsse gehörten dazu, waren nicht verschüttet.

Und es gab den einen oder anderen, freien, gemeinsamen Tag. Zeit ohne äußere Verpflichtungen und Zwänge, Sonntags morgens beim ersten Kaffee, den er ihr ans Bett brachte, abends, er war schon eingeschlafen und wurde sofort hellwach, mitten in der Nacht, nachdem sie von einer öffentlichen Party mit Tanz ins leere Haus zurückgekommen waren und sie wussten, dass der Kleine bei einem Freund und seiner Familie gut untergebracht war. Diese zufällig oder bewusst herbeigeführten Ausflüge ins Reich der Sinne hielten sie und ihren Alltag zusammen, vergewisserten sie ihrer ganz eigenen, ganz persönlichen, ganz besonderen Geschichte, trugen sie durch das Leben, diesen langen, ruhigen Fluss. Selbstverständliches, Abrufbares, jederzeit zur Verfügung stehendes Doping waren sie nicht. Sie brauchten Zeit, Muße, Sehnsucht nach Berührung, Sorge um den anderen, Erkennung seiner Befindlichkeiten, die gerade so ganz anders sein und die Libido komplett unter Verschluss halten konnten.

Ganz oft fehlte sie ihm in diesen Wochen, vergraben unter den Lasten seines Berufs, die nicht mehr zu seinem Alter passen wollten, ob eingebildet oder nicht. Dass sie selten aufblitzte oder durch seine Frau unvermittelt, unverhofft angestubst wurde, machte ihn froh. Die mit ihr möglichen Vereinigungen, halb angezogen oder in kompletter Nacktheit, machten ihn glücklich, sprengten zumindest kurz das ihn bedrückende Korsett. Würde ihnen dieses vitale Wunder irgendwann unerreichbar sein? Allein die Frage signalisierte ihre und seine Sorgen. Sie wünschten sich, dieses Irgendwann noch möglichst lange hinauszögern zu können.

Endlich war es wieder so weit. Zwei freie Tage lagen vor ihnen. Seine Frau hatte ein kleines Hotel in einem Weinort an der Mosel ausfindig gemacht. Zwei freie Tage, die ihnen weitere Etappen auf dem Fernwanderweg ermöglichen würden. Zwei freie Tage, die sie ganz für sich allein hatten. Die letzten Dienste waren reibungslos verlaufen, trotz oder gerade wegen der Abwesenheit einiger Kollegen, trotz nächtlicher Einsätze.

Ihr kleiner Sohn würde beide Tage gut versorgt sein. Er würde bald schon kein Kind mehr sein, vielleicht zwei Jahre noch, und er würde mit ihnen nicht mehr selbstverständlich Urlaub machen, würde es als besondere Freiheit empfinden, von den Eltern zu Hause allein gelassen zu werden. Gewisse organisatorische Vorkehrungen mussten jetzt aber noch berücksichtigt werden, ein Umstand, der sie nicht bereits einen Tag früher an die Mosel fahren liess.

Diesen freien Tag verbrachten sie zu Hause und genossen die Vorfreude. Sie besuchten die aktuelle Ausstellung eines städtischen Museums und kehrten im dortigen Café ein. Mochte die Kunst noch so dröge und allegorisch mit Sinn beladen sein, mochten schriftliche und graphische Entäusserungen irgendwelcher Maler, die mit der in den Kunstmarkt fliessenden Akkumulation von Kapital zu Geld und Ruhm gekommen waren, noch so simpel sein, es war das Besondere des Gebäudes, der hellen Räume, der Umgebung, des Willens, dem Alltag den Rücken zu kehren, nicht zuletzt des vor ihm stehenden Drinks im Aussenbereich des Cafés unter freiem Himmel bei warmen, fast schwülen Temperaturen, das ihm gute Laune machte.

Mit etwas Bangen hatten sie die Wetterberichte verfolgt, die für ihre beiden freien Tage an der Mosel Starkregen voraussagten. Einhundert Prozent Regenwahrscheinlichkeit war auch für den heutigen Tag angegeben worden, einer der Gründe, dass die eigentlich mit Freunden an diesem Tag geplante Radtour nicht zustande gekommen war und sich jeder anders orientiert hatte.

Und nun saßen sie bei sechsundzwanzig Grad Celsius unter einem breiten Sonnenschirm mit Blick auf das Museum und flirteten miteinander. Beide hatten die ganz konkrete Hoffnung und Freude auf richtig guten Sex an der Mosel, fern aller Verpflichtungen und alltäglicher Zwänge, inkognito, was auch heißen konnte, ihrer Lust auf irgendeinem Weg im Wald freien Lauf zu geben. Bestimmt, festgelegt war gar nichts. Darüber redeten sie nicht. Es waren die jeweils eigenen Phantasien, die sich ohne Worte trafen. Versteckt in subtilen, sublimen Äußerungen, Andeutungen, Blicken, Gesten, Zugewandtheiten. Die ihm zu verstehen gaben, dass seine Frau es schon lange wollte, wie er. Die den festen Willen beider bekräftigten, die im Alltag verschütteten und aufgestauten Bedürfnisse auf dieser kurzen Reise zu befriedigen. Aber auch den Willen und den mit etwas Bangen durchsetzten Wunsch, sich ihrer zu vergewissern. Um ihnen Raum zu geben, bedurfte es des einen zündenden Funkens, der in den letzten Wochen gefehlt hatte. Die Reise sollte ihn aufblitzen lassen. Dafür gab es keinen Automatismus, keinen Schalter, der auf Eins gestellt werden konnte. Jede Anleitung, jedes Kochbuch würde es nicht vollständig ausdrücken können. Guter Sex war mehr als die Summe aller Zutaten. Es amüsierte ihn, wie sehr sich die Vorstellungen davon vor ihm ausbreiteten. Traumwandlerisch sicher wussten beide, worauf es ankam. Garantiert war aber nichts.

Wolkenbruchartig fiel der Regen am nächsten Morgen vom Himmel. Im Auto war es trocken. An der Mosel war der Regen weg. Es blieb gewittrig schwül. Am Ausgangsort ihrer Wanderung herrschte Montagmorgen, ihre Wanderkleidung privilegierte sie von den Übrigen. Die Rückkehr vom Zielort war nur mit dem Schiff zu einem bestimmten Zeitpunkt möglich. Den Tip dazu bekamen sie auf dem Verkehrsbüro. Ausgrabungen von Resten römischer Schiffe hatten den Ort überregional bekannt gemacht.

Von seiner Hauptstraße aus starteten sie die Wanderung. Wie überall in der Provinz und etwas abseits der Toplagen hatte es auch hier der Einzelhandel schwer. Untrügliches Zeichen, dass sich zwei Pflegedienste in ehemaligen Geschäften eingerichtet hatten. Immerhin, die Alten und Hilfsbedürftigen, die am Ort geblieben waren, deren Kinder längst das Weite gesucht hatten und der eigenen, angestammten, inneren Provinz entkommen waren, wurden versorgt. Der etwas triste Eindruck, dass die früher quirlige Hauptstraße eines Ortes mit vielen Geschäften, bewohnten Häusern und agilen Menschen, die dort etwas erleben wollten und zu erledigen hatten, seit Jahren ihre Anziehungskraft verloren hatte, blieb zurück.

Rasch fanden sie Anschluss an den Fernwanderweg, dem die Mosel ihren Namen verliehen hatte, bestens ausgeschildert, in vielen Etappen entlang der schönen Aussichten über und auf den Fluss durch Wälder, Wiesen und Weinberge angelegt. Ein Projekt zur Förderung des Tourismus in der Region. Angenommen von Menschen wie ihnen, die eine wohldosierte Abkehr von ihrem Alltag suchten, Bewegung, Natur, Neues und dennoch Vertrautes, gutes Essen und Trinken, Wellness, Sex.

Eine Bundesstraße führte über die Mosel. Wenige Meter am anderen Ufer, dass der Wanderweg abzweigte. Auf dem Weg hochgewachsenes, vom Regen der vergangenen Nacht getränktes Gras. Schweigend und mit raschen Schritten kamen sie voran. Der Zeitpunkt, zu dem sie das Schiff zurückbringen sollte, war ihnen ein unverbindlicher Ansporn. Achtzehn Kilometer sollten in dreieinhalb Stunden zu schaffen sein. Das Profil der Strecke kam ihnen entgegen. Mit mäßiger Steigung wand sich der Weg auf die Moselhöhe hinauf und kreuzte später eine viel stärker in Serpentinen angelegte, vergessene, abseitige Straße ins Nirgendwo, die von ihrem oberhalb verlaufenden Weg unter dichten Baumkronen kaum auszumachen war. Höchstens am Wochenende würden Menschen auf Motorrädern oder in offenen Autos hier ihren Fahrspaß suchen. Nicht an einem Montagmorgen. Sie waren die einzigen, sie waren allein.

Oben auf der Höhe passierten sie verlassene, aufgegebene Weinberge und, in absoluter Stille, zu riesigen Halden neben der Strecke aufgehäufte Reste des aus einem Steinbruch gewonnenen Materials. Trotz der Wolken war es schwülwarm, es war still, niemand sonst war unterwegs. Aus seiner Kindheit kamen Erinnerungen an Nachmittage hoch, die er mit Kumpels in verlassenen Steinbrüchen verbracht hatte. Auf seine eigenen Kinder projiziert, hätte er heute vor allem Sorgen und Ängste in dem Wissen, was alles beim Spielen an solchen Plätzen hätte passieren können. Insgeheim hätte er sich das Areal hinter den Halden gerne angeguckt, verlassen wirkende Industriegelände übten einen besonderen Reiz aus. Dazu war jetzt nicht die Zeit, und zur Mosel hin boten sich die schöneren Ausblicke.

Sie wanderten auf Material, das sich auf einem urzeitlichen Meeresgrund zwischen zwei Urkontinenten vor Hunderten von Millionen Jahren angesammelt hatte, Steine, mineralische und organische Sedimente, die durch die Bewegungen der Erdkruste zusammengepresst worden waren. Vor lächerlich kurzen zwanzig Millionen Jahren war diese Masse zum Rheinischen Schiefergebirge aufgetürmt worden. Seit vielleicht zwei Millionen Jahren hatte sich der Fluss zwischen dem heutigen Trier und Koblenz in diese Masse einzugraben begonnen. Seit den fünfziger Jahren war der Fluss aufgestaut und durch Schleusen schiffbar gemacht worden.

Würde das Moseltal in weiteren zwanzigtausend Jahren wieder ein paar Zentimeter breiter und tiefer geworden sein? Würden weitere Zig Generationen von Weinstöcken ihre Mineralien aus dem Schiefergestein gesogen und sich der Sonne entgegengestreckt haben? In riesigen Schleifen zog der Fluss an ihnen vorbei. So langsam und träge, wie sich das Wasser bewegte, so schnell mäanderten ihre Blicke. Auf der Nordostseite einer solchen Schleife, zur Sonne hin besonders offen, breitete sich eine der berühmteren Weinlagen wie ein riesiges Amphitheater aus, mit den Rebstöcken als Zuschauer der an der Spitze der Moselschleife liegenden Bühne des dortigen Weinortes. Er nahm sich vor, am heutigen Abend einen Wein dieser Lage zu probieren. Geradewegs führte sie der Weg durch diese Lage, es schien ihm, als suchten sie in Zuschauerreihe Zwanzig ihren mit viel Aufwand ergatterten Platz.

Hunger hatten sie bekommen, Zeit für eine Pause meinten sie nicht zu haben. Die Brötchen und Oliven schmeckten auch beim Laufen. Akzent gaben einzelne Schlucke Wein aus einer kleinportionierten Flasche. In dieser Größe wurden sie seit Jahren in jedem Supermarkt angeboten und passten gut ins Equipment. Welche Traube, welche Herkunftsregion war gleichgültig, sie waren in der Natur unterwegs, hatten Hunger und leckeres, einfaches Essen, zusammen damit hatte jeder noch so einfache, gepanschte Landwein seine Chance. Wenige Schlucke, und die Gedanken seiner Frau konnten in die eine, ganz bestimmte Richtung abschweifen. Mitten auf dem Weg wandte sie sich ihm zu, und ihre Blicke begegneten sich.

Sie hatte einen Gesichtsausdruck, den er besonders liebte, nicht exakt in Worte zu fassen. Daran, was sie gerade dachte, waren keine Zweifel. Sie hätte es am liebsten hier und jetzt mit ihm getan. Schwerlich unterdrückte Lust und Gier auf Sex. In dieser Weise Objekt ihres Begehrens zu sein, machte ihn glücklich und stimulierte seine Energie. Kurz umarmten und küssten sie sich. Die feste Vorwölbung in seiner Hose blieb ihr nicht verborgen und steigerte noch ihr Verlangen. Mehr war hier und jetzt mitten im Weinberg aber nicht drin, wollten sie nicht öffentliches Ärgernis erregen. Es war ein kleiner Trailer, der ihren Geschmack auf den richtigen Film am Abend entfachte.

Wieder auf der Höhe schlossen sich an den Weinberg hochbewachsene wilde Wiesen an, deren Bewirtschaftung aus Mangel an menschlicher Arbeitskraft längst aufgegeben war. Nicht mal Ziegen gab es. Sie blieben in ihrem selbst gesteckten zeitlichen Plan, leichten Schrittes, mit den Ausblicken auf die vor ihnen ausgebreitete Landschaft und das Band des Flusses. Der Ort, an dessen Anlegestelle sie auf das Schiff wollten, war bereits zu sehen. Dazwischen Wald, der auf den Kuppen und Hängen bis fast an die Mosel heranreichte.

Auf einem schmalen Weg entlang eines Bachgrunds überholten sie ein älteres Paar. Sie trugen riesige, mit Hüllen vor Regen geschützte Rucksäcke. Reisende, die offensichtlich auf dem Fernwanderweg nur in einer Richtung unterwegs waren. ´Auch schön´, dachte er sich, aber nichts für das enge zeitliche Korsett, in dem er aus beruflichen Gründen steckte. Mitten im Wald einzelne, irgendwelchen Freizeitbeschäftigungen dienende, mehr schlecht als recht in Schuss gehaltene Hütten. Stapel geschichteter Holzscheite um die Hütten herum zeigten, dass sie auf diesem schattigen Grund ohne Beheizung nicht sinnvoll zu nutzen waren.

Zusätzlich zu seinem Haus eine solche Hütte anderswo zu haben, hätte er als Klumpen am Bein und dem Sex als nicht förderlich empfunden. Zuletzt erreichten sie die Weinberge, die sich um ihr Ziel erstreckten. Ein kleiner Ort an der Mosel mit Schiffsanlegepunkt, zwei Mal am Tag und sonst nicht von einem Bus angesteuert, der die Kinder ins Schulzentrum der nächstgelegenen Kreisstadt hin und wieder zurück brachte. Offene Geschäfte fanden sie nicht, hatte es sie je hier gegeben? Sie fanden eine adrette Kirche und einen halbleeren Friedhof, wie überall sonst hatte sich auch hier die Grabkultur in den letzten zwanzig Jahren miniaturisiert. So viele Urnengräber konnte es gar nicht geben, um die Freiflächen, die durch Aufgabe alter Grabstellen entstanden waren, zu füllen.

Niemand wollte seinen Kindern und Angehörigen die lästige Pflege dieser großen Ruhestätten aufhalsen. Ein einzelner Stein auf dem Urnenplatz, der für zwanzig oder dreissig Jahre von der Friedhofsverwaltung gekauft worden war, verwitterte garantiert nicht. Auch die Buchstaben und Ziffern, die den Namen, Geburts- und Sterbejahr anzeigten, würden in der Zeit nicht abfallen. Auf zusätzliche schwülstige Sprüche wurde längst verzichtet. Man konnte es bedauern oder nicht, es war, wie es war, es war ehrlich, zurück blieben Namen, Stein und Staub. Er war nicht unfroh, dass sich die Gesellschaft, in der er lebte, ehrlicher gemacht hatte, zumindest in der Zeit, die er überblickte.

Sie waren heute die einzigen, die auf das Schiff warteten. Von weitem irgendwann zu sehen, näherte es sich dem Anlegepunkt. Freundlich wurden sie begrüsst. Das Schiff atmete den Charme eines Ausflugsbootes, das seit gut fünfzig Jahren in Betrieb war. Es gefiel ihnen. In dem großen Raum mit den wenigen anderen Passagieren nahmen sie an einem der Fenstertische Platz. Die freundliche Frau mittleren Alters, die ihnen ein Bier und einen Milchkaffee brachte, schien irgendwie auch die Chefin oder Teilhaberin zu sein. Der Raum war angenehm beheizt. Eine Schleuse hob sie auf das nächsthöhere Niveau. Langsam zogen die Ufer vorbei, Weinberge, die an steilsten Hängen teils nur mit dem Boot flussseitig zu erreichen waren, die mit zwölf Meter überhaupt tiefste Stelle der Mosel, die riesige Arena bester Weinlagen, das beschauliche, zu ihren Füssen liegende Dorf auf der anderen Seite des Flusses. Er sank in einen wunderbaren, kurzen, entspannten Schlaf, auf dem bequemen Stuhl an der Seite seiner Frau.

Von dem Ausgangspunkt ihrer Wanderung fuhren sie zu dem Hotel, das seine Frau für ihre Liebesnacht ausgesucht hatte, vier oder fünf Dörfer flussabwärts. Leider hatte dessen gut bewertete Küche heute geschlossen. An diesem Nachmittag drehte sich alles in seinem Kopf um den Sex, den er mit seiner Frau wollte. Selbst den Appetit, fast Hunger, den er während ihrer Wanderung und über den Tag allmählich entwickelt hatte, merkte er kaum. Vor allem hatte er Appetit auf Sex. Der Appetit auf das zu ihrem Vorspiel gehörende Dinner abends war nebensächlich. Verzichten wollten sie auf dieses Essen allerdings nicht, es gehörte dazu.

Sie folgten der Empfehlung des Hoteliers, der sie gerne selbst in seinem Restaurant bewirtet hätte. Für ein einzelnes Pärchen aber an einem Montagabend die Küche zu öffnen, wäre zu aufwändig gewesen. Es nannte ihnen die Konkurrenz im Ort, ebenfalls ein Hotel mit angeschlossener und heute offener Gastronomie. Es war Zufall, dass seine Frau es vor ihrem Trip als Unterkunft ebenfalls in die engere Auswahl einbezogen hatte. Noch war es zu früh. Der Schlaf auf dem Schiff war zu kurz gewesen. Frisch geduscht legte er sich ins Bett, eigentlich, um zu lesen. Wenige Minuten, und er fiel in einen heftigen, tiefen Schlaf. Er brachte ihm alle seine Reserven zurück.

Wenige hundert Meter schlenderten sie an der Mosel entlang, der Abend war lau, der Himmel rosa gefärbt, friedlich und als sei es nie anders gewesen, türmte sich am anderen Ufer eine der Weinlagen des Ortes empor, graugrün, noch waren die Triebe kurz, hatte ihre Farbe nicht die Dominanz gewonnen. Sie waren die einzigen auf dem Uferweg. Zum Glück waren sie nicht die einzigen in dem Lokal, das sie vom Uferweg aus betraten. Ein von einer Winzerfamilie betriebenes und in dem hohen, ehemaligen Wirtschaftsraum des Gutes geschmackvoll eingerichtetes Restaurant. Mit einer Küche, die die Einheimischen auch an einem Montagabend zum Ausgehen verlockte. Verschiedene Weine aus dem Eigenanbau des Gutes setzten Akzente.

Entspannt, glücklich und heiss darauf, den Körper des anderen endlich ein weiteres Mal zu erobern, parlierten sie über den servierten Wein. Halb belustigt, augenzwinkernd, in tiefem gegenseitigen Verständnis für das Komische eingebildeter Expertise gaben sie sich den Anschein, die Qualität des Weins bewerten und sich die Bälle einer angeregten Konversation zuspielen zu können. Wein und seine Qualität waren situativ.

Am Morgen waren die wenigen Schlucke des einfachen Landweins bei ihrer Wanderung durch besagte riesige Arena besonders lecker gewesen. Am Morgen hatte er sich vorgenommen, den Wein aus dieser Lage, ein auf einzelnen Schildern als Spitzenwein gepriesenes Tröpfchen, abends zu probieren. Jetzt war es soweit. Sie hatten diesen und andere Weine des Gutes vor sich. Klar, dass sie ihn besser als die anderen Weine bewerteten. Alles war suggestiv. Das leckere Essen, der Wein, die Eindrücke von der Wanderung, die Gegenwart seiner Frau, die er am liebsten bereits entkleidet hätte, sein Wissen, dass sie es nach ihrer Rückkehr auf das Zimmer selbst tun würde, und sofort.

Schließlich waren sie die letzten Gäste, nicht lange, dass sie bezahlten und sich nach einem kleinen Talk mit der Wirtin über die selbst erzeugten Weine des Gutes verabschiedeten. Ein Dorf an der Mosel an einem Montagabend, sie waren die einzigen draussen, sah man von einzelnen Autos ab, die die Hauptstraße entlang fuhren. Ein Dorf, das sich schlafen legte. Ein seit Jahrzehnten vertrautes Pärchen, das sich kurz darauf von dem für eine Nacht angemieteten Hotelzimmer verschlucken liess, das endlich den eigentlichen Zweck seiner Wander-, Liebes- und Lustreise erleben wollte. Puren, echten, aufgeladenen, spannenden Sex, ein nackter Mann und eine nackte Frau in den Halbschatten ihres Zimmers, die endlich übereinander herfallen konnten, wie sie es seit Wochen wollten, was die Mühseligkeiten des Alltags aber verhindert hatten. Nackt, benetzt und mit dem unbeschreiblich entspannten Gefühl, das sich irgendwie, irgendwo in ihren Unterleib, in sein Genitale projizierte und das Glück ihrer Verbundenheit ausdrückte, schliefen sie nebeneinander ein.

Am nächsten Morgen setzten sie sich an den Tisch. Sie waren hungrig und die Einzigen. Ihnen das Frühstück zu bereiten, war für den Wirt des Hotels eine lässige, überschaubare Aufgabe, für die er kein weiteres Personal brauchte. Es machte ihm sichtlich Spaß, mit seinen Gästen ins Gespräch zu kommen, und ihnen auch.

Austausch differenter und im alltäglichen Klein-Klein doch so ähnlicher Lebenswelten. Hier wie dort war es schwierig, gute Leute und Angestellte zu finden. Wie sie auch hatte er Kinder, die bereits aus dem Haus waren. Hotel und Gastronomie bestimmten seine Existenz, hatten ihn geformt und geprägt, halsten ihm die Probleme auf, deren Lösung seinen Alltag dominierte. Es war sein Deal, mit sich und seinem Leben. Ihr Deal war das Krankenhaus. Hier wie dort kleinere oder größere, gedankliche oder reale Fluchten inclusive. Eine dieser Fluchten hatte sie hierhin gebracht und sich ihrer Liebe versichern lassen.

Mit einer weiteren Wanderung an diesem Tag würde sie zu Ende gehen. Deren Ausgangspunkt würde ein mittelalterliches Städtchen in der Nähe sein. Nach stillen, von Gedanken überlagerten, von der Sonne beschienenen Wegen durch Wald und Natur und mit Blicken auf die unter ihnen liegenden Hänge, auf diese unveränderlich scheinende Landschaft, würde sie ein paar Dörfer flussabwärts enden. Ein Bus würde sie zu ihrem Auto zurückbringen. Mit einem letzten Drink in einem Straßencafé würden sie das Ende dieser Flucht noch etwas hinauszögern. Nach glatter, reibungsloser Rückfahrt würden sie sich ihrem Deal wieder stellen, nicht ohne sehnsüchtig an weitere, kommende Fluchten zu denken, sich darauf zu freuen.

Abends

Seit Wochen hatte er Schmerzen im Rücken, lower back pain, wie sie anderswo genannt wurden. Seit Jahren, fast Jahrzehnten hatte er diese Schmerzen, mal mehr, mal weniger, mal weg. Je nachdem, wie lange er irgendwo gesessen und eine falsche Haltung eingenommen hatte. Er beneidete andere, die von diesen Schmerzen verschont blieben. Noch andere würden wegen solcher Schmerzen überflüssige Operationen über sich ergehen lassen. Einmal hatte er sich wegen dieser Schmerzen ein paar Tage krank schreiben lassen. Es waren simple gymnastische Übungen, die ihm ein kluger Therapeut vor Jahren gezeigt hatte und ihm trotz der Schmerzen einen normalen Alltag erlaubten.

Unter der Woche hatten ihn die Schmerzen begleitet, nun stand das Wochenende bevor. Mit seiner Frau hatte er sich zu einem Date in der Stadt verabredet. Date nannten sie es. Es war ein gemeinsamer Ausflug, abends, ohne jeden anderen. Zu einem Film, der in der Kinobeilage der Tageszeitung beworben worden war. Der Film war in einem einzigen Programmkino zu sehen. Außerdem wollte er sie zu einem Cocktail davor oder danach überreden. Das Haus war leer, der Kleine übernachtete woanders.

Noch während des Tages hatte er sich allen möglichen Verrenkungen, wie er seine Übungen nannte, unterzogen. Weg waren die Schmerzen nicht, als sie im Auto saßen und sich durch den Feierabendverkehr ihrer Stadt quälten. Der bis in die höheren Verantwortungsebenen praktizierte Schlendrian hatte dieser Stadt zu einem Wildwuchs halbfertiger Baustellen verholfen, was ihn ärgerte. Viele waren offenbar noch stolz darauf, dass es sei, wie es sei, und komme, wie es komme, was ihn ärgerte. Es ärgerte ihn, dass er sich ärgerte, sich mit seinen Schmerzen als alten Griesgram empfand. Freies Wochenende und das Date mit seiner Frau standen unmittelbar bevor. Wortkarg im Auto zu sitzen, in der nächsten, schleichenden Kolonne mit stop and go an den vielen, schlecht geschalteten Ampeln und den vielen, halb verwaisten Baustellen vorbei zu fahren, passte nicht dazu, ärgerte ihn. Lieber hätte er mit Eloquenz, Charme, guter Laune und Witz das Date mit ihr von Beginn an kurzweilig und spannend machen wollen. Aus Ärger und Frust fehlte ihm gerade alles.

Sie waren lange genug zusammen, dass sie dem Abend trotzdem eine Chance gaben. Früh genug waren sie von zu Hause aufgebrochen. Mitten im Szeneviertel einen Parkplatz zu finden, war elend. Die dort wohnten, hatten ihre angestammten Plätze und waren Freitag abends froh, zu Hause und nicht unterwegs zu sein. Die dort feiern oder ausgehen wollten, waren bereits vor ihnen da.

Mit Hetze und langem Fussweg erreichten sie gerade rechtzeitig das Kino. Der Protagonist des Films war ein im Exil lebender, zu Hause an Leib und Leben bedrohter Schriftsteller, fassungslos, ungläubig angesichts der Macht, des Erfolgs und der Geschwindigkeit, mit denen seine Heimat innerhalb weniger Jahre zur Fratze des Bösen geworden war, seine Heimat, deren Sprache er doch alles verdankte, seinen Ruhm, seine Existenz. Behutsam und professionell waren einzelne überlieferte Phasen seines Exils filmisch verdichtet worden. Logisch, dass der Blick darauf bruchstückhaft blieb. Möglich, dass ihn die damals nicht absehbare Niederringung des Bösen in seiner Heimat vom Freitod abgehalten hätte.

Irritiert und verwirrt verliessen sie das Kino. Vor mehr als siebzig Jahren hatte ein aufgewühlter, depressiver, seiner Heimat beraubter Schriftsteller den Freitod gesucht. Vor mehr als fünfzig Jahren waren sie in diese Heimat hineingeboren worden. Ihr ganzes, gemeinsames, seit Jahrzehnten zusammengewachsenes Glück war hier. Es war ihnen zugefallen, einfach so. Es fand sich in dem lauen Abend, der das freie Wochenende einläutete, in dem belebten Viertel mit den vielen Menschen in und vor den Restaurants, Kneipen, Bars, Bistros, Clubs, die sich angeregt unterhielten, gute Laune und den Alltag hinter sich hatten. Sie fanden es in dem Lokal mit dem großen Außenbereich an dem großen Strom, der in der Nähe vorbeifloss. Sie fanden ihr Glück in einem eigenwillig und für jeden von ihnen unterschiedlich zusammengestellten Cocktail, zu dem sie sich ein einfaches, anregend würziges Essen teilten.

Vor mehr als vierzig Jahren hätte hier niemand sitzen wollen, zu sehr hätte der Gestank des von Abwässern aus Industrie und Haushalten verschmutzten Stroms die Szene dominiert. Multiple, vom Gemeinwohl diktierte Maßnahmen hatten ihn sauber werden lassen, hatten die zum Strom hin gelegenen Grundstücke und öffentlichen Bereiche zu den Schokoladenseiten der Stadt gemacht.

Hier sassen sie und waren Teil des lässigen Treibens an einem lauen, frühsommerlichen Abend. Von seinem Platz aus hatte er den Blick auf eine sich drehende Litfaßsäule an der Straße. Eine der Ads zeigte den glänzenden, halbnackten Körper einer Frau, deren Brüste nicht wirklich bedeckt waren, deren schlanke Taille ihre Haltung noch betonte. Diese Haltung liess kein Zweifel, was diese Frau wollte. Es ging um Sex, es ging nicht um irgendein doofes Produkt. Die Pose der Frau kannte er indes von seiner Frau. Wenn sie nackt vor ihm stand. Wenn sie nackt auf dem Bett oder Sofa saß und sich ihm entgegenstreckte. Was ihm direkt sein Ding hart werden liess.

„Guck mal, Liebste, Du siehst wie die Frau aus! Die Werbung finde ich toll."

„Was Du sagst! Du sollst nicht auf fremde, nackte Frauen gucken!" gab sie gespielt entrüstet zurück.

„Wieso, am liebsten würde ich jetzt direkt mit Dir ins Bett gehen."

„Musst Du Dich noch ein bisschen gedulden." schloss sie diesen Teil ihres Dialogs.

Er war glücklich, gespannt, voller heißer Gefühle. Bis er in den Schlaf sinken würde, drehte sich von jetzt an alles um den Sex und die Liebe, die sie machen wollten. Den missgelaunten, griesgrämigen Mittfünfziger mit lower back pain hatte er hinter sich gelassen. Die Melancholie beim Blick in die jüngere Geschichte, die ihn, obwohl winziger Teil des Ganzen, in gnädigster Weise verschont hatte, war von ihm gewichen. Das Leben war alles wieder wert.

Sie bezahlten, gingen ins Parkhaus, das ihnen vor dem Film als letzte Möglichkeit geblieben war, ihr Auto loszuwerden, und fuhren an vielen grünen Ampeln vorbei in ihr leeres Haus zurück. Einmal wurden sie geblitzt, es war egal, schade, dass seine neben ihm sitzende Frau nicht auch auf dem Photo zu sehen sein würde. Seine Abbildung würde vor allem eines zeigen: einen Mann, der auf den Sex mit seiner Frau gespannt war, der es genoss, dass sie ihm zwischendurch an die Hose griff, die Hose teilweise öffnete und sein Ding mit teils gespielter Bewunderung abtastete.

Teils gespielt, weil ihr von diesem Ding nichts, aber auch gar nichts unbekannt war und sie es schon längst an allen möglichen Stellen ihres Körpers kennengelernt hatte. Diese gegenseitigen Zuwürfe, Bemerkungen, Anregungen verbaler, lauthaltiger und taktiler Art machten ihr Vorspiel aber erst komplett. Beiden war dieses Vorspielen, ob vorgespielt oder real begründet, höchst willkommen.

Es noch auf der Fahrt miteinander im Auto zu treiben, hätte aber nicht gepasst, hätte Wünsche offen gelassen, so erotisch er die Vorstellung auch empfand, sie würde sich zu ihm herüber beugen und mit ihrem Mund auf ihm niedergehen. Die fahrerergonomische Ausgestaltung des Innenraums moderner Autos stand dem komplett entgegen. Höchstens mit ihrer Hand hätte sie seinen steifen, in der Hose eingeklemmten Penis bearbeiten können, er mit seiner Hand ihre in seiner Vorstellung weit gespreizte, feucht glänzende Vulva liebkosen können, alles unter Aufbietung maximaler Konzentration für den Rest des äußeren Verkehrsgeschehens. Dann doch lieber und bar jeder lästigen Kleidung die Treppe hoch zu ihrem Schlafzimmer nehmen. Dort lag sie auf dem Doppelbett mit der breiten Matratze, die Decken bei lauen Temperaturen überflüssig und auf dem Boden, sie halb auf dem Bauch, ihre Beine breit auseinander, alles an ihr eine einzige Aufforderung, es mit ihr zu machen, eine einzige Bitte nach seinem Mund, seiner Zunge, seinen Händen, seinem Penis, seiner Nähe. Vorsichtig küsste er ihr Ohr, das Areal dahinter, streichelte ihren Rücken, ihre Arme, ihre Taille, ihren anzüglich präsentierten Hintern, die Rundungen, die er so liebte. Sein Mund folgte seinen Händen, ein weiteres Mal nahm ihn ihr betörender, unbeschreiblich schöner Geruch gefangen, ein Geruch, der alles, was nicht mit ihr zu tun hatte, unwichtig werden liess. Alles an ihr war unwiderstehlich.

Ihr zartes Rekeln und leises Stöhnen zeigten ihm, dass er alles richtig machte. Noch etwas mehr steckte sie ihren Hintern hervor, wohlig-lustvoll ihre Laute, als sein Mund ihren Hintern erreichte und sein Gesicht, seine Nase, seine Zunge zärtlich ihren offen daliegenden, glänzenden Spalt berührten. Indem ihn der Geschmack des feuchten Films auf ihrer Vulva in höchste Erregung versetzte, trat weiteres Liebessekret aus ihrer Scheide hervor, eine Art Dessert nach einem Liebesmahl an einem Liebesabend mit ihr, der auf seinen Höhepunkt zueilte. Wenn er davon sprach, wusste sie, was er meinte und dass allein sie in der Lage war, ihm dieses Dessert zu bereiten. Nichts als, wenn überhaupt, wenige Milliliter einer biologischen Flüssigkeit, ein Aphrodisiakum schlechthin, das alles, was Kontakt haben wollte, benetzte und gleiten liess, das die Wolllust ins Unermeßliche steigerte. Lange hielten sie sich nicht mit den Penetrationen seiner Zunge, mit den Massagen seines Mundes an ihrer prallen Klitoris auf. Rasch richtete sie sich aus ihrer Position hoch, stand auf und zog ihn zu sich hoch. Er folgte, beide standen sie nun voreinander mitten in ihrem Schlafzimmer, wie der

Zufall es wollte, vor dem Spiegel des Schranks. Zusätzlich hatte er den Genuss ihrer Rückenansicht vor sich, sie auf Zehenspitzen, mit etwas gespreizten Beinen.

Seine Zunge war ihr nicht genug, sie wollte jetzt endlich seinen harten Penis zwischen ihren Beinen und in ihrer halb geöffneten Scheide, möglichst tief, passend, wie die Natur es wollte, mit der ganzen Sensorik, die das Glück und seine Vollendung erforderten. Rasche, harte, wie von selbst auf ihre offen intimen Bewegungen koordinierte Stöße seines Beckens führten sie in Sekunden zu dem erlösenden Krampf, der sich von ihrem Becken aus in ihren ganzen Körper ausbreitete.

Kurz verharrten sie mit ihren nassen Genitalien aufeinander. Seinen Orgasmus hatte er noch zurückhalten können. Sie spürte es sofort, noch fehlte sein Sperma in ihrer Scheide. Erschöpft, unendlich zufrieden, willenlos und zugleich beseelt von dem Gedanken, ihm seinen Orgasmus zu geben, hob sie sich von seinem Penis ab und hockte sich fast taumelnd, seine Hände an ihrer Taille, an ihren Hüften vor ihm auf das Bett. Schon spürte er diesen dauernden, untergründigen Kitzel in seiner Eichel. Trotzdem waren ihm weitere, kräftige Stöße in ihrer Scheide vergönnt. Gemeinsam stöhnten sie sich in Sekunden seinem Orgasmus entgegen, dieser an- und abschwellenden Flut seines Spermas, die sich ihren Weg durch seinen Penis bahnte und ihre Scheide füllte.

Alles war gut. Nackt lagen sie nebeneinander und gaben sich letzte Zärtlichkeiten, umhüllt vom Geruch ihrer Liebe, zwischen ihren Beinen, an seinem Penis, an ihren Bäuchen warme, klebrige Nässe. Die Decken hatten sie über sich gezogen. Der Schlaf liess nicht lange auf sich warten. Seine Rückenschmerzen waren weg, sie würden ihn das ganze Wochenende nicht wieder belästigen.

Sauna

Am Vortag war er fünfundfünfzig Jahre alt geworden. Etwas belustigt, verwundert, aber auch lakonisch blickte er zurück. Besorgt blickte er voran. Warum eigentlich? Wann liefe seine Zeit ab? Fiele der auf ihm lastende Druck je ab, bevor seine wirklichen Krankheiten losgingen? Diese würden irgendwann unweigerlich da sein, von sich und seiner Frau Besitz ergreifen. Sie hatten ihre gemeinsame Geschichte, ihre Liebe, ihren Sex, ihre Nacktheiten, diese Fluchten in ihr ganz persönliches Paradies, obwohl sie älter geworden waren, obwohl ihn die Bewältigung des Alltags zunehmend Kräfte kostete. Wie sehr sich dieser Alltag im Rückblick relativieren konnte, war lustig. Wie sehr ihre Liebe und Sex das Leben wert machten, waren Geheimnis und Wunder zugleich.

Sex ohne Liebe kannte er aus freizügigen Bildern, pornographischen Handlungen, masturbativen Aktionen, nicht aus realen Kontakten zu anderen Frauen, die er nicht liebte, die ihn nicht liebten. Gefühle waren untrüglich, Gefühle wiesen den Weg. Einfach, wie es klang, war es diese Erkenntnis, die ihn glücklich gemacht hatte. Trotzdem hätte er das Universum ihrer Liebe und Sexualität vorher nie für möglich gehalten. Nichts davon wollten sie verlieren, und wussten doch, ihre Zeit war endlich. Dass ihn dies besorgte, ärgerte ihn. Wieviel Zeit sie noch haben würden, hatten weder er noch sie in der Hand. Sich deswegen aufzuregen, besorgt zu sein, ärgerte ihn. Zugleich brachte ihm dieser Ärger ein Stück Gelassenheit zurück.

Es war Sonntag. Heute in die Sauna zu gehen und dort ein paar Gutscheine aus früheren Geschenken einzulösen, war die Idee seiner Frau. Alle Kinder waren da. Sie blieben zu Hause. Jeder lebte in seinen freien Tag hinein.

Sie zusammen. Sie gehörten zu den ersten, die an diesem Tag das Saunadorf betraten. Die Räumlichkeiten kannten sie bestens, einige Male waren sie bereits dort gewesen. Sie schätzten seine zentrale und doch abgeschiedene Lage mit den schönen Aussichten auf die Stadt und ihr Panorama. Saunalandschaften und Wellnesszonen konnten anderswo noch viel größer sein, noch viel mehr Abwechslung bieten, wirklich Wichtiges fehlte hier nicht. Er freute sich auf Entspannung, Wärme, Hitze, die wohltuenden Abkühlungen, lazy going, den unweigerlich einsetzenden Schlaf auf breiten, bequemen Liegen in den sogenannten Ruheräumen zwischen all den anderen Ruhezonen. Auf den Drink und den Snack zwischendurch. Auf die mitgenommene Lektüre. Vor allem freute er sich darauf, den Tag neben all den anderen Nackerten nackt neben seiner nackten Frau verbringen zu können.

Nicht die Blicke auf die anderen, nein, die gegenseitigen Blicke aufeinander regten ihn an. Alles an ihr war vertraut, aber mit heissen Phantasien bewehrt. Sex war im öffentlichen Raum einer Sauna wie ausgesperrt, wie verbannt, gegenüber den Anderen, den Fremden. Die verstohlenen Blicke auf die Anderen, die Fremden gab es natürlich auch, bei ihm aber mehr im Sinn anatomischer Interessiertheit. An der Aufgeladenheit, die sich zwischen ihm und seiner Frau während dieses Saunabesuchs entwickelte, hatten sie den geringsten Anteil. Mindestens eine Woche lang hatten sie es nicht miteinander getan. Hinzu kam, dass sie morgens die ersten und einzigen in der sogenannten Erdwallsauna waren, unbeobachtet, der Raum von schwach gedimmten Licht kaum erleuchtet. Seiner prompt einsetzenden Erektion liess er neben ihr sitzend freien Raum.

„Ich kann und will das neben Dir nicht unterdrücken, wir sind allein." Alle möglichen Verrenkungen hätte er im Beisein anderer aufgeboten, um die Erektion zu unterdrücken.

„Wie schön, Liebster" gab sie ihm mit fast auffordernder Anerkennung zurück.

Ein leichtes Spreizen ihrer Schenkel zeigte ihm ihre Lust und mühsam unterdrückte Gier auf Lust. Sachte und zärtlich suchte er mit den Fingern seiner linken Hand ihren Spalt auf. Feinste Schweißperlen, die sich bereits auf ihrer Haut gebildet hatten, erleichterten diese Handlung. Ihre Klitoris war prall und glitschig. Sie waren noch immer allein. Dass sie eine weitere Person beim Betreten des um die Ecke liegenden Vorraums gehört hätten, dass sich das Halbdunkel des Saunaraums scharf gegen das helle Tageslicht abgrenzte, gab ihnen die Unbekümmertheit, noch nicht aufzuhören. Sie liess es geschehen, dass er ihre Beine auseinander spreizte, sich vor sie hin kniete und seiner Zunge ein kurzes, heisses Spiel erlaubte. Ein nachfolgende, schnelle, heftige Kopulation wäre nur natürlich gewesen, wäre in dem Moment, dass nur eine einzige andere Person die Szene betreten hätte, aber ein absolutes No-Go gewesen. Dies war ihnen bewusst. Dies verhinderte, dass sie es dazu kommen liessen. Der Vorgang selbst bestimmte ihre Gefühlswelt im weiteren Lauf des Tages.

Bei den Gedanken daran und an den zarten Geschmack ihrer Scham kamen ihm regelmäßige Erektionen, unter Handtüchern oder in gebeugter Haltung verborgen. Mehrere Male äußerte sie offen und freimütig, sie bräuchte jetzt einen Schwanz, direkt in sein Gesicht, mit dem Spiel ihrer Miene, in das er schon immer verliebt gewesen war, das vor allem stille Frage und Aufforderung war: ´Wann gibst Du mir endlich Deinen Schwanz?´

In seiner Dauerregtheit, mit all den mühsam unterdrückten und unter Tuch oder im Dunkeln verborgenen tatsächlichen Erektionen, war es klar, dass an der Spitze seines Penis immer wieder Sekret hervorgetreten war, das mit den Duschen nach den Saunagängen weggespült wurde. Einmal und gerade noch rechtzeitig vor den Blicken anderer bemerkte er, wie sich das Sekret in einem langen, glitschigen Faden gesammelt hatte, der von seinem Penis herabhing. Etwas peinlich berührt wischte er den Faden schnell weg. Tage später erzählte er ihr davon.

„Bei mir lief es auch den ganzen Tag aus der Scheide." entgegnete sie, und sie lachten sich an. „Ich war nicht erst abends nass zwischen den Beinen."

Diese Bemerkung machte ihn sehr glücklich.

„Da habt ihr Frauen einfach Vorteile! Ihr könnt Euch das nackte Spiel angucken und tun, als sei nichts geschehen. Ob Ihr erregt seid oder nicht, ob ihr es zeigt oder nicht, habt Ihr unter voller Kontrolle. Bei Männern steuert der Schwanz, macht, was er will, gibt den Takt vor, und es ist peinlich."

Zunächst einmal hoffte er aber, dass es niemand bemerkt hatte, nach dem Saunagang, draussen vor dem Duschen. Der schöne Tag ging seinem Ende zu. In der gemeinsamen Umkleide vor dem Ausgang zogen sie sich an. Erneut überkam sie, noch waren sie nackt, ein heftiges Wollen. Sie umschlungen sich, küssten sich, ihre Zungen berührten sich schnell und gierig, sein hartes Ding presste er an ihren Bauch. Hier sollte es aber nun nicht sein, zu sehr wäre ihre Kopulation hinter dünnen, nach oben und unten offenen Brettern hörbar und Erregung öffentlichen Ärgernisses gewesen. Für den Rest des Abends spürte er den angestauten Druck seines Spermas.

Sie fuhren nach Hause zurück. Ihr Haus war auch jetzt mit den Kindern belebt, der Zufall hatte es gefügt, dass beide Großen an diesem Sonntagabend da waren. Ein langer Term mit Arbeit stand ihm bevor, mit Dienst am nächsten Wochenende. An anderen Sonntagen hätte ihn diese Realität ergriffen, nicht heute. An anderen Tagen hätte die Realität ihrer Kinder um sie herum, das volle Haus, ihr familiäres Glück, die Konzentration darauf ihre Gedanken an Sex zumindest in den Hintergrund treten lassen, nicht heute. Beiden war vor allem danach zumute, beide wollten sich endlich nehmen können, nach diesem langen Tag gegenseitigen Werbens um Sex. An diesem langen Sommerabend war es bereits dunkel, als er nackt in seinem Bett lag und sie nackt aus dem Badezimmer auf das Bett zukommen sah. Betörend ihr Geruch, als sie sich umarmten, küssten, ihren Speichel austauschten. Rasch wendete er sich mit seinem Mund ihrer Scham zu, leckte sie ab und aus. Mit breit gespreizten Beinen lag sie vor ihm, ihre Scheide offen und weit, und begleitete seine Stimulationen mit offenem Stöhnen. Rasch wollte sie seinen Penis in ihrem Mund. Übereinander liegend, anatomisch verkehrt, der weiteren Steigerung ihrer Lust und Gier dienlich, erlaubte ihr Mund seinem Penis, ihre Scheide seiner Zunge ein schnelles Rein-Raus-Spiel. Mit etwas Geduld wären beide gekommen.

Was sie so nicht wollten. Sie wollten alles. Und alles war und musste so sein, wie die Natur es wollte. Rasch wechselte er seine Position, drang mit seinem Penis und ultimativer Lust in ihre Scheide ein. Mit tiefen Blicken und der Mimik ihrer Lust schauten sie sich an. Dies war die wilde, heftige Kopulation, die sie sich den ganzen Tag gewünscht hatten. Dies war sein harter, genau passender Penis in ihrer heissen, nassen Scheide, den sie sich gewünscht hatte, dessen kraftvolle Stöße sie in Sekunden zu ihrem Orgasmus brachten. Dies war der von ihm ersehnte Moment, dass sie sich kurz danach von ihm trennte, sich umdrehte und seinem triefenden Schwanz ihren Hintern präsentierte, selbstverständlich, weil sie wusste und spürte, dass er sich danach gesehnt hatte und er das Spiel höchster, eigener Lust fortsetzen wollte. Weitere Sekunden später spritzte sein Sperma heraus, dort, wo es hin sollte.

Beseelt von ihrem Glück, erschöpft, nackt schliefen sie nebeneinander ein, die Nässe der Liebe zwischen ihren Beinen und an seinem Penis.

Mosel

Was hatte es mit dem Begriff der postkoitalen Depression auf sich? Selbst in Diskussionen zu politischen Themen hatte er Eingang gefunden. Als er den Begriff das erste Mal vernahm, hatte er dessen Definition aufmerksam registriert. Ein Gefühl am Morgen danach, es war ihm nicht vollständig fremd. An sein erstes Mal mit ihr erinnerte er sich genau. Es war eine Explosion mit allumfassender Befreiung und Verbundenheit gewesen. Sie hatte auf dem Bauch gelegen. Beide nackt, hatten sie wie selbstverständlich scheinende Zärtlichkeiten miteinander ausgetauscht. Sie wusste, dass er es wollte, unaufdringlich hatte er seinen Wunsch zum Ausdruck gebracht, ohne mit seinem erigierten Penis eine allzu plumpe Annäherung zu versuchen. Und er war sich untrüglich sicher gewesen, dass sie es wollte.

Während ihres Pettings hatte sie sich irgendwann auf den Bauch gelegt und etwas und unmerklich ihre Beine gespreizt. Nicht unmerklich für ihn, alle seine Sinne waren bei ihm. Es war ihr schüchternes und doch so forderndes Signal, es mit ihr zu machen, von hinten auf sie zu steigen. Sich ihm von vorne zu öffnen, mit gespreizten Beinen auf ihn zu steigen, wäre womöglich zu offen, zu fordernd gewesen. Sie als Frau hätte ihn als Mann erobert. Lieber wollte sie von ihm erobert werden. Nichts lieber als dieses Spiel machte er mit. Er wollte sie erobern, wollte aber auch, dass sie es forderte.

Alle diese Einsichten kamen ihm viel später. Instinkte aus Liebe und Empathie führten sie bei ihrem ersten Mal, das sie auf unverkrampfte Weise befriedigt und erfüllt zurückliess. Dass sie es ohne Pille mit ihm getan hatte, beeindruckte ihn zusätzlich. Es machte ihn etwas besorgter als sie es war. Er war nicht bereit und willens, an die Zeugung eines Kindes zu denken. Nicht sofort, nicht beim ersten Mal mit ihr. Er hatte es ihr gesagt. Und trotzdem hatte sie den Sex gewollt.

Sie würde auf jeden Fall Kinder in ihrem Leben haben wollen, hatte sie ihm gesagt. Auch wenn sie deswegen nicht zusammen bleiben sollten. Und jetzt war er es, dem sie ihren Körper geschenkt hatte. An die Gefahr, dass ein Kind dabei gezeugt würde, dachte nur er, danach mehr als davor. Sie empfand es nicht als Gefahr, nein, als Chance und als Spiel des Lebens.

Bei ihm stritten sich Gefühle des erfüllten Glücks und der Sorge, was wäre wenn. Er wusste, dass er sie nicht verlieren wollte. Er wusste, dass es auch sein Kind wäre und er dieses Kind nicht verleugnen würde, sollte sie schwanger werden. Selbstverständlich, sogar mit Hingabe würde er die Verantwortung dafür übernehmen. Wie sie ihm ihre Liebe und ihren Körper geschenkt hatte, wischte dies jeden Zweifel und jeden Wankelmut in ihm beiseite, es mit der Verantwortung für das Kind wirklich sehr ernst zu nehmen. Besorgt war er trotzdem.

Auf diese Gedanken sprach er sie nicht im einzelnen an. Das sich wiederholende Glück ihrer koitalen Handlungen trug sie darüber hinweg. Es waren Sorgen, die sich mit diesem Glück mischten, es aber nicht minderten. Es waren Sorgen, die mit der Zeit weniger wurden und sich verflüchtigten, erst, als sie begann, die Pille zu nehmen, später, als sie sich bewusst zu Kindern entschlossen. Freier wurde ihre Sexualität. Ein um das andere Mal stellte er fest, dass es nie so schön gewesen war. Gelegentlich stellten sich ihm Fragen, ob ihr Sex überhaupt besser werden könnte. Zu viel Raum nahmen die Fragen nicht ein. Wenn sie es miteinander getan hatten, gingen diese Fragen höchstens mit einer gewissen Traurigkeit einher. Er war traurig, dass es schon wieder vorbei war.

Postkoitale Depressionen waren es nicht. Jedenfalls hätte er es nie so genannt. Viele Jahre später würde er für sich wissen, was gemeint war. Er würde sich wundern, wie bedeutungsvoll und schwer manches daher kam, was nur dem

Leben entsprach. Wenn, war es situativ provoziert. Es war ein Absturz aus den Höhen der Gefühle davor. Es war die Verstoßung aus dem Paradies davor. Allermeistens war er glücklich, in den Stunden nach dem Sex mit ihr. Diese Stunden konnten sich zu Tagen ausdehnen. Dieses Glück machte das Leben leicht, nicht aber zwingend und in jedem Fall. Der Alltag und seine Widrigkeiten waren nicht weg. Machtvoll konnten der eine oder andere Gedanke, die eine oder andere Bedingung, Herausforderung in sein Bewusstsein dringen. Und konnten den Sturz aus dem Glück sehr tief erscheinen lassen. Diesen Sturz hätte man postkoitale Depression nennen können.

Eigentlich war es das Auf und Ab der Gefühle im Leben. Über alles musste gesprochen werden. Wissenschaftlich klingende Termini zur Umschreibung aller möglicher Lebensbefindlichkeiten waren beliebt. Über die Jahre würde er sich wundern, wie viel besser der Sex mit seiner Frau noch werden würde. Er wurde permanent besser. Dies war teilweise Illusion. Der Eindruck, dass es eine Illusion sein könnte, war ihm egal.

Am nächsten Morgen war er wieder vor ihr aufgestanden. Sobald er sich hinsetzte, meldeten sich die seit Tagen bestehenden Rückenschmerzen zurück. Seit Monaten hatten sie sich auf den Wanderurlaub an der Mosel gefreut, zu zweit allein, während der Kleine wegen einer Klassenfahrt mehrere Tage in fremder Obhut war. Seine Frau hatte die Unterkünfte gebucht. Hieran orientierten sich ihre täglichen Wanderungen. Gestern erst waren sie von Traben-Trarbach aus flussabwärts gewandert, circa fünf Wochen lag ihre letzte Wanderung in dieser Gegend zurück. Auf dem bekannten Fernwanderweg wollten sie ein entscheidendes Stück vorankommen. Seit Wochen war der Sommer kein wirklicher Sommer gewesen. Heftige Gewitter und lang anhaltender Regen hatten anderenorts fürchterliche Folgen hinterlassen. Grau verhangen war der Sommer, die Temperaturen konnten sich nicht zwischen kühl und schwül entscheiden. Zum Wandern waren dies aber nicht die schlechtesten Voraussetzungen.

Die Farbe Grün hatte an den steilen grauen Hängen gewonnen, seit ihrer letzten Wanderung. Noch waren die zukünftigen Trauben nicht mehr als kleine Rispen. Zuverlässig beschildert wand sich der Weg durch das Gelände. Wieder waren sie fast die einzigen. Sein schmerzhaftes linkes Knie sollte erst am nächsten Tag in seiner alten Passform sein. Die steileren Abschnitte bescherten ihm ideale gymnastische Übungen. Niederwald und Weinberge wechselten sich ab, selten blickten sie über weite Felder auf der rückwärtigen Seite der steilen Ufer. Selten fielen einzelne Tropfen aus der grauen hohen Wolkendecke auf sie herab, die Aussichten auf das Land und den Fluss blieben aber klar und waren nicht durch Wolken oder Nebel verstellt.

Die Sonne hätte alles in eine grelle, bunte, sommerliche Szenerie verwandelt. Und sie ins Schwitzen gebracht. Jetzt blieben sie trotz ihrer raschen Schritte davon verschont. Selten blitzte die Sonne zwischen einzelnen Wolkenlücken hervor. Sofort entstehende, mit allen möglichen Düften aus Wiesen und Pflanzen gesättigte, um seine Nase herum wabernde, warme, fast heiße Luft erinnerte daran, dass eigentlich Hochsommer war.

Auf einer Bank mit Aussicht nahmen sie ihr Picknick zu sich. Brötchen mit herzhaftem Belag, einzelne Schlucke Wein aus der mitgenommenen, kleinen, handlichen Flasche. Wie sonst auch, stieg seiner Frau der Wein schnell zu Kopf. Wenige Schlucke, dass der Alkohol wohlig-gierige Empfindungen in ihr auslöste. Sie hatten alle Zeit der Welt für sich. Ein weiteres Mal hatte eine ihrer Liebes-, Lust- und Wanderreisen begonnen.

Vieles erinnerte sie an die Radtour, die sie mit Freunden vor einem Jahr hier gemacht hatten. Vieles entdeckten sie neu. Seit Jahrtausenden war dieser Landschaft durch menschliche

Anstrengungen immer wieder irgendetwas abgerungen worden. Weinbau bis in die steilsten Lagen, Handel über die Verkehrsader des Flusses, trutzige Bauten, die den Machtanspruch der Grund- und Landesherren markierten und sich zu gegebener Zeit als militärisch wertlose, schlecht zu beheizende Gebäude herausstellten. Dem Fluss folgten Straßen und Bahnen. Dem Fluss und seinem Wein folgten Wohlstand und Touristen. Der Wein folgte dem besonderen Klima, das in dieser mäandernden Landschaftskerbung herrschte. Die Touristen folgten dem Besonderen dieser Landschaft fern ihres Alltags, nah den kulinarischen Genüssen, die es seit Menschengedenken in Gegenden mit Weinbau gegeben hatte. Vor Ort selbst war der Weinbau harte Arbeit. Vor allem junge Menschen suchten heute ihr Glück woanders.

Da und dort kamen sie auf ihrem Weg an verlassenen, aufgegebenen Weinbergen vorbei. Wild austreibende Weinstöcke auf einem dichten Teppich aus Wiese und wucherndem Unkraut waren die ersten Anzeichen. Circa zehn Jahre dauerte es, bis erste, tiefer wurzelnde Bäume den Kampf für sich entscheiden würden, mehrere Jahrzehnte, bis sich der Niederwald das vielleicht vor Jahrhunderten entrissene Stück seiner Natur zurückgeholt hätte. Hochwald hatte auf den steinigen, steilen, trockenen Hängen wenig Chancen. Wenn vorhanden, dominierte er in den feuchten Mulden und jenseits des Kamms. Ihr Weg gönnte ihnen einen ständigen Wechsel dieser Vegetationsräume. Besonders wohl fühlte er sich unter niedrigen, alten, knorrigen Eichen und Wildkirschen. Brach auf einem solchen Abschnitt die Wolkendecke auf, umgab sie ein Meer heller, warmer, sommerlicher, grün getönter Farben.

Menschen waren kaum zu sehen. Einzelne Wanderer, mit denen ein kurzes, freundliches Hallo möglich war. Einzelne Winzer oder Weinbergarbeiter, die mit ihren Spezialmaschinen den ersten Rebenschnitt vornahmen oder den Boden zwischen den Reihen der Weinstöcke auflockerten, im Kampf mit Wiese und Unkraut. Die Menschen hinter den Mauern ihrer Häuser oder in den Fahrzeugen auf Straße, Schiene oder Fluss nahmen sie nicht wahr. Sie waren Wanderer durch fremdes Terrain, mit offen unbefangen geschärftem Blick, nicht die Einheimischen, die ihrem Alltag hinterhergingen, deren aushäusige Verrichtungen meist nur mit dem Auto möglich waren. Selbst bei den Kindern spielte sich der Alltag nicht auf den Dorfstraßen ab. Einzelne Katzen schlichen an ihnen vorbei, vor ihnen davon. Achtzehn Kilometer Wegstrecke, und sie erreichten ihr Auto, das sie morgens an dem Bahnhof vor der Zugfahrt nach Traben-Trarbach abgestellt hatten.

Hinter den Türen ihres Autos versteckt liessen sie die Landschaft nun an sich vorbeiziehen, auf dem Weg zu ihrer ersten Unterkunft, unsichtbar für jeden anderen, der unterwegs war, ob draussen oder in irgendwelchen anderen Fahrzeugen. Bullay hiess der kleine, nette Ort an Mosel und Bahnstrecke. In dem für zwei Tage gebuchten Ferienapartment fühlten sie sich auf Anhieb wohl. Es war modern gebaut, liebevoll arrangiert.

Frisch geduscht, genossen sie einen kurzen Empfang mit den Besitzern des Hotels, anderen Gästen und zwei Gläsern des lokal produzierten Weins. Auf gezielte Empfehlung hin suchten sie eine nahe gelegene Straussenwirtschaft auf. Sie nahmen draussen Platz, es war angenehm mild, der Abend hatte begonnen.

Solche Stunden waren es, in denen ihre Anziehungskraft auf ihn übermächtig wurde. Ohne darüber sprechen zu müssen, war klar, dass sie es gleich auf ihrem breiten Bett miteinander tun würden. Ihr Vorspiel war in vollem Gang. Das Essen stillte ihren Appetit. Der Wein beflügelte ihre Phantasien. Ihre Konversation war leicht, wirklich Wichtiges hatten sie nicht miteinander zu besprechen, keinerlei Andeutung, dass sie miteinander schlafen wollten. Unausgesprochen empfanden sie eine einzige, helle Freude auf den

Körper des Anderen. Irgendwann bezahlten sie. Arm in Arm machten sie einen kleinen Spaziergang durch den Ort, an die Mosel, diesen ruhigen, aufgestauten Fluss. Drüben lag Alf, von ihrem Ort durch das Wasser getrennt, rückwärtig von dem in Zeitlupe gedimmten Abendhimmel erhellt. Rundum sanft oder höchstens punktuell steil ansteigende Berge, meist bewaldet oder auf ihrer Seite des Flusses mit Wein bestellt. Tiefe, friedliche Provinz am Ende eines Tages, am Ende einer Woche, mitten in einem eher kühlen, eher warmen Sommer. Langsam schlenderten sie zu ihrem Apartment zurück. Wenige Andere waren noch draussen.

Seine Hand war an ihrer Taille, deren Rundung ihn in seinen Bann zog. Nach unten und zur Seite hin würde seine Hand über ihren Hintern streichen können, wenn sie denn endlich nackt wäre. Die Vorstellung erregte ihn zusätzlich. Es waren auch ihr Hintern, ihr Rücken, ihre Taille, die seine Lust von jetzt auf gleich anknipsen konnten. Er war ein glücklicher Mann, weil sie seine Hände und die von ihnen ausgehenden taktilen Reize beim Bestreichen ihres Rückens, ihres Hinterns als besonders erregend empfand. Noch waren sie draussen, ihre Zärtlichkeiten trotz der einbrechenden Dunkelheit halb öffentlich. Noch durfte er nicht einfach ihre Hose öffnen, mit beiden Händen in ihren Slip greifen und beides nach unten streifen.

Halb benommen von der unmittelbaren Aussicht auf Liebe stolperten sie fast auf der Treppe zu ihrem Apartment. Die Tür hinter sich geschlossen, standen sie voreinander und schauten sich an. In kürzester Zeit zogen sich beide aus und warfen ihre Kleider um sich.

„Und wer schleckt mich jetzt?" hauchte sie ihm zu, was er mit einem lustvollen Grinsen quittierte.

„Ich könnte mich anbieten!"

Direkt zog sie ihn ins Schlafzimmer auf das breite Bett. Es war Zufall, dass sich alles in den Spiegeltüren des an der Seite stehenden Wandschranks abbildete. Noch nie hatten sie sich beim Sex in der Totale zugucken können. Dass ihn dies nicht zusätzlich stimulierte, wäre eine Lüge gewesen. Wie sie es fand, wusste er nicht wirklich, er würde sie nicht danach fragen. Ihre Erregtheit war für ihn das Entscheidende. An ihrer Erregtheit hatte er nicht den geringsten Zweifel. Mit breit gespreizten Beinen legte sie sich vor ihn, ihre pralle Knospe und das zarte Rosa ihrer auseinander stehenden Schamlippen und offenen Scheide vor ihm und seinem Gesicht. Eine nackte Frau, die alle ihre Reize offen präsentierte. Ein nackter Mann vor ihr, über ihr, dem diese Reize so vertraut waren, den sie dennoch immer wieder auf das Äußerste stimulierten.

Lustvoll empfand er sich und seinen Körper über das steife, hoch aufragende Glied zwischen seinen Beinen und die vor Erregtheit bis an die Leisten retrahierten Hoden. Über den leisen Kitzel im Schaft seines Penis, der noch längst nicht seinen Orgasmus ankündigte, sondern die Freude unterstrich, erst in ihren Mund und später in ihre Scheide eindringen zu dürfen. Er empfand das Glück, genau derjenige zu sein, dem sie sich verschenkte. Den Geruch ihrer Lust in seiner Nase, vermischten sich ihr seidenes Sekret und sein Speichel, um von seiner Zunge überall auf ihrer Scham verteilt zu werden. Dermaßen erregt war längst glitschiges Sekret auf der Spitze seines Penis hervorgetreten. Sie gab sich lustvollen Windungen ihres Körpers hin.

Ein Stimmenrecorder hätte sein Schlecken, ihr Stöhnen und die schnelle Atmung zweier sich liebender Menschen eingefangen, irgendwann die flüsternde Aufforderung an ihn, seinen Penis in ihren Mund zu stecken. Sie bemerkte die Ansammlung des Lustsekrets auf seiner Eichel, was ihre Erregtheit nochmals steigerte. Nicht alles dieses Gleitgels verteilte sie mit ihren Fingern darauf. Zumindest einen Teil dessen wollte sie auch schmecken. Er liess sich nicht bitten, stieg über sie, sein Mund an ihrer Scham, sein Penis über ihrem Gesicht, von einer ihrer Hände in ihren Mund dirigiert. Schnell synchronisierten sich die Stöße seines Penis und die Penetrationen seiner Zunge mit ihren Bewegungen, dem Saugen und Lutschen an seinem Penis, dem Hervorstrecken ihres Beckens, um seiner Zunge möglichst tiefen Raum zu geben. So weit er seine Zunge auch herausstreckte, so tief sie seinen Penis auch in ihren Mund nahm, schnell war es ihnen nicht genug, ihre Gier auf sein Ding in ihrer Scheide, seine Gier auf vollständige Vereinigung ihrer Körper konnten sie nicht mehr zurückhalten.

Kurz trennten sie sich, schauten sich unendlich zärtlich in ihre Gesichter. Ohne irgendein Wort über das verlieren zu müssen, was folgen sollte, legte er sich hin, um sich von ihr besteigen zu lassen. Was zusammengehörte, rutschte ohne Widerstand ineinander. Heiße, nasse, pralle Afferenzen, die das Spiel bestimmten und seinem Höhepunkt zutrieben. Seinen Penis tief in ihrer Scheide beschleunigte sie den Ritt ihrer Klitoris auf seinem harten Ding. Sie wollte den Galopp, und er passte die Stöße seines Beckens ihren Bewegungen an. Rasch entlud sich ihr Orgasmus, ein erlösender, wohliger, lang gezogener Krampf ihres zentralen Seins. Er war noch kurz davor, hatte kurz die trügerische Hoffnung, das Spiel fortsetzen zu können. Gerade aber, als er seinen Penis aus ihrer Scheide herauszog, war sein Orgasmus nicht mehr aufzuhalten. An ihrer Stellung hatte sich nichts verändert. Glücklich und erfüllt bewegte sie mit nachlassender Spannung weiterhin ihr Becken über ihm, mit allem einverstanden, was er mit ihr so treiben würde. Vor allem wollte er seinen Penis wieder in ihrer Scheide haben. Noch bevor er ihn einführen konnte, bemerkte sie die ersten Spritzer seines Spermas an ihrer Scham. Sein Orgasmus endete tief in ihr.

Wieder einmal hatten sie sich in flirrender Liebe vereint, nackt, komplett entblösst. Sie stieg von ihm, legte sich auf die Seite, die Beine auseinander, streckte die Arme nach oben, zeigte ihren schönen Körper, ihre Brüste. Es schien, als hätte sie ihn gerne noch auf sich gehabt. Noch war sein

Penis steif, benetzt von Sperma und ihrem Sekret glänzte das hoch aufragende Ding im Licht des Zimmers. Ohne seinen Orgasmus hätte er weitermachen können, jetzt war sein Ding refraktär und schlaffte allmählich ab. Sie wie er wussten, dass eine weitere Vereinigung nicht gehen würde, nicht so bald. Sie lagen nebeneinander. Glücklich und frei von allen belastenden Gedanken wunderte er sich über das Geheimnis des Lebens. Etwas, das sich ihm in der unbedingten Hingabe ihrer nackten Körper erschlossen hatte, das er in seiner Jugend, umgeben von Bildern der Nacktheit, gesucht und jetzt, nach Jahrzehnten, ganz sicher gefunden hatte, etwas, das alles wert und lohnend machte.

Er liebte sie, sie liebte ihn. Beide waren sie unendlich miteinander vertraut und fanden sich doch so spannend. Beide schenkten sie sich und wussten doch, jeder würde bleiben, wie und was er ist. Nackt lagen sie nebeneinander und schauten sich an, mit sich und Allem im Reinen.

Das einzige, aber wichtige Detail, was seine Frau störte, waren ihre kurz nach diesem Akt einsetzenden Menses, die Notwendigkeit, die unweigerlich drohenden Flecken im Bett vermeiden zu müssen und überhaupt die damit einhergehenden lästigen Umstände während ihrer weiteren Reise tolerieren zu müssen. Trotz ihres Alters Anfang fünfzig hatte sie ihre Menses noch nicht verloren, in den mehr oder weniger regelmäßigen Abständen zunehmend unwillig von ihr ertragen. Sein Hinweis, das sie deshalb immer noch eine junge Frau sei, tröstete sie nur wenig. Sie mehr als ihn störte der Umstand, dass in den nächsten Tagen ihrer lang herbeigesehnten Reise ihr Sexualleben beeinträchtigt sein würde. Biologisch determiniert, würde ihr Empfinden, ihre Lust beim Sex anders, geringer sein. Auch er würde es anders empfinden. Selbst wenn sie ihm größte Geilheit vorspielen würde, das Wissen um ihre Umstände, die Blicke auf das Blut an seinem Penis würden ihn hemmen. Am ehesten war es genuine, natürlich empfundene Empathie für den

Anderen, welche die Zündung der Explosion des Glücks verhinderte, des Glücks, an das sie sich gewöhnt hatten, von dem sie dermaßen verwöhnt waren, dass sie lieber darauf verzichteten, als irgendwelche Kompromisse einzugehen.

Eines machte ihn froh, als sie ihre Menses bemerkte. Von seinem Beruf her gewohnt, auf kleinste Abfolgen biologischer Vorgänge zu achten, waren ihm ihre prompt einsetzenden Menses fast ein Beweis, dass sie mit ihm zu einem realen, echten Orgasmus gekommen war und ihr lang gezogener Krampf vollkommenen Glücks nicht unecht gewesen war. Geschickt wusste sie blutige Spuren auf dem Laken ihres breiten Bettes zu verhindern. Nackt lagen sie sich in den Armen und schliefen ein. Während dieser wunderbaren, warmen Nacht schlief er alle seine Müdigkeiten aus.

Am nächsten Morgen verliess er vor ihr das Bett, leise, und zog die Tür des Schlafzimmers zu. Er schüttete sich einen Kaffee auf, Pulver hatten sie mitgenommen. Kompromisse an dessen Geschmack während ihrer Urlaube war er gewöhnt. Leider bemerkte er schnell seinen Rücken, es war eine bestimmte fehlerhafte Haltung beim Sitzen auf Stühlen, in Sesseln, an Tischen oder Schreibtischen, die seine lower back pain provozierten. Mit den üblichen nachfolgenden Verrenkungen und Streckungen seines Rückens waren diese halbwegs erträglich.

Seine Gedanken an den gestrigen Abend liessen ihn verwundert staunen. Und doch war auch eine Traurigkeit in ihm, dass der erste Tag ihres Urlaubs mit diesem fulminanten Ausbruch ihrer Sexualität schon wieder vorbei war. Nichts, was ihm wirklich Sorgen hätte machen müssen. Ihre Familienplanung hatten sie vor deutlich mehr als zehn Jahren abgeschlossen. Ihre Kinder würden ihr Ding machen. Sie waren gut situiert. Sie hatten die meiste Zeit ihres Urlaubs noch vor sich. Eigentlich hatte er sich diesen Urlaub aber als Gesamtkunstwerk ihres Liebeslebens vorgestellt. Eigentlich hätte der Sex, den sie am Vorabend miteinander gehabt hatten, nur den Auftakt darstellen sollen, in einer Reihe von Abenden unbeschwerten Fickens mit seiner Frau, eingerahmt von schönen Wanderungen und kulinarischen Genüssen in dieser Ferienlandschaft an der Mosel. Irgendwelche Gelegenheiten, sich auf den Wanderungen irgendwo im Wald, verborgen vor den Blicken anderer, schnell die Kleider vom Leib zu reißen und sich einem gemeinsamen Ritt hinzugeben, hätte er nicht ausgelassen.

Ihre Menses standen diesen Phantasien entgegen. Etwas, das ihn betrübte. Ihre Wanderreise würden sie fortsetzen, frisch verliebt, wie sie sich gestern wieder gegenseitig verschenkt hatten, allein die Lust würde zurücktreten müssen, seine Gier auf diese Lust würde unerfüllt bleiben. Solange diese Gier Aussicht auf Befriedigung hatte, waren Gedanken ans Älterwerden, an einschlafenden, hindämmernden Sex bis hin zu dessen völliger Aufgabe im Szenario einer langjährigen Ehe eines in großer Vertrautheit verbundenen Paares weit weg. Ganz anders, diese Gier und ihre Erfüllung gingen mit dem am besten vorstellbaren, unbefangensten Sex einher. Nun hatte er Rückenschmerzen und die Aussicht auf vorhersehbare Nichterfüllung seiner Gier. Und ein verwundertes Staunen beim Blick zurück. Würde es überhaupt besser werden können? Wann würden sich weitere Gelegenheiten bieten? Die verbliebene Spanne ihres Lebens würde mit jedem Tag kleiner werden. Ein Bangen beim Blick voran. Ein postkoitaler Blues.

Ein gut bestückter Frühstückskorb mit frischen Brötchen als Service des Hauses, der vor die Tür des Apartments gestellt worden war, vertrieb diese Gedanken. Kleine, nette Details machten das Leben schön. Mittlerweile war seine Frau wach geworden. Er zeigte ihr den Korb, und sie war entzückt. Nackt hatte sie sich im Bett aufgerichtet, dürftig vom Laken bedeckt. Sie trug einen Tampon, an dem bestehenden Dilemma war kein Zweifel. Es war egal, sie hatten sich, ihr schönes Leben und ganz einfach das Meiste ihres Urlaubs noch vor sich. Vielleicht würde ihre Blutung rasch vorbei sein. Der Tag war gesetzt. Sie hatten Hunger. Das Frühstück würde ihn stillen. Mit unverfälschter Freude sah er der Wanderung auf ihrer heutigen Etappe entgegen.

An dem Bahnhof des Ortes waren schon einmal lebhaftere Zeiten vorbei gegangen. Sie waren die Einzigen, die zustiegen. Eine Gruppe von Radwanderern stieg aus. Ein fast schon gewohntes freundliches Bild an einem Samstagmorgen im Sommer an der Mosel. Eine Station später verliessen sie den Zug. Von diesem Ort aus hatten sie vergangenes Jahr an einem viel zu warmen Herbsttag eine Wanderung durch leuchtend und bunt gefärbte Weinberge begonnen. Jetzt war alles grün, an diesem eher lauen, grau bedeckten Tag im Hochsommer. Der erste Aufstieg führte zu dem Friedhof des Dorfs auf dem Berg. Er galt als einer der ältesten, noch genutzten Friedhöfe der Region. Seine Lage machte die Anstrengung des Aufstiegs wert. Zwischen dem Berg und dem Calmont-Massiv hatte die Mosel eine ihrer berühmten Schleifen gegraben. Einer der Namen auf den Grabsteinen gehörte zu dem offensichtlich seit Jahren leerstehenden, ehemaligen Lebensmittelladen, den sie unten im Dorf bemerkt hatten.

Auf dem Kamm wanderten sie Richtung Bullay zurück. Eine an einem zurückgelegenen Punkt hoch aufragende, im Laufe ihres Daseins von ungezählten Blitzen getroffene, immer noch lebende Eiche war eine der natürlichen Attraktionen, die den lokalen Verlauf ihres Fernwanderwegs vorgegeben hatten. Rechter Hand waren die Weinberge, die zur Mosel abfielen, linker Hand öffneten sich da und dort weite, monoton bestellte Ackerflächen. Und sie liefen mitten durch den Wald, der beides trennte. Gelegentlich einsetzender Regen hatte nicht einmal die Kraft eines Schauers, einzelne Tropfen, die sein Gesicht berührten, er hatte seinen breitkrempigen Hut, sie ihren aufklappbaren Schirm. Schweigend liefen sie nebeneinander her, mal hintereinander, auch mit größerem Abstand. Es kam vor, dass sie stehenblieb, zurückblickte, ihn in seinem Gang betrachtete, die schlabbrige Hose, in der er steckte, den Hut auf seinem Kopf, den Mann, der auf sie zukam.

„Gerade habe ich mir vorgestellt, wie mein Cowboy nackt auf mich zulaufen würde." sagte sie ihm. Bei ihm verursachte diese Vorstellung eine prompte Erektion. Wie zum Beweis holte er kurz sein steifes Ding aus der Hose hervor. Sie waren allein im Wald. Niemand hätte diesen exhibitiven Ausbruch bemerkt. Sie war diejenige, die sich des Anblicks erfreute und seinen Penis zärtlich und kurz in die Hand nahm. Eine Kontrolle, ob alles noch so war, wie sie es kannte, für sie beide ein kurzes, lebensfrohes Amüsement. Hätte sie nicht ihre Tage gehabt, wäre sehr schnell mehr daraus geworden. So blieb es bei Gedanken, die seine Phantasien im weiteren Verlauf des Tages immerhin aber beflügelten.

Oberhalb von Bullay hatten sie das volle Panorama. Auf den Moselknick, über den sich die Eisenbahnbrücke spannte, um die Strecke auf der anderen Seite im Tunnel verschwinden zu lassen, auf den hohen, modern gebauten Aussichtsturm auf dem Berg, der den Tunnel beherbergte, auf das gegenüberliegende Alf, dessen Hänge untypisch für die meisten Orte hier nicht von Wein, sondern Wald bedeckt waren, auf die sich in südöstlicher Richtung erstreckende, von der Moselschleife bei Zell umflossene Bergzunge. Diesseits der Mosel erstreckten sich in gleicher Richtung die von der Sonne verwöhnten Weinberge vor und hinter Merl und vor Zell. Hier führte der Weg entlang.

Rechtzeitig kam die Sonne hinter den Wolken hervor und gewann den Tag. Und vermittelte ihnen, wie schnell sich hier die Wärme ausbreiten konnte. An einem Aussichtspunkt über Merl fanden sie eine Bank. Sie machten Rast. Jeder hatte sich eins der Frühstücksbrötchen mitgenommen. Die übliche, kleine Weinflasche hatten sie nicht vergessen. Wenige Schlucke, und erneut brach ihre Libido hervor. Eng schmiegte sie sich an ihn und hauchte ihm einen zärtlichen, schlüpfrigen Kuss auf die Wange. Wieder machte es ihn glücklich, welch ein unbefangenes Verhältnis sie zum Sex mit ihm hatte. Erneut beschwerte sie sich wegen ihrer derzeitigen Umstände. Ihr Bedauern war echt, nicht vorgeschoben, keine willkommene Entschuldigung dafür, nicht mit ihm schlafen müssen zu können. Sein untrügliches Gespür für das, was sie wollte und was sie nicht wollte, wäre ihm dafür zu Hilfe gewesen. So wie sie an ihn heranrückte, ihm ihre Brustspitzen entgegen reckte und sich mit ihrem lasziv halb geöffneten Mund seinem Gesicht näherte, hatte sie wirkliche Lust auf Sex, durch den blutgetränkten Tampon in ihrer Scheide verhinderte Lust. Es ärgerte sie. Ihm verursachte es ein nachsichtiges Bedauern, keinen Ärger. Im Stillen hoffte er, dass ihre Periode schnell vorbeiginge und der nächste freie, unbefangene, unbehinderte Fick mit ihr möglich würde. Längst war sein Penis bei diesen Gedanken hart und steif geworden, von ihrer Hand durch den dünnen Stoff seiner Hose neugierig zur Kenntnis genommen.

Am Himmel waren nur noch einzelne Wolken. An diesem frühen, sonnigen Nachmittag an diesem Samstag waren jetzt auch mehr Wanderer unterwegs, teils in Gruppen. Die Moselschleife bei Zell lag vor ihnen. Purer, sommerlicher Frieden, Wärme, fast Hitze auf den Wegen durch die Weinberge. Klar, dass ihr Fernwanderweg am Collis-Turm vorbeiführte, Aussichtspunkt oberhalb von Zell, seit mehr als hundert Jahren lokales und beliebtes Ausflugsziel für dessen Bürger und Besucher. Ein fast alpin geprägter Klettersteig führte sie von dort zur Stadt herab. Für heute hatten sie ihr Ziel erreicht.

Bis zur Abfahrt des Busses nach Bullay zurück war noch Zeit. Die schmale Fußgängerzone erstreckte sich hinter der ersten Häuserzeile des Ortes parallel zur Mosel. Sie fanden Platz in einem Café. An dem gegenüberliegenden Haus waren die Scheitelpunkte der regelmäßig eintretenden Moselhochwasser markiert, weit über ihren Köpfen.

Vieles hatte den verblichenen Charme vergangener Jahrzehnte. Als es noch keine Probleme damit gegeben hatte, die Läden zu vermieten. Als noch Familien innerorts gelebt hatten, die überhaupt Kinder oder mehr als ein Kind hatten und noch nicht in die Neubausiedlungen an den Rändern der Orte oder oberhalb der Mosel gezogen waren. Als der Tourismus an die Mosel noch ein einfach zu kalkulierendes Massenphänomen gewesen war. Als das schnell verdiente Geld alte, wertvolle Bausubstanz durch angeblich moderne Baumaterialien und Baustile ersetzt hatte. Die vom Grau des Alltags überzogenen, bis in den ersten Stock reichenden Fliesen der Wand eines eigentlich schönen, alten Hauses, dessen ehemalige Fenster durch seelenlose Exponate mit Isolierglas aus billiger Produktion ersetzt worden waren, signalisierten Verschiedenes.

Dass der vom Moselhochwasser entnervte Besitzer die Wand seines Hauses auf einfache und bequeme Weise schützen wollte. Dass irgendwelche schnell verkauften Neuerungen den Wert eines alten Hauses sogar mindern konnten, war ihm entgangen. Dass eine Vielzahl solcher Modernisierungen alten und geschichtsbeladenen, städtischen Strassen Seele und Charakter austrieben. Wie so oft, konnte er sich eines gewissen, hilflosen Mitleids mit den Verhältnissen vor Ort nicht erwehren. Wie so oft, gewannen solche Eindrücke in ihm eine ungerechtfertigte Dominanz. De facto sassen sie am Ende einer Wanderung auf dem Moselkamm, durch Wald und Weinberge, mit schönsten Aussichten, am Ende einer Wanderung, die sie aus Wolken in die Sonne und Wärme geführt hatte, in einem altehrwürdigen Städtchen an der Mosel im Aussenbereich eines Cafés und liessen es sich gut gehen. Unbeteiligte Beobachter einer Szenerie, die viele schöne Seiten aufzuweisen hatte, aber die Fehler und Lasten des Alltags, die Unaufhaltsamkeit vergänglicher Entwicklungen und den wehmütigen Blick auf etwas, das früher besser und einfacher gewesen war oder besser hätte laufen können, nicht verbergen wollte. Und auch sie waren Teil dieser Szenerie, Moseltouristen, auf alten, neu benannten Wanderwegen unterwegs, die sich darauf verliessen, von eigens dafür bereitgestellten Bussen am Ende des Tages zurückgebracht zu werden, mit der Gästekarte als Ticket.

An diesem Tag waren nicht viele Radwanderer unterwegs gewesen. Als einzige saßen sie in dem Bus mit dem großen, leeren Radlader hinten dran, der pünktlich kam und sie nach Bullay brachte. Sie gingen duschen. Er legte sich ins Bett. Ein kurzer, erholsamer Schlaf übermannte ihn. Sie gingen essen. Sie gingen zum Public Viewing in die Straussenwirtschaft, die sie gestern bereits kennengelernt hatten. Fremde unter Fremden, kurzweiliger Zeitvertreib, untermalt vom lokalen Wein und salzigen Häppchen. Danach gingen sie in ihr Apartment zurück. Der Abend war lau. Sex blieb ihnen verwehrt. Beide machten sich nicht die kleinsten Avancen. Nach einem zärtlichen Kuss schliefen sie ein.

Der nächste Tag begann, ein grauer Sonntagmorgen. Mit dem Auto fuhren sie nach Zell. Dort starteten sie ihre nächste Etappe, den Lückenschluss nach Reil, das sie am ersten Tag ihres Urlaubs von Traben-Trarbach aus erreicht hatten. Die meisten Leute waren noch in ihren Häusern, am frühen Sonntagmorgen. An einer unbelebten Kirche ging der Weg vorbei. Hier begann der Aufstieg in die Weinberge. Fürsorglich das Schild, das sie vor dem Queren der Bundesstraße auf den unter Umständen schnellen Verkehr hinwies. Zu diesem Zeitpunkt war kein Verkehr. Es war still, Wind herrschte nicht, richtig kühl war es nicht. Schweigend wanderten sie drauflos.

Alle möglichen Gedanken schwirrten ihm durch den Kopf. Dass er gerade besondere Lust auf das Wandern empfunden hätte, würde er nicht behauptet haben. Es war eine Art Alltagsmoment im Urlaub. Ein bisschen kam es darauf an,

Strecke zu machen, sie den teilweise schmerzenden Knochen und der eigenen Unlust abzuringen. Langsam kamen sie in den Rhythmus. Die Eindrücke von Natur und Landschaft halfen ihnen. Der Weg schmiegte sich an den Hang über dem vorderen, zulaufenden Abschnitt der Moselschleife bei Zell. Der hintere, ablaufende Teil hatte ihnen gestern in seiner ganzen, von der Sonne beschienenen Pracht zu Füßen gelegen. Bei Sonne wäre es jetzt auch hier deutlich malerischer gewesen. Einzelne Regentropfen kamen hinzu, hielten aber nicht lange an. Nach und nach wurde es heller und wärmer. Bald konnten sie beiderseits des Weges auf die Mosel herabschauen. An dem einen großen, gut erhaltenen Gemäuer, das in bester Lage über dem Land thronte und nach Jahrhunderten seine Bestimmung als Bildungsstätte gefunden hatte, gingen sie in engem Abstand vorbei.

Obwohl ihm die Atmosphäre in solchen Einrichtungen nicht ganz fremd war, hätte er auf ein Seminar über Heilfasten oder die Theologie in Zeichen des Terrors gerade keine Lust gehabt. Gerade fand er den Aussichtsturm interessanter, den sie nach einer weiteren kurzen Strecke erreichten. Moderner Stahlbau, samt seiner Vorläufer aus Heimatliebe an exponierter Stelle gebaut.

Eine aus tief verbohrter, falsch verstandener und missbrauchter Heimatliebe noch in den letzten verzweifelten Kriegstagen bis auf die blutigen Knochen verteidigte Stelle. Dutzende Menschen, Beteiligte und Unbeteiligte, Schuldige und Unschuldige, Täter und wehrlose Opfer hatten hier im übermächtigen Bombenhagel der Gegner ihren sinnlosen Tod gefunden. Ein Ehrenfriedhof in der Nähe des Turmes hielt die Erinnerung aufrecht. Es war überhaupt nicht sicher, dass die schlichten, grauen Steinkreuze wirklich bei den Leichnamen der neunzehn-, zwanzig- oder einundzwanzigjährigen Menschen, an die sie erinnerten, aufgestellt waren. Wenn doch, lagen fanatische Offiziere, junge Soldaten, Menschen aus den umliegenden Dörfern und zwangsweise verschleppte Menschen aus anderen Ländern nebeneinander unter der Erde. Diese Vorstellung bereitete ihm stille, ratlose Wut und ein aufwühlendes Staunen über das eigene Glück, das ganze Gewese um sein eigenes Leben.

Unverdient, unverhofft stand er hier, Jahrzehnte später, auf diesem Schauplatz. Die Sonne schien, die Blätter der Bäume raschelten im Wind. Tiefer Frieden lag über dem Land. An diesem Sonntag gingen die Menschen ihren Freizeitbeschäftigungen hinterher. Die meisten würden am folgenden Tag wieder in ihren grau empfundenen Alltag eintauchen.

Sie selbst würden noch eine Woche Urlaub haben, ihren seit Monaten ersehnten Urlaub. Ein Pärchen auf Wanderschaft, Anfang bis Mitte fünfzig, sich in grenzenlosem, auf Liebe gründenden Vertrauen zugetan, wissend um die Prüderie und Langeweile, an der sie ihre langjährige Ehe Mal um Mal vorbeigeführt hatten. Wäre das Leben wirklich ein langsamer, ruhiger Fluss, würde er es an ihrer Seite im Rückblick als aufregend beschrieben haben. Momentane Erschwernisse wie ihre Blutung gehörten dazu. Es war so.

Es war auch heute so, dass nicht an Sex zu denken war. Nichts davon musste thematisiert werden. Seiner Lust und Gier tat dies keinen Abbruch. Er hielt sie unter Verschluss. Auf dem Weg durch den Wald, auf dem Kamm und hinter dem Kamm. Auf dem breiten Weg, der fast wie eine Autobahn für Wanderer eines versprach: dass sie ihre Strecke schnell zurücklegen würden.

Reil lag einfach nur da und strahlte die Verfasstheit eines Sonntagnachmittags in der Provinz aus. Sie wollten vor allem den Bus zurück nach Zell nicht verpassen. Mit dem Auto von Zell nach Mesenich fahren. Dort ihre nächste Unterkunft aufsuchen. Duschen gehen, einen ersten erfrischenden Drink zu sich nehmen und abends die gut bewertete Küche des Gasthofs geniessen. Danach ins Bett plumpsen. Sich auf die Wanderung am nächsten Tag freuen.

Frisch und ausgeruht war er vor ihr aufgestanden und hatte sich als erster überhaupt im Frühstücksraum der Pension eingefunden. Der Kaffee schmeckte gut. Wach und gespannt auf Neues sah er dem Tag entgegen. Er las Zeitung. Krisenmodus war normal. Alles war Krise. Wenige, die sich nicht davon anstecken liessen und bei Vernunft blieben. Früher war vieles schlechter. Viele dachten das Gegenteil und verfielen einem irrationalen Trotz, Kirchtumsdenken, Erinnerungen an frühere bequeme Gewohnheiten, Erinnerungen an frühere Größe, als Empire, als Imperium. Der Terror bekloppter Fanatiker und kranker Hirne kam hinzu. Ebenso das jämmerliche Versagen der Eliten in vielen Ländern. Dass sie ausgerechnet auf seinem Kontinent viele Jahrzehnte lang Frieden, Freiheit und Verständigung organisiert hatten, rechnete er den beteiligten Menschen hoch an. Welche Leistung dahinter stand, schien vielen nicht bewusst zu sein, war selbstverständlich und langweilig geworden. Mit dümmlichen Konzepten auf Krawall zu bürsten und scheinbar einfache Lösungen zu versprechen, lieferte bessere Schlagzeilen.

Da war wieder dieses Strahlen in ihren Augen, als seine Frau sich zu ihm setzte und das ihn verzückte. Bedeutete es nichts anderes, als dass es ihr gut ging, sie den Augenblick und die Aussicht auf den Tag genoss. Sie fragten die anwesende Frühstücksdame nach den Busverbindungen zwischen Beilstein und Ediger-Eller.

Es entspann sich lockere Konversation. Hotel- und Gastronomiebetrieb liefen offensichtlich gut. Der Frühstücksraum füllte sich rasch mit anderen Gästen. Echte, reell bezahlte Tätigkeit in der Provinz, ohne weite Anfahrtswege. Die Dame war zufrieden. Fast wirkte sie glücklich, wie sie auch, in diesem Moment. Die Sonne schien herein und machte den Morgen hell.

Tief unterhalb der trutzigen Halbruine parkten sie das Auto. Die Mosel bildete hier einen weiten Bogen aus. Städtchen und Burg bestimmten das Panorama. Eine kleine Fähre für Personen und Radwanderer gehörte dazu. Sie setzten über. In Ehlenz nahm sie der Bus auf. Wieder waren sie die einzigen Fahrgäste. Montags, irgendwann zwischen zehn und elf Uhr. Graue Wolken waren aufgezogen. In Ediger stiegen sie aus, es regnete. Die auf Hochparterre überdachte Terrasse einer Weinwirtschaft an der Straße bot ihnen Schutz und die Gelegenheit zu einem zweiten Kaffee. Ein kleiner Supermarkt und die Apotheke waren in der Nähe. Unter ihnen auf dem Bürgersteig das echte, unaufgeregte Leben eines Montagmorgens in einem Dorf, das noch einen Supermarkt hatte. Als seien die Menschen froh, dass die Zwangspause des Wochenendes vorbei sei. Und sie konnten das Ganze etwas beobachten. Leutselig das Gespräch mit der Kellnerin aus irgendwo, die auf das Wetter angesprochen nur den Kopf schüttelte und bemerkte, dass es hier in den vergangenen Monaten nur geregnet habe, während bei ihr zu Hause reinster Sonnenschein geherrscht hatte. So schlimm hatte er das Wetter hier nicht empfunden. An den freien Tagen ihrer Wanderungen war es seinen Bedürfnissen sehr nahe gekommen. Auch jetzt tat es seiner guten Laune keinen Abbruch.

Sie zogen los, durch das alte Dorf, dessen Kirche samt letzter Ruhestätte und Befestigungsmauer harmonisch in die Weinberge eingefügt war, entlang ihres zuverlässig markierten Weges, der sich zwischen Niederwald und teils aufgegebenen Lagen hoch oberhalb der Mosel durch das Gelände schlängelte. Den nicht mehr bestellten Weinbergen sah man das Alter ihrer Verlassenheit an. Es gab wild überwucherte Flächen. Es gab lieblos sich selbst überlassene Rebstöcke, die wahrscheinlich noch im letzten Jahr ein letztes Mal irgendeinen letzten Rest eines Unkrautvernichtungsmittels über sich ausgestreut bekommen hatten, aus der grauen, steinig-bröckligen Erde hervorragten, in Reih und Glied, und erste Sprößlinge irgendeines wilden

Krautes neben sich erduldeten. In weiteren zwei oder drei Jahren hätten sie keine Chance mehr, würden in der grünen Hölle vollständig verschwunden sein. Dass mit ihr wildes, volles, pralles Leben in diese Flächen zurückkehrte, empfand er tröstlich. Zu gern hätte er die Motive für die Verlassenheit dieser Lagen erfahren. Waren es Alter, Krankheit oder fehlende Nachkommenschaft ihrer Besitzer? Waren es Erbstreitigkeiten oder fehlendes Interesse oder schlicht mangelnde Rentabilität, die einen sinnvollen Umgang damit verhinderten? Er war der Beobachter, der sich allen möglichen Spekulationen hingeben durfte. Hätte er einen solchen Weinberg geerbt, würde die Natur auch ein leichtes Spiel haben.

Der Regen liess allmählich nach. Vor ihnen lag eine weitere Moselschleife, Nehren und Senhals am diesseitigen, Senheim am jenseitigen Ufer. Der akribische Nachbau einer hier gefundenen Grabstätte stemmte sich dem kollektiven Erinnerungsverlust entgegen. Von ihnen selbst würden in zweitausend Jahren keine, nicht die geringsten Spuren verbreitet sein. Dieser römische Ehrenmann, vielleicht Kelte, auf jeden Fall nach damaligen Verhältnissen zu Wohlstand gekommene, damals mit seiner Familie verscharrte Mensch war in Staub und Dreck übergegangen und größtenteils über die hiesigen Weinberge verstreut. Zurückgeblieben waren ein paar alte Steine. Auf einem von der Mosel sanft ansteigenden Bergrücken in sonnenexponierter Lage, bedeckt mit einem dichten, grünen Teppich kräftig sprießender Rebstöcke. Er gewann die Vorstellung, dass der Wein hier besonders gut werden müsste. Vielleicht würde er später ein paar Flaschen des Weins dieser Lage erwerben und kosten wollen.

Wie in Zeitlupe zogen Nehren und Senhals an ihnen vorbei, etwas, das er als weiteren Vorteil des Wanderns empfand. Die Orte und Plätze konnten noch so unbedeutend sein, Eindrücke und unverfälschte Blicke brannten sich ein. Auf der anderen Seite der Mosel fanden sie eine Bank. Der Regen hatte längst aufgehört. Es war warm, fast schwül. Sie hatten Cocktailtomaten, jeder ein kräftig belegtes Brötchen und die kleine Flasche Wein bei sich. Die Marina des Ortes lag vor ihnen, in der Ferne war der Nachbau des Grabtempels an den Hang gelehnt.

Ein älteres Pärchen hatte auf seinem Boot in der Marina von Senheim wahrscheinlich das Wochenende verbracht. Während seines Picknicks beobachtete ein Paar das andere Paar. Noch war ihnen nicht klar, dass die beiden in der nahegelegenen Gaststätte des nahegelegenen Campingplatzes essen gehen wollten, an diesem Montagmittag gegen zwölf Uhr dreissig. Es herrschte geschäftiger Stillstand. Mehrmals stieg der Mann aus dem Boot und wieder hinein, jedes Mal wechselte er die Schuhe oder hatte die Schuhe zu wechseln. Das sicher vertäute Boot wurde mehrmals geprüft. Das am Ufer stehende Auto wurde zwanzig Meter weiter an einen anderen Parkplatz versetzt. Mehrmals prüfte die Frau den Sitz der ihrem Alter angemessenen Kleidung, nach dem Verlassen des Bootes und nachdem ihr eingefallen war, was sie vergessen hatte. Da war nicht die geringste Spur von Eile beim Verlassen des Bootsanlegers und auf dem Weg zu dem etwas erhöht liegenden und hinter einer Baumreihe gerade noch sichtbaren Restaurantbetrieb. Irgendwie kam es den beiden darauf an, ihre Zeit zu verbringen. Ihnen Langeweile zu unterstellen, wäre boshafter Tratsch gewesen. Ganz konnten sie sich dieser Versuchung nicht entziehen.

Auf ihrer Picknickbank machte es ihnen Spaß, Beobachter und Kommentator zu sein. Es machte ihnen Spaß, sich so viel jünger als dieses Pärchen zu fühlen. Aber es war auch gemein. Das Mehr an Jahren, was diese beiden mit sich trugen, müssten, sollten, durften sie erst noch hinter sich bringen. Sofern das Schicksal es gnädig mit ihnen meinte. Die beiden waren Mann und Frau, immerhin zusammen geblieben oder neu vereint, in einem Alter, das ein langsames Sortieren seiner selbst ausdrücklich erlaubte. Und deshalb vielleicht besonders glücklich.

Sie gingen weiter. Der Weg wand sich die Weinberge oberhalb des Ortes hoch. Ihnen wurde heiss. Erste Sonnenstrahlen traten hervor. Sie passierten Tafeln mit Texten, die an die Weinkultur und lokal bekannte Winzer erinnerten. Ausgedehnte, flach ansteigende Weinfelder oberhalb von Mesenich unterstrichen deren Bedeutung für den Ort. Nur mit Mühe gelang ihnen, den versteckt liegenden Gasthof der vergangenen Nacht in dem Häusergewirr auszumachen.

Vor Briedern wanderten sie an einem schmucklosen, hinter Büschen verborgenen Betrieb vorbei. Teilweise führte der Weg über die breite, betonierte, zum Betrieb führende Straße. An einer einzigen Stelle war das Produkt dieses Betriebs achtlos benannt. Entgeistert nahmen sie zur Kenntnis, dass es sich um ein vor Jahrzehnten, während ihrer Jugendzeit, heftig beworbenes, leicht sprudelndes, auf Weinverschnitt basierendes, alkoholisches Getränk handelte. Unabhängig voneinander hatten sich die zugehörigen Werbespots in ihre Erinnerungen eingebrannt. Es war das erste Mal überhaupt, dass sie über dieses Getränk sprachen. Sie wie er hatten es noch nie probiert. Es musste Überproduktion gewesen sein, die einen findigen Menschen zur Herstellung und Vermarktung dieses Gesöffs veranlasst hatte. Keine Ahnung hatte er, warum es nicht mehr beworben wurde, zumindest nicht auf den ihm zugänglichen Kanälen. Zur Weinkultur passte dieser Betrieb nicht, und gehörte auch dazu. In und um den Betrieb war alles still. Pleite wirkte er nicht.

Auf dem letzten Stück ihrer Wanderung dominierte Wald, an dem steilen Südhang der Mosel hatte nie jemand versucht, Wein anzupflanzen, anders am gegenüberliegenden, sanft ansteigenden Ufer, auf das auch am späten Nachmittag noch die Sonne schien. In Kammhöhe näherten sie sich der Burg, die dem kleinen Städtchen unter ihr den Namen gegeben hatte. Sie gingen an einem alten, unter Bäumen versteckten, jüdischen Friedhof vorbei. Viele, dicht gedrängte, von der Patina vieler Jahrzehnte überdeckte Grabstellen.

Was seine systematische Schändung vor bald achtzig Jahren verhindert hatte, war unklar. Seine abseitige Lage in der Provinz? Der letzte, noch erhalten gebliebene Rest von Anstand einzelner, damals vor Ort lebender, anders- oder nichtgläubiger Menschen? Er hätte es gerne gewusst. Die vor dem Friedhof aufgestellte Erinnerungstafel nahm darauf keinen Bezug.

Beilstein, Burg und Städtchen, gehörte den Touristen, durfte bei Flussreisen, Ausflügen mit Schiff, Auto oder Motorrad, auf Wanderungen, ob zu Fuss oder auf dem Fahrrad, nicht fehlen. Das Panorama war einfach zu malerisch. Sie waren genug gewandert. Sie freuten sich auf einen Drink, frisch geduscht im Hotel, nicht hier.

Cochem erreichten sie an einem Montagnachmittag im Sommer. Zum Abend hin war es schwül warm geworden. Das Hotel lag an Mosel und Uferstraße, alt, renoviert, stylish. Nach hinten heraus, nach Westen, zum Hang hin die große Terrasse mit der spärlichen, etwas vernachlässigten Bepflanzung. Nach hinten heraus ihr Zimmer im obersten Stock mit kleinem Balkon, großzügig, modern eingerichtet. Die große, ebenerdige Dusche bot Platz für zwei.

Nacheinander gingen sie duschen und machten sich frisch. Sie machten einen Spaziergang durch die Stadt und reservierten in einem Restaurant zwei Plätze für das Abendessen, auf der Dachterrasse mit perfektem Ausblick auf Mosel, Stadt und Reichsburg. Noch war Zeit für den ersten Drink, im Hotel zurück, auf ihrem Balkon, im milden Licht des späten Nachmittags. Unbedingt wollte er das im Hotel angebotene Weinbier probieren, ein mit Wein vermischtes Bier, beides aus lokaler Produktion. Zwei Flaschen entnahmen sie dem im Speiseraum des Hotels aufgestellten Kühlschrank. Sie hatten Durst, sie hatten Appetit auf ihr späteres Essen. Sie waren geduscht. Es war warm. Ihre Kleidung war leicht, nichts klebte. Sie freuten sich, auf den Abend und auf sich zu zweit.

Es war verrückt, dieses modische, kultische Kunstgetränk, dieser unübliche Mix löschte perfekt ihren ersten Durst. Und heiterte sie an. Seine Gedanken an den nächsten Sex mit ihr waren noch im Hintergrund, er wusste, dass ihre Blutung noch nicht ganz abgeklungen war. Unbeschwert ihre Konversation auf zwei Stühlen, zwischen sich ein kleines Tischchen, vom Balkon blickten sie auf die Straße am hinteren Ausgang und am Parkplatz des Hotels.

Bei ihr liess das bisschen Alkohol jede Hemmnis fallen. Die Blutung war ihr komplett egal, von einem zum anderen Moment. Jetzt und sofort brauchte sie ungezügelten Sex und seinen harten Schwanz, brauchte sie das, worauf sie ihrer Periode wegen widerwillig seit fast drei Tagen verzichtet hatte, nicht nur aus eigener Rücksicht auf veränderte Biologie, auch aus Rücksicht auf ihn und seine vermeintlichen Hemmnisse, auch aus falsch verstandener Rücksicht. Natürlich hätte sie ihn jederzeit während dieser Tage haben können. Nun war er fast überrumpelt. Sie zog ihn ins Zimmer. Ihre heftigen Umarmungen und wilden Küsse steckten ihn an. Zuverlässig reagierte sein Penis. Im Nu waren sie splitternackt, alle Sachen, die sie getragen hatten, auf dem Boden verstreut. Ein Rest an Umsicht hinderte sie, sich auf dem breiten Bett zu wälzen. Dessen Laken sollten für kommenden zwei Nächte unblutig, unbetropft bleiben. Sowieso wollte sie ihn im Stand vor sich, vor ihm auf seinen harten, steil aufragenden Schwanz steigen, ihre Arme um seinen Hals, seine Hände an ihrem Hintern, ihre Schenkel halb geöffnet, ihre pralle Vulva dazwischen eine einzige Einladung an ihn, einzudringen und mit harten, schnellen, von seinen Händen an ihrem Hintern und von seinem Becken dirigierten Stößen ihre ganze ungehemmte, befreite Lust explodieren zu lassen.

Bereitwilligst machte er dieses Spiel mit. Ihr Orgasmus trat innerhalb kürzester Zeit ein. Mit seinem Penis tief in ihr, sie auf ihm willenlos reitend, entlockte er ihr ein tiefes Stöhnen, gefolgt von sofort einsetzender Entspannung ihres ganzen Seins. Vollständig miteinander vereint, hielt er sie mit seinen Armen und auf seinem Penis, als vertraute sie sich den Sicherungssystemen seines Körpers in der Steilwand an. Vorsichtig setzten sie ihre Zärtlichkeiten fort. Sein Ding blieb hart.

Trotzdem war seine Psyche in Teilen blockiert. Er war überwältigt von ihrem plötzlichen Ausbruch an sexuellem Verlangen, stolz, dass es sich auf ihn als Objekt bezogen hatte, froh, dass er offenbar genau ihren Wünschen entsprochen hatte. Trotzdem war ihre Blutung in seinem Bewusstsein präsent. Ohne ihre Blutung würde er jetzt unbefangen seine Spielchen mit ihr fortgesetzt haben können, sie hätte alles mit sich machen lassen, von dem sie fühlen würde, dass er es wollte. Eigentlich war es auch jetzt nicht anders, sie bot sich ihm an, fragte ihn, was er gerne hätte. Trotzdem war sein Penis blutig und das Areal zwischen ihren Schenkeln teilweise auch. Eigentlich war sie noch feuchter als sonst, sein Penis rutschte wie sonst auch hin und her, ihr Blut hatte sich mit ihrem orgiastischen Sekret vermischt. Initiativ und empathisch in Gedanken an seine üblichen Bedürfnisse trennte sie sich von ihm, kniete sich vor das Bett und streckte ihren göttlichen Hintern aufreizend vor. Es war ihm unmöglich, jetzt seine Hemmnisse zu verbalisieren. Sein Ding blieb hart. Seine Gedanken, sie zu verletzen, ihr wehzutun, sie über Gebühr zu beanspruchen, ihr Lustorgan in einem Zustand zu benutzen, der dafür nicht vorgesehen war, musste er für sich behalten. Er nahm sie von hinten, allein sein Orgasmus wollte nicht kommen. Er hätte es ihr sagen können, Angst, als Versager dazustehen, hatte er keine. Was er wollte, war ihr vollständiges gemeinsames Glück, auch für sie würde sein Orgasmus dazu gehören. Minuten später, dass sie sich wieder trennten und sie ihn zärtlich fragte:

„Was soll ich tun?"

Er wusste es nicht auszudrücken. Sie zog ihn in die Dusche. Das warme Wasser lief über ihre nackten Körper, spülte das Blut weg. Ohne zu reden, begann sie, mit einer ihrer Hände auf seinem hoch gereckten Ding auf und nieder zu gehen. Weiteres Lustsekret, das aus seiner Eichel hervortrat, setzte jede Reibung herab, ermöglichte genau die glitschige Massage seiner Eichel, die es zur Überwindung seiner Befangenheiten brauchte. Sofort spürte er, wie sich der Orgasmus in seinem Penis aufstaute, dieses ersehnte Gefühl, und sich das Sperma über ihre Hand ergoß.

Beide waren gekommen, er deutlich später als sie, beide waren erlöst, beide hielten sich in den Armen und rieben ihre nassen, nackten, glatten Körperstellen aneinander. Beide hatten sich ihres sexuellen Verlangens, ihrer Gier aufeinander, ihrer Liebe, ihrer Empathie versichert. Etwas bedauerte er, im Stillen, dass ihr Sex für den Abend bereits vorbei war, der Sex, den er nicht zu erhoffen gewagt hatte, den er, vor die Wahl gestellt, in seiner unvermittelten Wucht gerne auch erst nach dem Abendessen vor dem Eintauchen in die Nacht gehabt hätte. Solche Gelegenheiten waren zu nehmen, wie sie kamen, tröstete er sich, im Stillen.

Sie zogen sich wieder an und gingen essen. Ein Paar, das sich eben noch seinem heftigen sexuellen Verlangen hingegeben hatte, ging essen. Möglich, dass es ihnen jemand ansehen würde. Das Essen auf der höhergelegenen Terrasse eines Restaurants an der Mosel, an einem lauen Abend im Sommer, dessen Licht das gesamte Panorama in eine besondere Harmonie tauchte, war der romantische, unaufgeregte Ausklang ihrer gerade erst erlebten Eskapaden. So spannend, so glücklich konnte das Leben an ihrer Seite sein. Sie würden ungewöhnlich lange Zeit keine Liebe machen.

Ostsee

Wochen später hatte sie sich nach ihrer Abendtoilette ins Bett gelegt, nackt, nicht ohne die Decke über sich zu ziehen. Die Initiative, diese Decke von ihr wegzuziehen, sollte von ihm ausgehen. Sie lag auf dem Bauch. Die kleine, handliche Flasche mit dem Massageöl stand neben ihr auf dem Nachttisch. Früh am Tag hatte sie sich von ihm gewünscht, am Rücken massiert zu werden, wegen ihrer Verspannungen. Offen und direkt hatte er sich dazu bereit erklärt. Es war die indirekte Aufforderung, die Umschreibung ihres Wunsches, endlich wieder Liebe miteinander zu machen. Sex, der seit jenem Abend in Cochem nicht mehr möglich gewesen war. Banalitäten, Trivialitäten, Nichtigkeiten, Alltag, Familiäres, auch Streit hatten zwischen ihnen gestanden.

Der Urlaub an der Mosel war nach zwei weiteren Tagen mit Wanderungen vor und hinter Cochem zu Ende gegangen. Zu Hause hatte sie die übliche, geschäftige Routine umfangen. Die Sommerferien des kleinen Sohnes hatten begonnen. Das Wetter war überwiegend nass und grau. Es gab einzelne Tage mit purer Sonne und direkt aufkommender Hitze. Ein stabiles Sommerhoch wollte sich in ihren Breiten nicht einstellen. Ein Kollege mit schulpflichtigen Kindern hatte für die erste Hälfte der Sommerferien Urlaub gebucht. Er hatte deshalb seinen Urlaub für die zweite Hälfte geplant. Einen Teil dieses Urlaubs würde ihr jetzt vierzehnjähriger kleiner Sohn mit einer Jugendgruppe aus der Kirchengemeinde verbringen, wie schon im Jahr davor. Eine Zeit, die er mit seiner Frau alleine verbringen würde.

Rechtzeitig hatten sie sich über das banale, nichtige Zeug, das den Streit verursacht hatte, wieder versöhnt. Rechtzeitig hatten sie alle familiären Verpflichtungen hinter sich gelassen. Temporär würden sie sich ganz alleine haben, ein weiteres Mal, neun Tage lang. Seine Frau hatte die Reise geplant und sich um die Unterkünfte gekümmert. Ihr Ziel war ein Dorf am Ostseestrand. Die Fahrräder nahmen sie mit. Den Ort zu erreichen, hätte sie auf der Autobahn sieben Stunden gekostet. Lüneburg und Schwerin lagen geographisch auf der Strecke, beides Orte, die sie nicht kannten. Beides Reiseziele einer untergeordneten Kategorie, die ihn deshalb besonders interessierten. So wurden aus sieben Stunden Anreise drei Tage. Es war ihm recht, sie fuhren weg, sie hatten Urlaub, sie hatten sich, gemächlich trug das Auto sie und die Räder hintendrauf über die Autobahn, die sie schon so oft gefahren waren. Kurz vor Hannover fuhren sie an einen Rastplatz und tranken einen Kaffee. Es war zu schön, frei jeder Verpflichtung an irgendeiner nullachtfünfzehn Gaststätte zu irgendeiner Zeit am Vormittag auf das stille Treiben der Wenigen drinnen und der Wenigen draussen auf dem spärlich belegten Parkplatz zu gucken, den Geschmack des Kaffees auf der Zunge, mit ihr zu reden und subtil zärtlich zu sein. Sich über bestimmte Dinge, was die Kinder und deren Entwicklung betraf, einig zu sein. Den Eindruck zu haben, dass ihr Leben gerade gut verlaufen war und würde. For the getting was good.

Kurz vor Hannover bogen sie auf die Autobahn nach Norden ab, das erste Mal in seinem Leben, dass er auf dieser Autobahn fuhr. Viele der Eindrücke, die er je von seinem Land und anderen Ländern bekommen hatte, waren aus der Autobahnperspektive gewonnen, hier kam ein weiteres Stück zu diesem imaginären Netz dazu. Beinahe froh war er, dass sie aus Versehen eine falsche Ausfahrt nahmen und ein Stück über Land fahren mussten. Tiefebene, flach, mit Feldern, Höfen und Wald in stetem Wechsel, abseits der Metropolen. Leider dominierte der graue, kühle Himmel die Szene. Mit ihm musste der Sommer erduldet werden. Mit ihm wurde die Sehnsucht nach Hitze, gleißender Helligkeit und Farben umso stärker. Aber sie waren unterwegs, sie hatten Urlaub, sie hatten sich. Und sie hatten ein Hörbuch, über einen teilweise autistischen Mann, dessen Kauzigkeit seine bis in letzter Konsequenz praktizierte Gutherzigkeit nicht zu verschütten vermochte und dem Ernst des Lebens zu einer abgrundtiefen Komik verhalf.

Nachdem sie die richtige Ausfahrt genommen hatten, erreichten sie Lüneburg nach einer endlos scheinenden Strecke durch Wald. Es regnete. Alte, gut erhaltene oder behutsam restaurierte Ziegelsteinbauten prägten den Blick auf das Zentrum der Stadt. Passend dazu eine aktuelle Ausstellung im lokalen Museum zu Kirchenbauten der Ziegelsteingotik im Ostseeraum. Immer schon hatten die vor Ort zur Verfügung stehenden Materialien bestimmt, was der Mensch baute. Lehm und Ton gab es in dieser sedimentierten, angeschwemmten Tiefebene reichlich, Natursteine wenig. Also waren Ziegelsteine gebrannt worden, in bloßer Handarbeit, von Menschen, die sich darauf spezialisiert hatten. Ein weiterer Beruf, der vor gar nicht langer Zeit durch Maschinen ersetzt worden war, dem die meisten Menschen wegen der damit einhergehenden orthopädischen Probleme nicht hinterher zu trauern brauchten.

Ihr Bed and Breakfast war ein altes Haus mit schiefen Wänden, das Fachwerk und Ziegelsteine geschmackvoll kombinierte, ihr Zimmer eine Liebeshöhle mit warmen Farben, der Hauch eines fremden Kontinents inmitten nordischer Kühle. Hier fühlten sie sich wohl. Nach ihrem Spaziergang durch die Stadt fiel er in einen kurzen, intensiven Schlaf. Das Abendprogramm zeichnete sich ab. Der Beginn des französischen Films, den sie im Kino sehen wollten, war das Einzige, was wirklich festgelegt war. Wo sie essen würden, ob und wie sie miteinander Sex hätten, stand nicht fest. Diese ungefähren Aussichten waren es, die er spannend, fesselnd und prickelnd fand.

Mit etwas Glück würde der Inhalt des Films dazu passen. Eine Geschichte um eine verwitwete Frau, der es gelingt, getragen von der alles andere als prüden Beziehung zu ihrem langjährigen Liebhaber, ihre zerstrittenen Kinder zusammenzubringen, wieder zu versöhnen und die Ehre der Familie aufrechtzuerhalten. Sie erlebten zwei alte Menschen mit Spass am Sex und bei Zärtlichkeiten. Nach dem Film gingen sie direkt um die Ecke essen. Café, Bistro, Restaurant, Wirtshaus in modern abgestimmter Mischung, zu moderaten Preisen. Er bestellte sich ein großes Bier, einen großen Salat und eine Pasta, den ganzen Tag hatte er wenig gegessen.

„Nehmen Sie besser erstmal nur den Salat, ist sonst zuviel!" gab die Kellnerin zu bedenken.

So war es dann auch. Sie saßen beieinander und stillten Durst und Hunger. Wenige Jahre, vielleicht zehn, fünfzehn oder zwanzig Jahre, und mit Glück hätten sie das Alter der beiden im Film erreicht. Je nach Perspektive konnten dies endlos lange oder rasend kurze Jahre sein. Sie hatten auch drei Kinder, noch nicht so sehr ihrem Elternhaus entwachsen wie die Kinder des Films.

„Habe ich denn auch einen Nebenbuhler an Deiner Seite? Der Dir das Rad am Auto wechselt, wenn Du mit den Kindern unterwegs eine Reifenpanne hast? Seit Jahren unbemerkt?" fragte er sie. Belustigt wiegelte sie ab.

„Na ja, wenn ich so bedenke, wie Du mich in der letzten Zeit vernachlässigt hast. Irgendwann könnte ich auf die Idee kommen!"

Mir den ihr ganz eigenen, spöttisch hochgezogenen Mundwinkeln lächelte sie ihn aus großen Augen an. Augen, die ihn eigentlich und gleichzeitig verschlingen wollten, ausdrückten, es ist Zeit, ´ich will Sex, endlich wieder Sex´, wie er es auch wollte.

In dosierter, subtil zurückhaltender Eile bezahlten sie, verliessen das Lokal, hielten Händchen, hielten sich umschlungen und gingen über nasses Kopfsteinpflaster den kurzen Weg zu ihrem Zimmer zurück. Die Strasse an ihrem Bed and Breakfast war leer, der Eingangsraum auch. In der Abendbeleuchtung ihres Zimmers blieb der warme Grundton des fremden Kontinents erhalten. Er trat nackt aus dem Bad. Sie lag unter ihrer Decke verhüllt. Mit geschlossenen Augen lag sie auf ihrem Bauch.

„Ich hätte jetzt einen Termin für die Rückenmassage frei." sagte er zu ihr. Sie blickte auf und sah ihn, wie er sich auf die andere Seite des Bettes gekniet hatte, sein steil aufragendes Ding in der Mitte.

„Oh ja, den Termin würde ich wahrnehmen, ist das Ihre Arbeitskleidung?" fragte sie ihn.

„Nur für die eine spezielle Kundin, die ich habe." antwortete er. Wohlig reckte sie sich unter ihrer Decke zurecht und presste ihren Kopf gegen das Kissen.

„Dann fangen Sie doch an, ich brauche ihre Behandlung dringend! Machen Sie alles, was Sie für notwendig halten! Könnten Sie dabei auch Ihren Massagestab einsetzen!?"

Seinen Kopf dicht bei ihr, hörte er sie diese Sätze flüstern, nah am Stöhnen. Auf seiner Eichel trat ein praller Tropfen seines Sekrets hervor. Beide hatte eine fast unerträgliche Erregung erfasst, zu schön, um jetzt zu einem vorschnellen, heißen Endspiel zu kommen. Die Decke hatte er bereits weggeschoben. Sie lag auf ihrem Bauch, splitternackt. Nur mit kaum sichtbaren Andeutungen hatte sie ihren schönen, weiblich geformten Hintern etwas vorgestreckt, ihre Beine etwas auseinander gebracht. Vorsichtig spritzte er einen Teil des Massageöls in seine rechte Handkuhle. Er verteilte es auf ihren Lenden, massierte die Muskeln neben ihrer Wirbelsäule, ihre Taille, verteilte die Kraft seiner Finger so, wie er es bei sich selbst gewünscht hätte.

Ihr fortgesetztes, wohliges Stöhnen quittierte seine Aktion, das sich steigerte, als er begann, weiteres Öl aufzutragen und seine Massagen auf ihren Hintern und die Rückseite ihrer Oberschenkel auszudehnen. Alles bereitete ihm pure Lust, erste Fäden seines Sekretes hingen von seiner Eichel herab, noch hatte er nichts von ihr mit seiner Eichel berührt. Noch mehr Öl verteilte er auf ihrer Haut, was es ihm leicht machte, ihren Hintern zu spreizen und ihre Schenkel gerade eben unterhalb ihrer Vulva zu massieren und auseinander zu bringen. Beiläufige, subtile Berührungen ihrer Schamlippen waren kein Zufall, sondern Absicht. Indem sie deutlicher ihr Gesäß hervorstreckte, erleichterte sie ihm sein Tun, tief und hörbar atmend. Die Hand voller Öl, griff er durch ihre Beine und hob ihren Schamhügel zärtlich weiter an.

In einem anatomischen Lehrbuch hätte es nicht schöner gezeichnet sein können. Sie zeigte ihm die gesamte Erogenität dessen, was zwischen ihren Beinen und eine einzige Einladung an ihn war, es sich jetzt zu nehmen. Nun konnte und wollte er nicht mehr warten. Seine Finger rutschten über ihren Anus, ihre Schamlippen und ihre pralle Klitoris. Stöhnend bat sie ihn, mehr zu geben, seinen Penis in sie hereinzustecken, längst hatte sie sich seitlich vor ihm hingekniet. Seinerseits auf Knien wechselte er seine Position zwischen ihre Beine und führte seine nasse Eichel an sie heran. Noch zögerte er, unsicher, ob er mit ihr erst noch ihre Klitoris massieren sollte. Es ergab sich anders, nass, heiß, schnell und lustvoll streckte sich ihre Scheide seinem Penis entgegen, drang sein Penis in sie ein. Alles passte, alles war genau, wie es sein sollte. Sie gaben sich ihrer Lust hin. Seine Hände an ihrem Hintern, seine Blicke auf seine vor ihm knieende, nackte Frau, die ihm ihre ganzen Reize zeigte und zur Verfügung stellte, nah an der Einbildung, ihre Bewegungen auf seinem Penis mit den Händen dirigieren zu können. Ihr Geruch umhüllte seine Nase und fachte seine Lust ein weiteres Stück an. Noch kündigte sich sein Orgasmus nicht an, ohne Limit hätte er weitermachen können. Auch ihr Orgasmus hätte dann aber auf sich warten lassen. Für einen schnelleren Orgasmus brauchte sie ihn andersherum auf sich.

Mit dem Rein-Raus-Spiel von hinten hörte er deshalb auf. Sofort drehte sie sich auf ihren Rücken und spreizte ihre Beine. Mit seinem nassen Penis glitt er wieder in sie hinein.

Sie küssten und leckten sich über das Gesicht. Kurz schauten sie sich an, in ihrem Gesicht war ein glückliches Lächeln. Zu lange sollte das Wesentliche nicht unterbrochen sein. Sie führte ihre Beine unter ihrem Körper wieder zusammen. Sie wollte seinen harten Penis fester um sich schließen, sie wollte den harten und genau richtigen Kontakt ihrer Lustorgane, die sein Ritt auf ihr verursachte, was sonst hätte sie mit ihren Anspielungen auf seinen Massagestab meinen sollen. Genussvoll beobachtete er sie während seiner Bewegungen, ihren Kopf mit geschlossenen Augen ins Kissen gedreht, und entlockte ihrem offenen Mund ein zunehmend heftigeres Stöhnen, das sich wenige Sekunden später in purer, genussvoller Anspannung ihres gesamten Körpers entlud. Sein Orgasmus stand kurz bevor. Er brachte sie dazu, ihre Beine wieder zu spreizen. Sie schlang ihre Beine um ihn. Alles an ihr war nass, nachdem sie gekommen war, und was ihn entscheidend stimulierte. Voller Lust spritzte er sein Sperma in sie hinein.

Alles war restlos gut. Sie hatten ihren Streit hinter sich gelassen. Sie hatten sich ihrer Liebe versichert. Erschöpft lagen sie sich in den Armen und berührten sich zärtlich. Der Geruch ihrer Liebe umfing ihn. Er sank in einen tiefen, festen Schlaf.

Der größte Teil ihrer Reise lag noch vor ihnen. Sie ging weiter. Bei Lauenburg querten sie die Elbe. Sie fuhren durch dünn besiedeltes Gebiet mit kleinen Dörfern zwischen dichten Wäldern und riesigen, zusammenhängenden Acker-flächen. Landstraße und Autobahn wechselten sich ab. Frühzeitig erreichten sie Schwerin, regionale Hauptstadt, Verwaltungssitz, administratives Bollwerk früherer adliger Clans. Hineingebaut in ein Gewirr ausgedehnter, natürlicher Binnenseen. Primäres Motiv, das Schloss der früheren Herrscher in diese Seenplatte hineinzubauen, war die Schutzfunktion des umgebenden Wassers gewesen. Später war es Ehrgeiz, der schönen Lage wegen, das Schloss besonders prächtig zu bauen. In einem schlichten, aber geschmackvoll eingerichteten Hotel bezogen sie ein Zimmer. Sie hatten die Räder dabei. Eine erste Tour führte sie zum Schloß und in die Stadt.

Vieles war gut restauriert. Längst nicht alle Narben der Vergangenheit waren weg. Diese Vergangenheit hatten sie aus der bequemen Perspektive ihrer eigenen Heimat gut in Erinnerung. Auch jetzt und noch immer waren sie Zuschauer. Die bedeutsamste Narbe schien ihnen, dass viele, vor allem junge Menschen weggezogen waren. Für ihre Gewohnheiten ungewohnt leer wirkte die Stadt, trotz der vielen Touristen.

In einem kleinen Vorstadtlokal, nah am Hotel, bekamen sie gutes Essen. Der Abend war seit langem gesetzt. Seine Frau hatte ihm die Karten zum Geburtstag geschenkt. Eine der bekanntesten italienischen Opern, präsentiert als Open Air Aufführung, vor dem Schloss. Einzelne, winzige Regenschauer behinderten das Spektakel nicht wirklich. Es war schöne Musik, eine gelungene Inszenierung. Das Bühnenbild war von schlichter, zurückhaltender Eleganz. Das Schloss, der See, die umliegenden klassizistischen Bauten, der Himmel über ihnen waren die eigentliche Kulisse. Erst nach Mitternacht lagen sie in ihren Betten. Seine Frau würde später sagen, mit der Bestimmtheit, mit der er innerhalb von Sekunden eingeschlafen war, sei an einen anderen Abschluss dieses Abends nicht zu denken gewesen.

„Schade, hätte ich das gewusst, wäre ich wach geblieben!" antwortete er ihr.

Ausgeruht stand er am nächsten Morgen auf. Lecker der Kaffee, auch wenn er jede Tasse einzeln serviert bekam. Frühstücken, ihre Sachen zusammenpacken, das Zimmer bezahlen, war fast schon Routine. Die Räder nutzten sie zu einem zweiten, dieses Mal ausgedehnteren Ausflug in die Stadt und Umgebung. So wenig er sich selbst daraus machte, seiner Frau lag sehr daran, ein paar der alten Straßen und Geschäfte im Zentrum kennenzulernen. Ihm lag an der

Turmbesteigung des Doms, hier trennten sich kurz ihre Wege. Die Stadt von oben zu sehen, stellte ihn zufrieden. Auf dem Platz schnappte er im Vorbeigehen einer Gruppe die Aussage des Reiseführers auf, dass die Stadt in den letzten fünfundzwanzig Jahren mehr als ein Viertel ihrer Bevölkerung verloren hatte. Folge des damaligen, riesigen Umbruchs. Dem er aus bequemer Distanz zugeschaut hatte. Anteil nahm er trotzdem, mit den Möglichkeiten dessen, dem ein solcher Umbruch, eine solche Verkehrung der bisherigen Verhältnisse nie zugemutet worden war. Und dem liebend gern ein Mittel gegen seine periodisch den Alltag begleitenden Melancholien eingefallen wäre. Wieder dachte er an den mit rasender Geschwindigkeit vorbeiziehenden Urlaub, alles in ihm wehrte sich dagegen, dass er in Kürze vorbei sein würde. ´Du bist ein jämmerlicher, larmoyanter Waschlappen.´ dachte und tröstete er sich.

Ohne Zeitdruck radelten sie durch die rückwärtigen Parkanlagen des Schlosses und entlang des Sees durch den Wald nach Zippendorf. Feinster Sandstrand mit weitem Blick über das Wasser, der Horizont kaum zu erahnen, nach links der Blick auf die Stadt und das vorgelagerte Schloss, beiderseits des Strands der bis an das Wasser heranreichende Wald. An diesem sonnigen Sommertag mit den weißen Wolken am Himmel war es kühl, noch hatte sich kein Mensch an den Strand verloren.

Ein ehemaliges, herrschaftlich aussehendes Hotel an der Strandpromenade war dem langsamen Verfall preisgegeben und trotz der exorbitant guten Lage wirtschaftlich offenbar nicht zu betreiben gewesen. Exemplarisch verdeutlichte es den zurückliegenden Umbruch. Vieles war aus und vorbei, manches erinnerte daran, was damit auch verloren ging.

Den Wagen hatten sie in der Vorstadt zurückgelassen. Nach dem Aufschnallen der Räder fuhren sie weiter. Schnell erreichten sie die Küste an der Wismarer Bucht und den Badeort, in dem sie sich eine Ferienwohnung ausgesucht hatten. Badewetter war anders, stattdessen Sonne im Wechsel mit hohen Wolken und kühler Wind. Die Wohnung hatte, was sie brauchten, ein breites Bett, eine große Dusche, eine Wohnküche mit Balkon und Nachmittagssonne, auf dem Balkon einer der typischen Strandkörbe als nützliche Dekoration. Hungrig gingen sie einkaufen. Mit dem Zeug kochten sie eine reichliche Pasta. Frisch geduscht, satt und neugierig machten sie sich zu einem ersten Spaziergang auf. Ein schmaler Streifen flache Düne trennte Ostsee und Haff, ein Gewässer, das durch die jenseits liegende, weit nach Südwesten in die Wismarer Bucht hineinragende, abgesperrte, unbewohnte und verlassene Halbinsel nur scheinbar ohne Verbindung zur Ostsee zu sein schien.

Wind, Brandung, Eis und Strömungen hatten Jahrtausende lang die sandig-lehmigen Steilküsten bearbeitet und solche Spielereien hervorgebracht. Zentimeterweise brach die Steilküste im Lauf der Jahre weg, um an anderer Stelle als Sandbank, Strand, Düne oder neue Küstenlinie wieder zu entstehen. Am Rand oben auf der Steilküste wurde vor möglichen Abbrüchen des Materials gewarnt, auch in ihrem Ort, hier trennte ihn ein dichter, tiefgrüner Eichenwald von der Steilküste, der dem Untergrund für die nächsten Jahrzehnte die nötige Stabilität zu geben versprach. Reizvoll der Weg durch diesen Wald, schattig, bei heißem Sommerwetter angenehm kühl, was er während der kommenden Tage noch zu schätzen lernen sollte. Reizvoll der steile Abbruch zum Strand hin, selbst die Kante war noch von knorrigen Bäumen bewachsen, durch deren Blätterwerk sich der Blick auf den tiefsandigen Strand mit dem zugehörigen Abschnitt für die nackt badenden Gäste und das weite Meer nach Norden und Westen hin öffnete.

Das, was von der Steilküste auf der gegenüber ihres Ortes liegenden Halbinsel zu erkennen war, sah ganz ähnlich aus. Die verlassenen, teils überwucherten Häuser jenseits des schmalen Dünenstreifens, der ihren Ort mit dieser Halbinsel verband, übten einen ganz eigenen, melancholischen Reiz auf ihn aus. Weitere Zeugnisse der größtenteils selbst verschuldeten, zuletzt als Geschenk empfundenen Umbrüche des vergangenen Jahrhunderts. Diese Aussichten würden sie in den nächsten Tagen geniessen, die Sonne im Meer versinken sehen, ganz weit vor der rot glühenden Linie zwischen Meer und Himmel einen Haufen stecknadelkopfgroßer Windräder ausmachen können, deren Standort er in der Lübecker Bucht oder an der holsteinischen Küste vermutete.

Zweihundert Meter nach Osten hin hatte Wasser einen Einschnitt in die Steilküste gegraben, Liebesschlucht genannt, die zufällig am Strand der Nackerten endete. Nach Westen hin ging der Weg zum Hauptstrand mit der Seebrücke, den vielen Strandkörben und einzelnen Buden. Jetzt am Abend waren hier noch die meisten Menschen. Nur wenige Schritte vom Meer abgewandt, und man erreichte über die flache, mit Seegrasbüscheln übersäte Düne die Marina des Ortes, vor ihr ein großer Platz mit Gastronomie, nach Süden hin der weite Blick auf das Salzhaff mit dem ruhigen Wasser, dessen riesige Fläche sich im Wind nur leicht kräuselte.

Es war eine schöne Landschaft, mit zurückgesetztem Charme, von ihrem Alltag weit entfernt. Sie schlenderten durch das Dorf zurück, am Heimatmuseum, der alten Ziegelsteinkirche und einer abgesperrten Betonruine vorbei, früher mal der Konsum des Ortes. Es war ein Ferienort, ein Bade- und Kurort, jeder Tag verpflichtete den anwesenden Gast zur Zahlung einer moderaten Taxe. Bis weit ins Umland wurden Ferienwohnungen angeboten. Im Ort selbst gab es ein paar Hotels. Einzelne Privatleute warben für selbst geräucherten Fisch. Sie hatten noch eine Woche Urlaub vor sich. Es würde ihnen nicht langweilig werden.

Sie waren ein Paar in den Fünfzigern, zwei Menschen, die sich vor mehr als fünfundzwanzig Jahren ineinander verliebt hatten. Sie hatten drei Kindern das Leben gegeben, bald würden diese ihrem Elternhaus vollständig entwachsen sein.

Mit diesem Urlaub waren sie wieder etwas mehr postkids. Sie empfanden es als wehmütiges Glück. Vieles dessen, was sich mit dem Großwerden ihrer Kinder in sie eingebrannt hatte, war trotz aller Klippen, Schwierigkeiten und Mühen das reine Glück gewesen, jetzt aber vorbei. Es würde so auch nie wieder kommen, wehmütig deshalb ihr Blick zurück. Glücklich aber ihr Blick auf das Jetzt und Hier, auf das Universum ihrer Liebe. Ein Paar in den Fünfzigern, das sich im Sommer eine relativ gut ausgestattete, sonst aber gewöhnliche Ferienwohnung in einem relativ unbekannten Badeort an der Ostsee ohne Wettergarantie ausgesucht hatte, um sich dort selbst zu versorgen. Niemanden würden sie dort besuchen, die meiste Zeit würden sie mit sich und dem Anderen beschäftigt sein. Ein bisschen Strand, ein paar Ausflüge mit Rad oder Auto in die Umgebung, ein bisschen Event im Ort wären ihr Programm. Viel freie Zeit, keinerlei Verpflichtung. Nachdenken, über sich, die Anderen und das, was noch vor ihnen liegen würde. Langsam würde sich der kommende Alltag als scheinbar unüberwindlicher Berg wieder vor ihm aufbauen.

Zwischen ihnen war da aber nichts an Langeweile oder Verdruss. Unausgesprochen beflügelte sie die Aussicht, so viel Sex machen zu können, wie sie wollten. Niemand würde sie stören. Vor ihrer Abreise hatten sie auch die kleine Sammlung pornographischer DVD's eingepackt, die sich in ihrem Besitz befand. Es war ihre gemeinsame Idee gewesen, als sie die Wohnung gebucht hatten, zu deren Ausstattung auch ein DVD-Recorder gehören sollte.

Die Inhalte der Filme kannten sie noch nicht komplett, meistens waren sie nach den ersten Minuten, die sie dem Treiben auf dem Bildschirm zugeschaut hatten, übereinander hergefallen und hatten es sich heftig und in höchster Erregung besorgt.

An der aphrodisiakischen Wirkung der körperlichen Liebe nackter Menschen war kein Zweifel. Irgendwann hatten sie diese Filmstreifen nach langer Suche und seriösen Hinweisen auf deren hohen qualitativen Anspruch online bestellt und sich, vor den Augen der Kinder versteckt, nach Hause liefern lassen. Irgendwann hatten sie zwei oder drei Male Gelegenheit gehabt, diese Filme kennenzulernen, allein im Haus, ohne Kinder, abends, auf dem ausgezogenen Sofa, sie und er schon vor Betätigung der Starttaste nur spärlich bekleidet. Ihrem Petting während des Films stand so nichts im Wege. Jedes Mal war es für beide ein hocherregende Situation gewesen. Meistens war die Handlung eher eine Enttäuschung gewesen, überwiegend nicht die versprochene, authentische körperliche Liebe zwischen Mann und Frau. Vom Anfang bis zum Ende angeschaut hatten sie Filme nie. Hierzu wollten sie den Urlaub und die Zurückgezogenheit in ihrer Ferienwohnung nutzen.

Sie kamen von ihrem Spaziergang in die Wohnung zurück. Sofort beschäftigte er sich mit den DVD´s und der Bedienung des Recorders. Ohne zu zögern, ohne darüber zu sprechen, was sein würde, kam sie mit einem leichten Nachthemd bekleidet aus dem Schlafzimmer, zog alle Vorhänge zu und legte sich aufforderungsvoll auf das breite Sofa.

„Da bin ich ja mal gespannt, welches Kino Du mir zeigen willst!" sagte sie zu ihm.

„Du kennst die Filme doch schon, zumindest teilweise!" antwortete er und prüfte den Verlauf der vielen Kabel, die hinter dem Sammelsurium an elektrischen Geräten unter dem Fernsehtisch auf dem Boden lagen. Deren beste Zeit war längst vorbei. Das letzte davon musste vor mehreren Jahren gekauft worden sein. Zwei davon nahmen die DVD-Scheiben auf, die er einlegte, das dritte war ein alter CD-Spieler, dessen Schlitten nicht zu öffnen war. Trotz Herstellung der Verbindung zum TV-Gerät liessen sich die DVD´s von keinem der Geräte abspielen.

Deren Format wurde nicht erkannt. Die Übertragung der Fernsehprogramme über den separaten Tuner war das einzige, was funktionierte, immerhin konnten viele Programme durchgezappt werden. Das Internet war hingegen elend langsam. Es war klar, dass er die DVD´s wieder einpacken konnte. Alles passierte in dieser für ihn hoch erregenden Situation.

Es war auch lustig und komisch. Ein verliebtes Pärchen in den Fünfzigern, das bereits von der Erwartung freizügiger Bilder auf der Mattscheibe angefixt worden war und sich auf seinen eigenen wilden, unbefangenen Sex freute. Nun war es von der Technik im Stich gelassen worden.

Etwas verlegen stand er vor ihr, angezogen. Sie schaute ihm, nur leicht verhüllt, vom Sofa aus zu. Etwas verlegen zappten sie durch alle Programme, Ersatzhandlung für eine Regie, die sie sich ausgedacht hatten, ohne darüber zu reden, und nun aus technischen Gründen nicht möglich war. Beim Kanal für Telefonsex und und anderes Dating stoppte er sein Zapping. Beide guckten sich ein paar der Frauen an, die sich in eindeutiger Pose und mit den üblichen Sprüchen präsentierten. Seiner Erregtheit tat dies keinen Abbruch, was seine Frau anging, hatte er den gleichen Eindruck. Er schaltete das Fernsehen aus. Die prompte Bitte seiner Frau, ihr jetzt einen Strip hinzulegen, schmeichelte ihm. Sie wollte ihn nackt, ganz eindeutig wollte sie Sex. Taumelnd vor Verlangen gingen sie ins Schlafzimmer mit dem breiten Bett. Sie legte sich auf das Bett, er stand vor ihr, seiner Bitte, sich doch schon einmal auszuziehen, hatte sie nicht entsprochen.

„Erst möchte ich Deinen Strip." sagte sie ihm. „Wenn ich schon kein Kino sehen kann."

Verlegen zog er sich aus und versuchte, sie damit zu erregen, etwas herbeizuführen, was bei ihr längst eingetreten war. Eigentlich zog er sich sehr schnell aus. Sein T-Shirt über den Kopf zu streifen, dauerte Sekunden, den Versuch, diesen Vorgang durch die entsprechenden Bewegungen aufzureizen, veranlasste sie zu einem amüsierten Grinsen.

Zu Spott hätte sie sich nicht hinreißen lassen. Ihn zu brüskieren, hätte sie nicht riskieren wollen. Obwohl er mit seiner linkischen Handlung ihren Spott schon erwartet hatte. Ihr Spott hätte ihn nicht gekränkt, seine Erregtheit nicht gemindert. Zu sehr hatte diese Erregtheit beide überrannt. Ihren Spott hätte er nicht auf seine Person gemünzt, sondern auf das Komische und Lustige dieser aufgeladenen Situation. Das T-Shirt warf er auf den Boden.

Zeitgleich zog sie sich ihr Nachthemd aus, nackt lag sie vor ihm, ein Bein angewinkelt, den Kopf aufgestützt auf einer Hand, ihr Körper voller natürlicher Symmetrie. Das Dreieck ihrer erigierten Mamillen und der über ihrer halb geöffneten Scheide aufdringlich prallen Knospe erfasste er sofort. Ohne weiteres Warten zog er sich Jeans und Unterhose aus, komprimierte die Dramaturgie seines Strips auf einen Augenblick. Wieder einmal waren sie in dieser unerträglich leichten Existenz angekommen. Es gab sie und ihn, kurz vor ihrer ersten Berührung, um sie herum gab es nichts. Es gab diesen unerträglich schönen Kitzel in seinem Schwanz, als er ihn in ihren Mund einführte, seitlich vor ihr und über ihr auf dem Bett, es gab sein Gefühl, alles richtig zu machen, als er ihre nasse Klitoris und Vagina zeitgleich mit seinen Fingern stimulierte.

Als hätten sie jahrelang darauf verzichten müssen, probierten sie die meisten Variationen ihres Spiels aus, sie kam auf ihm vor ihm, er kam nach ihr hinter ihr kniend in ihr.

Sie hatten ihre temporäre Wohnung in Besitz genommen. Von den anderen Gästen der Anlage war höchstens auf den Balkonen etwas zu hören. Was von ihnen aus ihrer Wohnung an diesem Abend zu hören gewesen war, interessierte sie nicht, war ihnen egal. Sollten diese Laute und Geräusche tatsächlich hinaus gedrungen sein, wäre es ihnen noch nicht einmal peinlich gewesen.

Der erste Morgen folgte, an einem Sonntag. Das Wetter schien leidlich gut zu werden, zumindest trocken, nicht aber geeignet, sich an den Strand zu legen, kühl und westwindig, wie es war. Die eben gekauften Brötchen waren besonders knusprig, lecker. Kühlungsborn war mit dem Rad gut zu erreichen. Dies war ihr Plan für den Tag, irgendwie über die Dörfer des Hinterlandes zurück. Flickzeug und Luftpumpe für die Räder vergassen sie. Über weite, sanft gewellte, zur Steilküste unmerklich geneigte Felder ging es los. Eines der in der Gegend gefundenen steinzeitlichen Gräber wirkte mit der Anordnung seiner Findlinge, als sei es für Klassen-ausflüge besonders sorgfältig arrangiert worden. Die weiten Blicke auf die Äcker, einzelne Wälder und die sich nach Norden ausbreitende Ostsee waren schön. Oft reichte der Weg bis an die Küste heran. Fast alle Urlauber der Region schienen auf dem Rad unterwegs zu sein, drangvolle Enge kam zwar nirgends auf, lebhaft war es. Leicht fuhren sie vor dem Südwestwind her, um die Rückfahrt gegen den Wind machte er sich keinen Kopf.

In Kühlungsborn nahmen sie an der Strandpromenade Platz und tranken ein Bier. Mittlerweile schien die Sonne, hinter den Glaswänden der Terrasse wurde es sogar warm. Kühlungsborn hatte das Mondäne, was in ihrem Ort nicht wirklich zu finden war, was sie dort aber nicht vermissten. Diese Mischung aus gehobener Architektur, luxuriösen Apartments und Hotels, Edelausstattung des öffentlichen Raums und Crowding von Menschen am langgezogenen, unverwechselbaren Strand, das durch die allgegenwärtigen Strandkörbe vor allem eines war: unaufdringlich und zu-rückhaltend. Mitten auf halber Strecke in bester Lage ein weiteres, ehemals prachtvolles Gebäude, leer, dem Verfall preisgegeben. Es war kurz nach Entstehung seinen jüdischen Besitzern von den Übermenschen abgenommen worden. Diese fuhren alles vor die Wand und so in den Dreck, dass keine Übermenschen mehr da waren oder zu sein schienen. Den Siegern, die keine Besitzer kannten, stand es frei, das Gebäude für sich zu nutzen und irgendwann später für ihren

Zeitvertreib ein Schwimmbad an das Gebäude anzubauen. Dieses wurde in einem an Hässlichkeit nicht zu überbietenden Betonbau untergebracht. Das schöne, stilvolle Haus und sein grauer Anbau mit den vielen, milchigblinden, teils zerbrochenen Glasscheiben rotteten nun vor sich hin. Sie konnten nicht umhin, als einmal, soweit möglich, außen um das Gebäude herumzugehen, neugierig, melancholisch, aus der Retrospektive vieler Jahrzehnte, mit der komfortablen Haltung derer, welche die Schrecken, Abgründe, Irrungen und Wirrungen nie selbst erfahren, oft aber erzählt bekommen hatten.

Es war früh, sie hatten Lust, noch mehr von der Landschaft kennenzulernen. In östlicher Richtung fuhren sie weiter an der Küste entlang. Auch hier reichte der Wald oft bis an deren steilen Abbruch heran. Fast alle Bänke an Aussichtspunkten mit Blick auf Strand und Meer waren mit Leuten besetzt. Eine vor mehr als einhundert Jahren in Betrieb genommene Schmalspurbahn mit Dampflokomotive verband die hiesigen Ostseebäder mit dem landeinwärts liegenden Doberan. Der Liebe zur Tradition und dem Willen zur Aufrechterhaltung einer touristischen Attraktion war zu verdanken, dass sie immer noch fuhr, an Tagen wie diesen häufiger als sonst. Am restaurierten Bahnhof in Heiligendamm erlebten sie deren Ein- und Ausfahrt gleich zwei Mal. Das Schnurren der Dampflok beim Anfahren machte den Eindruck, dass sich jemand mit besonderer Liebe der Wartung dieser eisernen Geräte verschrieben hatte.

Heiligendamm war das Ostseebad für die Reichen, mit Anschluss an eine Dampfbahn, mit Luxus- und Golf-Resort. Nach Doberan erstreckte sich eine der längsten Lindenalleen des Landes. Es war planwirtschaftlicher Kapitalmangel gewesen, der die Bäume am Leben gelassen hatte, als anderenorts der Modernitätswahn Einzug hielt und jeder am Rand stehende Baum als Todesfalle angesehen wurde. Und teils stimmte es ja, bei Schnee, Eis, Laub, Alkohol, Potenzgehabe am Steuer und so fort. Trotzdem war es die pure Schönheit, dieses Spalier der hochgewachsenen, in vollem Laub stehenden Bäume beiderseits der Straße.

Von Doberan wollten sie über das Land zurück. Die Dampfbahn wurde hier zur innerstädtischen Straßenbahn. Doberan war vor Hunderten von Jahren um ein Kloster gegründet worden. Vieles war erhalten geblieben, der Dom ein aus Ziegelsteinen gebautes Zeugnis, dass es als geistliches Zentrum der früheren regionalen Herrscher politische Bedeutung erlangt hatte. Heute war es eine Stadt mit ansprechender Architektur, in der nur wenige Menschen unterwegs waren. Die Autokennzeichen erinnerten an den früheren Status als Kreisstadt, machten den eingetretenen Bedeutungsverlust umso deutlicher. Der minimale, noch übrig gebliebene Rest an geistlicher Bedeutung steckte in einem musealen Rahmen.

Sie hatten den weiten Rückweg gegen den Wind noch vor sich. Die Reifen blieben ganz, hielten den Luftdruck. Bundesstraße, Kreisstraße, Feldwege waren ihre Begleiter. Immer wieder Werbung für politische Parteien, der Wahlkampf schritt auf sein Ende zu, die regionalen Herrscher wollten bestätigt oder sollten abgestraft werden. Großformatige Anzeigen an den Bushaltestellen für bestimmte Berufe, Bewerber standen keine Schlange, um sich in diese Region und die schöne Landschaft locken zu lassen. Nur scheinbar wahllos über das Land verteilte Windräder waren Blickfang. Da und dort die aus der politischen Vorzeit stammenden Wohn- und Wirtschaftsgebäude, letztere meistens dem Verfall überantwortet. Der Landkarte auf ihrem Smartphone folgend kämpften sie sich über die weiten Felder zurück. Ein spät aufkommender Schauer zwang sie unter das Dach der Bushalte eines kleinen Dorfes. Laut hörbar die Bundesstraße, die das Dorf irgendwann links hatte liegen lassen. Je näher sie kamen, desto klarer der Eindruck des Ferienlandes an der Küste. Wunderschön die kleine, alte, unter Bäumen auf einer kleinen Anhöhe versteckt liegende Kirche in einem der nächsten Dörfer. Für ein Konzert an einem der nächsten Abende wurde geworben. Ferienwohnungen wären hier, landeinwärts, noch zu haben gewesen. Wenige Kilometer mit halb verdeckten Aussichten auf das westwärts liegende Salzhaff weiter waren sie froh, nach den vielen Kilometern von den harten Sätteln absteigen zu können.

Sie waren wieder in ihrer hübschen Wohnung. Nach dem Duschen trank er ein Bier. Währenddessen schnippelte er das am Vortag gekaufte Gemüse klein, Aubergine, Zucchini, Paprika, Zwiebeln. Wie sonst auch setzte er in dem anderen Topf zu viel Reis auf.

„Schatz, wie sollen wir das alles essen?" fragte sie ihn über die Schulter.

„Och, in den nächsten Tagen werden wir das schaffen!" sagte er. „Ich brauch jetzt mal einen Profi, der mir zeigt, wie man einen leckeren Gemüsetopf macht."

Routiniert mischte sie sich ins Kochen ein und gab dem Gemüse den gewünschten Geschmack. Sie waren hungrig. Sie freuten sich auf das Essen. Sie freuten sich auf den Rest des Tages.

Nach dem Essen lud er sie zu einem Spaziergang durch den Ort ein. Vielleicht könnten sie an der Marina einen Cocktail trinken. Sie zogen sich warm an, es war kühl. In dem Wäldchen an der Steilküste erlebten sie ihren ersten Sonnenuntergang vor Ort. Damit einher ging diese typische Stimmung. Die ihn wie jeden Anderen einfing. Und zur Anfertigung von Photographien führte, die jede Diasammlung, jedes Ferienalbum dominieren konnten. Und seine Frau das Smartphone zücken liess. Und ihn in diese gelassene Haltung eintauchen liess, dass alles gut war und werden würde. Zumindest würde sich der harte, graue Alltag, ob eingebildet oder nicht, für diese Momente immer wieder lohnen. Es waren Momente, die am Ende eines Urlaubs, einer Reise, am letzten Abend vor dem Abschied von der fremden Destination besondere Wehmut auslösten und besondere Energie speichern halfen.

Arm in Arm schlenderten sie den Weg entlang und guckten zum Horizont, auf die wenigen, noch draussen befindlichen Boote, auf die stecknadelkopfgroßen Windräder in weiter Ferne vor dem flammend-roten Spiel. Die späteren Blicke von der Marina auf das weite Salzhaff mit den scharfen Kontrasten, die der fortbestehende Wind und das rosafarbene Licht erst ermöglichten, diese nur zum geringsten Teil landauswärts gerichteten Blicke waren dazu komplementär.

Mehrere Lokale mit Aussentischen buhlten um die Besucher. Linker Hand nahmen sie auf einer bequemen, an der Hauswand geschützt vor dem Wind aufgestellten, gepolsterten Bank Platz. Mit ihren Jacken blieb es trotz der Kühle angenehm warm. Eng saßen sie nebeneinander und blickten auf den breiten Platz, die Marina und das Salzhaff hinaus. Ihre Cocktails waren richtig gut, liessen die Zutaten herausschmecken und hatten die richtige Menge Eis. Das Leben musste geplant werden, für die nächsten anstrengenden Tage an ihrem Urlaubsort. Die Wetteraussichten waren dafür zu berücksichtigen. Morgen sollte es besser als heute werden, zur Mitte der Woche sogar richtig heiss. Eine Bootsfahrt um die sich selbst überlassene Halbinsel im Westen wäre eine Alternative, zogen sie aber nicht wirklich in Betracht. Im Süden lag auf halber Höhe der Wismarer Bucht die Insel Poel, von ihrem Platz als schmales Band am Horizont zu erahnen. Diese Insel mit dem Rad zu umfahren, setzten sie sich für den nächsten Tag in den Kopf. Die lange Strecke zur Insel selbst würden sie mit dem Auto zurücklegen.

Schnell trat die Wirkung des Alkohols bei ihr ein. Die Wirkung, die er so gut kannte, seit ihrem ersten Date, etwas, das oft unerträglich schönen Sex mit ihr zur Folge hatte, dieses Schweben und Flirren der Sinne, vor dem entscheidenden Spiel. Den Schluß, dass sie nur dieser kleinen Pfütze Alkohol wegen Lust auf Sex mit ihm hätte, kam ihm nicht wirklich in den Sinn. Zu oft hatten sie auch ohne dessen anregende Wirkung richtig guten Sex erlebt. Wenn sie bei seiner Frau hinzu kam, war es so und ihm höchst willkommen. Es erregte ihn zusätzlich, wenn sie auf ihn Lust hatte und es ihm offen zeigte.

Ein Mann und eine Frau saßen auf der Bank eines Aussenlokals an der Marina eines Badeortes, in dem sie gerade ihren Urlaub verbrachten. Beide freuten sich an einem professionell zubereiteten Cocktail, der sein Geld wert war. So belanglos das Zeug war, über das sie sich unterhielten, hatten sie vor allem eines im Kopf. Neben ihrer innigen Verbundenheit. Neben dem Staunen des Augenblicks, dass das Leben schön sei. Neben der tief gegründeten Überzeugung, dass der Andere neben sich genau der Richtige sei. Das Eine in ihrem Kopf war das Spiel, das sie in seinen Nuancen und Variationen immer noch nicht vollständig kennengelernt zu haben glaubten. Zu dem sie wieder bereit waren. Weil alles stimmte. Weil sie ihrer Gier freien Lauf geben wollten. Noch verhalten, noch waren sie im öffentlichen Raum.

Flüchtige Küsse auf ihren Mund waren erlaubt. Lockten ihn, an ihrer Halsseite entlang die Reste des Parfums einzuatmen, das sich mit ihrem unvergleichlich schönen Körpergeruch vermischte. Machten ihn neugierig, latent wild auf die Nähe ihres Körpers, den sie an ihn heranrückte, glücklich lächelnd. Er war es aber, der an sie heranrückte und glücklich in ihr Gesicht lächelte. Mit den Küssen auf ihren Mund kamen flüchtige Berührungen ihrer Zungen hinzu, feuchter Kontakt, alkoholisch dezent aufgeladener, einzigartig fruchtig bewehrter Geschmack, der seine Lust auf mehr, auf anderes an ihrem Körper noch steigerte.

Das belanglose Zeug, über das sie redeten, wurde anzüglicher, eindeutiger. Sie bezahlten. Arm in Arm spazierten sie den Weg in der Dunkelheit zurück. In der Wohnung zögerten sie nicht lange, die Vorhänge zuzuziehen. Endlich konnten sie sich umarmen, versuchen, mit ihren Zungen noch das letzte im Mund des Anderen verbliebene fruchtige Aroma zu erhaschen. Endlich konnten sie sich und den Anderen ausziehen, vor dem Bett, bei dezentem Licht.

Nackt pressten sie sich aneinander, ihren Bauch an sein in der Mitte hoch aufragendes Ding. Voller Erregung traten an dessen Spitze weitere Tropfen hervor, machten den Kontakt zu ihrer Haut feucht und glitschig. Ihre Hände strichen über seinen Rücken und Hintern, seine über ihre Taille und ihren Po, um dessen Backen auseinander zu spreizen. Ein besonders spannender, erregender Moment. Sie streckte sich seinen Händen entgegen. Eindeutig ihr Wille und ihre Lust, ihm das, was dazwischen war, anzubieten. Weil es so war, zunächst seinen behutsam tastenden Fingern. Fest ihr Vertrauen, dass es kein simpler Griff an ihre zentrale, erogene Zone werden würde. Zu kostbar waren ihm diese Momente vorsichtiger Erkundung, die Spreizung ihrer analen Region, ihr Stöhnen bei erster Berührung der Schamlippen, die Benetzung seiner Finger durch das hervorgetretene Sekret, das die Berührung ihrer Knospe so leicht machte, das Kreisen eines oder zweier Finger um sie herum, das Ertasten der Öffnung davor, körperheiss.

Sie hatten sich in den Armen, die kleinste ihrer Bewegungen teilte sich ihm mit. Mit gierigem Stöhnen erlaubte sie diesen Fingern eine erste Penetration. Sie wollte mehr. Sie hatten sich in den Armen, eine seiner Hände hatte er von hinten zwischen ihre Beine geführt, einen, dann zwei seiner Finger in ihre Vagina eingeführt. Sie wollte mehr. Er wollte mehr. Sie wollte es jetzt, schnell, hart und vollständig. Sie wollte nicht seine Finger, die ihre Scheide nur halb ausfüllten. Sie wollte sein Ding, das er ihr nach kurzer Trennung entgegenstreckte. Er wollte, dass sie mit ihrem heißen, nassen und doch festen Schlauch auf ihn stieg und ihn ritt. Beide wollten sie den Nightstand, den sie heute weiß Gott nicht

das erste Mal ausprobierten. Schnell, rutschig, seine Eichel tief in ihr, ihre Knospe auf seinem harten Schaft, in den Armen des Anderen ineinander verschränkt, bedingungs- und rückhaltlos schleuderten sie ihre Kräfte dem Ende ihres Spiels entgegen. Ihr erlösendes Stöhnen am Ziel, während zur selben Zeit sein Sperma durch seinen Penis pulsierte. Die Abschwächung ihres Muskeltonus, fest im Vertrauen, dass er sie in seinen Armen hielte. Die Fortsetzung der Zärtlichkeiten ihrer Hände, ihre Küsse aufeinander und auf den Mund des Anderen, voller Glück sehnten sie sich, in die Horizontale zu sinken. Es passierte, dass die ganze Flüssig- keit zwischen ihren Beinen herabfloss. Vor ihm legte sie sich auf das Bett. Es passierte, dass er sich mit seinem nassen Ding neben sie legte, nein, sie wünschte es sich so. Das Laken kümmerte weder sie noch ihn. Nun auf dem Bett in den Armen des Anderen zu liegen, war ihnen aber alles andere als egal. Umhüllt vom Duft ihrer Liebe gaben sie sich ihrer wohlig einsetzenden Müdigkeit hin. Dem Night- stand folgte die restlos Erholung bringende Nacht.
Der nächste Tag begann grau und kühl. Bei dem offen- sichtlich vor Ort beliebtesten Bäcker reihte er sich in die Schlange der wartenden Väter und Ehemänner ein. Ein beliebtes Ritual, das ihn mit jedem Tag, der vom Urlaub verloren ging, wehmütiger machte. In brutal kürzer werden- dem Abstand würde er dafür keine Zeit und Muße haben. Die Aussicht, dass irgendwann nach der Arbeit wieder freie Zeit käme, tröstete ihn. In den Ferienwohnungen gaben sich die Ehefrauen und Mütter wahrscheinlich ihrer Morgentoi- lette hin. Oder versuchten, die mitgereisten Kinder zu einem gemeinsamen Frühstück aus dem Tiefschlaf zu holen. Oder waren bemüht, noch vor der Rückkehr des Mannes vom Holen der Brötchen die vom Sex des Vorabends mitgenom- mene Frisur wieder in Form zu bringen.
Die Räder auf dem Träger am Auto zu befestigen, war Rou- tine geworden. Sie fuhren zur Insel Poel, am östlichen Rand

des Salzhaffs entlang, auf den dem Salzhaff am nächsten gelegenen Straßen. Viele Zonen des Wassers und seiner Strände waren als Schutzgebiete ausgewiesen, nur an wenigen Stellen führte die Straße in Sichtweite am Haff vorbei. Wenige, stichartige Abzweige endeten am Wasser und ermöglichten Surfern, Campinggästen oder auch der angestammten Bevölkerung ein Leben am Haff. Über einen schmalen Damm ging es zur Insel Poel. Nur der noch viel schmälere Kanal, der die Landbrücke durchschnitt und das Haff mit der südlichen Hälfte der Wismarer Bucht verband, machte die Insel noch zur Insel.

Sie war eine in grauer Vorzeit, in jüngster Erdzeit von riesigen Gletschern zusammengeschobene, zusammengepresste, teils zermahlene Masse steinernen Schutts, zufällig doch etwas höher als die Umgebung aufgetürmt, um von Wasser, das erst nach dem Abschmelzen der Gletscher dorthin vordringen konnte, umgeben zu werden. Später hatten Vorzeitwälder dicke Humusschichten hinterlassen, heute bestgeeignete Grundlage ausgedehnter Felder und Äcker.

Der Inselhafen lag auf der Südseite an einem geschützten, von der Natur begünstigten Ort. Amöbengleich umschloss die Küstenlinie die zum Hafen führende, langgezogene Bucht. Rechter Hand lagen die Reste der ehemaligen Festungsanlage, des späteren Steinbruchs, heute parkähnlich gestaltete Attraktion mit einer gut erhaltenen, alten Kirche. Hier starteten sie ihren Ausflug. Die Räder liessen sie vor der Anlage stehen. Der Rundgang dauerte nicht lange. Noch war es kühl und wolkig. Klar, dass auch andere Besucher und Touristen da waren, auf Suche nach Zeitvertreib und sinnvoller Nutzung des freien und frühen Tages. An einem Aussichtspunkt mit hoch gebauter Bank hatten sie den Ausblick auf Wismar und seinen Hafen, der aus der Ferne von einer riesigen Werfthalle dominiert wurde. Spätestens jetzt nahmen sie sich vor, an einem der kommenden Tage diese Stadt zu besuchen.

Hier auf der Insel bestand der Hafen aus einer winzigen Marina, der Anlegestelle des Ausflugsbootes und einzelnen Fischbuden. Beschauliches Treiben davor. Es wurde sonnig. Er war froh, sich bereits am Morgen Sunblocker aufgetragen zu haben, dieses komische Zeug, das er überhaupt nicht mochte. Andererseits hatte er auf Basaliome und Melanome keine Lust. Und sich vor der Sonne ständig zu verstecken, wollte er auch nicht.

Sie fuhren los, über Felder in südwestlicher Richtung. Es war angenehm warm, am blauen Himmel nur noch einzelne weisse Wolken. Ihn fesselten die Aussichten auf das weite Land und die Wismarer Bucht. Irgendwann breitete sich links von ihnen das vom Rustwerder Haken umfasste Brackwassergebiet aus, übersät von Tausenden im Schlick stehender Vögel. Sinnfälliger als hier konnten naturschutzrechtliche Massnahmen nicht sein. Geradeaus der FKK-Strand, nach rechts der der Küstenlinie folgende Wald. Auf dessen Rückseite, halb im angenehmen Schatten der Bäume, rumpelten sie mit ihren Rädern weiter. Noch immer hielten die Reifen die Luft. Wieder hatte er das Flickzeug im Auto vergessen. Timmendorf war der kleine Ort an der Westküste mit Marina, Stränden und allem, was Touristen zu dieser Jahreszeit suchten und wollten. Sie fuhren weiter, konstant zog sich der Wald entlang und bot einfache Orientierung, links der Wald, rechts ausgedehnte, sanft gewellte, sanft ansteigende Felder. In der Ferne waren Erntemaschinen zu hören.

Kurz vor dem Schwarzen Busch, einer im Wald versteckten Feriensiedlung am Strand, mussten sie die Räder schieben, tiefer Sand sperrte sich gegen ihr Fortkommen. Sie hatten Durst bekommen. In einem Lokal nahmen sie auf der zum Strand hin offenen Terrasse Platz. Vom Meer her wehte kühler Wind, trotz des blauen Himmels. Neben ihnen wurde ein vor dem Wind etwas besser geschützter Platz frei. Sie nahmen sich heraus, den Tisch zu wechseln. Nachdem sie ihre Bestellung aufgegeben hatten. Um später einen ärgerlichen Tadel der Bedienung zu bekommen, dass sie den Wechsel des Tisches erst hätten melden müssen, der Buchung halber. Ihre Gelassenheit und Verbundenheit, ihr Bewusstsein, einen weiteren freien Tag im Beisein des Menschen zu sein, mit dem das Universum der Liebe so einfach zu entdecken war, hinderte sie an einer Antwort der Eskalation. Irgendwie war die Kellnerin dann auch besonders freundlich zu ihnen.

Bis zur Nordspitze der Insel führte der Weg durch den Wald. Der Strand bei Gollwitz war einer der schönsten. Breit angeschwemmter Sand, gegenüber die Vogelschutzinsel, die über hüfthohes, brandungsfreies Wasser erreichbar war. Noch weiter hinten der Eintritt der See in das Salzhaff, nach Norden von der südlichen Spitze der unbekannten, unbehausten Halbinsel begrenzt, die von ihrem Ferienort aus betreten werden konnte, wegen Munitionsverseuchung aber nicht zugänglich war und an deren Hals ein Lokal leckere Cocktails servierte, mit Blick auf das Salzhaff, aber von der anderen Seite.

In einem plötzlichen Anfall von Hunger erstanden sie an der Bude vor dem Strand ein Fischbrötchen. Seit dem Morgen hatten sie nichts gegessen. Kurz setzten sie sich in den Sand und blickten auf das Meer. Zum Schwimmen wäre es noch zu kühl gewesen. Unmerklich war der Tag vorangeschritten. Der Eindrücke war es genug. Sie machten sich auf den Weg zurück. Zufrieden, diesen Flecken Erde kennengelernt zu haben. Unspektakulär, ohne weiteres Ereignis, ohne besondere Aktion klang der Tag aus.

Am nächsten Tag blieb es durchweg sonnig. Es wurde sommerlich warm. Früh waren sie am Strand mit der Seebrücke. Früh genug, um noch einen der wenigen, freien Strandkörbe mieten zu können. Erst jetzt bekamen sie den Hinweis, dass sie Kurtaxe hätten bezahlt haben müssen. Was er in der nahegelegenen Kurverwaltung umgehend nachholte. Die lokale Tageszeitung gab es dort gratis. Easy lazy going bestimmte den Tag. Seine Hauptsorge war, keinen Sonnenbrand zu kriegen. Gegen drei Uhr am Nachmittag hatten sie genug, den Strandkorb überliessen sie einer Familie neben sich, besonders deren Kinder freuten sich über das neue Häuschen und die Abwechslung.

In der Wohnung duschten sie und machten sich frisch. Sie hatten Lust auf einen Cocktail, aprés plage. Auf dem Weg zu dem schönen Platz am Salzhaff kamen sie an dem Heimatmuseum des Ortes vorbei, das in einem alten, geschmackvoll restaurierten, ehemals typischen Wohnhaus der Gegend untergebracht war. Der eine Euro Eintritt war geschenkt. Zwanzig Minuten blieben, bevor es schliessen würde.

„Sollen wir wetten, Du spendierst mir einen Cocktail, wenn wir keinen Webstuhl finden sollten!" schlug er vor. „Umgekehrt gebe ich den Cocktail aus."

Amüsiert und verschmitzt willigte sie ein. Mit den Kindern hatten sie mehrfach irgendwelche Heimatmuseen besucht, auch in fremden Ländern, und regelhaft irgendwelche ausgestellten Webstühle gefunden, die von eifrigen, von eigenen Erinnerungen an Angehörige, Heimat und frühere Zeiten beseelten Menschen in die öffentliche Obhut gegeben worden waren. Die noch in kleinsten Details verdeutlichten, mit welchen Alltagsmühen frühere Leben behaftet und belastet gewesen waren. Heute gab es alle möglichen Textilien zu lächerlichen Preisen, wohlsortiert aus armen, weit entfernten Ländern importiert, selbstverständlich, ohne jede Reflexion über die dafür notwendigen Voraussetzungen getragen oder auch nur im Schrank versteckt, um später in die Altkleidersammlung aussortiert zu werden.

Heute gab es die anderen Alltagsmühen, larmoyant, penetrant, lautstark und jederzeit vorgetragen. Nicht jetzt, während ihres Urlaubs, aber sonst. Jetzt hatten sie keine Mühen, waren sie frei und ungebunden verbunden, wie sie es immer wieder glücklich gemacht hatte. Mit interessierten und etwas mitleidigen Blicken auf die in den vielen Bildern und Gegenständen dokumentierten früheren Zeiten schlenderten sie durch das Museum. Besonders interessierte ihn der textliche Abriß über das Schicksal der vor dem Ort liegenden Halbinsel. Zuvor im Besitz eines Gutes und landwirtschaftlich genutzt, war es deren aussergewöhnliche Lage, die den früheren Machthabern nichts anderes als eine militärische Nutzung zur Disposition gestellt hatte. Fortan wurde geballert, zum Spaß und aus Ernst, ohne Rücksicht auf alles, präpotente Spielerei, immer wieder geeignet, Hirne von Menschen zu faszinieren. Tatsächlich waren seit den letzten chaotischen Spielchen mehr als zwanzig Jahre vergangen, und es war ein purer Glücksfall, dass die Natur in lapidarem Desinteresse für das, was vorher war, die Herrschaft zurückgewonnen hatte, über dieses abseitige Stück Land.

Sie lieber als er hätte gerne in den vom Strand aus sichtbaren, verfallenden Häusern und Schuppen gestöbert, er lieber als sie wäre gerne auf der Halbinsel gewandert, zu deren Südspitze, um auf die gegenüberliegende Insel Poel blicken zu können. Aus Lebensgefahr wegen irgendwelcher irgendwo verstreuter Munitionsreste verboten. Den Aufwand zu deren Räumung und Beseitigung hatte bislang jeden an einer zivilen Nutzung der Halbinsel Interessierten verschreckt. Paradox, wie es war, hatte die Munition einen imaginären Schutzschild auf die sich selbst überlassene Natur gelegt.

Sie waren nicht die Letzten, die das Museum verliessen. Halbvoll der Strand mit Gästen, die dort kein Ende fanden. Voll besetzt die Aussenlokale an der Marina, viele saßen in Strandkleidung an den Tischen, vor großen Stücken Fleisch und frittiertem Zeug, das den am Tag und am Strand aufgestauten Hunger rasch aufzuheben versprach und die gewohnten Dysbalancen bei der Kalorienaufnahme aufrechterhielt. Der Tag am Strand war lazy gewesen. Die Energie, die auf den Tellern lag, war vorher sicher nicht in körperliche Aktivität umgesetzt worden. Sonst gönnte man sich nichts. Es war sein beruflich geschärfter Blick, der ihn auf diese Gedanken brachte. Essen konnte schuld sein, die Gesundheit vor die Hunde gehen lassen, und Essen konnte schön sein, fast so schön wie Sex.

Mit Glück fanden sie einen Platz. Die Cocktails waren anders zusammengestellt und schmeckten noch besser als beim ersten Mal. Es waren die späten Nachmittagsstunden, das Licht des Tages war noch nicht auf dem Rückzug, der Abend hatte noch nicht begonnen. Da war diese Geschäftigkeit, nicht vor dem Feierabend, die wenigen, die hier arbeiten mussten, befanden sich mitten in ihrer Schicht. Es war diese Geschäftigkeit urlaubender Menschen, ihre freie Zeit zu bestimmten Zeiten an bestimmten Plätzen zu verbringen, zu vertreiben. Sei es, um den Hunger zu stillen, um das eigene Boot in der Marina zu vertäuen, um die eine oder andere Kleinigkeit inclusive Postkarten in dem Laden mit dem Strandbedarf zu kaufen, um zu schlendern, um zu sehen, was die Anderen machten, um die Seevögel am Kai zu füttern, um den vom Strand aufgestachelten Kindern weiteren, locker beaufsichtigten Freiraum zu geben, um mittendrin seinen Cocktail zu trinken, die Blicke schweifen zu lassen und mit seiner Liebsten Konversation zu führen, angeregt, beschwingt, locker, anzüglich, in der Art, die er so liebte.

Sofort war klar, das sie es wollte, er wollte es sowieso, und sich ihr nächstes Spiel zu entwickeln begann. Es blieb unausgesprochen und unklar, welche Bilder davon vor seinen oder ihren Augen abliefen. Er hätte es gerne in der großen Dusche der Wohnung mit ihr getrieben, später am Abend, nach ihrem Essen. Sie bezahlten. Während des Spaziergangs entlang des Hafens und des sich anschließenden Geländes mit Ferienwohnungen und Mutter-Kind-Kurklinik hatte er deshalb keine Eile, keinen Druck, trotz der knisternden Erotik, die von ihr an seiner Seite auf ihn ausstrahlte. Zärtlich hielten sie sich, küssten sich. Die eine Querstraße, die zur Wohnung zurückführte, die mit den einfachen, freistehenden Häusern auf den großen Grundstücken, bevorzugte Wohnlage für Mittelschichtangehörige, war länger, als sie gedacht hatten. Kaum waren sie in der Wohnung, zog sie sich vor ihm aus. Mehr noch als er zog sie ihn auch aus. Zärtlich, behutsam, bestimmt drängte sie ihn auf das Bett und stieg auf ihn. Reitend glitt sie mit schnellen, heftigen Stößen aus seinem harten Penis auf und nieder. Ihrer ganzen aufgestauten Lust freien Lauf gebend, kam sie in Sekunden zu ihrem ersehnten Orgasmus. Er war überrumpelt. Dies waren ihre Bilder gewesen. Was noch fehlte, war sein Sperma in ihrer Scheide. Wie sie sich in kürzester Zeit restlos zufrieden gemacht hatte, würde sie ihm dafür ihren Körper vollständig verfügbar machen. Er spürte es. Sein Ding blieb hart, er nahm sie von hinten, führte sein von ihrer Feuchtigkeit glänzendes Ding tief in ihre nasse Scheide ein. Und doch war sein Orgasmus entfernt. Stundenlang hätte er dieses Rein-Raus-Spiel machen können. Seine schlichte Sorge um ihre Schleimhäute hinderte ihn daran. Rasch bemerkte sie es.

„Ist doch wunderbar, dass Du so lange kannst, Liebster, mach weiter!" versuchte sie ihn gleichermaßen anzuspornen und zu beruhigen.

Es sollte nicht gehen, sein Orgasmus blieb aus. Irgendwann trennten sie sich, halb verschämt blickte er ihr in die Augen. Er wusste nicht, ob er aufhören oder weitermachen sollte. Trotzdem blieb sein Ding hart. Nackt setzten sie sich an den Tisch ins Wohnzimmer, die Vorhänge waren zugezogen, draussen war es immer noch taghell. Sein Penis ragte hoch empor. Sofort fing sie an, ihn zärtlich zu bearbeiten, mit ihren Fingern, die sie vorher mit Wasser aus einem auf dem Tisch stehenden Glas benetzte, seine Glans zu streicheln und zu kneten, schräg vor ihm sitzend, ihre Beine breit. In aller

Offenheit zeigte sie ihm ihre pralle Knospe und weite, offene, rosafarbene, feucht-glänzende Vulva. Damit brach sie den Bann. Sie standen auf. Mit seinen Händen an ihrer Taille führte er sie vor sich. Abgestützt auf dem Tisch streckte sie ihren Hintern heraus und liess sich wieder von ihm nehmen. Mit den ganzen schönen Aussichten auf den Rücken, die Taille und den Hintern seiner stöhnenden Frau nahm er das unterbrochene Rein-Raus-Spiel wieder auf. Um seinen Penis herum ein einziger, heisser, gefühlvoller und lustbetonter Kontakt. Langsam bahnte sich der von ihm ersehnte Kitzel in seiner Eichel an, genügend langsam, um diese Gefühle auszukosten. Ob er es sich einbildete oder nicht, da war dieser lustvolle Kontakt seiner Eichel zu ihrer Zervix, der in dieser Position besonders leicht war und nicht Gefahr lief, ihr weh zu tun. Es hatte frühere Male in dieser Position gegeben, bei denen ihr sein etwas unvorsichtiger, sein etwas zu heftiger Stoß, seine etwas zu tiefe Penetration einen kurzen Schmerz bereitet hatte, von ihm sofort bemerkt und bedauert, sofort von etwas vorsichtigerem, etwas weniger heftigem Spiel gefolgt. Jetzt tat ihr nichts weh, er spürte es. Mit einem kurzen Stakkato seiner Stöße spritzte er sein Sperma tief in ihre Scheide hinein.

An diesem Tag, der vom Strand dominiert und faul gewesen war, gingen sie früh ins Bett. Weil sie es so wollten, trotz des frühen Abends. Weil es so schön war, neben ihr zu liegen, alles andere wäre weniger interessant, weniger spannend gewesen. Und da war diese wohlige Erschöpfung, die sie ins Bett dirigierte und den Schlaf der kommenden Nacht zur natürlichen Konsequenz machte.

Am nächsten Tag spürte sie mehrfach die Reste seines Spermas aus ihrer Scheide heraustreten. Unzweifelhaft der Geruch an ihren Fingern, den sie als Beweis der Aus-schweifungen ihrer körperlichen Liebe sorgsam, lustvoll und glücklich bemerkte. Dieses Verhalten, das sie ihm im Lauf vieler Jahre gezeigt hatte, genau dieses Verhalten machte ihn glücklich. Er liebte sie, alles an ihr, insbesondere ihren Geruch und das Sekret ihrer Lust, auf seinen Fingern, auf seinem Penis, das jede Reibung herabsetzte, dessen Geschmack auf seiner Zunge. Genauso liebte sie es, sein Sperma auf sich und in sich zu tragen.

Der Tag wurde sonnig und heiss. Am frühen Vormittag kauften sie reichlich Fisch, in der einen im Nebenbetrieb geführten privaten Räucherei, auf die sie ein kleines Schild an einem Wohnhaus auf dem Weg zum Strand hingewiesen hatte. Appetitlich, wie die verschiedenen Sorten geräucherten Fisches auf schlichte Weise präsentiert waren, kauften sie mehr, als sie an einem Tag hätten essen können. Gedünstete Bohnen und Kartoffelbratlinge würde es heute Abend dazu geben.

„Du weisst, dass Fisch besonders geeignet ist, Eiweißverluste auszugleichen, die hier und da eintreten." witzelte er zu ihr.

„Gerade deshalb habe ich davon viel gekauft." lächelte sie zurück. „Fisch gleicht die Verluste nicht nur aus, sondern regt die Eiweißproduktion an!"

Sie grinsten sich an, beflügelt von Gedanken an ihren nächsten Sex, der vielleicht nicht lange auf sich warten lassen würde.

Sie brachten den Fisch in den Kühlschrank ihrer Wohnung. Mit den Rädern waren die Wege in diesem Ort hin und zurück das kleinste Problem. Danach fuhren sie zu dem Platz vor der Marina. Der Veranstaltungsplan des Ortes hatte sie auf den dortigen Auftritt zweier Künstler hingewiesen, eine Art alternatives Kurkonzert anstelle des in anderen Kurorten da und dort üblichen Programms einer fest engagierten Kapelle. Zwei Männer mit Akkordeon und Gitarre, deren Sound durch das routiniert aufgebaute Equipment elektronisch verstärkt wurde. Zwei Männer, die sich in der regionalen Szene einen Namen gemacht hatten, der es dem öffentlich-rechtlichen Sender immerhin wert war, über deren

Auftritt auf dem Platz am Salzhaff während dieser heissen, gleißend hellen Mittagsstunden zu berichten. Soulig-folkig die Musik, Tangoklänge inclusive, professionell und sicher präsentiert, unausweichlich, dass sie Wirkung auf ihn entfaltete und seine eh schon gelöste Stimmung in noch bessere Sphären hob. Trotz der grellen Sonne und unbequemen Bänke, die in kurzem Abstand vor dem Schirm, der die Künstler schützte, aufgebaut worden waren.

Sie gehörten zu den Ersten, die sich auf die Bänke setzten. Richtig voll wurden die Bänke im Verlauf der Darbietungen nicht. Richtig leer blieben sie aber auch nicht. Um die Bänke herum standen weitere Zuschauer. Irgendwann wurde es ihnen beiden zu heiss. Sie setzten sich an einen in der Nähe stehenden Aussentisch des Lokals, dass sie wegen seiner Cocktails schätzen gelernt hatten. Im angenehmen Schatten eines großen Sonnenschirms verfolgten sie von dort den Rest des Konzerts, zusätzlich verwöhnt von den georderten Drinks.

Die Nachmittagsstunden verbrachten sie am Strand. Alle Strandkörbe waren vergeben, was sie nicht störte, es war windstill und warm, und der handliche Schirm, den sie in der Wohnung aufgestöbert hatten, liess sich stabil im tiefen Sand verankern. Er bewahrte ihn davor, sich die ganze Zeit in der Sonne braten lassen zu müssen. Gefühlt waren alle Menschen am Strand, an diesem hochsommerlichen Tag, sonnten sich, schliefen, lasen, schwammen, spielten, liessen mühelos die Zeit verstreichen. Ein kleines Fernglas in ihrem Gepäck bot Abwechslung, hob die Punkte am Horizont als Konturen sichtbarer Schiffe hervor. Aufpassen musste er, mit dem Fernglas nicht die nackten Brüste, Hintern und Gepränge der Leute auf dem nahegelegenen FKK-Strand ins Visier zu nehmen. Er wollte nicht als Gaffer oder Spanner gelten. Natürlich hatte er seiner Frau vorgeschlagen, sich selbst an den FKK-Strand zu legen, trotz der Gefahr munterer, halb unkontrollierter Erektionen, die er bei ihrem An-

blick entwickelt hätte. Sie hatte sich nicht darauf eingelassen. Allein die Vorstellung, sie in ihrer kompletten Nacktheit neben sich zu haben, machte ihm wieder Lust.

Nach ein paar Stunden war es genug. Die aktuellen Zeitungen und Zeitschriften waren weitgehend gelesen. Die vom
Faulsein aufkommende Müdigkeit hatte sich in einem kurzen, heftigen Schlaf entladen. Sich dem bis weit nach
draussen flachen, trotzdem kühlen Wasser auszusetzen,
brachte ihm die gewünschte Wachheit und Frische zurück.
Am heutigen Abend sollte offizielle Strandparty sein. Die
sie nicht verpassen wollten. In der Wohnung blieb genügend
Zeit zu duschen, sich die für den sommerlichen Abend
passenden Klamotten anzuziehen und mit einem ersten Bier
den ersten Durst zu löschen. Das Essen mit dem Fisch, den
gedünsteten Bohnen und den kleinen, gebratenen Kartoffeln
war schnell zubereitet. Es war lecker und stillte ihren
Appetit genau richtig.

Leicht und beschwingt, ohne jede Schwere spazierten sie
zum Strand an der Seebrücke zurück. Viele waren da. Ein
lokaler Matador, im Hauptberuf Besitzer eines Hotel-
restaurants vor Ort, wahrscheinlich Mitte 60, hatte sich mit
seiner Anlage auf einer Pritsche in Stellung gebracht. Mit
Gesang und Gitarre präsentierte er Lieder und Evergreens
aus mehr als 50 Jahren, in einer Qualität und Güte, die sie
vorher nicht anders erwartet hatten. Das Liedgut sollte ihn
und den Großteil seiner nicht wesentlich jüngeren Zuschauer
in die schönen, guten, früheren Zeiten zurückversetzen. Ob
gut oder schön, es waren die Zeiten, als das Leben überwiegend noch vor ihnen gelegen hatte, als Liebe und Sex
noch flirrten.

Jetzt zählte das Engagement für den Ort und seine Besucher,
es zählte, dass es hier zwischen dem Tag am Strand und dem
Hocken in der Wohnung nachts noch etwas anderes gab,
etwas, das die Strandgänger und Wohnungshocker nicht
verpassen sollten und wollten. Die Bude am Strandrücken

verkaufte reichlich Bier und andere Getränke. Die Kinder trollten umher. Er hätte behaupten wollen, dass sich hier die meisten in gelöster Stimmung eingefunden hatten, aber er wusste es nicht. Einige der Gäste, weiß Gott nicht alle, wippten zu der Musik im Takt. Ein einzelnes, älteres Pärchen liess sich zu wenigen Grundschritten eines Discofox hinreißen. Ekstase war anders. Dies war keine wilde Party. Nach fleissigen anderthalb Stunden vor seinen Notenblättern brauchte der Hobbysänger eine Pause. Mit ihr verstummte die Musik.

Zu gern hätte er die Geschichten der anderen Urlauber erfahren, zumindest und wenn auch nur punktuell. Einige standen einsam und verloren in der Menge, schienen sich an ihrem Becher mit Bier festzuhalten. Andere standen in heiterem Gespräch zusammen. Musik von der Pritsche und Bierbude waren der Rahmen für die lokale Sause in dieser Woche, den Touristen zuliebe, viele waren gekommen und wußten nicht, ob sie enttäuscht oder freudig überrascht sein sollten. Die Aussicht auf den Strand, das Meer und die einsetzende Abenddämmerung waren geschenkt. Noch war der Urlaub nicht vorbei.

Mit der vom Sänger vorgegebenen Pause war ihr Bedarf an Strandparty gedeckt. Sie hatten Bedarf an eigener Party, welcher Ausgestaltung auch immer, an ihrer eigenen privaten Party. Dass er wieder Lust auf sie und ihren Körper hatte, war seit den nachmittags am Strand verbrachten Stunden klar. Auch sie hatte ihn während dieser Stunden mehrere Male unverschämt lasziv angesehen. Sie gingen von der Party und den Leuten weg, am Strand entlang, in den blassroten Abendhimmel hinein. Mehrere hundert Meter weiter kamen sie an den Zaun, der die Halbinsel absperrte. Mehrere Schilder deklarierten das Gebot, nicht das Gelände zu betreten, wo Lebensgefahr bestand. Sie wandten sich vom Meer ab, stapften durch den tiefen Sand am Zaun entlang. Aus nächster Nähe blickten sie auf halb verfallene, unendlich graue Gebäude, die der Mischung aus Militarismus, Größenwahn und Potenzgehabe so lange schmuckloses Heim gewesen waren. Grenzenloses Staunen, dass solche Zeiten überhaupt hatten überwunden werden können, paarten sich in ihm mit melancholischer Skepsis, die es nicht als sicher erscheinen liess, dass er für den Rest seines Lebens, seine Kinder für den Rest ihres Lebens von so einem Scheiß verschont blieben.

Sie mussten schnell weg hier, war sein Impuls. Weg von hier, ehe ihn schlechte, ihrer körperlichen Liebe nicht zuträgliche Laune infiltriert hätte. Der Weg zurück endete an der Marina. Die Tische ihres geliebten Lokals waren voll besetzt. Bei der Konkurrenz fanden sie einen Platz, von dem sie einen etwas anderen Blick auf das Haff hatten. Sie tranken ein Bier. Eigentlich war alles genauso nett wie in dem anderen Lokal. Und doch vermissten sie es. Wegen der Erinnerungen an die zwei oder drei Male, die sie dort gesessen hatten. Wegen der vielleicht etwas besseren Drinks, vielleicht etwas besseren Aussicht. Sie beliessen es bei dem Bier. Zwischenzeitlich war in ihrem Lokal ein Platz frei geworden, ein Platz für sie, auf dem sie eine der anderen Sorten Cocktails probieren konnten.

Draussen sprangen Kinder vom Bord eines vor dem Hafen dümpelnden Segelschiffs ins Wasser. Von der Strandparty auf der anderen Seite der flachen Düne nahmen sie hier keine Notiz. Es waren mehr Menschen da als sonst, woran der heisse Tag mit seinen jetzt abklingenden Temperaturen seinen Anteil hatte. Einmal mehr redeten sie über belangloses Zeug, gut gelaunt, entspannt, dennoch in gespannter Erwartung. Die Cocktails heiterten sie an.

„Bei mir ist alles ganz weit." flüsterte sie ihm zärtlich blinzelnd zu.

„Bevor es tropft, würde ich gerne dessen Geschmack prüfen und probieren wollen." entgegnete er ihr. Vorsichtig küsste er sie auf ihre Wange.

„Dann sollten wir uns hier nicht mehr allzu lange aufhalten." sagte sie.

Mit steifem Penis in seiner Hose beeilte er sich, die Drinks zu bezahlen. Sie spazierten in ihre Wohnung zurück. Sie hielten sich nicht lange mit den sonstigen Nebensächlichkeiten auf. Schnell waren sie splitternackt, so nackt, wie sie sich gerne am Strand tagsüber angesehen hätten. Sie legte sich auf das Bett und machte ihre Beine breit. Mit seinem Mund ging er vor ihr nieder, sog den Duft in seine Nase ein und leckte den feuchten Film auf, der zwischen ihren Schamlippen hervorgetreten war. Seine Zunge und sein Mund steigerten ihre Erregung ins Unerträgliche. Mit seinem Speichel leckte er alles zwischen ihren Beinen nass. Was ihr fehlte, war sein Penis. Mit seinem Mund liess er ab, stieg auf sie und führte sein Ding in sie ein. Schnelle, harte Stöße, die Bewegungen ihres Beckens dazu komplementär, liessen sie in kurzer Zeit kommen. Er spürte, dass er noch viel Zeit bis zu seinem Orgasmus hatte. Und er spürte, dass sie noch mehr wollte und wilden Spaß an ihrem Spiel hatte. In dessen Lauf lag er irgendwann unter ihr und sie auf ihm, sein Ding in ihrer glitschigen Scheide. Mit ihrem Hintern gab sie das Tempo vor, erst behutsam, dann schneller, und besorgte ihrem Lustorgan genau den heissen, dynamischen Kontakt auf seinem Schaft, den es brauchte, um ein zweites Mal zu kommen. Zeitgleich pulsierte sein Sperma in sie hinein. Die Erwartungen, die sie ohne Worte an den Abend empfunden hatten, waren mehr als erfüllt worden. Grenzenlose Entspannung trat ein. Glücklich lag sie auf ihm, glücklich streichelte er ihren Rücken und Hintern, noch steckte sein Penis in ihr. An seinen Fingern war der Geruch ihrer Liebe. Das Leben war schön. Der Abend war kurz. Rasch schliefen sie ein.

Ihre schöne Zeit zu zweit allein ging auf ihr Ende zu. Wie so oft, versuchte er festzuhalten, was nicht aufzuhalten war, in stiller Auseinandersetzung mit dem unweigerlich Kommenden. Sein Hadern, seine Zweifel, seine Larmoyanz behielt er für sich, es waren Regungen, die ihn ärgerten, besonders, wenn sie ihn selbst okkupierten. Regungen, die vor allem eines ausdrückten, keine Lust auf die wieder bevorstehende Arbeit zu haben. Abschied von dem herrlichen Leben nehmen zu müssen, das durch ihre sexuellen Ausschweifungen äußerst kurzweilig gewesen war und sie ins Paradies katapultiert hatte. Diese Regungen waren verständlich, und es tröstete ihn, dass sie auch bei seiner Frau in einzelnen Andeutungen ihren Ausdruck fanden. Dennoch ärgerten sie ihn. Sie stahlen ihm Gelassenheit und Zuversicht. Sie kosteten Energie und aktive Gedanken in seinem Bemühen, seinen hilflosen Versuchen, den grauen Schleier zurückzuweisen. Etwas, das sich mit Macht in sein Bewusstsein zu drängen verstand. Es würde Zeit brauchen, sein stilles Leiden zu überwinden.

Noch lagen zwei warme, sommerliche Tage vor ihnen.

Noch erlebten sie den Ausflug in die altehrwürdige, frisch renovierte und hell herausgeputzte Hansestadt, die mit dem Verlust ihrer einstigen maritimen Bedeutung zu kämpfen hatte. Und vor Jahrhunderten Geld für den fast gleichzeitigen Bau mehrerer großer Kirchen aufbringen konnte. Dass sie zu Beginn ihrer Reise eine gut sortierte Ausstellung zu Bauten der Ziegelsteingotik im Ostseeraum besucht hatten, war reiner Zufall gewesen. Die Eindrücke davon spiegelten sich mit schöner Konstanz in der erlebten Realität ihres Urlaubs. Die Bauten selbst waren es der Gesellschaft wert, wieder aufgebaut und renoviert zu werden, zumindest an der Oberfläche den alten Glanz wieder erstrahlen zu lassen, nach Jahrzehnten totaler Achtlosigkeit der meisten Beteiligten. Die Bauten selbst repräsentierten Geschichte, Tradition, Identität.

Die sie tragenden Grüppchen und Clübchen waren zu einer Minderheit geschrumpft, schmerzhaft empfunden, auch sie hatten mit dem Verlust ihrer einstigen Bedeutung zu kämpfen. Immerhin stellten sie sich ihrer früheren Vergehen und Verfehlungen. Eine Ausstellung in einer Seitenkapelle erinnerte an die Zeit vor bald 80 Jahren, als all die guten Gläubigen nichts dabei fanden, zum Heiligen Sankt Martin Umzüge abzuhalten und in denselben Nächten die Gotteshäuser der Anderen in Brand zu setzen, in krudem Verrat an allem, was ihre Religion ihnen gelehrt hatte. Warum sollte sich diese Religion je davon erholen. Seit Jahrzehnten auf dem Rückzug, war sie den meisten hier Lebenden egal geworden.

Noch hatten sie Zeit, im Hafen an den Kais mit ihren Rädern entlangzufahren. Das Gewimmel einer Kirmes am Wasser konnte den Eindruck der Leere nicht überdecken. Viele Schiffe hätten Platz gefunden und waren einfach nicht da.

Noch hatten sie Zeit, auf dem Rückweg von ihrem Ausflug einen Abstecher zu dem schönen Strand auf der Insel Poel zu machen und baden zu gehen. Er watete durch das flache Wasser bis zur Sandbank an der Vogelschutzinsel. Hier blickte er auf das Meer, blickte zurück, blickte umher, allein, die anderen Gäste, unter ihnen seine Frau, lagen am Strand auf der anderen Seite der untiefen Bucht, auf deren schlickigem Grund sich ein dichter Teppich grüner Pflanzen ausgebreitet hatte.

Hier war er allein, zwischen Meer und Land, nicht einmal die Vögel nahmen Notiz. Ein schwarzes Teil in der Ferne entpuppte sich als gestrandeter, halb zerrissener, ehemaliger Sitz eines Führerstandes an Bord.

Hier war er allein mit seiner unbegründeten Melancholie, eine kurze Zeit lang existentiell allein. Der Sitz hatte keine Wahl, war sich selbst überlassen. Er aber musste bloß zurückgehen, um sein Leben fortzusetzen, sich den Dingen zu stellen, auch wenn sie nicht mit Reisen, Liebe und Lust zu tun hatten.

Noch hatten sie Zeit, abends das Orgelkonzert in der alten, aus Ziegelsteinen erbauten und innendrin untypisch farbenfroh ausgemalten Dorfkirche zu besuchen. Seine Frau tat ihm damit einen Gefallen. Erstmals wurde ihm klar, dass es seine in der Kindheit geprägten Erinnerungen waren, die ihn solche Konzerte schön finden liessen. Mitnichten waren solche Empfindungen auf andere einfach übertragbar. Seine Frau erduldete die Musik. Kurios, das ihm dies erst jetzt nach den vielen gemeinsamen Jahren aufging.

Noch hatten sie ihren letzten Tag am Strand, am Ende dieses Tages flirrenden Sex. Aber die Zeit schritt voran. Ihr Urlaub ging zu Ende. Das Leben ging weiter. Sie würden sich den anderen Dingen wieder stellen. Sie würden warten, auf sich, auf ihr nächstes Mal. Aufgehoben in dem dichten Gewebe aus Empfindungen und Erinnerungen, universell weit und groß, wie es das Schicksal bisher mit ihnen gemeint hatte.

Es war Liebe. Was sonst?